U0634324

给青少年的

大师诗词课

给\青\少\年\的\人\文\素\养\课\丛\书

吴梅
朱自清 ◎ 著
闻一多

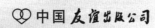

中国友谊出版公司

图书在版编目（CIP）数据

给青少年的大师诗词课 / 吴梅, 朱自清, 闻一多著
. -- 北京 : 中国友谊出版公司, 2022.2
ISBN 978-7-5057-5397-6

Ⅰ.①给… Ⅱ.①吴… ②朱… ③闻… Ⅲ.①古典诗
歌 – 诗歌欣赏 – 中国 – 青少年读物 Ⅳ.①I207.2-49

中国版本图书馆CIP数据核字（2022）第014294号

书名	**给青少年的大师诗词课**
作者	吴梅　朱自清　闻一多
出版	中国友谊出版公司
发行	中国友谊出版公司
经销	北京时代华语国际传媒股份有限公司　010-83670231
印刷	涿州市星河印刷有限公司
规格	690×980 毫米　16 开
	21.5 印张　290 千字
版次	2022 年 2 月第 1 版
印次	2022 年 2 月第 1 次印刷
书号	ISBN 978-7-5057-5397-6
定价	49.80 元
地址	北京市朝阳区西坝河南里 17 号楼
邮编	100028
电话	（010）64678009

出版说明

1900 年 2 月 10 日，梁启超在《清议报》第 35 册发表了《少年中国说》一文，以激情澎湃的语言，呼唤一个气象一新的"少年中国"诞生。梁启超在文中说：少年智则国智，少年富则国富，少年强则国强，少年独立则国独立，少年自由则国自由，少年进步则国进步，少年胜于欧洲则国胜于欧洲，少年雄于地球则国雄于地球。

100 多年后，在庆祝中国共产党成立 100 周年大会上，共青团员和少先队员代表集体献词，许下了青春的誓言：听党话、感党恩、跟党走！同心向党，奔赴远方！献词最后，他们连呼："请党放心，强国有我！"八字誓词铿锵有力，这响亮的青春誓言在天安门广场上空久久回荡，这是今日青少年对党和祖国的庄严承诺！

在 2021 年全国两会期间，全国政协委员、江苏省锡山高级中学校长唐江澎说：学生没有分数，就过不了今天的高考，但孩子只有分数，恐怕也赢不了未来的大考。一个学校，没有升学率，就没有高考竞争力，但是我们的教育只关注升学率，国家恐怕也就没有核心竞争力。分数是重要的，但是分数不是教育的全部内容，更不是教育的根本目标。好的教育应该是培养终生运动者、责任担当者、问题解决者和优雅生活者，以孩子们健全而优秀的人格赢得未来的幸福，造福国家社会。今天孩子的全面素质，就是我们国家未来的整体实力，也就是我们社会的幸福程度。教育要培根、铸魂、启智、润心，这是习总书记在看望医卫教育界委员，和大家共商国是时所说的，这八个字道出了教育的真谛，深刻地揭示了教育的使命与价值。十四五发展规划纲要，已经把教育作为一个专章提出来了，它的标题应该成为我们社会各界的共识，那就是：提高国民素质，促进人的全面发展。

青少年作为祖国未来的栋梁，是全面建设社会主义现代化、实现中华民族伟大复兴的中坚力量，他们素质的好坏，他们学识的高低，他们能力的强弱，决定着现代化的质量，决定着中华民族的未来。为此，中共中央办公厅、国务院办公厅印发的"双减"意见指出：坚持以习近平新时代中国特色社会主义思想为指导，全面贯彻党的教育方针，落实立德树人根本任务，促进学生全面发展、健康成长。同时要求：科学利用课余时间，开展阅读和文艺活动，为学有余力的学生拓展学习空间，开展丰富多彩的科普、文体、艺术、劳动、阅读、兴趣小组及社团活动。

为落实"双减"意见要求，让青少年科学合理安排课余时间，帮助青少年构建自己的知识体系、提升人文素养，我们策划了这套《给青少年的人文素养课丛书》。该套图书选取了国史、国学、文学、文化、诗词、书画等领域的顶流大师的著作进行归集和整理，其中包括吕思勉、张荫麟、柳诒徵、郑昶、陈师曾、章太炎、陈柱、郑振铎、吴梅、朱自清、闻一多等，让青少年通过阅读，不但对中国的文化有多方面的认识，更可以体会跨界阅读的乐趣，构建自己的知识体系。

这套书适合12—25岁的青少年自主阅读。通过图文结合的形式，在配合相关课本的知识点的基础上，发散思维和各方面知识，巩固课堂所学知识点的同时，让读者了解更为丰富的中国历史知识与文化精髓。轻松简洁的语言，以及丰富经典的原典的引用和解析，满足了青少年读者在课堂上无法得到完全满足的好奇心和求知欲，这不但是对课堂知识的补充，更可以让读者从中体会更多道理。

本书辑录了朱自清的《诗言志辨》、吴梅的《词学通论》及古典诗学论文4篇（朱自清第五、六、八讲3篇，闻一多第七讲1篇），从了解音律、欣赏词作的角度入手，讲解词学的基本知识及词的演变历史，并以历史衍化为经，以拓展内涵为纬，勾勒了"诗言志"的完整体系。

吴梅（1884—1939），字瞿安，号霜厓，江苏苏州人，近代戏曲理论家和教育家，一代词曲学大师。一生致力于戏曲及其他声律的研究和教学，桃李满园。

朱自清（1898—1948），原名自华，号实秋，改名自清，字佩弦，江苏扬州人，著名学者、散文家、诗人。讲真话、写真情、描绘实景，是他散文艺术的最高成就。

闻一多（1899—1946），本名闻家骅，字友三，湖北浠水人，著名诗人、学者、民主战士。他所倡导的新格律诗创作影响了众多诗人，在新诗发展史上写下了重要的一页。

本书尽可能地选用最初的版本，以保留大家著作的原貌。鉴于当时的历史条件，原版本中尚存在一些错讹之处，对其中确系误写、错排的个别文字，参照其他版本和部分学者的研究成果，确有把握者，予以改正。其他一仍其旧，均未作变动。

书中对一些历史事件、历史人物的点评，在编辑出版过程中，除比较敏感处略作注释，其他均未作特别说明，望广大读者考虑到作品创作的历史背景，及各位先生独特的学术观点，在阅读过程中加以区分和正确解读。

由于编者水平有限，疏漏及错讹之处在所难免，敬请广大读者不吝指正。

给青少年的人文素养课

目 录

给青少年的人文素养课

第一讲　诗言志

一、献诗陈志

《今文尚书·尧典》记舜的话，命夔典乐，教胄子，又道：

> 诗言志①，歌永言，声依永，律和声；八音克谐，无相夺伦，神人以和。

郑玄注云：

> 诗所以言人之志意也。永，长也，歌又所以长言诗之意。声之曲折，又长言而为之。声中律乃为和②。

这里有两件事：一是诗言志，二是诗乐不分家。《左传》襄公二十七年也有"诗以言志"的话。那是说"赋诗"的，而赋诗是合乐的③，也是诗乐不分家。据顾颉刚先生等考证，《尧典》最早也是战国时才有的书④。那么，"诗言志"这句话也许从"诗以言志"那句话来⑤，但也许彼此是独立的。

《说文》三上《言部》云：

> 诗，志也。[志发于言]⑥。从"言"，"寺"声。

古文作"詜"，从"言"，"业"声。杨遇夫先生 树达在《释诗》一文里说："'志'字从'心'，'业'声，'寺'字亦从'业'声。'业'、'志'、'寺'古音盖无二。……其以'业'为'志'，或以'寺'为'志'，音近假借耳。"又据《左传》昭公十六年韩宣子"赋不出郑志"的话，说"郑志"即"郑诗"：因而以为"古'诗''志'二文同用，故许慎径以'志'释'诗'"⑦。闻一多先生在《歌与诗》里更进一步说道：

> 志字从"业"，卜辞"业"作"业"，从"止"下"一"，象人足停止在地上，所以"业"本训停止。……"志"从"业"从"心"，本义是停止在心上。停在心上亦可说是藏心里。

他说"志有三个意义：一、记忆，二、记录，三、怀抱"。从这里出发，他证明了"志与诗原来是一个字"⑧。但是到了"诗言志"和"诗以言志"这两句话，"志"已经指"怀抱"了。《左传》昭公二十五年云：

> 子大叔见赵简子。……简子曰："敢问何谓礼？"对曰："吉也闻诸先大夫子产曰：'……民有好、恶、喜、怒、哀、乐，生于六气。是故审则宜类，以制六志。哀有哭泣，乐有歌舞，喜有施舍，怒有战斗。喜生于好，怒生于恶。是故审行信令，祸福赏罚，以制死生。生，好物也；死，恶物也。好物，乐也；恶物，哀也。哀乐不失，乃能协于天地之性，是以长久。'"

孔颖达《正义》说："此六志，《礼记》谓之'六情'。在己为情，情动为志，情、志一也。"汉人又以"意"为"志"，又说志是"心所念虑"，"心意所趣向"，又说是"诗人志所欲之事"⑨。情和意都指怀抱而言；但看子产的话跟子大叔的口气，这种志，这种怀抱是与"礼"分不开的，也就是与政治、教化分不开的。

"言志"这词组两见于《论语》中。《公冶长》篇云：

颜渊、季路侍。子曰："盍各言尔志？"子路曰："愿车
马衣裘与朋友共⑩，敝之而无憾。"颜渊曰："愿无伐善，无
施劳。"子路曰："愿闻子之志！"子曰："老者安之，朋友信
之，少者怀之。"

《先进》篇记子路、曾晳、冉有、公西华"各言其志"，语更详。两处所
记"言志"，非关修身，即关治国，可正是发抒怀抱。还有，《礼记·檀
弓》篇记晋世子申生被骊姬谗害，他兄弟重耳向他道："子盍盍言子之
志于公乎？"郑玄注："重耳欲使言见谮之意。"这也是教他陈诉怀抱。
这里申生陈诉怀抱，一面关系自己的穷通，一面关系国家的治乱。可是
他不愿意陈诉，他自己是死了，晋国也跟着乱起来。这种志，这种怀
抱，其实是与政教分不开的。

《诗经》里说到作诗的有十二处：

一、维是褊心，是以为刺。《魏风·葛屦》

二、夫也不良，歌以讯之。《陈风·墓门》

三、是用作歌，"将母"来谂。《小雅·四牡》

四、家父作诵，以究王讻。《小雅·节南山》

五、作此好歌，以极反侧。《小雅·何人斯》

六、寺人孟子，作为此诗。凡百君子，敬而听之。《小
雅·巷伯》

七、君子作歌，维以告哀。《小雅·四月》

八、矢诗不多，维以遂歌。《大雅·卷阿》

九、王欲玉女，是用大谏。《大雅·民劳》

十、虽曰"匪予"，既作尔歌。《大雅·桑柔》

十一、吉甫作诵，其诗孔硕，其风肆好，以赠申伯。《大
雅·崧高》

十二、吉甫作诵，穆如清风。《大雅·烝民》

这里明用"作"字的八处，其余也都含有"作"字意。（一）最显，不

必再说。（二）《传》云："讯，告也。"《笺》云："歌谓作此诗也。既作，可使工歌之，是谓之告。"《经典释文》引《韩诗》："讯，諫也。"《说文·言部》："諫，数谏也。"段玉裁云："谓数其失而谏之。凡讥'刺'字当用此。"（八）《传》云："不多，多也。明王使公卿献诗以陈其志，遂为工师之歌焉。"（九）《笺》云："玉者，君子比德焉。王乎，我欲令女汝如玉然。故作是诗，用大谏正女汝⑪。"

这些诗的作意不外乎讽与颂，诗文里说得明白。像"以为刺""以讯之""以究王讻""以极反侧""用大谏"，显言讽谏，一望而知。《四牡》篇的"'将母'来谂"，《笺》云："谂，告也⑫。……作此诗之歌，以养父母之志来告于君也。"与《巷伯》的"凡百君子，敬而听之"，《四月》的"维以告哀"，都是自述苦情，欲因歌唱以告于在上位的人，也该算在讽一类里。《桑柔》的"虽曰'匪予'，既作尔歌"，《笺》云："女汝虽牴距，已言'此政非我所为'，我已作女汝所行之歌，女汝当受之而无悔。"那么，也是讽了。为颂美而作的，只有《卷阿》篇的陈诗以"遂歌"，和尹吉甫的两"诵"。《卷阿传》说"王使公卿献诗以陈其志"，"陈志"就是"言志"。因为是"献诗"或赠诗如《崧高》《烝民》，所以"言志"不出乎讽与颂，而讽比颂多。

《国语·周语》上记厉王"得卫巫，使监谤者。以告，则

〔明〕马琬《暮云诗意图》

此画作山麓下林木深秀，临水有亭，隔溪板桥接岸；遥岑层叠起伏，云雾弥漫；岗陵转折深处，村舍掩映，暮霭茫茫。所表现的意境极富诗意。

杀之。"邵公谏道：

> 为川者决之使导，为民者宣之使言。故天子听政，使公
> 卿至于列士献诗，瞽献曲，史献书，师箴，瞍赋，矇诵，百
> 工谏，庶人传语，近臣尽规，亲戚补察，瞽史教诲，耆艾修
> 之，而后王斟酌焉，是以事行而不悖。

《晋语》六赵文子冠，见范文子，范文子说：

> 夫贤者宠至而益戒，不足者为宠骄。故兴王赏谏臣，逸
> 王罚之。吾闻古之言，王者政德既成，又听于民。于是乎使
> 工诵谏于朝，在列者献诗，使勿兜惑也；风采也听胪传也言于
> 市，辨袄祥于谣，考百事于朝，问谤誉于路。有邪而正之，
> 尽戒之术也；先王疾是骄也。

《左传》襄公十四年记师旷对晋平公的话，大略相同；但只作"瞽为诗"，没有明说"献诗"。

从这几段记载看，可见"公卿列士的讽谏是特地做了献上去的，庶人的批评是给官吏打听到了告诵上去的"[13]。献诗只是公卿列士的事，轮不到庶人。而说到献诗，连带着说到瞽、矇、瞍、工，都是乐工，又可见诗是合乐的。

古代有所谓"乐语"。《周礼·大司乐》：

> 以乐语教国子：兴、道、讽、诵、言、语。

这六种"乐语"的分别，现在还不能详知，似乎都以歌辞为主。"兴""道"导似乎是合奏，"讽""诵"似乎是独奏；"言""语"是将歌辞应用在日常生活里。这些都用歌辞来表示情意，所以称为"乐语"。《周礼》如近代学者所论，大概是战国时作，但其中记述的制度多少该有所本，决不至于全是想像之谈。"乐语"的存在，从别处也可推见。《国

语·周语下》云：

> 晋羊舌肸聘于周。……单靖公享之。……语说"昊天有成
> 命"《周颂》。单之老送叔向肸的字，叔向告之曰："……其语说
> '昊天有成命'，'颂'之盛德也。其诗曰……是道成王之德道
> 文、武能成其王德也。……单子俭、敬、让、咨，以应成德，单
> 若不兴，子孙必蕃，后世不忘。……"

给青少年的人文素养课

韦昭解道："'语'，宴语所及也。'说'，乐也。"似乎"昊天有成命"是
这回享礼中奏的乐歌，而单靖公言语之间很赏识这首歌辞。叔向的话先
详说这篇歌辞——诗，然后论单靖公的为人，并预言他的家世兴盛。这
正是"乐语"，正可见"乐语"的重要作用。《论语·阳货》篇简单的记
着孔子一段故事：

> 孺悲欲见孔子，孔子辞以疾。将命者出户，取瑟而歌，
> 使之闻之。

历来都说孔子"取瑟而歌"只是表明并非真病，只是表明不愿见。但小
病未必就不能歌，古书中时有例证；也许那歌辞中还暗示着不愿见的意
思。若这个解释不错，这也便是"乐语"了。

《荀子·乐论》里说"君子以钟鼓道志"。"道志"就是"言志"，也
就是表示情意，自见怀抱。《礼记·仲尼燕居》篇记孔子的话："是故君
子不必亲相与言也，以礼乐相示而已。"这虽未必真是孔子说的，却也
可见"乐语"的传统是存在的。《汉书》二十二《礼乐志》论乐，也道
"和亲之说难形，则发之于诗歌咏言、钟石管弦"，"乐语"的作用正在
暗示上。又，《礼记·乐记》载子夏答魏文侯问乐云：

> 今夫古乐，……君子于是语，于是道古，修身及家，平
> 均天下。此古乐之发也。今夫新乐，……乐终不可以语，不
> 可以道古。此新乐之发也。

这里"语"虽在"乐终",却还不失为一种"乐语"⑭。这里所"语"的是乐意，可以见出乐以言志，歌以言志，诗以言志是传统的一贯。以乐歌相语，该是初民的生活方式之一。那时结恩情，做恋爱用乐歌，这种情形现在还常常看见；那时有所讽颂，有所祈求，总之有所表示，也多用乐歌。人们生活在乐歌中。乐歌就是"乐语"，日常的语言是太平凡了，不够郑重，不够强调的。明白了这种"乐语"，才能明白献诗和赋诗。这时代人们还都能歌，乐歌还是生活里重要节目。献诗和赋诗正从生活的必要和自然的需求而来，说只是周代重文的表现，不免是隔靴搔痒的解释。

献诗的记载不算太多。前引《诗经》里诸例以外，顾颉刚先生还举过两个例⑮。《左传》昭公十二年，子革对楚灵王云：

> 昔穆王欲肆其心，周行天下，将皆必有车辙马迹焉。祭公谋父作《祈招》之诗以止王心。王是以获没于祇宫。……其诗曰："祈招之愔愔，式昭德音。思我王度，式如玉，式如金。形民之力而无醉饱之心！"

又，《国语·楚语》上记左史倚相的话：

> 昔卫武公年数九十有五矣，犹箴儆于国曰："自卿以下，至于师长士，苟在朝者，无谓老耄而舍我！必恭恪于朝，朝夕以交戒我！闻一二之言，必诵志而纳之以训导我！"在舆有旅贲之规，位宁有官师之典，倚几有诵训之谏，居寝有亵御之箴，临事有瞽史之导，宴居有师工之诵，史不失书，矇不失诵，以训御之。于是作《懿戒》以自儆也。

《祈招》是逸诗。《懿戒》韦昭说就是《大雅》的《抑》篇，"懿读之曰抑"。"自儆"可以算是自讽。这两个故事虽然都出于转述，但参看上文所举《诗经》中说到诗的作意诸语，似乎是可信的。这两段是春秋以前的故事。春秋时代还有晏子谏齐景公的例。《晏子春秋·内篇谏下》第

给青少年的人文素养课

五云：

> 晏子使于鲁。比其返也，景公使国人起大台之役。岁寒不已，冻馁者乡有焉。国人望晏子。晏子至，已复事，公延坐，饮酒，乐。晏子曰："君若赐臣，臣请歌之。"歌曰："庶民之言曰：'冻水洗我若之何！太上靡散我若之何！'"歌终，喟然叹而流涕。公就止之曰："夫子曷为至此？殆为大台之役夫？寡人将速罢之。"

《晏子春秋》虽然驳杂，这段故事的下文也许不免渲染一些，但照上面所论"乐语"的情形，这里"歌谏"的部分似乎也可信。总之，献诗陈志不至于是托古的空想。

春秋时代献诗的事，在上面说到的之外似乎还有，从下列四例可见：

> 一、卫庄公娶于齐东宫得臣之妹，曰庄姜，美而无子，卫人所为赋《硕人》也。《左传》隐公三年
>
> 二、狄人……灭卫。……卫之遗民……立戴公以庐于曹。许穆夫人赋《载驰》。《左传》闵公二年
>
> 三、郑人恶高克，使帅师次于河上，久而弗召。师溃而归，高克奔陈。郑人为之赋《清人》。同上
>
> 四、秦伯任好卒，以子车氏之三子奄息、仲行、针虎为殉，皆秦之良也。国人哀之，为之赋《黄鸟》。《左传》文公六年

（一）《诗序》云："庄公惑于嬖妾，使骄上僭。庄姜贤而不答，终以无子，国人闵而忧之。"（二）《序》云："许穆夫人闵卫之亡，伤许之小，力不能救，思归唁其兄，又义不得，故赋是诗也。[16]"（三）《序》云："郑公子素恶高克进之不以礼，文公退之不以道，危国亡师之本，故作是诗也。"（四）《序》云："国人刺穆公以人从死而作是诗也。"《诗序》虽多穿凿，但这几篇与《左传》所记都相合，似乎不是向壁虚造[17]。《诗经》中"人"字往往指在位的大夫君子[18]，这里的"卫人""郑人""国人"

都不是庶人；《诗序》以"郑人"为公子素，更可助成此说。"赋"是自歌或"使工歌之"；《硕人》篇要歌给庄公听，《载驰》篇要歌给戴公听，《清人》篇要歌给文公听，《黄鸟》篇也许要歌给康公听。这些也都属于讽一类[19]。

"诗"这个字不见于甲骨文、金文，《易经》中也没有。《今文尚书》中只见了两次，就是《尧典》的"诗言志"，还有《金縢》云："于后周公乃为诗以诒成王，名之曰《鸱鸮》。"《尧典》晚出，这个字大概是周代才有的。——献诗陈志的事，照上文所引的例子，大概也是周代才有的。"志"字原来就是"诗"字，到这时两个字大概有分开的必要了，所以加上"言"字偏旁，另成一字；这"言"字偏旁正是《说文》所谓"志发于言"的意思。《诗经》里也只有三个"诗"字，就在上文引的《巷伯》《卷阿》《崧高》三篇的诗句中。《诗序》以《巷伯》篇为幽王时作，《卷阿》篇

〔明〕董其昌《林和靖诗意图》

此图是画家根据北宋著名诗人林逋的一首绝句的诗意而作。林诗的全文为："山水未深鱼鸟少，此生还拟重移居。只应三竺溪流上，独木为桥小结庐。"

成王时作，《崧高》篇宣王时作。按《卷阿》篇说，"诗"字的出现是在周初，似乎和《金縢》篇可以印证。但《诗序》不尽可信，《金縢》篇近来也有些学者疑为东周时所作[20]；这个字的造成也许并没有那么

早，所以只说大概周代才有。至于《诗经》中十二次说到作诗，六次用"歌"字，三次用"诵"字，只三次用"诗"字，那或是因为"诗以声为用"的原故；《诗经》所录原来全是乐歌[21]，乐歌重在歌、诵，所以多称"歌""诵"。不过歌、诵有时也不合乐，那便是徒歌，与讴、谣同类。徒歌大都出于庶民，记载下来的不多。前引《国语》中所谓"庶人传语"，所谓"胪言"，该包含着这类东西。这里面有"谤"也有"誉"，有讽也有颂——郑舆人诵子产，最为著名。也有非讽非颂的"缘情"之作，见于记载的如《左传》成公十七年的声伯《梦歌》。但这类"缘情"之作所以保存下来，并非因为它们本身的价值，而是别有所为。如《左传》录声伯《梦歌》，便为的记梦的预兆。《诗经》里一半是"缘情"之作，乐工保存它们却只为了它们的声调，为了它们可以供歌唱。那时代是还没有"诗缘情"的自觉的。

---

①《史记·五帝本纪》改为"诗言意"。《礼记·檀弓》"子盖言子之志于公乎"句郑玄注："志，意也。"

②孔颖达《毛诗正义·诗谱序》"然则诗之道放于此乎"句下引。

③顾颉刚《论诗经所录全为乐歌》，见《古史辨》卷三下六四八至六五〇面。

④《尚书研究讲义》第一册六十九面，又第二册十一叶。参看竺可桢《论以岁差定尚书尧典四仲中星之年代》（《科学》十一卷十二期），顾颉刚《从地理上证今本尧典为汉人作》（《禹贡》半月刊二卷五期），及张清常《周末的乐器分类法》的《结论》（《人文科学学报》一卷一期）。

⑤我相信《左传》是"晚周人做的历史"，但不相信是刘歆等改编的。

⑥今本无此四字，杨遇夫先生据《韵会》引《说文》补入，见他的《释诗》一文中。

⑦杨树达《积微居小学金石论丛》卷一，二一至二二面。

⑧《歌与诗》，《中央日报》昆明版《平明》副刊，二十八年六月五日。

⑨分见《孟子·公孙丑》篇"夫志，气之帅也"赵岐注，《礼记·学记》"一年视离经辨志"郑玄注，《孟子·万章上》"不以辞害志"赵注。

⑩通行本作"衣轻裘"，据阮元《校勘记》删"轻"字。

⑪上引叙作诗的句子都在篇末。《大雅·板》篇首章之末，也有"是用大谏"句，或也是叙全诗造作因由的。

⑫《说文·言部》："谂，深谏也。"

⑬顾颉刚《诗经在春秋战国间的地位》，《古史辨》卷三下三二六面。

⑭以上论"乐语"是许骏斋（维遹）先生说，承他许在这里引用，谨此志谢。

⑮《古史辨》卷三下三二七面。

⑯诗末句云"百尔所思，不如我所之"，闻一多先生谓"之"即"志"字。那么这篇诗明说"言志"了。

⑰崔述《读风偶识》卷二有疑《硕人序》的话，顾颉刚先生有疑《清人序》的话（《古史辨》卷三下三一八面），但皆无证。

⑱朱东润《国风出于民间论质疑》，见《读诗四论》二〇至二七面。

⑲《文选》二十有"献诗"一类，可参看。

⑳《古史辨》一册二〇一面，又三册下三一六至三一七面。又徐中舒《豳风说》，中央研究院历史语言研究所《集刊》第六本第四分四四八面。

㉑顾颉刚《论诗经所录全为乐歌》，《古史辨》三下。

二、赋诗言志

《左传》里说到诗与志的关系的共三处，襄公二十七年最详：

　　郑伯享赵孟于垂陇，子展、伯有、子西、子产、子大叔、二子石从。赵孟曰："七子从君，以宠武也，请皆赋，以卒君贶。武亦以观七子之志。"

　　子展赋《草虫》。赵孟曰："善哉！民之主也！抑武也不足以当之。"

　　伯有赋《鹑之贲贲》。赵孟曰："床第之言不逾阈，况在野乎！非使人之所得闻也。"

　　子西赋《黍苗》之四章。赵孟曰："寡君在，武何能焉！"

　　子产赋《隰桑》。赵孟曰："武请受其卒章。"

　　子大叔赋《野有蔓草》。赵孟曰："吾子之惠也！"

　　印段子石赋《蟋蟀》。赵孟曰："善哉！保家之主也！吾有望矣。"

给青少年的人文素养课

给青少年的人文素养课

　　公孙段子石赋《桑扈》。赵孟曰："'匪①交匪敖'，福将焉往！若保是言也，欲辞福禄，得乎！"

　　卒享，文子告叔向曰："伯有将为戮矣。诗以言志。志诬其上而公怨之，以为宾荣，其能久乎！幸而后亡！"叔向曰："然。已侈。所谓不及五稔者，夫子之谓矣。"

　　文子曰："其余皆数世之主也。子展其后亡者也，在上不忘降。印氏其次也，乐而不荒，乐以安民，不淫以使之，后亡，不亦可乎！"

这里赋诗的郑国诸臣，除伯有外，都志在称美赵孟，联络晋、郑两国的交谊。赵孟对于这些颂美，"有的是谦而不敢受，有的是回敬几句好话"②。只伯有和郑伯有怨，所赋的诗里有云："人之无良，我以为君！"是在借机会骂郑伯。所以范文子说他"志诬其上而公怨之"。又，在赋诗的人，诗所以"言志"，在听诗的人，诗所以"观志""知志"。"观志"已见，"知志"见《左传》昭公十六年：

　　郑六卿饯宣子于郊。宣子曰："二三君子请皆赋，起亦以知郑志。"

"观志"或"知志"的重要，上引例中已可见，但下一例更显著。《左传》襄公十六年云：

　　晋侯与诸大夫宴于温，使诸大夫舞，曰："歌诗必类。"齐高厚之诗不类。荀偃怒，且曰："诸侯有异志矣！"

　　使诸大夫盟高厚。高厚逃归。于是叔孙豹、晋荀偃、宋向戌、卫宁殖、郑公孙虿、小邾之大夫盟曰："同讨不庭！"

孔颖达《正义》说："歌古诗，各从其恩好之义类。"高厚所歌之诗独不取恩好之义类，所以说"诸侯有异志"。

　　这都是从外交方面看，诗以言诸侯之志，一国之志，与献诗陈己志不同。在这种外交酬酢里言一国之志，自然颂多而讽少，与献诗相反。外交的赋诗也有出乎酬酢的讽颂即表示态度之外的。雷海宗先生曾在《古代中国的外交》一文中指出：

> 赋诗有时也可发生重大的具体作用。例如文公十三年郑伯背晋降楚后，又欲归服于晋，适逢鲁文公由晋回鲁，郑伯在半路与鲁侯相会，请他代为向晋说情，两方的应答全以赋诗为媒介。郑大夫子家赋《小雅·鸿雁》篇，义取侯伯哀恤鳏寡，有远行之劳，暗示郑国孤弱，需要鲁国哀恤，代为远行，往晋国去关说。鲁季文子答赋《小雅·四月》篇，义取行役逾时，思归祭祀；这当然是表示拒绝，不愿为郑国的事再往晋一行。郑子家又赋《载驰》篇之第四章，义取小国有急，想求大国救助。鲁季文子又答赋《小雅·采薇》篇之第四章，取其"岂敢定居，一月三捷"之句，鲁国过意不去，只得答应为郑奔走，不敢安居③。

郑人赋诗，求而兼颂；鲁人赋诗，谢而后许。虽也还是"言志"，可是在办交涉，不止于酬酢了。称为"具体的重大作用"，是不错的。但赋诗究竟是酬酢的多。

不过就是酬酢的赋诗，一面言一国之志，一面也还流露着赋诗人之志，他自己的为人。垂陇之会，范文子论伯有、子展、印氏等的先亡后亡，便是从这方面着眼，听言知行而加推断的。《汉书》三十《艺文志》说："古者诸侯卿大夫交接邻国，以微言相感，当揖让之时，必称诗以谕其志。盖以别贤不肖而观盛衰焉。"这也是"观志"，《荀子》里称为"观人"。春秋以来很注重观人，而"观人以言"《非相篇》更多见于记载。"言"自然不限于赋诗，但"诗以言志"，"志以定言"④，以赋诗"观人"也是顺理成章的。如此论诗，"言志"便引申了表德一义，不止于献诗陈志那样简单了。再说春秋时的赋诗虽然有时也有献诗之义，如上文所论，但外交的赋诗却都非自作，只是借诗言志。借诗言志并且也不限于外交，《国语·鲁语》下有一段记载：

〔明〕杜堇《古贤诗意图（之一）》

　　《古贤诗意图》由金琮书诗、杜堇作画，共九段。整个画幅，画家细心体会诗意，构思巧妙，人物、情景交融。此画写卢仝《茶歌》，诗全题是《走笔谢孟谏议寄新茶》。

　　　公父文伯之母欲室文伯，飨其宗老，而为赋《绿衣》之三章。老请守龟卜室之族。师亥闻之曰："善哉！男女之飨，不及宗臣；宗室之谋，不过宗人。谋而不犯，微而昭矣。诗所以合意，歌所以咏诗也。今诗以合室，歌以咏之，度于法矣！"

《绿衣》之三章云："我思古人，实获我心。"韦昭解这回赋诗之志是"古之贤人正室家之道，我心所善也"。可见这种赋诗也用在私室的典礼上。韦昭解次"合"字为"成"；以现成的诗合自己的意，而以成礼，是这种赋诗的确释。劳孝舆《春秋诗话》卷一云：

　　　风诗之变，多春秋间人所作。……然作者不名，述者不作，何欤？盖当时只有诗，无诗人。古人所作，今人可援为己诗，彼人之诗，此人可赓为自作，期于"言志"而止。人无定诗，诗无定指，以故可名不名，不作而作也。

论当时作诗和赋诗的情形，都很确切。

这种赋诗的情形关系很大。献诗的诗都有定指，全篇意义明白。赋诗却往往断章取义，随心所欲，即景生情，没有定准。譬如《野有蔓草》，原是男女私情之作，子大叔却堂皇的赋了出来；他只取其中"邂逅相遇，适我愿兮"两句，表示欢迎赵孟的意思。上文"野有蔓草，零露湑兮。有美一人，清扬婉兮。"以及下章，恐怕都是不相干的⑤。断章取义只是借用诗句作自己的话。所取的只是句子的文义，就是字面的意思，而不管全诗用意，就是上下文的意思。——有时却也取喻义，如《左传》昭公元年，郑伯享赵孟，鲁穆叔赋《鹊巢》，便是以"鹊巢鸠居""喻晋君有国，赵孟治之"_{杜预注}。但所取喻义以易晓为主；偶然深曲些，便须由赋诗人加以说明⑥。那时代只要诗熟，听人家赋，总知道所要言的志；若取喻义，就不能如此共晓了。听了赋诗而不知赋诗人的志的，大概是诗不熟，唱着听不清楚。所以卫献公教师曹歌《巧言》篇的末章给孙蒯听，讽刺孙文子"无拳无勇，职为乱阶"。师曹存心捣乱，还怕唱着孙蒯不懂，便朗诵了一回——"以声节之曰'诵'"，"诵"是有节奏的⑦——孙蒯告诉孙文子，果然出了乱子⑧。还有，不明了事势也不能知道赋诗人的志。齐庆封聘鲁，与叔孙穆子吃饭，不敬。叔孙赋《相鼠》，讽刺他"人而无仪，不死何为！"他竟不知道。后来因乱奔鲁，叔孙穆子又请他吃饭，他吃品还是不佳，叔孙不客气，索性教乐工朗诵《茅鸱》给他听；这是逸诗，也是刺不敬的。但是庆封还是不知道⑨。他实在太糊涂了！赋诗大都是自己歌唱。有时也教乐工歌唱；《左传》有以赋诗为"肄业"_{习歌}的话，有"工歌""使大师歌"的话⑩，又刚才举的两例中也由乐工诵诗。赋诗和献诗都合乐；到春秋时止，诗乐还没有分家。

---

①《诗经·小雅·桑扈》篇作"彼"字。

②顾颉刚先生语，《古史辨》三下三三○至三三一面。

③清华大学《社会科学》三卷一期，二至三面。

④《左传》昭公二十九年。

给青少年的人文素养课

⑤《左传》僖公二十三年"公赋《六月》"句《正义》云:"古者礼会,因古诗以见意,故言赋诗断章也。其全称诗篇者,多取首章之义。"

⑥如《左传》昭公元年,鲁穆叔赋《采蘩》篇给赵孟听,那诗的首章云:"于以(何)采蘩?于沼于沚。于以(何)用之?公侯之事。"穆叔说明他的用意是:"小国像蘩草似的,大国若爱惜着用它,它总听用的。"

⑦《周礼·大司乐》"兴道讽诵言语"郑玄注。《墨子·公孟》篇"诵诗三百,弦诗三百,歌诗三百,舞诗三百","诵"无弦乐相配,似乎只有节奏——也许是配鼓罢。

⑧《左传》襄公十四年。

⑨《左传》襄公二十七年、二十八年。

⑩分见《左传》文公四年,襄公四年、十四年。

三、教诗明志

论"诗言志"的不会忘记《诗大序》,《大序》云:

> 诗者,志之所之也。在心为志,发言为诗。情动于中而形于言;言之不足,故嗟叹之;嗟叹之不足,故永歌之;永歌之不足,不知手之舞之,足之蹈之也。情发于声,声成文谓之音。……故正得失,动天地,感鬼神,莫近于诗。先王以是经夫妇,成孝敬,厚人伦,美教化,移风俗。

前半段明明从《尧典》的话脱胎。《大序》托名子夏,而与《毛传》一鼻孔出气,当作于秦、汉之间。文中说"在心为志,发言为诗",却又说"情动于中而形于言",又说"吟咏情性,以风其上"。《正义》云:"情谓哀乐之情","志"与"情"原可以是同义词;感于哀乐,"以风其上",就是"言志"。"在心"两句从"诗言志""志以发言[①]""志以定言"等语变出,还是"诗言志"之意;但特别看重"言",将"诗"与"志"分开对立,口气便不同了。此其一。既说"情动于中而形于言",

又说"情发于声"，可见诗与乐分了家。此其二。"正得失"是献诗陈志之义，"动天地，感鬼神"，似乎就是《尧典》的"神人以和"。但说先王以诗"美教化，移风俗"，却与献诗陈志不同；那是由下而上，这是由上而下。也与赋诗言志不同，赋诗是"为宾荣"，见己德——赋诗人都是在上位的人。此其三。献诗和赋诗都着重在听歌的人，这里却多从作诗方面看。此其四。总而言之，这时代诗只重义而不重声，才有如上的情形。还有，陆贾《新语·慎微》篇也说道：

> 故隐之则为道，布之则为文衍文？诗；在心为志，出口为
> 辞。

"出口为辞"更见出重义来。而以诗为"道"之显，即以"布道"为"言志"，虽然也是重义的倾向，却能阐明"诗言志"一语的本旨。

　　诗与乐分家是有一段历史的。孔子时雅乐就已败坏，诗与乐便在那时分了家。所以他说："恶郑声之乱雅乐也。"《论语·阳货》又说："兴于《诗》，立于礼，成于乐。"《泰伯》诗与礼乐在他虽还联系着，但已呈露鼎足三分的形势了。当时献诗和赋诗都已不行。除宴享祭祀还用诗为仪式歌，像《仪礼》所记外，一般只将诗用在言语上；孔门更将它用在修身和致知——教化——上。言语引诗，春秋时就有，见于《左传》的甚多。用在修身上，也始于春秋时。《国语·楚语》上记庄王使士亹傅太子箴，士亹问于申叔时，叔时道：

> ……教之诗而为之导广显德，以耀明其志。

韦昭解云："导，开也。显德谓若成汤、文、武、周公之属，诸诗所美者也。""耀明其志"指受教人之志，就是读诗人之志；"诗以言志"，读诗自然可以"明志"。又上引范文子论赋诗，从诗语见伯有等为人，就已包含诗可表德的意思，到了孔子，话却说得更广泛了。他说：

> 小子何莫学夫诗！诗可以兴，可以观，可以群，可以怨，

迩之事父，远之事君，多识于鸟兽草木之名。《阳货》

"多识于鸟兽草木之名"，是将诗用在致知上；"诗"字原有"记忆""记录"之义，所以可用在致知上。但这与"言志"无关，可以不论。兴观群怨，事父事君，说得作用如此广大，如此详明，正见诗义之重。但孔子论诗，还是断章取义的，与子贡论"如切如磋，如琢如磨"《学而》，与子夏论"巧笑倩兮，美目盼兮，素以为绚兮"《八佾》可见；不过所取是喻义罢了。又，孔子惟其重诗义，所以才说：

> 诗三百，一言以蔽之，曰"思无邪"。《为政》

后来《礼记·经解》篇的"温柔敦厚，诗教也"，《诗纬·含神雾》的"诗者持也"③，《汉书》卷二十二《礼乐志》的"省其诗而志正"，卷三十《艺文志》的"诗以正言，义之用也"，似乎都是从孔子的话演变出来的。《诗大序》所说"经夫妇，成孝敬，厚人伦，美教化，移风俗"，也是从兴观群怨、"事父事君"等语演变出来的。儒家重德化，儒教盛行以后，这种教化作用极为世人所推尊，"温柔敦厚"便成了诗文评的主要标准。

孟子时古乐亡而新声作④，诗更重义了。他说：

> 故说诗者不以文害辞，不以辞害志。以意逆志，是为得之。《万章上》

又说：

> 颂诵其诗，读其书，不知其人，可乎？是以论其世也。是尚上友也。《万章下》

"以意逆志"是以己意己志推作诗之志；而所谓"志"都是献诗陈志的"志"，是全篇的意义，不是断章的意义。"不以文害辞""不以辞害志"

是反对断章的话。孟子虽然还不免用断章的方法去说诗，但所重却在全篇的说解，却在就诗说诗，看他论《北山》《小弁》《凯风》诸篇可见《告子下》。他用的便是"以意逆志"的方法。至于"知人论世"，并不是说诗的方法，而是修身的方法，"颂诗""读书"与"知人论世"原来三件事平列，都是成人的道理，也就是"尚友"的道理。后世误将"知人论世"与"颂诗读书"牵合，将"以意逆志"看作"以诗合意"，于是乎穿凿傅会，以诗证史。《诗序》就是如此写成的。但春秋赋诗只就当前环境而"以诗合意"。《诗序》却将"以诗合意"的结果就当作"知人论世"，以为作诗的"人""世"果然如此，作诗的"志"果然如此；将理想当作事实，将主观当作客观，自然教人难信。

先秦及汉代多有论《六经》大义的。《庄子·天下》篇云：

> 其在于《诗》《书》《礼》《乐》者，邹、鲁之士搢绅先生多能明之。《诗》以道志，《书》以道事，《礼》以道行，《乐》以道和，《易》以道阴阳，《春秋》以道名分。

这也许是论《六经》大义之最早者。"道志"就是"言志"——《释文》说，道音导，虽本于《周礼·大司乐》，却未免迂曲。又《荀子·儒效》篇云：

> 圣人者，道之管也，天下之道管是矣，百王之道一是矣。故《诗》《书》《礼》《乐》之道归是矣。《诗》言是，其志也⑤。《书》言是，其事也。《礼》言是，其行也。《春秋》言是，其微也。

这与《天下》篇差不多；但说《诗》只言圣人之志，便成了《诗序》的渊源了。又董仲舒《春秋繁露·玉杯》篇云："诗道志，故长于质。礼制节，故长于文。……"近人苏舆《义证》曰："诗言志，志不可伪，故曰质"，质就是自然。又《汉书·司马迁传》引董仲舒云："诗以达意"，"达意"与"言志"同。又《法言·寡见》篇云："说志者莫辨乎

给青少年的人文素养课

〔明〕杜堇《古贤诗意图（之二）》

　　此画写杜甫诗《舟中夜雪有怀卢十四侍御弟》。图中山岩枯枝、芦荻孤舟、风雪江流，一派萧瑟，准确地表现了诗人漂泊孤零之况。

诗"，"说志"也与"言志"同。这些也都重在诗义上。

　　诗既重义，献诗原以陈志，有全篇本义可说。赋诗断章，在当时情境中固然有义可说，离开当时情境而就诗论诗，有些本是献诗，也还有义，有些不是献诗，虽然另有其义，却不可说或不值得说，像《野有蔓草》一类男女私情之作便是的。这些既非讽与颂，也无教化作用，便不是"言志"的诗；在赋诗流行的时候，因合乐而存在。诗乐分家，赋诗不行之后，这些诗便失去存在的理由，但事实上还存在着。为了给这些诗找一个存在的理由，于是乎有"陈诗观风"说。《礼记·王制》篇云：

　　　　岁二月，（天子）东巡守，至于岱宗，……觐诸侯。……命大师陈诗以观民风。

郑玄注："陈诗，谓采其诗而视之。"孔颖达《正义》云："乃命其方诸侯大师，是掌乐之官，各陈其国风之诗，以观其政令之善恶。"孔说似乎较合原义些。

　　自然，若要进一步考查那些诗的来历，"采诗"说便用得着了。《汉书·艺文志》云：

　　《书》曰："诗言志，歌咏言"，故哀乐之心感，而歌咏之
声发。诵其言谓之诗，咏其声谓之歌。故古有采诗之官，王
者所以观风俗，知得失，自考正也。

采诗有官，这个官就是"行人"。《汉书》二十四上《食货志》云：

　　冬，民既入，……男女有不得其所者，因相与歌咏，各
言其伤。……孟春之月，群居者将散，行人振木铎徇于路以
采诗⑥，献之大师；比其音律，以闻于天子。

这样，采诗的制度便很完备了。只看"比其音律"一语，便知是专为乐
诗立说；像《左传》里"城者讴""舆人诵"那些徒歌，是不在采录、
陈献之列的。这是什么原故呢？原来汉代有采歌谣的制度，《艺文志》云：

　　自孝武立乐府而采歌谣，于是有代、赵之讴，秦、楚之
风，皆感于哀乐，缘事而发，亦可以观风俗，知薄厚云。

徐中舒先生指出采诗说便是受了这件事的暗示而创立的⑦；那么，就无
怪乎顾不到《左传》里那些讴、诵等等了。《王制》篇出于汉儒之手，
是理想，非信史，"陈诗"说也靠不住。"陈诗""采诗"虽为乐诗立说，
但指出"观风"，便已是重义的表现。而要"观风俗，知得失"，就什么
也得保存着，男女私情之作等等当然也在内了。这类诗于是乎有了存在
的理由。

　　《诗大序》说："国史明乎得失之迹，伤人伦之废，哀刑政之苛，
吟咏情性以风其上。"《汉书》所谓"哀乐之心感而歌咏之声发"，"憾
于哀乐，缘事而发"，以及"各言其伤"，其实也是"吟咏情性"，不过
"吟咏"的人不一定是"国史"，也不必全是"伤人伦之废，哀刑政之
苛"罢了。"吟咏情性"原已着重作诗人，西汉时《韩诗》里有"饥者
歌食，劳者歌事"的话，更显明的着重作诗人，并显明的指出诗的"缘
情"作用。但《韩诗·伐木》篇说云：

《伐木》废，朋友之道缺。劳者歌其事，诗人伐木，自苦其事。

说到"朋友之道"，可见所重还在讽，还在"以风其上"。班氏的话，与"歌食""歌事"义略同，但归到"以观风俗"，所重也还在"以风其上"。两家论到诗的"缘情"作用，都只是说明而不是评价。《伐木》篇若不关涉到朋友之道的完缺，"歌事"便无价值可言，诗歌若不采而陈之，"哀乐之心""歌咏之声"又有何用？可见这类"缘情"的诗的真正价值并不在"缘情"，而在表现民俗，"以风其上"。不过献诗时代虽是作诗陈一己的志，却非关一己的事。赋诗时代更只以借诗言一国之志为主；偶然有人作诗——那时一律称为"赋"诗——也都是讽颂政教，与献诗同旨。总之诗乐不分家的时代只着重听歌的人；只有诗，无诗人，也无"诗缘情"的意念。诗乐分家以后，教诗明志，诗以读为主，以义为用；论诗的才渐渐意识到作诗人的存在。他们虽还不承认"诗缘情"的本身价值，却已发见了诗的这种作用，并且以为"王者"可由这种"缘情"的诗"观风俗，知得失，自考正"。那么"缘情"作诗竟与"陈志"献诗殊途同归了。但《诗大序》既说了"在心为志，发言为诗"，又说"情动于中而形于言"，又说"吟咏情性"；后二语虽可以算是"言志"的同义语，意味究竟不同。《大序》的作者似乎看出"言志"一语总关政教，不适用于原是"缘情"的诗，所以转换一个说法来解释。到了《韩诗》及《汉书》时代，看得这情形更明白，便只说"歌食""歌事"，只说"哀乐之心""各言其伤"，索性不提"言志"了。可见"言志"跟"缘情"到底两样，是不能混为一谈的。

①《左传》襄公二十七年。

②孔子曰："《关雎》乐而不淫，哀而不伤"（《论语·八佾》）又曰："师挚之始，《关雎》之乱，洋洋乎盈耳哉！"（《泰伯》）都是论乐的话，故知当时这种仪式歌尚有存者，乐工也还有。

③《毛诗正义》，《诗谱序》"然则诗之道放于此乎"句下引。

④《古史辨》卷三下三五二至三五八面。

⑤杨倞注云："是儒之志"，以"诗言是其志也"为一句，下仿此。窃疑杨
　句读有误，所以改成现在样子。

⑥《左传》襄公十四年引《夏书》曰："道人以木铎徇于路"，但无"采
　诗"之文。

⑦徐中舒《豳风说》，见中央研究院历史语言研究所《集刊》第六本第四
　分四三一面。

四、作诗言志

战国以来，个人自作而称为诗的，最早是《荀子·赋》篇中的
《佹诗》，首云：

　　天下不治，请陈佹诗。

杨倞注："请陈佹异激切之诗，言天下不治之意也。"诗以四言为主，虽
不合乐，还是献诗讽谏的体裁。其次是秦始皇教博士做的《仙真人诗》，
已佚。他游行天下的时候，"传令乐人歌弦之"①，大约是献诗颂美一
类。西汉如韦孟作的《讽谏诗》，韦玄成作的《自劾诗》等②，也都是
四言，或以讽人，或以自讽，不合乐，可还是献诗的支流余裔。不过当
时这种诗并不多。诗不合乐，人们便只能读，只能揣摩文辞，作诗人的
名字倒有了出现的机会，作诗人的地位因此也渐渐显著。但真正开始歌
咏自己的还得推"骚人"，便是辞赋家。辞赋家原称所作为"诗"，而且
是"言志"的"诗"。《楚辞·悲回风》篇道：

　　介眇志之所惑兮，窃赋诗之所明。

又庄忌《哀时命》篇道：

　　志憾恨而不逞兮，抒中情而属诗。

说得都很明白。既然是"诗"，自然就有"言志"作用。

《韩诗外传》卷七记着：

> 孔子游于景山之上，子路、子贡、颜渊从。
>
> 孔子曰："君子登高必赋。小子愿者何？言其愿，丘将启汝。"
>
> 子路曰："由愿奋长戟，荡三军，乳虎在后，仇敌在前，蠡跃蛟奋，进救两国之患。"孔子曰："勇士哉！"
>
> 子贡曰："两国构难，壮士列阵，尘埃涨天。赐不持一尺之兵，一斗之粮，解两国之难；用赐者存，不用赐者亡。"孔子曰："辩士哉！"
>
> 颜回不愿。孔子曰："回何不愿？"颜渊曰："二子已愿，故不敢愿。"孔子曰："不同，意各有事焉。回其愿，丘将启汝。"颜渊曰："愿得小国而相之，主以道制，臣以德化；君臣同心，外内相应。列国诸侯莫不从义向风。壮者趋而进，老者扶而至。教行乎百姓，德施乎四蛮；莫不释兵。辐辏乎四门。天下咸获永宁。蠉飞蠕动，各乐其性；进贤使能，各任其事。于是君绥于上，臣和于下；垂拱无为，动作中道，从容得礼。言仁义者赏，言战斗者死。则由何进而救，赐何难之解！"孔子曰："圣士哉！大人出，小子匿，圣者起，贤者伏。回与执政，则由、赐焉施其能哉！"

这个故事又见于同书卷九，《说苑·指武》篇及伪《家语·致思》篇，但"君子登高必赋"一语都作"二三子各言尔志"。三人所陈皆关政教，确合"言志"本旨。这故事未必真，却可见"赋者古诗之流"班固《两都赋序》中语，也跟诗一样可以"言志"[③]。所以《汉书·艺文志》道：

> 春秋之后，周道寖坏。聘问歌咏不行于列国，学诗之士逸在布衣，而贤人失志之赋作矣。大儒孙卿及楚臣屈原，离谗忧国，皆作赋以风，咸有恻隐古诗之义。

"贤人失志"而作赋，用意仍在乎"风"，这是确有依据的。不过荀、屈两家并不相同。荀子的《成相辞》和《赋》篇还只是讽，屈原的《离骚》《九章》，以及传为他所作的《卜居》《渔父》，虽也歌咏一己之志，却以一己的穷通出处为主，因而"抒中情"的地方占了重要的地位——宋玉的《九辩》更其如此。这是一个大转变，"诗言志"的意义不得不再加引申了；《诗大序》所以必须换言"吟咏情性"，大概就是因为看到了这种情形。

汉兴以来有所谓"辞人之赋"，"竞为侈丽闳衍之词，没其讽谕之义"④；虽也托为"言志"，其实是"劝百而讽一"⑤。这些似乎是《荀子·赋》篇中《云》《蚕》《箴》铱等篇的扩展，加上屈、宋的辞。沈约《宋书·谢灵运传》论说"自汉至魏""文体三变"，第一提到的便是"相如工为形似之言"。"形似之言"扼要的说明了"辞人之赋"。"形似"不是"缘情"而是"体物"，现在叫做"描写"，却能帮助发挥"缘情"作用。东汉的赋才真走上"屈原赋"的路；沈约说"二班长于情理之说"，正指此。"情理"就是"情性"⑥，也就是"志"；这是将"诗言志"跟"吟咏情性"调和了的语言。那时有冯衍的《显志赋》，他的"自论"云：

> 顾尝好儌傥之策，时莫能听用其谋。喟然长叹，自伤不遭。久栖迟于小官，不得舒其所怀。抑心折节，意凄情悲。……乃作赋自厉，命其篇曰"显志"。"显志"者，言光明风化之情，昭章玄妙之思也。⑦。

所谓"显志"，还是自讽"自厉"，但赋的只是一己的穷通。《文选》所录"志赋"，班固《幽通》的"致命遂志"，张衡《思玄》的"宣寄情志"⑧，其实都是如此；张衡的《归田赋》也只言一己的出处，文同一例。此外可称为"志赋"的还多，明题"志"字的也不少，梁元帝一篇简直题为"言志"⑨，都是这一类。《檀弓》篇所记"言志"一语，本指穷通而说，如前所论。但"诗"言一己穷通，却从"骚人"才开始。从此"诗言志"一语便也兼指一己的穷通出处。士大夫的穷通出处都关政教，跟"饥者歌食，劳者歌事"原不相同，称为"言志"，也自有理。沈约还说"子建曹植、仲宣王粲以气质为体"，那却是"缘情"的赋，不能称为"言志"了。

东汉时五言诗也渐兴盛。班固《咏史》述缇萦事，结云："百男何愦愦，不如一缇萦"⑩，还是感讽之作。到了汉末，有郦炎作诗二篇，其一云：

> 大道夷且长，窘路狭且促。修翼无卑栖，远趾不步局。
> 舒吾凌霄羽，奋此千里足。超迈绝尘驱，倏忽谁能逐！贤愚岂
> 尝类，禀性在清浊。富贵有人籍，贫贱无天录。通塞苟由己，
> 志士不相卜。陈平敖里社，韩信钓河曲。终居天下宰，食此
> 万钟禄。德音流千载，功名重山岳⑪。

这篇和另一篇，后世题为"见志诗"。诗中道"通塞苟由己，志士不相卜"，"通塞"就是穷通。又《后汉书·仲长统传》也记他"作诗二篇，以见其志"，却是四言。郦炎的"见志"是"吟咏情性"，自述怀抱，而归于政教。仲长统的"见志"也是自述怀抱，但歌咏的是人生"大道"、人生义理。人生义理不离出世、入世两观——仲长统歌咏的是出世观——可以表见德性，并且也还是一种出处，也还反映着政教。后来清代纪昀论"诗言志"，说志是"人品学问之所见"，又说诗"以人品心术为根柢"⑫，正指的这种表见德性而言。当时只有秦嘉《留郡赠妇诗》五言三篇，自述伉俪情好⑬，与政教无甚关涉处。这该是"缘情"的五言诗之始。五言诗出于乐府诗，这几篇——连那两篇四言——也都受了乐府诗的影响。乐府诗"言志"的少，"缘情"的多。辞赋跟乐府诗促进了"缘情"的诗的进展。《诗经》却是经学的一部门，论诗的总爱溯源于《三百篇》，其实往往只是空泛的好古的理论。这时候五言诗大盛。所谓"一字千金"的古诗十九首，经多人考定，便作于建安献帝前一个时期。魏文帝《与吴质书》云："公幹刘桢有逸气，但未遒耳。其五言诗之善者妙绝时人。"可见建安时五言诗的体制已经普遍，作者也多了，这时代才真有了诗人。但十九首还是出于乐府诗，建安诗人也说如此。

到了正始魏齐王芳时代，阮籍才摆脱了乐府诗的格调，用五言诗来歌咏自己。他"作《咏怀诗》八十余篇，为世所重"⑭。颜延之云：

> 嗣宗身仕乱朝，常恐忧生之嗟。虽志在刺讥，而文多隐避，百代之下，难以情测。罹谤遇祸。因兹发咏，故每有

"志在刺讥"是"讽"的传统，但"常恐罹谤遇祸"，"每有忧生之嗟"，就都是一己的穷通出处了——虽然也是与政教息息相关的。诗题"咏怀"，其实换成"言志"也未尝不可。

"诗言志"一语虽经引申到士大夫的穷通出处，还不能包括所有的诗。《诗大序》变言"吟咏情性"，却又附带"国史……伤人伦之废，哀刑政之苛"的条件，不便断章取义用来指"缘情"之作。《韩诗》列举"歌食""歌事"，班固浑称"哀乐之心"，又特称"各言其伤"，都以别于"言志"，但这些语句还是不能用来独标新目。可是"缘情"的五言诗发达了，"言志"以外迫切的需要一个新标目，于是陆机《文赋》第一次铸成"诗缘情而绮靡"这个新语。"缘情"这词组将"吟咏情性"一语简单

〔清〕余集《梅下赏月图》

余集擅画山水、花卉、禽鸟、兰竹，尤工仕女，无不精妙其书及诗画，时称三绝。此图中画一士人在梅下赏月的情景，两枝老梅偃蹇相伴，环境幽雅而富有诗意。

化、普遍化，并檃括了《韩诗》和《班志》的话，扼要的指明了当时五言诗的趋向。他还说"赋体物而浏亮"，同样扼要的指出了"辞人之赋"的特征——也就是沈约所谓"形似之言"。从陆氏起，"体物"和"缘情"渐渐在诗里通力合作，他有意的用"体物"来帮助"缘情"的"绮靡"。那时据说还有"赋诗观志"的局面。干宝《晋纪》说"泰始武帝四年上幸芳林园，与群臣赋诗观志"；孙盛《晋阳秋》说"散骑常侍应贞诗最美"⑮。应贞的诗见《文选》卷二十《公讌诗》，是四言，题为《晋武帝华林园集》，是颂美的献诗。但一般的五言诗却走向"缘情"的路。《文选》二十三有潘岳《悼亡诗》三首，第二首中道："上惭东门吴，下愧蒙庄子。赋诗欲言志，此志难具纪。命也可奈何！长戚自令鄙。"合看这六语，所谓"赋诗言志"，显然指的人生义理。可是就三首诗全体而论，却都是"缘情"之作。东晋有"玄言诗"，钞袭《老》《庄》文句，专一歌咏人生义理；诗钻入一种狭隘的"言志"的觭角里，终于衰灭无存。于是再走上那"缘情"的路。这时代诗人也还有明言自述己志的，可是只指穷通出处，或竟是歌咏人生的"缘情"之作。陶渊明《五柳先生传》说"常著文章自娱，颇示己志"。他志在田园，而又从田园中体验人生；所谓"示志"，兼包这两义而言。谢灵运在《山居赋》里也说"援纸握管，……诗以言志"；他从山水的赏悟中歌咏自己的穷通出处——诗却以"体物"著。还有江淹《杂体诗》中拟嵇康的一首《文选》三十一，题为"言志"，却以歌咏人生义理为主。

六朝人论诗，少直用"言志"这词组的。他们一面要表明诗的"缘情"作用，一面又不敢无视"诗言志"的传统；他们没有胆量全然撇开"志"的概念，径自采用陆机的"缘情"说，只得将"诗言志"这句话改头换面，来影射"诗缘情"那句话。范晔所谓"见志"便是如此，已见上引。又，沈约《宋书·谢灵运传》论云："民禀天地之灵，含五常之德，刚柔迭用，喜愠分情。夫志动于中，则歌咏外发。……"文中虽提到"六义""四始"，可并不阐发"风化""风刺"的理论。"志动于中"就是《诗大序》的"情动于中"；"刚柔"是性，"喜愠"明说是情，一般的性情便是他所谓"志"。这也就是《诗大序》说的"吟咏情性"，只是居然断章取义的去了那些附带的条件。《文心雕龙·明诗》

篇云："人禀七情，应物斯感；感物吟志，莫非自然。"这个"志"明指"七情"；"感物吟志"既"莫非自然"，"缘情"作用也就包在其中。《诗品序》云："气之动物，物之感人，故摇荡性情，形诸舞咏。"以下列举物候人情，又云："凡斯种种，感荡心灵。非陈诗何以展其义，非长歌何以骋其情！故曰，诗'可以群，可以怨'。使穷贱易安，幽居靡闷，莫尚于诗矣。"这里只说"性情""心灵"，不提"志"字；但"陈诗展义"和"长歌骋情"，"穷贱易安"和"幽居靡闷"，都是"言志""缘情"之别，又引孔子的话，更明是尊重传统的表现。不过孔子是论读诗，钟嵘引用"可以群，可以怨"，却移来论作诗——"可以兴，可以观"意义分明，不能移用，所以略去。建安以来既有了诗人，论诗的自然就注重作诗了。

梁代裴子野作《雕虫论》，抨击当时作诗的人。他说：

> 古者"四始""六义"，总而为诗。既形四方之气，且彰君子之志；劝美惩恶，王化本焉。……宋初迄于元嘉文帝，多为经史。大明孝武帝之代，实好斯文。……自是闾阎年少，贵游总角，罔不摈落六艺，吟咏情性。学者以"博依"为急务，谓章句为专鲁，淫文破典，斐尔为功。无被于管弦，非止乎礼义。深心主卉木，远志极风云。其兴浮，其志弱，巧而不要，隐而不深。《文苑英华》七四二

他在主张恢复经学，也在主张恢复"诗言志"的传统；诗至少要吟咏穷通出处，不当在"卉木""风云"里兜圈子。他抨击的是"缘情""体物"的诗。他引用"吟咏情性"一语，实指"缘情"而言；这揭穿了一般调和论者的把戏。但他虽能看出"言志"跟"吟咏情性"不同，在"远志"和"其志弱"二语里却还将所谓"志"与"情"混为一谈。这可见词语的一般用例影响之大。《雕虫论》并没有能够挽回"缘情"的五言诗的趋势，更没有能够恢复"志"字的传统用例。反之，那"情""志"含混或调和的语例，倒渐渐标准化起来。唐代孔颖达《毛诗正义》解释《诗大序》里"诗者，志之所之也。在心为志，发言为诗"几句道：

给青少年的人文素养课

此又解作诗所由。诗者，人志意之所之适也。虽有所适，犹未发口，蕴藏在心，谓之为"志"。发见于言，乃名为"诗"。言作诗者，所以舒心志愤懑，而卒成于歌咏。故《虞书》谓之"诗言志"也。包管万虑，其名曰"心"；感物而动，乃呼为"志"。志之所适，万物感焉。言悦豫之志，则和乐兴而颂声作，忧愁之志，则哀伤起而怨刺生。《艺文志》云："哀乐之情感，歌咏之声发"，此之谓也。

这里"所以舒心志愤懑"，"感物而动，乃呼为'志'"，"言悦豫之志""忧愁之志"都是"言志""缘情"两可的含混的话。孔氏诗学，上承六朝，六朝诗论免不了影响经学，也不免间接给他影响。这正是时代使然。"志""情"含混的语例既得经学的接受，用来解释《诗大序》里那几句话，这个语例便标准化了，更有权威了。

不过直用"言志"这词组，就不能如此含混过去。这词组虽然渐渐少用在讽与颂的本义上，但总还贴在穷通出处上说，不离政教。唐代李白有《春日醉起言志》诗云：

处世若大梦，胡为劳其生？所以终日醉，颓然卧前楹。觉来盼庭前，一鸟花间鸣。借问此何时？春风语流莺。感之欲叹息，对酒还自倾。浩歌待明月，曲尽已忘情。《李太白集》二十四

这里歌咏人生义理，是一种隐逸的出世观，也是一种出处的怀抱，所以题为"言志"。又白居易的《初除户曹喜而言志》诗云：

诏受户曹掾，捧诏感君恩。感恩非为己，禄养及吾亲。弟兄俱簪笏，新妇俨衣巾，罗列高堂下，拜庆正纷纷。俸钱四五万，月可奉晨昏；廪禄二百石，岁可盈仓囷。喧喧车马来，贺客满我门。不以我为贪，知我家内贫，置酒延宾客，客容亦欢欣；笑云"今日后，不复忧空尊"。答云"如君言，

愿君少逡巡。我有平生志，醉后为君陈：人生百岁期，七十
有几人？浮荣及虚位，皆是身之宾。唯有衣与食，此事粗关
身。苟免饥寒外，余物尽浮云。"白氏《长庆集》五

这也是穷通出处的怀抱，所谓"平生志"，是一种入世观。白氏在《与
元九稹书》中将自己的诗分为"讽谕诗""闲适诗"等四类，这一篇便
在"闲适诗"里。他说：

> 仆志在兼济，行在独善。奉而始终之则为道，言而发明
> 之则为诗。谓之"讽谕诗"，"兼济"之志也。谓之"闲适诗"，
> "独善"之义也。故览仆诗者，知仆之道焉。

"兼济"的"讽谕诗"不用说整个儿是"言志"的，"独善"的"闲适诗"
明明也有一部分是"言志"的。这是"言志"的讽颂本义跟穷通出处引
申义分别应用的显例；以"兼济"与"独善"二语阐明这两个意义，最
是简当明确。他说"奉而始终之则为道，言而发明之则为诗"，略同前
引陆贾《新语》，却是六朝"因文明道"说的影响⑯。照这样说，"诗言
志"简直就是"诗以明道"了——这个"道"却只指政教。这也能阐明
"诗言志"一语的本旨。还有南宋王应麟《困学纪闻》十八云：

> 诗言志。"秀干终成栋，精钢不作钩"《端州郡斋壁诗》，包
> 孝肃之志也。"人心正畏暑，水面独摇风"《荷花诗》，丰清敏之
> 志也⑰。

三个譬喻象征着包拯和丰稷的为人；这是表见德性的诗，也是"言志"
的诗，而德性是"道"的一目。

"诗言志"的传统经两次引申、扩展以后，始终屹立着。"诗缘情"
那新传统虽也在发展，却老只掩在旧传统的影子里，不能出头露面。直
到清代，纪昀论诗，还以"发乎情而不必止乎礼义"一派归罪于陆机这
一句话，说"其究乃至于绘画横陈"⑱，可以为证。这中间就是文坛革

命家也往往不敢背弃这个传统，因为它太古老了。如明代公安派虽说诗"以发抒性灵为主"[19]，竟陵派就不同一些。钟惺《喜邹愚谷至白门，以中秋夜诸名士共集俞园赋诗序》篇末云：

> 履舄杂遝，高人自领孤情；丝竹喧阗，静者能通妙理。各称诗以言志，用体物而书时[20]。

"称诗言志"，并以"体物书时"。"体物""书时"虽是"缘情"一面，"高情""妙理"却是人生义理；诗兼"言志""缘情"两用，而所谓"言志"还是皈依旧传统的。又谭友夏《王先生诗序》云：

> 予又与之述故闻曰，诗以道性情也。……夫性情，近道之物也。近道者，古人所以寄其微婉之思也[21]。

这里虽只说"道性情"，不提"言志"，但所谓"近道之物""微婉之思"，其实还是"言志"论。清代袁枚也算得一个文坛革命家，论诗也以性灵为主；到了他才将"诗言志"的意义又扩展了一步，差不离和陆机的"诗缘情"并为一谈。他在《与邵厚庵太守论杜茶村文书》中说道：

> 诗言志。劳人思妇都可以言，《三百篇》不尽学者作也。
>
> 《小仓山房文集》十九

劳人思妇都是在"言志"，这是前人不曾说过的。可是在《随园诗话》一里他又道：

> 《三百篇》半是劳人思妇率意言情之事。

那么，他所谓"言志""言情"只是一个意义了。这是将"诗言志"的意义第三次引申，包括了"歌食""歌事"和"哀乐之心""各言其伤"那些话。

袁氏以为"诗言志"可以有许多意义，在《再答李少鹤书》列举他以为的：

> 来札所讲"诗言志"三字，历举李、杜、放翁之志，是矣，然亦不可太拘。诗人有终身之志，有一日之志，有诗外之志，有事外之志，有偶然兴到，流连光景，即事成诗之志；"志"字不可看杀也。谢傅游山，韩熙载之纵伎，此岂其本志哉？《小仓山房尺牍》十

这里"志"字含混着"情"字。列举的各项，界划不尽分明。"终身之志"似乎是出处穷通，"事外之志"似乎是出世的人生观；这些是与旧传统相合的。别的就不然。作例的"谢傅游山"也合于"诗言志"的旧义，上文已论。"韩熙载之纵伎"也许是所谓"诗外之志"，就是古诗所谓"行乐须及时"；但"发乎情"而不"止乎礼义"，只是"缘情"或"言情"，不是传统的"言志"。不过袁氏所谓"言情"却又与"缘情"不同。他在《答蕺园论诗书》里说愿效白傅白居易、樊川杜牧，不愿删自己的"缘情诗"，并有"情所最先，莫如男女"的话《小仓山房文集》三十。那么，他所谓"缘情诗"，只是男女私情之作，这显然曲解了陆机原语。然而按他所举那"纵伎"的例，似乎就是这种狭义的"缘情诗"也可算作"言志"。这样的"言志"的诗倒跟我们现代译语的"抒情诗"同义了。"诗缘情"那传统直到这时代才算真正抬起了头。到了现在，更有人以"言志"和"载道"两派论中国文学史的发展，说这两种潮流是互为起伏的。所谓"言志"是"人人都得自由讲自己愿意讲的话"；所谓"载道"是"以文学为工具，再借这工具将另外的更重要的东西——道——表现出来"[22]。这又将"言志"的意义扩展了一步，不限于诗而包罗了整个儿中国文学。这种局面不能不说是袁枚的影响，加上外来的"抒情"意念——"抒情"这词组是我们固有的，但现在的涵义却是外来的——而造成。现时"言志"的这个新义似乎已到了约定俗成的地位。词语意义的引申和变迁本有自然之势，不足惊异；但我们得知道，直到这个新义的扩展，"'文以载道'，'诗以言志'，其原实一"[23]。

与"诗言志"这一语差不多同时或较早，还有"言以足志"一语。《左传》襄公二十五年引孔子赞子产道：

> 志古书有之："言以足志，文以足言。"不言，谁知其志？言之无文，行而不远。晋为伯，郑入陈，非文辞不为功，慎辞也。

〔清〕吕彤《蕉荫读书图》

此画绘一纤柔清丽女子正凝神静气在蕉荫下读书的情景。画家采用白描手法，借助细劲而游刃有余的线条，将仕女轻嘬的唇、倾国倾城的眉眼表现得无与伦比，充分体现了仕女的美质。

杜注："足，犹成也。"照《左传》的记载及孔子的解释，"言"是"直言"㉔，"文"是"文辞"。言以成意，还只是说明；文以行远，便是评价了。这与"诗言志"原来完全是两回事，后世却有混而为一的。唐中叶古文运动先驱诸人，往往如此。如独孤及《赵郡李公中集序》云：

> 志非言不形，言非文不彰。是三者相为用，亦犹涉川者假舟楫而后济。自"典谟"缺，"雅颂"寝，王道陵夷，文教下衰。故作者往往先文字，后比兴。其风流荡而不返，乃至有饰其词而遗其意者，则润色愈工，其实愈丧。……天下雷同，风驰云趋，文不足言，言不足志。亦犹木兰为舟，翠羽为楫，玩

之于陆而无涉川之用。《毗陵集》十三

他以"足志""足言"为讽颂比兴，便是"诗言志"的影响，而不是那两句话的本义了。又有将这两句话与《诗大序》的话参合起来的，如尚衡《文道元龟》论"志士之文"云：

> 志士之作，介然以立诚，愤然有所述，言必有所讽，志必有所之，词寡而意恳，气高而调苦，斯乃感激之道焉。《全唐文》三九四

论文而"言""志"并举，自然从孔子的话来，而"有所讽""有所之"却全是《诗大序》的意思。又柳冕《答荆南裴尚书论文书》云：

> 君子之儒，学而为道，言而为经，行而为教，声而为律，和而为音。……故"在心为志，发言为诗"，谓之文；兼三才而名之曰儒。儒之用，文之谓也。言而不能文，君子耻之。《全唐文》五二七

这里"志""言""文"并举，却简直抄袭了《诗大序》的句子；"文"是所谓文教合一的文，作用正在讽与颂。柳冕又有《与徐给事论文书》云：

> 文章本于教化，形于治乱，系于国风。故在君子之心为志，形君子之言为文，论君子之道为教。《全唐文》五二七

也是"志""言"文"并举，也钞《诗大序》，可是"志"之外又叠床架屋加上一个"道"，这是六朝以来"文以明道"说的影响。道的概念比志的概念广泛得多，用以论文，也许合适些。"文以言志"说虽经酝酿，却未确立，大概就是这个原故了[25]。

---

① 《史记·秦始皇本纪》。

②《汉书》七十三《韦贤传》。

③参看彭仲铎《汉赋探原》,《国文月刊》二十二期。

④《汉书·艺文志》。

⑤《汉书·司马相如传赞》引扬雄语。

⑥《礼记·乐记》"天理灭矣"郑玄注:"理犹性也。"

⑦《后汉书》五十八下本传。

⑧《汉书》七十上《叙传》,《后汉书》八十九《张衡传》。

⑨《文选》十四至十六,又《历代赋汇外集》一至六。

⑩《史记·仓公传》张守节《正义》引。

⑪《后汉书》一一○下本传。

⑫依次见《郭茗山诗集序》及《诗教堂诗集序》,《纪文达公文集》九。

⑬《玉台新咏》卷一。

⑭《晋书》四十九本传。

⑮《文选》二十。

⑯《文心雕龙·原道》篇:"道沿圣以垂文,圣因文而明道。"

⑰参看翁元圻注。

⑱《云林诗钞序》,《纪文达公文集》九。

⑲袁中道《珂雪斋文集》二《阮集之诗序》里说:"中郎(宗道)……以发抒性灵为主。"

⑳见明郑元勋《媚幽阁文娱》铅印本九二面;检《钟伯敬合集》,此文未收入。

㉑《谭友夏合集》九。

㉒邓恭三记录《中国新文学的源流》三七面、三四面。

㉓《山谷全书》清盛炳炜序中语。

㉔《说文·言部》:"直言曰言,论难曰语。"

㉕参看金克木《为载道辩》,见二十四年十二月五日天津《益世报·读书周刊》。

第二讲　比　兴

一、毛诗郑笺释兴

《诗大序》说：

> 诗有六义焉：一曰风，二曰赋，三曰比，四曰兴，五曰雅，六曰颂。

《周礼·春官·大师》称为"六诗"，次序相同。孔颖达《毛诗正义》说：

> 然则风雅颂者，诗篇之异体，赋比兴者，诗文之异辞耳。大小不同而得并为六义者，赋比兴是诗之所用，风雅颂是诗之成形，用彼三事，成此三事，是故同称为"义"，非别有篇卷也①。

赋比兴又单称诗三义，见于钟嵘《诗品序》。风雅颂的意义，历来似乎没有什么异说，直到清代中叶以后，才渐有新的解释②。赋比兴的意义，特别是比兴的意义，却似乎缠夹得多；《诗集传》以后，缠夹得更利害，说《诗》的人你说你的，我说我的，越说越糊涂。在诗论上，我们有三个重要的，也可说是基本的观念："诗言志"③，"比兴"，"温柔敦厚"的"诗教"④。后世论诗，都以这三者为金科玉律。《诗教》虽托为孔子的话，但似乎是《诗大序》的引申义。它与比兴相关最密。《毛传》中兴诗，都经注明，《国风》里计有七十二首之多；而照《诗大序》说，"风"是"风化""风刺"的意思，《正义》云："皆谓譬喻不斥言也。"那么，比兴有"风化""风刺"的作用，所谓"譬喻"，不止于是修辞，而且是"讽谏"了。温柔敦厚的诗教便指的这种作用。比兴的缠夹在此，重要也在此。

《毛诗》注明"兴也"的共一百十六篇，占全诗三○五篇百分之三十八。《国风》一百六十篇中有兴诗七十二；《小雅》七十四篇中就有三十八，比较最多；《大雅》三十一篇中只有四篇；《颂》四十篇中只有两篇，比较最少⑤。《毛传》的"兴也"，通例注在首章次句下。《关雎》篇首章云："关关雎鸠，在河之洲。窈窕淑女，君子好逑。""兴也"便在"在河之洲"下。但也有在首句或三句四句下的。一百十六篇中，发兴于首章次句下的共一百零二篇，于首章首句下的共三篇⑥，于首章三句下的共八篇⑦，于首章四句下的共二篇⑧。在那一句发兴，大概凭文义而定，就是常在兴句之下。但有时也在非兴句之下，那似乎是凭叶韵。如《汉广》篇首章云：

〔明〕周臣《毛诗图》

汉代尊《诗》为经典，故名《诗经》，当时传诗者有齐、鲁、韩、毛四家。后唯毛诗流传最完整，所以《诗经》又被称为《毛诗》。

南有乔木，不可休思。汉有游女，不可求思。……

按文义论，"兴也"该在次句下，现在却在四句下。又《终风篇》首章云：

终风且暴。顾我则笑。……

给青少年的人文素养课

《绵》篇首章云：

> 绵绵瓜瓞。民之初生，自土沮漆。……

"兴也"都不在首句下，却依次在次句和三句下。这些似乎是依照叶韵，将"兴也"排在第二个韵句下。古代著述，体例本不太严密的[⑨]。

　　还有不在首章发兴的，但只有两篇如此。《秦风·车邻》篇首章有传，而"兴也"在次章次句下；《小雅·南有嘉鱼》篇首章次章都有传，而"兴也"在三章次句下。最特殊的是《鲁颂·有駜》篇，首章云：

> 有駜有駜，駜彼乘黄。夙夜在公，在公明明。振振鹭，鹭于下。鼓咽咽，醉言舞。于胥乐兮！

"駜彼乘黄"下有传，而"鹭于下"下云：

> 振振，群飞貌。鹭，白鸟也。"以兴"絜白之士。咽咽，鼓节也。

这里没有说"兴也"，只说"以兴"。而《小雅·鹿鸣》篇首章次句下传云：

> 兴也。苹，萍也。鹿得萍，呦呦然鸣而相呼，恳诚发乎中。"以兴"嘉乐宾客，当有恳诚相招呼以成礼也。

这里"兴也"之外，也说"以兴"。那么，《有駜》篇也可算是兴诗了。不注"兴也"，是因为前有"駜彼乘黄"一喻[⑩]，与别的"兴"之前无他喻者不一例。但是为什么偏要在六句"鹭于下"下发兴，创一特例呢？原来《周颂》有《振鹭》篇，首四句云：

> 振鹭于飞，于彼西雝。我客戻止，亦有斯容。

给青少年的人文素养课

《传》于次句下云：

> 兴也。振振，群飞貌。鹭，白鸟也。雍，泽也。

诗意以"振鹭"比"客"，毛氏特地指出鹭是"白鸟"，正是所谓"以兴絜白之士"的意思。"振振鹭，鹭于飞"也就是"振鹭于飞"，后者既然是兴，前者自然也该是兴了。《车邻》篇次章和《南有嘉鱼》篇三章之所以是兴，理由正同。《车邻》传以"阪有漆，隰有栗"为兴。按《唐风·山有枢》篇首章云："山有枢，隰有榆"，《传》："兴也"；次章云："山有栲，隰有杻"；三章云："山有漆，隰有栗"，与"阪有漆"二句只差一字。《传》既于"阪有漆"二语下发兴，当也以"山有漆"二语为兴；那么，《山有枢》篇首章的"兴也"是贯到全篇各章的了。《南有嘉鱼》传以"南有樛木，甘瓠累之"为兴。按《周南·樛木》篇首章云："南有樛木，葛藟累之"，《传》："兴也。"《南有嘉鱼》篇只将"葛藟"换了"甘瓠"，别的都一样，所以《传》也称为兴。总之，《车邻》《南有嘉鱼》《有驰》三篇，都因为有类似"编次在前的兴诗"里的句子，《传》才援例称为兴，与别的兴诗不一样。

类似的例子还有《小雅》的《鸳鸯》与《白华》二篇。《鸳鸯》篇是兴诗，次章云："鸳鸯在梁，戢其左翼"；《白华》篇七章也以此二句始。但《白华》篇原是兴诗，首章既已注了"兴也"，七章就可以不用注了。再有《召南·草虫》篇首章云：

> 喓喓草虫，趯趯阜螽。未见君子，忧心忡忡。亦既见止，亦既觏止，我心则降。

《传》于次句发兴。而《小雅·出车》篇五章云：

> 喓喓草虫，趯趯阜螽。未见君子，忧心忡忡。既见君子，我心则降。赫赫南仲，薄伐西戎。

这里前六句与《草虫》篇首章几乎全同。《出车》篇不是兴诗，这一章却不指出是兴，而且全然无传，也许是偶然的疏忽罢。至于《郑风·扬之水》篇首章次章的首二句和《王风·扬之水》篇次章首章全同，而在《王风》题为兴诗，在《郑风》却不然，是不合理的，疑心"兴也"两字传写脱去⑪。

《毛传》"兴也"的"兴"有两个意义，一是发端⑫，一是譬喻；这两个意义合在一块儿才是"兴"。《诗》文里"兴"字共见了十六次，但只有一次有传，在《大雅·大明》篇"维予侯兴"下，云：

兴，起也。

《说文》三篇上《舁部》同。"兴也"的"兴"正是"起"的意思。这个"兴"字大概出于孔子"兴于诗"《论语·泰伯》"诗可以兴"《阳货》那两句话⑬。何晏《论语集解》引包咸说前一句云："兴，起也。言修身当先学《诗》。"又引孔安国说后一句云："兴，引譬连类。"兴是譬喻，而这种譬喻还能启发人向善，有益于修身，所以说"兴于诗"。"起"又即发端。兴是发端，只须看一百十六篇兴诗中有一百十三篇都发兴于首章《有駜》篇是特例，未计入，就会明白。朱子《诗传纲领》说"兴者，托物兴辞"，"兴辞"其实也该是发端的意思。

兴是譬喻，"又是"发端，便与"只是"譬喻不同。前人没有注意兴的两重义，因此缠夹不已。他们多不敢直说兴是譬喻，想着那么一来便与比无别了。其实《毛传》明明说兴是譬喻：

《关雎》传 兴也。……后妃说乐君子之德，……慎固幽深，"若"雎鸠之有别焉。

《旄丘》传 兴也。……诸侯以国相连属，忧患相及，"如"葛之蔓延相连及也。

《竹竿》传 兴也。……钓以得鱼，"如"妇人待礼以成为室家。

《南山》传 兴也。……国君尊严，"如"南山崔崔然。

给青少年的人文素养课

《山有枢》传 兴也。……国君有财货而不能用，"如"山隰不能自用其财。

《绸缪》传 兴也。……男女待礼而成，"若"薪刍待人事而后束也。

《葛生》传 兴也。葛生延而蒙楚，蔹生蔓于野，"喻"妇人外成于他家。

《晨风》传 兴也。……先君招贤人，贤人往之，驶疾"如"晨风之飞入北林。

《菁菁者莪》传 兴也。……君子能长育人材，"如"阿之长莪菁菁然。

《卷阿》传 兴也。……恶人被德化而消，"犹"飘风之入曲阿也。

给青少年的人文素养课

陈奂《诗毛氏传疏·葛藟》篇也引了这些例，说道：

曰"若"曰"如"曰"喻"曰"犹"，皆比也。《传》则皆曰兴。比者，比方于物。兴者，托事于物⑭。作诗者之意，先以托事于物，继乃比方于物，盖言兴而比已寓焉矣。

这真是"从而为之辞"，《传》意本明白，一"疏"反而糊涂了。但《传》意也只是《传》意而已，至于"作诗者之意"，是很难说的。有许多诗篇的作意，我们现在老实还不懂。按我们懂的说，和《毛诗》学、三家诗学也有大异其趣的地方。《毛传》所谓兴，恐怕有许多是未必切合"作诗人之意"的。但这一层本文不能详论，只想鸟瞰一下。

《毛传》兴诗中明言为譬喻的，只有《周颂·振鹭》一篇，已见前引，明言以"振鹭于飞"比客的样子；但喻义是否说客是"絜白之士"，就不能确知了。其次，以平行句发兴的，也可确定为譬喻，虽然喻义也难尽知。如《南有樛木》篇云：

南有樛木，葛藟累之。乐只君子，福履绥之。

又如《蓐兮》篇云：

蓐兮蓐兮，风其吹女。叔兮伯兮，倡予和女。

又如《甫田》篇云：

无田甫田，维莠骄骄。无思远人，劳心忉忉。

又如《黍苗》篇云：

芃芃黍苗，阴雨膏之。悠悠南行，召伯劳之。

《左传》隐公十一年引周谚云："山有木，工则度之。宾有礼，主则择之。"《荀子·大略》篇引语曰："流丸止于瓯臾。流言止于智者。"都是平行的譬喻⑮。与所引《诗经》各句比着看，《诗经》各句也是平行的譬喻，是无疑的。但《诗经》中这种平行句并不多。其次，是兴句之下接着正句，并不平行，有时可知为譬喻，有时不可确知，而《毛传》都解为譬喻。前者喻义已多难明，后者更不用说了。前者例如《节南山》篇云：

节彼南山，维石岩岩。赫赫师尹，民具尔瞻。

又如引过的《绵》篇，都显然是譬喻。后者如《关雎》《桃夭》《麟趾》等篇都是的。但这两者也不多。以上所谓譬喻，指显喻（simile）而言。

　　其次，兴句孤悬，不接下句，是否譬喻，还不可知，《毛诗》也都解为譬喻。这里说"毛诗"，因为这些诗大多数必得将《传》与《序》合看，才能明白毛氏的意思。《传》老是接着《序》说，所以有时非常简略，有时非常突兀，单看是不容易懂的。如《邶风·柏舟》传云：

泛彼柏舟，亦泛其流。兴也。泛泛，流貌。柏木，所以宜为舟

也。亦泛泛其流，不以济度也。耿耿不寐，如有隐忧。耿耿犹儆儆
也。隐，痛也。

《传》没有说出喻义，似乎让读者自行参详，其实不是的。《序》云：

> 《柏舟》，言仁而不遇也。卫顷公之时，仁人不遇，小人
> 在侧。

柏舟泛流正是比"仁人不遇"的，合看《序》与《传》，就明白了。这
个喻义切合不切合另是一事，可是《毛诗》的意思如此。又如《北风传
云》：

> 北风其凉，雨雪其雱。兴也。北风，寒凉之风。雱，盛貌。惠
> 而好我，携手同行。惠，爱。行，道也。其虚其邪，既亟只且！
> 虚，虚也。亟，急也。

《传》述兴义太略，但《序》里说得清清楚楚的：

> 《北风》，刺虐也。卫国并为威虐，百姓不亲，莫不相携
> 持而去焉。

全诗里这种简略的《传》有很多处，不但兴诗为然。还有，如前面引过
的《齐风·南山传》云：

> 南山崔崔，雄狐绥绥。兴也。南山，齐南山也。崔崔，高大
> 也。国君尊严，如南山崔崔然。雄狐相随，绥绥然无别，失阴阳之匹。
> 鲁道有荡，齐子由归。荡，平易也。齐子，文姜也。既曰归止，
> 曷又怀止！怀，思也。

说是"国君""失阴阳之匹"，而"齐子，文姜也"，又经注明，够具体

的，却偏不说出国君是谁，岂不突兀？其实《序》里早说出"刺襄公也，鸟兽之行，淫乎其妹"了。这样看，《序》便不能作于《毛传》之后了⑯。这一类兴句若可称为譬喻，当是隐喻，与前一类不同。又其次，兴句也是孤悬，而《序》《传》中全见不出是譬喻。如《周南·卷耳》序、传云：

> 《卷耳》，后妃之志也，又当辅佐君子求贤审官。知臣下之勤劳，内有进贤之志而无险诐私谒之心。朝夕思念，至于忧勤也。
>
> 采采卷耳，不盈顷筐。忧者之兴也。采采，事采之也。卷耳，苓耳也。顷筐，畚属，易盈之器也。嗟我怀人，寘彼周行。怀，思；寘，置；行，列也。

《毛诗正义》云：

> 不云"兴也"而云"忧者之兴"，明有异于余兴也。余兴言菜，即取采菜喻，言生长即以生长喻。此言采菜而取忧为兴，故特言"忧者之兴"；言"兴"取其"忧"而已，不取其采菜也。

照《传》《疏》的意思，后妃忧在进贤，"朝夕思念，至于忧勤"，专心致志，念兹在兹，日常的事都不在意，所以采卷耳采来采夫，还采不满一浅筐子。这采菜不能满筐一件事，正以见后妃的"忧勤"，正是后妃"忧勤"的一例。而举一可以例余，别的日常的事也就可想而知了。举一例余本与隐喻有近似的地方⑰，称为兴诗似乎也还持之有故。又《小雅·大东》序、传云：

> 《大东》，刺乱也。东国困于役而伤于财。谭大夫作是诗以告病焉。
>
> 有饛簋飧，有捄棘匕。兴也，饛，满簋貌。飧，熟食，谓黍稷

也。捄，长貌。匕，所以载鼎
实。棘，赤心也。周道如砥，
其直如矢。如砥，贡赋平均
也。如矢，赏罚不偏也。君子
所履，小人所视。眷言顾
之，潸焉出涕。

按《序》《传》的说法，这是一篇伤今思古的诗[18]，好像戏词儿说的"思想起，当年事，好不惨然"。但"当年事"多如乱麻，从那儿说起呢？于是举出"吃饱饭"这一件以例其余。陈奂说此篇云："兴者，陈古以言今，亦兴体也；余皆托物以为喻。"他伸毛义是不错的。《葛覃》《伐木》《鸳鸯》等篇的兴义也和以上两篇大同小异[19]。又其次，也许是最可注意的，像《鸥鹠》《鹤鸣》两篇兴诗，兴句之下，并无正句，全篇都是譬喻，但并非全篇皆兴。只有发端才是兴，兴以外的譬喻是比。这层下文详论。

〔**明**〕**戴进《溪堂诗思图》**

此画笔墨苍劲，布置精密，层次清晰，峰峦重叠，颇见生机，有曲尽清幽高远之趣。

《诗毛氏传疏·周南·南有樛木》篇云：

案樛木下曲而垂，葛藟得而上蔓之。喻后妃能下逮其众妾，得以亲附焉。《传》于首章言兴以晐下章也，全《诗》仿此。

但《南有樛木》篇二三两章的首二句是复沓首章的；首章的是兴句，

二三两章的自然也可说是兴句。而且这种兴句在别篇章首时，《传》也还认为兴句，上文讨论过的《车邻》《南有嘉鱼》《有驰》三篇都是如此。就中《车邻》篇次章"阪有漆，隰有栗"既是兴句，三章的"阪有桑，隰有杨"是复沓次章的，也便连带成为兴句了。兴诗中全篇各章复沓的共五十三篇，快到一半了，这些都可说是"首章言兴以咳下章"的。又兴诗通例多以一"事"为喻，如"关关雎鸠，在河之洲"，"风雨凄凄，鸡鸣喈喈"，一以雎鸠为主，一以鸡鸣为主，可都是一件事。间有并举二事的，但必是一类。这种兴句往往是平行的，如"山有扶苏，隰有荷华"，"葛生蒙楚，蔹蔓于野"。只有前引《南山》篇，兴句明是串言一事，以雄狐为主，而《传》却分为两喻，是仅有的例外。《毛传》兴诗的标准并不十分明确。以这些兴诗为例，似乎还可以定出好些兴诗来。最显著的是《小雅·皇皇者华》篇，首章云：

> 皇皇者华，于彼原隰。骏骏征夫，每怀靡及。

次句下传云：

> 皇皇犹煌煌也。高平曰原，下湿曰隰。忠臣奉使，能光君命，无远无近，"如"华不以高下易其色。

《传》明用"如"字，明以"皇皇者华"二句为喻句，却不说是兴。又《邶风·燕燕》篇，《序》以为卫庄姜送戴妫，首章云：

> 燕燕于飞，差池其羽。之子于归，远送于野。瞻望弗及，泣涕如雨。

次句下传云：

> 燕燕，鳦也。燕之于飞，必差池其羽。

《郑笺》云：

> 差池其羽，谓张舒其尾翼。"以兴"戴妫将归，顾视其衣服。

这也言之成理。古人却不敢说《传》的标准不明确，《鸤斯》正义引《郑志》答张逸云：

> 若此无人事，实兴也。文义自解，故不言之，凡说不解者耳。众篇皆然。

这明是曲为回护，代圆其说了。

《郑笺》说兴诗，详明而有系统，胜于《毛传》，虽然"作诗者之意"还是难知。郑玄以为《诗》之兴"是"象似而作之"[20]。《传》说"兴也"，《笺》大多数说"兴者喻"。如《葛覃》笺云：

> 葛者，妇人之所有事也。此因葛之性以兴焉。"兴者"，葛延蔓于谷中，"喻"女在父母之家，形体浸浸日长大也。叶萋萋然，"喻"其容色美盛也。

又如《桃夭》笺云：

> "兴者，喻"时妇人皆得以年盛时行也。

《鸤斯》正义说，"《笺》言'兴者喻'，言《传》所兴者，欲以喻此事也。'兴'、'喻'名异而实同。"有时也说"兴者犹"，有时单说"犹"，有时又说"以喻"，但是都很少。《笺》又参照《毛传》兴诗的例，增加了些兴诗。《燕燕》篇之外，如《小雅·四月》篇首"四月维夏，六月徂暑"二语笺云：

> 徂，犹始也。四月立夏矣，至六月乃始盛暑。"兴"人为

给青少年的人文素养课

恶亦有渐，非一朝一夕。

这也是明说"兴"的。还有，如《召南·殷其靁》篇"殷其靁，在南山之阳"笺云：

> 靁"以喻"号令。于南山之阳又"喻"其在外也。召南大夫以王命施号令于四方，"犹"靁殷殷然发声于山之阳。

说"以喻"，说"犹"，也正与说《毛传》兴诗的语例相同。这一类可以说是《郑笺》增广的兴诗。《郑笺》虽然详明有系统，可是所说的兴诗喻义，与《毛传》一样，都远出常人想象之外。黄侃《文心雕龙札记·比兴》篇论兴云："自非受之师说，焉得以意推寻！"是不错的。所谓"师说"，只是"知人论世"。"知人论世"的结果为什么会远出常人想象之外呢？这却真非一朝一夕之故了。

---

① 说本《郑志》。"南"当别出，与风雅颂为四，今不具论。

② 如阮元《释颂》说"颂"就是"样子"，也就是舞容（《揅经室集》卷一），章炳麟《小疋大疋说下》说"'雅''乌'古同声……其初秦声乌乌"（《文录》卷一），还有，顾颉刚先生以《国风》为各国的土乐（《古史辨》三下六四七至六四八面），傅斯年先生以雅为地名（中央研究院史语所《集刊》第一本第一分一〇六面等）。

③《今文尚书·尧典》。

④《礼记·经解》篇。

⑤ 南宋吴泳曰："毛氏自《关雎》而下总百十六原作百六十篇，首系之兴，《风》七十，《小雅》四十，《大雅》四，《颂》二，注曰'兴也'。"（《困学纪闻》三）

⑥《江有汜》《芄兰》《月出》。

⑦《葛藟》《行露》《采葛》《东方之日》《鸱鸮》《采芑》《黄鸟》（《小雅》）《绵》。

⑧《汉广》《桑柔》。

⑨《匏有苦叶》《东方之日》《伐木》三篇也如此。

给青少年的人文素养课

⑩《传》以为喻。

⑪《唐风·扬之水》篇也是兴诗。《传》于《邶》《鄘》两《柏舟》,《邶》《小雅》两《谷风》,唐两《有杕之杜》,都定为兴诗。又《秦·无衣》是兴,《唐·无衣》却非兴,疑亦脱"兴也"字。

⑫惠周惕《诗说上》"毛氏独以首章发端者为兴"。

⑬《周礼》"六诗"的名称,似乎原出于乐歌;所谓"兴",跟《毛诗》"兴也"的"兴"不同。第三章中将提及。

⑭《周礼·大师》郑玄注引郑众说。

⑮陈骙《文则》称为"对喻"。参看唐钺《修辞格》六面及黎锦熙《修辞学·比兴》篇四十九面。

⑯辨《序》的大抵举《序》《传》不合之处为言。但《传》本有反言兴义的例。《秦风·终南》传:"宜以戒不宜也",又《黄鸟》传所说兴义,都可证。

⑰参看 Stephen J. Brown:*The World of Imagery*,p. 152-153。

⑱《郑笺》:"此言古者天子之恩厚也。"

⑲《鸳鸯笺》:"言兴者,广其(指"交于万物有道")义也。""广其义"就是举一例余。陈奂说《葛覃》篇,谓"兴义与《鸳鸯》篇同"。说《卷耳》篇又谓《葛覃》篇"即事以言兴",《卷耳》篇"离事以言兴"。前者是举一事以例余事,后者是举一事以见其情;其实无须细分。

⑳《周礼·天官·司裘》"大丧,廞裘,饰皮车"注。

二、兴义溯源

春秋时列国大夫聘问,通行赋诗言志,详见《左传》。赋诗多半是自唱,有时也教乐工去唱;唱的或是整篇诗,或只选一二章诗①。当时人说话也常常引诗为证。所赋所引的诗,大多数在《诗三百》里。赋一章诗的似乎很多。《左传》襄公二十八年,卢蒲癸说:"赋诗断章,余取所求焉",杜预注:"譬如赋诗者,取其一章而已。""余取所求焉"也就是《国语》师亥说的"诗所以合意"《鲁语》下。赋诗只取一二章,并且只取一章中一二句，以合己意，叫作"断章取义"，引诗也是如此。这些都是借用古诗，加以引伸，取其能明己意而止。"作诗人之意"是不问的。最显著的例是《左传》成公十二年晋郤至对楚子反的话：

> 世之治也，诸侯间于天子之事，则相朝也。于是乎有享宴之礼。享以训共俭，宴以示慈惠。共俭以行礼而慈惠以布政。政以礼成，民是以息，百官承事，朝而不夕。此公侯之所以扞城其民也。故《诗》曰："赳赳武夫，公侯干城。"及其乱也，诸侯贪冒，侵欲不忌，争寻常以尽其民，略其武夫以为己腹心股肱爪牙，故《诗》曰："赳赳武夫，公侯腹心。"天下有道，则公侯能为民干城而制其腹心。乱则反之。

这四句诗都在《周南·兔罝》篇里，前二句在首章，后二句在三章。那三章诗是复沓的，"赳赳武夫"二句次章下句作"公侯好仇"，三章句法相同，意思自然一样。郤至为了自己辩论的方便，硬将这四句说成相反两义，当然是穿凿，是附合支离。不过他是引诗为证，不是说诗；主要的是他的论旨，而不是诗的意义。看《左传》的记载，那时卿大夫对于"诗三百"大约都熟悉，各篇诗的本义，在他们原是明白易晓，正和我们对于皮黄戏一般。他们听赋诗，听引诗，只注重赋诗的人引诗的人用意所在；他们对于原诗的了解是不会跟了赋诗引诗的人而歪曲的。好像后世诗文用典，但求旧典新用，不必与原义尽合；读者欣赏作者的技巧，可并不会因此误解原典的意义。不过注这样诗文的人该举出原典，以资考信。毛郑解《诗》却不如此。"诗三百"原多即事言情之作，当时义本易明。到了他们手里，有意深求，一律用赋诗引诗的方法去说解，以断章之义为全章全篇之义，结果自然便远出常人想象之外了。而说比兴时尤然。

　　《左传》所记赋诗，见于今本《诗经》的，共五十三篇，《国风》二十五，《小雅》二十六，《大雅》一，《颂》一。引诗共八十四篇，《国风》二十六，《小雅》二十三，《大雅》十八，《颂》十七。重见者均不计[②]。再将两项合计，再去其重复的，共有一百二十三篇，《国风》四十六，

《小雅》四十一，《大雅》十九，《颂》十七，占全诗三分之一强，可见"诗三百"当时流行之盛之广了。赋诗各篇中《毛传》定为兴诗的二十六，引诗二十一；两项合计，去重复，共四十篇，占兴诗全数三分之一弱。赋诗显用喻义的九篇，有七篇兴诗[3]。引诗显用喻义的十篇，有五篇兴诗[4]。现在只举《左传》明言喻义而与《毛诗》相合的五篇，依《左传》中次序。先说赋诗。文公四年传云：

> 卫宁武子来聘。公与之宴，为赋《湛露》及《彤弓》。不辞，又不答赋。使行人私焉。对曰："臣以为肄业及之也。昔诸侯朝正于王，王宴乐之，于是乎赋《湛露》，则天子当阳，诸侯用命也。……"

按《毛诗·湛露》序、传云：

> 《湛露》，天子宴诸侯也。
>
> 湛湛露斯，匪阳不晞。兴也。湛湛，露茂盛貌。阳，日也。晞，干也。露虽湛湛然，见阳则干。厌厌夜饮，不醉无归。《传》略

合看《序》《传》，正是"天子当阳，诸侯用命"的意思。又襄公十六年传说齐国再伐鲁国，鲁国派穆叔聘晋，并求援助。他"见范宣子，赋《鸿雁》之卒章。宣子曰：'匄在此，敢使鲁无鸠乎？'"杜注：鸠，集也。按《鸿雁》序云：

> 《鸿雁》，美宣王也。万民离散，不安其居。而能劳来还定安集之，至于矜寡，无不得其所焉。

诗卒章传云：

> 鸿雁于飞，哀鸣嗷嗷。未得所安集，则嗷嗷然。维此哲人，谓我劬劳。维彼愚人，谓我宣骄。宣，示也。

"安集"之义，正本《左传》。又襄公十九年传云：

> 季武子如晋拜师，晋侯享之。范宣子为政，赋《黍苗》。季武子兴，再拜稽首曰："小国之仰大国也，如百谷之仰膏雨焉。若常能膏之，其天下辑睦，岂唯敝邑！"

按《黍苗》序、传云：

> 《黍苗》，刺幽王也。不能膏润天下卿士，不能行召伯之职焉。
>
> 芃芃黍苗，阴雨膏之。兴也。芃芃，长大貌。悠悠南行，召伯劳之。悠悠，行貌。

所谓"不能膏润天下卿士"，也本于《左传》。

次记引诗。文公七年传云：

> 宋成公卒。……昭公将去群公子。乐豫曰："不可。公族，公室之枝叶也。若去之，则本根无所庇阴矣。葛藟犹能庇其本根，故君子以为比，况国君乎！……"

按《葛藟》序、传云：

> 《葛藟》，王族刺平王也。周室道衰，弃其九族焉。
>
> 绵绵葛藟，在河之浒。兴也。绵绵，长不绝之貌。水厓曰浒。终远兄弟，谓他人父。兄弟之道已相远矣。谓他人父，亦莫我顾。

所谓"弃其九族""兄弟之道已相远"，都本于《左传》。陈奂云："此诗因葛藟而兴，又以葛藟为比，故《毛传》以为兴，《左传》则以为比。"《左传》的"比"只是譬喻，与《毛传》的兴兼包"发端"一义者不同，陈说甚确。但他下文又说："盖言兴而比已寓焉矣"，那却糊涂了。又襄

给青少年的人文素养课

公三十一年传云：

> 北宫文子相卫襄公以如楚，宋之盟故也。过郑，印段廷劳于棐林，如聘礼而以用劳辞。文子入聘。子羽为行人。冯简子与子大叔逆客。事毕而出，言于卫侯曰："郑有礼，其数世之福也，其无大国之讨乎！《诗》云：'谁能执热，逝不以濯？'礼之于政，如热之有濯也；濯以救热，何患之有！……"

按《桑柔》五章传云：

> 为谋为毖，乱况斯削。毖，慎也。告尔忧恤，诲尔序爵。谁能执热，逝不以濯？濯所以救热也，礼所以救乱也。其何能淑！载胥及溺！

"谁能执热"二句传几乎全与《左传》同。《桑柔》是兴诗，但这两句却是《大序》所谓"比"。以上五例，一方面看出断章取义或诗以合意的情形，一方面可看出《毛诗》比兴受到了《左传》的影响。但春秋时赋诗引诗，是即景生情的；在彼此晤对的背景之下，尽管断章取义，还是亲切易晓。《毛

〔明〕姚绶《秋江渔隐图》

此画描绘的是秋林远岫，湖中钓舟之景。整幅作品意境萧然而静穆，给人以沉静的美感。

诗》一律用赋诗引诗的方法，却没了那背景，所以有时便令人觉得无中生有了。《郑笺》力求系统化，力求泯去断章的痕迹，但根本态度与《毛传》同，所以也还不免无中生有的毛病。

《诗序》主要的意念是美刺，风雅各篇序中明言"美"的二十八，明言"刺"的一百二十九，两共一百五十七，占风雅诗全数百分之五十九强。其中兴诗六十七，美诗六，刺诗六十一，占兴诗全数百分之五十八弱。美刺并不限于比兴，只一般的是诗的作用，所谓"诗言志"最初的意义是讽与颂，就是后来美刺的意思。古代天子听政，使公卿至于列士献诗，庶人传语⑤。《诗经》说到作诗之意的有十二篇，都不外乎讽与颂⑥。不过这十二篇只有两篇风诗，其余全在大小雅里。风诗大概不出于民间⑦，但与小雅的一部分都非"献诗"，是可无疑的。刘安所谓"国风好色而不淫，小雅怨诽而不乱"，多少说着了这部分诗的性质与作用。这是歌谣，可是贵族的歌谣。春秋用风诗比较的晚。《左传》僖公二十四年引用《曹风·候人》，这是开始。劳孝舆《春秋诗话》二云：

> 春秋至僖二十四年为八十年矣。至此始引用列国之风，前所引者皆雅颂。可知风诗皆随时所作，如《硕人》《清人》之类是也。而左氏不悉标出者，大抵风诗未必有切指之题。《小序》之傅会，可尽信哉！

赋风诗却以文公十三年郑子家赋《载驰》篇为始见。劳氏因此推想"风诗皆随时所作"，举《硕人》《清人》等篇为例。但作诗时代，《左传》有记载的只有《硕人》《清人》《载驰》《黄鸟》四篇⑧。据这四篇而推论其余的一百五十六篇风诗皆春秋中叶后随时所作，实难征信。大约风诗和小雅一部分入乐较晚，而当时诗以声为用，入乐以后，才得广传，因此引的赋的也便晚了。不过劳氏说："风诗未必有切指之题，《小序》之傅会，可尽信哉！"却是重要的意见。原来自从僖公二十四年以后，引风诗赋风诗的都很不少。雅颂本多讽颂之作，断章取义与原义不致相去太远；风诗却少讽颂之作，断章取义往往与原义差得很远。这在当时是无妨的。后来《毛诗》却一律用赋诗引诗的方法说解，在风诗及小雅的一部分便更觉支离傅会了。而譬喻的句子比兴尤其是这样。

"美刺"之称实在本于《春秋》家。公羊、穀梁解经多用"褒贬"字，也用"美恶"字。《公羊》隐公七年传云：

> "滕侯卒。"何以不名？微国也。微国则其称"侯"何？不嫌也。《春秋》贵贱不嫌同号，"美恶"不嫌同辞。

又如僖公十年"晋杀其大夫里克"传云：

> 然则曷为不言惠公之入？晋之不言出入者，踊何休注：豫也。为文公讳也。齐小白入于齐，则曷为不为桓公讳？桓公之享国也长，"美"见乎天下，故不为之讳本"恶"也。文公之享国也短，美未见乎天下，故为之讳本恶也。

这都是"美恶"并言，是实字，是名词。"美恶"是当时成语，有时也用为形容词和副词⑨。又《穀梁》僖公元年传云：

> "齐师、宋师、曹师城邢。"是向之师也。使之如改事然，"美"齐侯之功也⑩。

又如僖公九年传云：

> "九月戊辰，诸侯盟于葵丘。"桓盟不日，此何以日？"美"之也。为见天子之禁，故备之日也。

这是专说"美"的，"美"字虚用，是动词。"恶"字如此虚用的例，两传中未见。却有"刺"字，只《穀梁传》中一见。庄公四年传云：

> "冬，公及齐人狩于部。""齐人"者，齐侯也。其曰"人"

何也？卑公之敌，所以卑公也。不复雠而怨不释，刺释怨也。

这里"美"和"刺"该就是《毛诗》所本。但两传所称"美恶""美刺"，都不免穿凿之嫌，毛、郑大概也受到了影响。《诗经》中可也一见"美刺"的"刺"字。《魏风·葛屦》篇末述作诗之意云：

> 维是褊心，是以为刺。

这是刺诗的内证，足为美刺说张目。按美，善也⑪，《诗序》中也偶用"嘉"字⑫。刺，责也⑬，《诗序》中也偶用"责""诱""规""诲"等字⑭，更常用"戒"字。如《秦风·终南》序云："戒襄公也。"首章"终南何有？有条有枚。"《传》也说："宜以戒不宜也。"《序》《传》相合显然。可是《诗序》据献诗讽颂的史迹，却采用了《春秋》家的名称，似乎也不是无因的。《孟子·滕文公下》云：

> 世衰道微，邪说暴行有作。臣弑其君者有之，子弑其父者有之。孔子惧，作《春秋》。……孔子成《春秋》而乱臣贼子惧。

赵岐注："言乱臣贼子惧《春秋》之贬责也。"又《离娄下》云：

> 王者之迹熄而《诗》亡。《诗》亡然后《春秋》作。晋之《乘》，楚之《梼杌》，鲁之《春秋》，一也，其事则齐桓、晋文，其文则史。孔子曰："其义则丘窃取之矣。"

焦循《孟子正义》说"诸史无义而《春秋》有义"，是确切的解释。所谓"义"是什么呢？伪孙奭疏云：

> 盖《春秋》以义断之……以赏罚之意寓之褒贬，而褒贬之意则寓于一言耳。

在史是褒贬，在诗就是讽颂。孟子似乎是说，献诗的事已经衰废了，孔子寓讽颂之义于史，作《春秋》，赏善罚恶，以垂教于天下后世，所以"乱臣贼子惧"。《诗》与《春秋》在《孟子》书中，相关既如此之密切，那么，序《诗》的人参照诗文，采用"美刺"的名称，也是很自然的事了。

孔子时赋诗不行，雅乐败坏，诗和乐渐渐分家。所以他论诗便侧重义一方面。他说：

> 诗三百，一言以蔽之，曰："思无邪"。《论语·为政》

《论语集解》引包咸曰："归于正"。按"思无邪"见《鲁颂·駉》篇末章，下句是"思马斯徂"。《笺》云："徂，犹行也。……牧马使可走行。"全诗咏牧马事。陈奂于首章说云："思，词也。斯，犹其也。'无疆''无期'，颂祷之词。'无致''无邪'，又有劝戒之义焉。'思'皆为语助。""无邪"只是专心致志的意思，孔子当是断章取义。他又说：

> 兴于诗，立于礼，成于乐。《泰伯》

又说：

> 小子何莫学夫诗！诗可以兴，可以观，可以群，可以怨，迩之事父，远之事君。……《阳货》

这都是从"无邪"一义推演出来的。孔子以"无邪"论诗，影响后世极大。《诗大序》所谓"正得失"，所谓"先王以是经夫妇，成孝敬，厚人伦，美教化，移风俗"，所谓"发乎情，止乎礼义"，都是"无邪"一语的注脚。《毛诗》《郑笺》的基石，可以说便是这个意念。至于《传》《笺》的方法，却受于孟子为主[15]，但曲解了孟子。孟子时雅乐衰亡，新声大作，诗乐完全分家，诗更重义一方面。他说诗虽然还不免有断章取义之处，但他开始注重全篇的说解了。《万章上》，咸丘蒙问道：

> 《诗》云："普天之下，莫非王土。率土之滨，莫非王
> 臣。"而舜既为天子矣，敢问瞽瞍之非臣如何？

孟子答道：

> 是诗也，非是之谓也。劳于王事而不得养父母也。曰
> "此莫非王事，我独贤劳也"。故说《诗》者不以文害辞，不
> 以辞害志。以意逆志，是为得之。如以辞而已矣，《云汉》之
> 诗曰："周余黎民，靡有孑遗。"信斯言也，是周无遗民也。

这是论《小雅·北山》诗。全诗主旨在咸丘蒙所举四句之下的"大夫不均，我从事独贤"二句，孟子的意见是对的。咸丘蒙是断章取义，孟子却就全篇说解。这是一个新态度。春秋赋诗，虽有全篇，所重在声，取义甚少。引诗却有说全篇意义的。如《左传》隐公三年，君子曰："《风》有《采蘩》《采蘋》，《雅》有《行苇》《泂酌》，昭忠信也。"杜注云："明有忠信之行，虽薄物皆可为用。"但只此一例，出于偶然。到了孟子，才有意的注重全篇之义；他和咸丘蒙论《北山》诗，和公孙丑论《小弁》《凯风》的怨亲不怨亲《告子下》，都是就全篇而论。而在对咸丘蒙的一段话里，更明显的表示他的主张。"以文害辞""以辞害志"便指断章取义而言，他反对那样的说诗。"以意逆志"赵注云：

> 人情不远，以己之意逆诗人之志，是为得其实矣。

《说文》二下《辵部》："逆，迎也。"《周礼·天官·司会》"以逆都鄙官府之志"，《司书》"以逆群吏之征令"，郑玄都注云："逆受而钩考之。"又《地官·乡师》"以逆其役事"，郑注也道："逆犹钩考也。"以己之意"迎受"诗人之志而加以"钩考"，与"诗所以合意"正相反。如何以己之意"钩考"诗人之志呢？赵氏举出"人情不远"之说，是很好的。但

给青少年的人文素养课

还得加一句，逆志必得靠文辞。文辞就是字句。"以文害辞""以辞害志"，固然不成，但离开字句而猜全篇的意义也是不成的。孟子论《北山》等三诗，似乎只靠文辞说解诗义；他并不曾指出这些是何时何人的诗⑯。到此为止的"以意逆志"是没有什么流弊的。但孟子还说了一番话：

> ……以友天下之善士为未足，又尚上论古之人。颂诵其诗，读其书，不知其人，可乎？是以论其世也。是尚友也。《万章下》

这一段只重在"尚论古之人"，"诵诗""读书"与"知人论世"各是一事，并不包含"诵诗""读书"必得"知人论世"才能了解的意思。《毛诗》《郑笺》跟着孟子注重全篇的说解，自是正路。但他们曲解"知人论世"，并死守着"思无邪"一义胶柱鼓瑟的"以意逆志"，于是乎就不是说诗而是证史了。断章取义而以"思无邪"论诗，是无妨的。根据"文辞""以意逆志"，或"知人论世""以意逆志"也可以多少得着"作诗人之意"，因为人情是不相远的。他们却据"思无邪"一义先给"作诗人之志"定下了模型，再在这模型里"以意逆志"，以诗证史，人情自然顾不到，结果自然便远出常人想象之外了。固然《传》《笺》以诗证史，也自有他们的客观标准，便是《诗经》中的国别与篇次⑰；郑氏根据了这些，系统的附合史料，便成了他的《诗谱》。但国别与篇次都是在诗外的不确切的标准，与诗义相关极少，不足为据。就在这种附合支离的局面下，产生了赋比兴的解释；而比兴义去常情更远，最为缠夹，可也最受人尊重。

---

①参看《左传》僖二十三年"公赋《六月》"句下《正义》引刘炫说。又《左传》襄三十年，季武子如宋，"赋《常棣》之七章以卒"，杜预注："七章以卒，尽八章。"诗至八章为止，"七章以卒"就是赋七八两章。

②据劳孝舆《春秋诗话》计算，但补了一篇《葛藟》进去。

③《湛露》《摽有梅》《鸿雁》《黍苗》《常棣》《野有蔓草》《鹊巢》。

④《葛藟》《行露》《谷风》《桑柔》《蓼莪》。

⑤《国语·周语》上邵公谏厉王语，又《晋语》六范文子谓赵文子语，又《左传》襄十四年师旷对晋平公语。

⑥详《诗言志》篇。

⑦朱东润《国风出于民间论质疑》(《读诗四论》)。

⑧隐三年，闵二年，闵二年，文六年。

⑨《左传》襄二十三年："美疢不如恶石"，《国语·晋语》一："彼将恶始而美终"，《荀子·富国》篇："故使或美或恶"，皆以"美""恶"对文，知为成语。

⑩照范宁注，上文"齐师宋师曹师次于聂北救邢"一语，不称"齐侯"而称"齐师"，是责备齐桓公没有救邢的诚意。这一句所称"齐师"，就是向日次于聂北的齐师。虽仍称"齐师"，但提另叙述，便又不同，这回是称美桓公存邢之功了。

⑪《国语·晋语》一："彼将恶始而美终。"韦昭注。

⑫《大雅·假乐》序："嘉成王也。"

⑬《瞻卬》篇"天何以刺"传。

⑭《卫风·旄丘》序："责卫伯也。"《陈风·衡门》序："诱僖公也。"《小雅·沔水》序："规宣王也。"《鹤鸣》序："诲宣王也。"

⑮《困学纪闻》卷三云："申、毛之《诗》皆出于荀卿子，而《韩诗外传》多述荀书。今考其言'采采卷耳''鸤鸠在桑''不敢暴虎，不敢冯河'，得《风》《雅》之旨。"那么鲁、毛二家说《诗》，韩引《诗》，都有取于荀子的引《诗》义了。不过荀子只是引《诗》立论，本意不在说《诗》，与孟子不同。鲁、毛诸家说《诗》的方法，当仍是受于孟子为主。

⑯赵注以《小弁》篇为尹吉甫子伯奇的诗。

⑰参看《古史辨》卷三下顾颉刚《毛诗序之背景与旨趣》。

三、赋比兴通释

《周礼·大师》"教六诗……"郑玄注云：

赋之言"铺",直铺陈今之政教善恶。

《诗大序》孔颖达《正义》引此,云:

诗文直陈其事不譬喻者,皆赋辞也。

这"赋"字似乎该出于《左传》的赋诗。《左传》赋诗是自唱或使乐工唱古诗,前文已详。但还有别一义。隐公元年传记郑武公与母姜氏"隧而相见"云:

公入而赋:"大隧之中,其乐也融融。"姜出而赋:"大隧之外,其乐也洩洩。"

孔颖达《正义》云:"赋诗,谓自作诗也。"又僖公五年传云:

士蒍退而赋曰,"狐裘尨茸。一国三公,吾谁适从!"

杜注:"士蒍自作诗也。"前者是直铺陈其事,后者却以譬喻发端。这许是赋诗的较早一义,也未可知①。又《小雅·常棣》正义引《郑志》答赵商云:

〔明〕钟钦礼《雪溪放舟图》

此画是钟钦礼的代表作,描绘的是渔人雪后在寒溪上荡舟的情景。

给青少年的人文素养课

凡赋诗者或造篇，或诵古。

"造篇"除上举二例外，还有卫人赋《硕人》篇，许穆夫人赋《载驰》篇，郑人赋《清人》篇，秦人赋《黄鸟》篇等，却似乎是献诗一类②。就中只《黄鸟》篇各章皆用譬喻发端，其余三篇多是直铺陈其事。至于"诵古"，凡聘问赋诗都是的。"诵"也有"歌"意，《诗经·节南山》"家父作诵"，可证。

郑玄注《周礼》"六诗"，是重义时代的解释。风、赋、比、兴、雅、颂似乎原来都是乐歌的名称，合言"六诗"，正是以声为用。《诗大序》改为"六义"，便是以义为用了。但郑氏训"赋"为"铺"，假借为"铺陈"字，还可见出乐歌的痕迹。《大雅·卷阿》篇有"矢诗不多"一语，据上文"以矢其音"传："矢，陈也。"《楚辞·九歌·东君》"展诗兮会舞"，王逸训"展"为"舒"，洪兴祖《补注》："展诗犹陈诗也。""矢诗""展诗"也就是"赋诗"，大概"赋"原来就是合唱。古代多合唱，春秋赋诗才多独唱，但乐工赋的时候似乎还是合唱的③。不过《大雅·烝民》篇有云：

> 仲山甫之德，柔嘉维则。……天子是若，明命使赋。
> 王命仲山甫……出纳王命，王之喉舌。赋政于外，四方
> 爰发。

前章传云："赋，布也。"下章"赋"字，义当相同。春秋列国大夫聘问，也有"赋命""赋政"之义，歌诗而称为"赋"，或与此义有相关处，可以说是借诗"赋命"，也就是借诗言志。果然如此，赋比兴的"赋"多少也带上了政治意味，郑氏所注"直铺陈今之政教善恶"，便不是全然凿空立说了。

荀子《赋》篇称"赋"，当也是"自作诗"之义。凡《礼》《知》《云》《蚕》《箴》五篇及《佹诗》一篇。前五篇像譬喻，又像谜语，只有《佹诗》多"直陈其事"之语。班固《两都赋序》云："赋者，古诗之流也。"王芑孙《读赋卮言·导源》篇合解荀、班云：

曰"偈",旁出之辞,曰"流",每下之说。夫既与诗分体,则义兼比兴,用长箴颂矣。

这里说赋是诗的别体或变体,与赋比兴的"赋"义便无干了。《汉书》三十《艺文志》云:

春秋之后,周道寖坏。聘问歌咏,不行于列国,学诗之士,逸在布衣,而贤人失志之赋作矣。大儒孙卿及楚臣屈原离谗忧国,皆作赋以风,咸有恻隐古诗之义。其后宋玉、唐勒,汉兴枚乘、司马相如下及扬子云,竞为侈丽阂演之词,没其风谕之义。是以扬子悔之曰:"诗人之赋丽以则,辞人之赋丽以淫。"

赋的演变成为两派。《两都赋序》又说汉兴以来,言语侍从之臣及公卿大臣作赋,"或以抒下情而通讽谕,或以宣上德而尽忠孝",是"雅颂之亚"。"孝成之世论而录之,盖奏御者千有余赋"。赋虽从《诗》出,这时受了《楚辞》的影响,声势大盛④,它已离《诗》而自成韵文之一体了。钟嵘《诗品序》以"寓言写物"为赋,便指这种赋体而言。但赋的"自作诗"一义还保存着,后世所谓"赋诗""赋得"都指此。《艺文志》分赋为四类。刘师培说"杂赋十二家"是总集,余三类都是别集。三类之中,"屈平以下二十家,均缘情托兴之作","陆贾以下二十一家,均骋辞之作","荀卿以下二十五家,均指物类情之作"⑤。汉以后变而又变,又有齐、梁、唐初"俳体"的赋和唐末及宋"文体"的赋。前者"以铺张为靡而专于词",后者"以议论为便而专于理"。这是所谓"古赋"⑥。唐、宋取士,更有律赋,调平仄,讲对仗,限于八韵。这些又是赋体的分化了。

"比"原来大概也是乐歌名,是变旧调唱新辞。《周礼·大师》郑注云:

比见今之失,不敢斥言,取比类以言之。兴见今之美,嫌于媚谀，取善事以喻劝之⑦。

释"比"是演述《诗大序》"主文而谲谏"之意。朱子释《大序》此语，以为"主于文词而托之以谏"⑧；"主文"疑即指比兴。郑氏释兴当也是根据《论语》"兴于诗""诗可以兴"二语。他又引郑司农众云：

> 比者，比方于物也。兴者，托事于物。

《毛诗正义》解司农语云：

> "比者，比方于物"，诸言"如"者皆比辞也。
> "兴者，托事于物"，则兴者，起也。取譬引类，起发己心，《诗》文诸举草木鸟兽以见意者，皆兴辞也。

郑玄以美刺分释"兴""比"，但他笺"兴"诗，仍多是刺意。他自己先不能一致，自难教人相信。《毛诗正义》说："其实作文之体，理自当然，非有所'嫌''惧'也"，也是不信的意思。这一说可以不论。郑众说太简，难以详考；孔颖达所解，可供参考而已。他以"兴"为"取譬引类"，甚是，但没有确定"发端"一义，还是缠夹不清的。以"诸言'如'者"为"比"，当本于六朝经说，《文心雕龙·比兴》篇所举"比"的例可见。如此释"比"，界划井然，可是又太狭了。按《诗经》"诸言'如'者"约一百四十多句，不言"如"，又非"兴"句，而可知为譬喻者，约一百四十多联间有单句——小雅中为多。照孔疏，这一百四十多联便成了比兴间的瓯脱地，两边都管不着了。这些到底是什么呢？也许孔氏的意见和陈奂一样，将这些联的譬喻都算作"兴"。陈氏曾立了三条例。一是"实兴而《传》不言兴者"⑨，这是根据《郑志》答张逸的话，前已引。许多在篇首的喻联，便这样被算作"兴"了。二是诸章"各自为兴"。如《齐风·南山》篇，《小雅·白华》篇，除首章为"兴"外，他说其余诸章"各自为兴"。这样，许多在章首的喻联也就被算作兴了。三是一章之中，"多用兴体"，如《秦风·蒹葭》篇以及《邶风·

给青少年的人文素养课

匏有苦叶》篇，《小雅·伐木》篇，都是的。至如《小雅·鹤鸣》篇，是"全诗皆兴"。那么，许多在章中的喻联又被算作"兴"了。

他这三条例也有相当的根据。第一例根据《笺》言"兴"而《传》不言"兴"的诗，前已论及。但这是《传》疏而《笺》密，后来居上之故。郑氏不愿公然改《传》，所以答张逸说"文义自解，[《传》] 故不言之"，那是饰词，实不足凭。陈氏却因郑氏说相信那些诗"实兴"，恐怕不是毛氏本意。第二条根据"首章言兴以晐下章"的通例。但那通例实在通不过去。因为好些"兴"诗都夹着几章赋，而雅中"兴"诗尤多如此，这是没法赅括的。第三例没有明显的根据，也许只因为《传》《笺》说解这些喻联，与说解"兴"句的方法和态度是一样的。那确是一样的。这些喻联不常有《传》，但如《桑柔》五章中"谁能执热，逝不以濯？"《传》解为礼以救乱，见前引。又《鹤鸣》首章末"它山之石，可以为错"传云：

> 错，石也，可以琢玉。举贤用滞，则可以治国。《序》，诲宣王也。

又《匏有苦叶》篇次章之首"有瀰济盈，有鷕雉鸣"传云：

> 瀰，深水也。盈，满也。深水，人之所难也。鷕，雉鸣声也。卫夫人有淫佚之志，授人以色，假人以辞，不顾礼义之难至，使宣公有淫昏之行。《序》，刺卫宣公也。公与夫人并为淫乱。

又《伐柯》篇首章传云：

> 伐柯如何？匪斧弗克。柯，斧柄也。礼义者，亦治国之柄。取妻如何？匪媒不得。媒所以用礼也。治国不能用礼则不安。《序》，美周公也。周大夫刺朝廷之不知也。

前两例是隐喻，末一例是显喻。《笺》例太多，从略。这样"以意逆志"，这样穿凿傅会，确与说兴诗一样。可是孔疏所谓"比"，《传》《笺》也还是用这种方法与态度说解。现在且还是只引《传》。如《简兮》篇次章之首"有力如虎，执辔如组"传云：

> 组，织组也。武力比于虎，可以御乱御众。有文章，言能治众，动于近，成于远也。《序》，刺不用贤也。卫之贤者仕于伶官，皆可以承事王者也。

又《大明》篇七章之首"殷商之旅，其会如林。矢于牧野，维予侯兴"传云：

> 旅，众也。如林，言众而不为用也。矢，陈；兴，起也。言天下之望周也。《序》，文王有明德，故天复命武王也。

这不也是一样的"以意逆志"，穿凿傅会吗？与陈氏和孔氏？所谓"兴"有什么区别呢？他那三条例看来还是白费的。那一百四十多联譬喻，和那一百四十多"如"字句，实在是《大序》所谓"比"。那些喻联实在太像兴了，后世总将"比""兴"连称，也并非全无道理的。"比"，类也，例也⑩。但这个"比"义也当从《左传》来；前引文公七年传"君子以〔葛藟〕为比"，便是它的老家。"比"字有乐歌背景、经典根据和政教意味，便跟只是"取也他物而以明之"《墨子·小取》的"譬"不同。

"兴"似乎也本是乐歌名，疑是合乐开始的新歌。王逸《楚辞章句》说：

> 《离骚》之文，依《诗》取兴，引类譬谕。故善鸟香草以配忠贞，恶禽臭物以比谗佞，灵修美人以媲于君，宓妃佚女以譬贤臣，虬龙鸾凤以托君子，飘风云霓以为小人。其词温而雅，其义皎而朗。

所谓"依《诗》取兴"，当是依"思无邪"之旨而取喻；《楚辞》体制

给青少年的人文素养课

与《诗经》不同，不分章，不能有"兴也"的"兴"。朱子《楚辞集注》说："《诗》之兴多而比赋少，《骚》则兴少而比赋多[⑪]。"他所举的"兴"句如《九歌·湘夫人》中的：

> 沅有茝兮澧有兰，思公子兮未敢言。

朱子的"兴"是"托物兴词，初不取义"的，与《毛传》不一样。王氏也说茝兰异于众草，"以兴湘夫人美好亦异于众人"。这里虽用了《毛传》的"兴"字，其实倒是不远人情的譬喻。《楚辞》其实无所谓"兴"。王氏注可也受了"思无邪"一义的影响，自然也不免傅会之处[⑫]，但与《史记·屈原传》尚合，大体不至于支离太甚。所以直到现在，一般还可接受他的解释。

《楚辞》的"引类譬谕"实际上形成了后世"比"的意念。后世的比体诗可以说有四大类：咏史，游仙，艳情，咏物[⑬]。咏史之作以古比今，左思是创始的人。《诗品》上说他"得讽谕之致"。何焯《义门读书记·文选第二卷》评张景阳《咏史》云：

> 咏史不过美其事而咏叹之，檃括本传，不加藻饰，此正体也。太冲多自摅胸臆，乃又其变。

游仙之作以仙比俗，郭璞是创始的人。《诗品》中说他"辞多慷慨，乖远玄宗。……乃是坎壈咏怀，非《列仙》之趣也"。李善《文选注》二十一也说：

> 凡游仙之篇，皆所以滓秽尘网，锱铢缨绂，餐霞倒景，饵玉玄都。而璞之制，文多自叙。虽志狭中区，而辞无（兼）俗累。见非前识，良有以哉。

艳情之作以男女比主臣，所谓遇不遇之感。中唐如张籍《节妇吟》，王建《新嫁娘》，朱庆馀《近试上张水部》，都是众口传诵的。而晚唐李商隐《无题》诸篇，更为煊赫，只可惜喻义不尽可明罢了。咏物之作以物比人，起于六朝。如鲍照《赠傅都曹别》述惜别之怀，全篇以雁为比。又韩愈《鸣雁》述贫苦之情，全篇也以雁为比。这四体的源头都在王注《楚辞》里。只就《离骚》看罢：

> 汤、禹严而求合兮，挚、咎繇而能调。苟中情其好修兮，又何必用夫行媒！

这不是以古比今么？

> 前望舒使先驱兮，后飞廉使奔属。鸾皇为余先戒兮，雷师告余以未具。吾令凤鸟飞腾兮，继之以日夜。飘风屯其相离兮，帅云霓而来御。

这不是以仙比俗么？

> 惟草木之零落兮，恐美人之迟暮。

这不是以男女比君臣么？

> 余以兰为可恃兮，羌无实而容长。委厥美以从俗兮，苟得列乎众芳。椒专佞以慢慆兮，樧又欲充夫佩帏。既干进而务入兮，又何芳之能祗！

〔明〕王谔《瑞雪凝冬图》

此画描绘雪山行旅之景。高山巨石以及山下的庭院和山上的寺庙都由硬笔画出，冷峭逼人；山下远水高阔，船帆点点，衬托了整幅绘画的冷寒的意境。

给青少年的人文素养课

这不是以物比人么？《九章》的《橘颂》更是全篇以物比人的好例。《诗经》中虽也有比体，如《硕鼠》《鸱鸮》《鹤鸣》等篇，但是太少，影响不显著。后世所谓"比"，通义是譬喻，别义就是比体诗，却并不指《诗大序》中的"比"。不过谈到《诗经》，以及一些用毛、郑的方法说诗的人，却当别论。说比体诗只是"比"的别义，因为这四类诗，无寓意的固然只能算是别体，有寓意而作得太工了就免不了小气，尤其是后两类，所以也还只能算是别体；而且数量究竟不多。

后世多连称"比兴"，"兴"往往就是"譬喻"或"比体"的"比"，用毛、郑义的绝无仅有。不过"兴"也有两个变义。《刘禹锡集》二十三《董武陵集序》云：

> 诗者，其文章之蕴邪！义得而言丧，故微而难能；境生于
> 象外，故精而寡和。

这可以代表唐人的一种诗论。大约是庄子"得意忘言"和禅家"离言"的影响。所谓言外之义，象外之境，刘氏却没有解释。宋儒提倡道学，也受着道家禅家的影响。他们也说读书只晓得文义是不行的，"必优游涵咏，默识心通，然后能造其微"[14]。《近思录》十四《圣贤气象门》论曾子云：

> 曾子传圣人学。……如言"吾得正而毙"，且休理会文字，
> 只看他气象极好，被他所见处大。后人虽有好言语，只被气
> 象卑，终不类道。

"只看气象"当也是"造微"的一个意思。又朱子论韦应物诗"直是自在，气象近道"[15]。气象是道的表现，也是修养工夫的表现。这意念可见是从"兴于诗""诗可以兴"来，不过加以扩充罢了。读诗而只看气象，结果便有两种情形。如黄鲁直《登快阁诗》云："落木千山天远大，澄江一道月分明。"明周季凤作《山谷先生别传》说："木落江澄，本根独在，有颜子克复之功。"[16] 这不是断章取义吗？又如沈德潜《唐诗别裁集·凡例》云：

> 古人之言包含无尽。后人读之，随其性情浅深高下，各有会心。如好《晨风》而慈父感悟[17]，讲《鹿鸣》而兄弟同食[18]，斯为得之。董子曰："诗无达诂"，此物此志也。

照沈氏说，诗爱怎么理会就可怎么理会，这不是无中生有吗？又如周济《宋四家词选序》云：

> 夫词非寄托不入，专寄托不出。一物一事，引而伸之，触类多通。驱心若游丝之缠飞英，含毫如郢斤之斫蝇翼。以无厚入有间，既习已，意感偶生，假类毕达，阅载千百，謦咳弗违，斯入矣。赋情独深，逐境必寤，酝酿日久，冥发妄中。虽铺叙平淡，摹缋浅近，而万感横集，五中无主。读其篇者临渊窥鱼，意为鲂鲤，中宵惊电，罔识东西。赤子随母笑啼，乡人缘剧喜怒，可谓能出矣。

"能入"是能为人所感，"能出"是能感人。他说善于触类引伸的人，读古人词，久而久之，便领会得其中喻义，无所往而不通，而皆合古人之意。这种人自己作词，也能因物喻志，教读者惝恍迷离，只跟着他笑啼喜怒。他说的是词中的情理，悲者读之而亦悲，喜者读之而亦喜，所谓合于古人者在此。至于悲喜的对象，则读者见仁见智，不妨各有会心。这较沈氏说为密，而大旨略同。后来谭献在《周氏词辩》中评语有"作者未必然，读者何必不然？"的话，那却是就悲喜的对象说了。但这里的断章取义，无中生有，究竟和《毛诗》不大一样。触类引伸的结果还不至于离开人情太远了。而且《近思录》和沈、周两家差不多明说所注重的是读者的受用而不是诗篇的了解，这也就没什么毛病。以上种种都说的是"言外之义"，我们可以叫作"兴象"[19]。

汉末至晋代，常以形似语"题目"人，如《世说》一郭林宗泰曰："叔度_{黄宪}汪汪如万顷之陂，澄之不清，扰之不浊。"后来又用以论诗文，如《诗品》上引李充《翰林论》，论潘岳"翩翩然如翔禽之有羽毛，衣服之有绡縠"。到了唐末，司空图以味喻诗，以为所贵者当在咸酸之

给青少年的人文素养课

外，所谓味外味。又作《二十四诗品》，集形似语之大成。南宋敖陶孙《诗评》，也专用形似语评历代诗家[20]。到了借禅喻诗的严羽又提出"兴趣"一义。《沧浪诗话·诗辩》云：

> 夫诗有别材，非关书也。诗有别趣，非关理也。……诗者，吟咏情性也。盛唐诸人惟在兴趣。羚羊挂角，无迹可求。故其妙处透彻玲珑，不可凑泊，如空中之音，相中之色，水中之月，镜中之象，言有尽而意无穷。

其《诗评》中又云：

> 诗有辞、理、意兴。南朝人尚辞而病于理。本朝人尚理而病于意兴。唐人尚意兴而理在其中。汉、魏之诗，辞、理、意兴，无迹可求。

所谓"别趣""意兴""兴趣"，都可以说是象外之境。这种象外之境，读者也可触类引伸，各有所得，所得的是感觉的境界，和前一义之为气象情理者不同。但也当以"人情不远"为标准。清代金圣叹的批评颇用"兴趣"这一义。但如他评《西厢记》第一本《张君瑞闹道场第四折》一节话全本题为《闹斋》，却是极端的例子。这一折第一曲《双调新水令》，张生唱云：

> 梵王宫殿月轮高，碧琉璃瑞烟笼罩。香烟云盖结，讽咒海波潮，幡影飘飖，诸檀越尽来到。

金氏在曲前评云：

> 吾友斲山先生尝谓吾言："匡庐真天下之奇也。江行连日，初不在意。忽然于晴空中劈插翠嶂，平分其中，倒挂匹练。舟人惊告，此即所谓庐山也者。而殊未得至庐山也。更行两日而渐乃不见，则反已至庐山矣！"吾闻而甚乐之，便欲往观之，而迁延未得也。……然中心则殊无一日曾置不念，

以至夜必形诸梦寐。常不一日二日必梦见江行如驶，仰睹青芙蓉上插空中，一一如断山言。窹而自觉，遍身皆畅然焉。

　　后适有人自东江来，把袖急叩之。则曰"无有是也"。吾怒曰："彼伧固不解也！"后又有人自西江来，又把袖急叩之。又曰"无有是也"。吾怒曰："此又一伧也！"既而人苟自西江来，皆叩之。则言"然""不然"各半焉。吾疑，复问断山。断山哑然失笑，言："吾亦未尝亲见。昔者多有人自西江来，或言如是云，或亦言不如是云。然吾于言如是者即信之；言不如是者，置不足道焉。何则？夫使庐山而诚如是，则是吾之信其人之言为真不虚也。设苟庐山而不如是，则天地之过也。诚以天地之大力，天地之大慧，天地之大学问，天地之大游戏，即亦何难设此一奇以乐我后人，而顾客不出此乎哉！"

　　吾闻而又乐之。中心忻忻，直至于今。不惟必梦之，盖日亦往往遇之。吾于读《左传》往往遇之，吾于读《孟子》往往遇之，吾于读《史记》《汉书》往往遇之。吾今于读《西厢》亦往往遇之。何谓于读《西厢》亦往往遇之？如此篇之初，《新水令》之第一句云："梵王宫殿月轮高"，不过七字也。然吾以为真乃"江行初不在意"也，真乃"晴空劈插奇翠"也，真乃"殊未至于庐山"也，真乃"至庐山即反不见"也！真"大力"也，真"大慧"也，真"大游戏"也，真"大学问"也！盖吾友断山之所教也。吾此生亦已不必真至西江也，吾此生虽然终亦不到西江，而吾之熟睹庐山，亦未厌也！庐山真天下之奇也！

他在曲后又评，说这一句是写张生原定次早借上殿拈香看莺莺，但他心急如火，头一晚就去殿边等着了。不过原文张生唱前有白云："今日二月十五日，和尚请拈香，须索走一遭"，明是早上。曲文下句"碧琉璃瑞烟笼罩"，明说有了香烟。再下语意更明。"月轮高"只是月还未落，以见其早，并非晚上。金氏说的真可算得"以文害辞""以辞害志"了。

---

　　①《左传》聘问赋诗的记载，始于僖二十三年。

②详见《诗言志》篇。

③北京大学文科研究所逯钦立君有《六义参释》一稿。本章试测赋比兴的初义，都根据他所搜集的材料，特此致谢。

④《文心雕龙·诠赋》篇："赋也者，受命于诗人，拓宇于《楚辞》［者］也。"

⑤《左盦集》卷八《汉书艺文志书后》。

⑥《四库提要·总集类》三元祝尧编"古赋辨体"条。

⑦《周礼·大司乐》"兴道讽诵言语"注："兴者，以善物喻善事也。"

⑧见《吕氏家塾读诗记》三。

⑨《邶风·燕燕》传疏。

⑩伪《鬼谷子·反应》篇"事有比"注："比，谓比例。"又"比者，比其辞也"注："比谓比类也。"

⑪《离骚》序附注。

⑫朱子《楚辞集注》序论王书有云："或以迂滞而远于性情，或以迫切而害于义理。"

⑬六朝吴歌、西曲的谐声词格，也是比的一种，但通常认为俳谐，今不论。

⑭程颐《春秋传序》（《二程全书·伊川经说》四）。又《诗人玉屑》六引朱子论"说诗"，"晓得文义是一重，识得意思好处是一重。"又《象山全集》三十五："读书固不可不晓文义，然只以晓文义为是，只是儿童之学，须看意旨所在。"

⑮《语类》一四〇。

⑯首二语本于赵景伟《黄庭坚谥议》，见《山谷全书》首卷二。宋张戒《岁寒堂诗话》云："此但以'远大''分明'之语为新奇。而究其实，乃小儿语也。"

⑰魏文侯事，见《韩诗外传》八。

⑱裴安祖事，见《魏书》四十五《裴骏传》。

⑲《周礼·天官·司裘》"大丧，廞裘，饰皮车"正义："兴象生时裘而为之"，"兴象"即"象似"之意。殷《河岳英灵集序》："挈瓶庸受之流……攻异端，妄穿凿，理则不足，言常有余，都无兴象，但贵轻艳。""兴象"即"比兴"。今借用此名，义略异。

⑳《诗人玉屑》卷二。

四、比兴论诗

最初怀疑比兴的作用的是钟嵘。《诗品序》云：

> 若专用比兴，则患在意深；意深则词踬。若但用赋体，
> 则患在意浮；意浮则文散。嬉成流移，文无止泊，有芜漫之
> 累矣①。

他说的是专用"比兴"或专用赋的毛病，但也是第一个人指出"意深""词
踬"是"比兴"的毛病。同时刘勰论兴，也说是"明而未融，故发注而
后见"②。清陈沆作《诗比兴笺》，魏源序有云：

> 由汉以降，变为五言。古诗十九章，多枚叔之词。乐府
> 鼓吹曲十余章，皆《骚》《雅》之旨。张衡《四愁》，陈思《七
> 哀》；曹公苍莽，"对酒当歌"，有风云之气。嗣后阮籍、傅玄、
> 鲍明远、陶渊明、江文通、陈子昂、李太白、韩昌黎皆以比
> 兴为乐府琴操，上规正始。视中唐以下纯乎赋体者，固古今
> 升降之殊哉！

他将"比兴"的价值看得高于赋。这是陈子昂、李白、白居易、朱子等
人的影响。又说诗到中唐以后，纯乎赋体，以前是还用着"比兴"的。
但汉乐府赋体就很多，陶、谢也以赋体为主，杜、韩更是如此。看魏氏
只能选出少数的例子，不能作概括的断语，便知是作序体例，不得不说
几句切题的话，事实并不然的。而他所谓"比兴"也绝非毛郑义，只是
后世所称"比兴"罢了。

黄侃《文心雕龙札记·比兴》有论"兴义罕用"的话，最为明通。
他说：

给青少年的人文素养课

夫其取义差在毫厘，会情在乎幽隐，自非受之师说，焉得以意推寻！彦和谓"明而未融，发注后见"，冲远孔颖达谓"毛公特言，为其理隐"，诚谛论也。孟子云，学诗者"以意逆志"。此说施之说解已具之后，诚为谠言。若乃兴义深婉，不明诗人本所以作，而辄事探求，则穿凿之弊固将滋多于此矣。

自汉以来，词人鲜用兴义。固缘诗道下衰，亦由文词之作，趣以喻人。苟览者恍惚难明，则感动之功不显。用比忘兴，势使之然。虽相如、子云，末如之何也！然自昔名篇，亦或兼存"比兴"。及时世迁贸，而解者祗益纷纭。一卷之诗，不胜异说。九原不作，烟墨无言。是以解嗣宗之诗，则首首致讥禅代，笺少陵之作，则篇篇系念朝廷。虽当时未必不托物以发端，而后世则不能离言而求象。由此以观，用比者历久而不伤晦昧，用兴者说绝而立致辨争。当其览古，知兴义之难明。及其自为，亦遂疏兴义而希用。此兴之所以浸微浸灭也。

从黄氏的话推论，我们可以说《诗经》兴句虽然大部分是譬喻而《传》《笺》兴义却未必是"作诗人之意"，因为那样作诗，是会教"览者恍惚难明"的。《传》《笺》所说若不是"作诗人之意"，是否也不免"穿凿之弊"，也不免"离言而求象"呢？黄氏大约不这样想。他跟一般好古的人一样，总以为毛、郑去古未远，"受之师说"，当然可信；所谓"说解已具"，正指《传》《笺》而言。后世学无专家，"师说"不存，再用《传》《笺》中"以意逆志"的方法去说诗，那当然是不成的。不过黄氏所谓"比"也还是后世的"比"。《传》《笺》里那样的"比"，其实也是教"览者恍惚难明"的。

可是后世用"比兴"说诗的还有不少。开端的是宋人。这可分为两类。一类可以说是毛、郑的影响，不过破碎支离，变本加厉[③]。如《诗人玉屑》九"托物"条引梅尧臣（？）《续金针诗格》解杜甫《早朝》诗句云：

给青少年的人文素养课

如"旌旗日暖龙蛇动，宫殿风微燕雀高"，旌旗喻号令，日暖喻明时，龙蛇喻君臣。言号令当明时，君所出，臣奉行也。宫殿喻朝廷，风微喻政教，燕雀喻小人。言朝廷政教才出而小人向化，各得其所也。

〔明〕王谔《江阁远眺图》

这幅画描绘的是隔江远望的平远景象，画面气势开阔、意境幽美。

这不是无中生有吗！《玉屑》所谓"托物"有时指后世所谓"比"，有时兼包后世所谓"比兴"而言。世传唐、宋人诗格一类书里，像这样无中生有的解说诗句或诗中物象的很多，似乎是一时风气。④ 但这种解说显然"穿凿"，显然"离言而求象"，而诗格一类书，既多伪作，又托体太卑，所以不为人重视。⑤ 谢枋得注解章泉赵蕃、涧泉韩淲二先生《选唐诗》，也偶然用这样方法，但很少，当也是诗格一类书的影响。另一类是系统的用"赋比兴"或"比兴"说诗，朱子《楚辞集注》是第一部书；他用《诗集传》的办法将《楚辞》各篇分章注明"赋比兴"。不过他所谓"比""兴"与毛、郑不尽同。他答巩仲至丰书《集》六十四中又说：

古今之诗凡有三变。盖书传所记虞、夏以来下及魏、晋，自为一等。自晋、宋间颜、谢以后下及唐初，自为一等。自沈、宋以后定著律诗下及今日，又为一等。……故尝妄欲抄取经史诸书所载韵语，下及《文选》、汉、魏古词，以尽乎郭景纯、陶渊明之所作，自为一编而附于《三百篇》《楚辞》之后，以为诗之根本准则。又于其下二等之中择其近于古者，各为一编，以为之羽翼舆卫；其不合者，则悉去之。

但他只作了《诗集传》《楚辞集注》，以下三编都未成书。元代有个刘履，继承朱子的志愿，编了一套《风雅翼》。这里面包括《选诗补注》，以昭明所选为主，加以删补；"至其注释，则以［朱子］传《诗》、注《楚辞》者为成法⑥。"但四言有时还分章说，五言却以篇为单位。又有《选诗补遗》，选拔"唐、虞而降以至于晋，凡古歌辞之散见于传记诸子集者"。又有《选诗续编》，"乃李唐、赵宋诸作"。《四库提要·总集类》三论此书云：

> 至于以汉、魏篇章强分"比兴"，尤未免刻舟求剑，附合支离。朱子以是注《楚辞》，尚有异议，况又效西子之颦乎？以其大旨不失于正而亦不至全流于胶固，又所笺释评论亦颇详赡，尚非枵腹之空谈……固不妨存备参考焉。

这里所谓"未免刻舟求剑，附合支离"，"而亦不至全流于胶固，又所笺释评论亦颇详赡"，我们现在也不妨移作《楚辞集注》的评语。这一类价值自然比前一类高得多。

还有前面提过的陈沆《诗比兴笺》，专说"比兴"的诗，与朱子等又略有不同。魏源序说他"以笺古诗三百篇之法，笺汉、魏、唐之诗，使读者知'比兴'之所起，即知志之所之也"。他的书叫作"笺"，当是上希《郑笺》的意思。各诗并不分别注明"比兴"，只注重在以史证诗。看来他所谓"比兴"是分不开的，其实只是《诗大序》的"比"。他的取喻倒真是毛、郑的系统，非诗格诸书模糊影响者所可并论。毛、郑的权威既然很大，他这部书就也得着不少的尊重。在陈沆以前，张惠言《词选》也以毛、郑的方法说词。《词选》序云：

> 传曰："意内而言外谓之词"。其缘情造端，"兴"于微言，以相感动。极命风谣里巷男女哀乐，以道贤人君子幽约怨悱不能自言之情。低徊要眇，以喻其致。盖《诗》之"比兴"变风之义。骚人之歌则近之矣。

书中解释也屡用"兴"字。如温庭筠《更漏子》第一首下云："'惊塞雁'三句言欢戚不同，'兴'下'梦长君不知'也。"又晏殊《踏莎行》下云："此词亦有所'兴'，其欧公《蝶恋花》之流乎？"按宋罗大经《鹤林玉露》四论辛弃疾《菩萨蛮·书江西造口壁》云："南渡之初，虏人追隆祐太后御舟至造口，不及而还。幼安目此起兴。"又陈鹄《耆旧续闻》二论苏轼黄州所作《卜算子》词，以为"拣尽寒枝不肯栖"是"取兴鸟择木之意"，是宋人已有以"比兴"论词的。到了张氏，才更发挥光大，词体于是乎也"尊"起来了⑦。

至于论诗，从唐以来，"比兴"一直是最重要的观念之一。后世所谓"比兴"虽与毛、郑不尽同，可是论诗的人所重的不是"比""兴"本身，而是诗的作用。白居易是这种诗论最重要的代表。他在《与元九稹书》中说从周衰秦兴，六义渐微，到了六朝，大家"嘲风雪，弄花草"，六义尽去。唐兴二百年，诗人不可胜数，"索其风雅比兴，十无一焉"。就是杜甫，"撮其《新安》《石壕》《潼关吏》《芦子关》《花门》之章，'朱门酒肉臭，路有冻死骨'之句，亦不过十三四首"。这是"诗道崩坏"。他说诗歌应该上以"补察时政"，下以"泄导人情"，又说"歌诗合为事而作"。又说他作谏官时，"月请谏纸。启奏之外，有可以救济人病，裨补时阙，而难于指言者，辄咏歌之，欲稍稍进闻于上。"他将自己的诗分为四类，第一类便是"讽谕诗"。他说：

> 自拾遗来，凡所遇所感关于美刺比兴者，又自武德讫元和，因事立题，题为"新乐府"者，共一百五十首，谓之讽谕诗。

给青少年的人文素养课

第二类是"闲适诗"。他接着说：

> 又或退公独处，或移病闲居，知足保和，吟玩性情者，
> 一百首，谓之闲适诗。

他又说：

> 故仆志在兼济，行在独善，奉而始终之则为道，言而发
> 明之则为诗。谓之"讽谕诗"，兼济之志也。谓之"闲适诗"，
> 独善之义也。故览仆诗，知仆之道焉。

这简直可以说是诗以明道了。"兼济"和"独善"都是道，所以上以"补察时政"，下以"泄导人情"，都是诗歌的作用。但可以注意的是，他的"讽谕诗"里只有一部分是后世所谓"比兴"，大多数还是赋体，《新乐府》是的，"所遇所感"诸篇中一部分也是的。而《长恨歌》《琵琶行》等赋体诗，为当时及后世所传诵的，却并不在"讽谕诗"而在"感伤诗"里。更可以注意的是，他说"风雅比兴"，又说"美刺比兴"，"风雅"和"美刺"可不都包括赋体诗在内吗！原来《毛传》《郑笺》虽为经学家所尊奉，文士作诗，却从不敢如法炮制，照他们的标准去用譬喻。因为那么一来，除非自己加注，恐怕就没人懂。建安以来的作家，可以说没有一个用过《传》《笺》式的"比兴"作诗的。用《楚辞》式的譬喻作诗的倒有的是，阮籍是创始的人。不过这一种，连后来的比体在内，也还是不多。赋体究竟是大宗。赋体诗中间却不短譬喻，后世的"比"就以这种譬喻为多。就这种"比"及比体诗加以触类引伸，便是后世的"兴"了。这样，后世论诗所说的"比兴"并不是《诗大序》的"比""兴"了。可是《大序》的主旨，诗以"经夫妇，成孝敬，厚人伦，美教化，移风俗"，"发乎情，止乎礼义"，却始终牢固的保存着。这可以说是"诗教"，也可以说是"诗言志"或诗以明道。代表这意念的便是白氏所举"风雅""比兴""美刺"三个名称。不过"风雅"和"美刺"既然都兼包赋比兴而言，而赋是"直陈其事"，不及"比兴""主文而谲谏，言之无罪，闻之者足以戒"，所以白氏以后，"比兴"这名称用得最

多。那么，论诗尊"比兴"，所尊的并不全在"比""兴"本身价值，而是在"诗以言志""诗以明道"的作用上了。明白了这一层，像谭献《箧中词》五评蒋春霖《扬州慢》词⑧，竟说"赋体至此，转高于比兴"，就毫不足怪了。

----

① 《诗品序》云："文有尽而意有余，兴也。因物喻志，比也。"与旧解略异。

② 《文心雕龙·比兴》篇。

③ 顾龙振《诗学指南》中收此类书甚多。

④ 王士禛《香祖笔记》卷六："宋时为王氏之学者务为穿凿。有称杜子美《禹庙》诗'空庭垂橘柚'，谓'厥包橘柚锡贡'也，'古屋画龙蛇'谓'驱龙蛇而放之菹'也。予童时见此说，即知笑之。"

⑤ 黄鲁直《大雅堂记》论杜诗云："彼喜穿凿者弃其大旨，取其发兴，于所遇林泉人物草木鱼虫，以为物物皆有所托，如世间商度隐语者，则子美之诗委地矣！"（《山谷全书正集》十六）

⑥ 元戴良《风雅翼》序。

⑦ 谭献《箧中词》卷三说："倚声之学，由二张而始尊。"二张即惠言与弟琦。又说周济"推明张氏之旨而广大之，此道遂兴于著作之林，与诗赋文笔同其正变"。

⑧ 题为"癸丑十一月二十七日赋趋京口，报官军收扬州"，后半阕云："劫灰到处，便遗民见惯都惊。问障扇遮尘，围棋赌墅，可奈苍生！月黑流萤何处？西风黯鬼火星星。更伤心南望，隔江无数峰青。"

給青少年的人文素养课

第三讲　诗　教

一、六艺之教

"诗教"这个词始见于《礼记·经解》篇：

> 孔子曰："入其国，其教可知也。其为人也温柔敦厚，《诗》教也。疏通知远，《书》教也。广博易良，《乐》教也。絜静精微，《易》教也。恭俭庄敬，《礼》教也。属辞比事，《春秋》教也。故《诗》之失愚，《书》之失诬，《乐》之失奢，《易》之失贼，《礼》之失烦，《春秋》之失乱。
>
> "其为人也温柔敦厚而不愚，则深于《诗》者也。疏通知远而不诬，则深于《书》者也。广博易良而不奢，则深于《乐》者也。絜静精微而不贼，则深于《易》者也。恭俭庄敬而不烦，则深于《礼》者也。属辞比事而不乱，则深于《春秋》者也。"

《经典释文》引郑玄说："《经解》者，以其记六艺政教得失。"这里论是六艺之教；《诗》教虽然居首，可也只是六中居一。《礼记》大概是汉儒的述作，其中称引孔子，只是儒家的传说，未必真是孔子的话。而这两节尤其显然。《淮南子·泰族》篇也论六艺之教，文极近似，不说出于孔子：

六艺异科而皆同道《北堂书钞》九十五引作"六艺异用而皆
通"。温惠柔良者，《诗》之风也。淳庬敦厚者，《书》之教也。
清明条达者，《易》之义也。恭俭尊让者，《礼》之为也。宽
裕简易者，《乐》之化也。刺几讥辩义议者，《春秋》之靡也。
故《易》之失鬼，《乐》之失淫，《诗》之失愚，《书》之失拘，
《礼》之失忮，《春秋》之失訾。六者圣人兼用而财裁制之。失
本则乱，得本则治。其美在调，其失在权。

"六艺"本是礼、乐、射、御、书、数，见《周官·保氏》和《大司
徒》；汉人才用来指经籍[①]。所谓"六艺异用而皆通"，冯友兰先生
在《原杂家》里称为"本末说的道术统一论"[②]；也就是汉儒所谓
"六学"。六艺各有所以为教，各有得失，而其归则一。《泰族》篇的
"风""义""为""化""靡"其实都是"教"；《经解》一律称为"教"，
显得更明白些。——《经解》篇似乎写定在《淮南子》之后，所论
六艺之教比《泰族》篇要确切些。《泰族》篇"诗风"和"书教"含
混，《经解》篇便分得很清楚了。

汉儒六学，董仲舒说得很明白，《春秋繁露·玉杯》篇云：

君子知在位者之不能以恶服人也，是故简六艺以赡养之。
《诗》《书》序其志，《礼》《乐》纯其养，《易》《春秋》明其知。
六学皆大，而各有所长。《诗》道志，故长于质。《礼》制节，
故长于文。《乐》咏德，故长于风。《书》著功，故长于事。《易》
本天地，故长于数。《春秋》正是非，故长于治人。能兼得其
所长，而不能遍举其详也。

他将六艺分为"《诗》《书》""《礼》《乐》""《易》《春秋》"三科，又
说"六学皆大，而各有所长"，可见并不特别注重诗教，和《经解》
篇、《泰族》篇是相同的。《汉书》八十八《儒林传叙》也道：

古之儒者博学虖六艺之文。六艺原作"学"，从王念孙《读书

给青少年的人文素养课

083

杂志》校改者，王教之典籍，先圣所以明天道、正人伦、致至
治之成法也。……及至秦始皇……六学从此缺矣。……

这就是所谓"异科而皆同道"了。六艺中早先只有《诗》《书》《礼》
《乐》并称。《论语·述而》："《诗》《书》执礼，皆雅言也"，《泰伯》：
"兴于《诗》，立于《礼》，成于《乐》"；前者《诗》《书》和《礼》并
称，后者《诗》和《礼》《乐》并称。《庄子·徐无鬼》篇："横说之
则以《诗》《书》《礼》《乐》"，《荀子·儒效》篇："故《诗》《书》《礼》
《乐》之［道］归是矣" 从王先谦《荀子集解》引刘台拱说加"道"字；
"《诗》《书》《礼》《乐》"已经是成语了。《诗》《书》《礼》《乐》加上
《易》《春秋》，便是"六经"，也便是六艺。《庄子·天运》篇和《天
下》篇都曾列举《诗》《书》《礼》《乐》《易》《春秋》，前者并明称"六
经"，《荀子·儒效》篇的另一处却只举《诗》《书》《礼》《乐》《春秋》，
没有《易》；可见那时"六经"还没有定论。段玉裁《说文解字叙注》
里谈到这一层：

> 周人所习之文，以《礼》《乐》《诗》《书》为急。故《左
> 传》曰："说《礼》《乐》而敦《诗》《书》"③，《王制》曰："春
> 秋教以《礼》《乐》，冬夏教以《诗》《书》。"而《周易》，其
> 用在卜筮，其道取精微，不以教人。《春秋》则列国掌于史官，
> 亦不以教人。故韩宣子适鲁，乃见《易》象与鲁《春秋》；此
> 二者非人所常习明矣④。

段氏指出《易》《春秋》不是周人所常习，确切可信。不过周人所习之
文，似乎只有《诗》《书》；礼乐是行，不是文。《礼古经》等大概是战
国时代的记载，所以孔子还只说"执礼"；乐本无经，更是不争之论。
而《诗》在乐章，古籍中屡称"诗三百"，似乎都是人所常习；《书》不
便讽诵，又无一定的篇数，散篇断简，未必都是人所常习。《诗》居六
经之首，并不是偶然的。

　　董仲舒承用旧来六经的次序而分《诗》《书》"《礼》《乐》"《易》

《春秋》"为三科，合于传统的发展。西汉今文学序列六艺，大致都依照旧传的次第。这次第的根据是六学发展的历史。后来古文学兴，古文家根据六艺产生的时代重排它们的次序。《易》的八卦，传是伏羲所画，而《书》有《尧典》：这两者该在《诗》的前头。所以到了《汉书·艺文志》，六艺的次序便变为《易》《书》《诗》《礼》《乐》《春秋》；《儒林传》叙列传经诸儒，也按着这次序。《诗经》改在第三位。一方面西汉阴阳五行说极盛。汉儒本重通经致用；这正是当世的大用，大家便都偏着那个方向走。于是乎《周易》和《尚书·洪范》成了显学。而那时整

〔明〕朱端《烟江远眺图》

此画描绘了高岭烟霭、远浦水村，画面精致开阔，幽美而疏秀。

给青少年的人文素养课

085

个的六学也多少都和阴阳五行说牵连着；一面更都在竭力发挥一般的政教作用。这些情形，看《汉书·儒林传》就可知道：

　　《易》 宣帝时，闻京房为《易》明，求其门人得［梁丘］贺。……贺入说，上善之；以贺为郎。……以筮有应，繇是近幸，为大中大夫、给事中，至少府。京房……以明灾异得幸。费直……治《易》为郎，至单父令。长于卦筮。高相……治《易》……专说阴阳灾异。

　　《书》 许商……善为算，著《五行论历》。李寻……善说灾异，为骑都尉。

《诗》 申公……见上，上问治乱之事。申公……对曰："为治者不在多言，顾力行何如耳。"……即以为大中大夫，……议明堂事。……弟子为博士十余人……其治官民，皆有廉节，称其学官。王式……为昌邑王师。昭帝崩，昌邑王嗣立，以行淫乱废。昌邑群臣皆下狱诛。唯中尉王吉、郎中令龚遂以数谏减死论。式系狱当死。治事使者责问："师何以亡谏书？"式对曰："臣以《诗》三百五篇朝夕授王，至于忠臣孝子之篇，未尝不为王反复诵之也；至于危亡失道之君，未尝不流涕为王深陈之也。臣以三百五篇谏，是以亡谏书。"使者以闻，亦得减死论。

《礼》 鲁徐生善为颂容。孝文时，徐生以颂为礼官大夫。传……孙延、襄。……襄亦以颂为大夫，至广陵内史。延及徐氏弟子公户满意、桓生、单次皆为礼官大夫。而瑕丘萧奋以《礼》至淮阳太守。

《春秋》 眭孟……为符节令，坐说灾异诛。

这里《易》《书》《春秋》三家都说"阴阳灾异"。而见于别处的，《齐诗》说"五际"⑤，《礼》家说"明堂阴阳"⑥，也一道同风。这也是所谓"异科而皆同道"，不过是另一方面罢了。

"阴阳灾异"是所谓天人之学；是阴阳家言，不是儒家言。汉儒推尊孔子，究竟不能不维持儒家面目，不能奉阴阳家为正传；所以一般立说，还只着眼在人事的政教上。前节所引《儒林传》，《易》主卜筮，《诗》当谏书，《礼》习容仪，正是一般的政教作用。而《书》"长于事"。《尚书大传》记子夏对孔子论《书》道：《书》之论事也，昭昭若日月之代明，离离若参辰之错行。上有尧、舜之道，下有三王之义。"⑦这几句话可以说明所谓《书》教。《春秋》"长于治人"。《春秋繁露·精华》篇：《春秋》之听狱也，必本其事而原其志。志邪者不待成，首恶者罪特重，本直者其论轻。……听讼折狱，可无审邪！"《汉书》三十《艺文志》有"《公羊董仲舒治狱》十六篇"。《后汉书》七十八《应劭传》记着应劭的话："董仲舒老病致仕，朝廷每有政议，数遣廷尉张汤亲至陋巷问其得失。于是作《春秋决狱》二百三十二事，动以经对。"这就是《春秋》之教。这些是所谓六学，"异科而皆同道"所指的以这些为主。就这六学而论，应用最广的还得推《诗》。《诗》《书》传习比《礼》《易》《春秋》早得多，上文已见。阮元辑《诗书古训》六卷，罗列先秦、两汉著述中引用《诗》《书》的章节；《续经解》本分为十卷，《诗》占七卷，《书》只有三卷。可见引《诗》的独多。这有三个原故。《汉书·艺文志》云："凡三百五篇，遭秦而全者，以其讽诵，不独在竹帛故也。"《诗》因讽诵而全，因讽诵而传，更因讽诵而广传。《周易》也并无亡佚，《汉书·儒林传叙》云："及秦禁学，《易》为卜筮之书，独不禁，故传受者不绝。"可是《易》在汉代虽然成了显学，流传之广到底不如《诗》。这就因为《诗》一向是讽诵在人口上的。清劳孝舆《春秋诗话》卷三论引诗道：

> ［春秋时］自朝会聘享以至事物细微，皆引《诗》以证其得失焉。大而公卿大夫，以至舆台贱卒（？），所有论说，皆引《诗》以畅厥旨焉。……可以诵读而称引者，当时止有《诗》《书》。然《传》之所引，《易》乃仅见，《书》则十之二三。若夫《诗》，则横口之所出，触目之所见，沛然决江河而出之者，皆其肺腑中物，梦寐间所呻吟也。岂非《诗》之为教所以浸淫人之心志而厌饫之者，至深远而无涯哉？

这里所说的虽然不尽切合当日情形，但《诗》那样的讽诵在人口上，确是事实。——除了无亡佚和讽诵两层，诗语简约，可以触类引伸，断章取义，便于引证，也帮助它的流传。董仲舒说："《诗》无达诂，《易》无达占，《春秋》无达辞"⑧，是就解经论，不就引文论。——王应麟以为"《诗》无达诂"就是《孟子》的"不以文害辞，不以辞害志"⑨，是不错的。——就引文论，像《诗》那样富于弹性，可以说是独一无二的。

———————————

　　①许冲《上说文解字表》"六艺群书之诂"句下段玉裁注，见《说文解字

注》十五下。

②《云南大学学报》第一期。

③《左传》僖公二十七年。

④同注①。

⑤《汉书》七十五《翼奉传》载奉封事，有云："《易》有阴阳，《诗》有五际，《春秋》有灾异。"颜师古注引孟康曰："《诗内传》曰：'五际，卯酉午戌亥也。阴阳终始际会之岁，于此则有变改之政也。'"

⑥《汉书·艺文志》有"明堂阴阳三十三篇"，"明堂阴阳说五篇"。

⑦《艺文类聚》六十四《居处部》引。

⑧《春秋繁露·精华》篇。

⑨《困学纪闻》卷三。

二、著述引诗

言语引诗，春秋时始见，《左传》里记载极多。私家著述从《论语》创始；著述引诗，也就从《论语》起始。① 以后《墨子》和《孟子》也常引诗，而《荀子》引诗独多。《荀子》引诗，常在一段议论之后，作证断之用，也比前人一贯。荀子影响汉儒最大。汉儒著述里引诗，也是学他的样子；汉人的诗教，他该算是开山祖师。汪中《述学·荀卿子通论》云：

> 荀卿之学，出于孔氏，而尤有功于诸经。《经典叙录》："《毛诗》，……一云，子夏传曾申。……根牟子传赵人孙卿子。孙卿子传鲁人大毛公。"由是言之，《毛诗》，荀卿子之传也。《汉书·楚元王交传》："少时尝与鲁穆生、白生、申公同受诗于浮邱伯。伯者，孙卿门人也。"……由是言之，《鲁诗》，荀卿子之传也。《韩诗》之存者《外传》而已。其引荀卿子以说诗者四十有四。由是言之，《韩诗》，荀卿子之别子也。……盖自七十子之徒既殁，汉诸儒未兴，中更战国暴秦之乱，六

艺之传赖以不绝者，荀卿也。

荀子其实是汉人六学的开山祖师。而四家诗除《齐诗》外都有他的传授，可见他在诗学方面的影响更大。四家中《毛诗》流传较晚，鲁、齐、韩别称三家诗。《史记》一二一《儒林传》说："韩生推诗人之意而为《内外传》数万言，其语颇与齐、鲁间殊，然其归一也。"《齐诗》虽然多采阴阳五行说，而"其归"还在政教。《毛诗》因为与经传诸子密合，为人所重，不用说更其如此。陈乔枞在《韩诗遗说考》序里先引了《史记·儒林传》"其归一也"的话，接着道：

> 今观《外传》之文，记夫子之绪论与春秋杂说，或引诗以证事，或引事以明诗，使"为法者章显，为戒者著明"郑玄《诗谱序》语。虽非专于解经之作，要其触类引伸，断章取义，皆有合于圣门商、赐言《诗》之义也。况夫微言大义往往而有，上推天人性理，明皆有仁义礼智顺善之心，下究万物情状，多识于鸟兽草木之名，考风雅之正变，知王道之兴衰，固天命性道之蕴而古今得失之林邪？

这段话除一二处外可以当作四家诗的总论看，也可以当作著述引诗的总论看，也可以当作汉人诗教的总论看。

汉人著述引诗，当推刘向为最。他世习《鲁诗》②。《汉书》三十六本传云：

> 向睹俗弥奢淫而赵、卫之属起微贱，逾礼制③；向以为王教由内及外，自近者始。故采取《诗》《书》所载贤妃贞妇兴国显家可法则，及孽嬖乱亡者，序次为《列女传》凡八篇，以戒天子，及采传记行事，著《新序》《说苑》凡五十篇，奏之。

他这三部书多"引诗以证事，或引事以明诗"，而《列女传》引诗更为繁密。《汉书》本传中存着他的封事、奏、疏五篇，一篇谏造陵，别篇都论灾异。各篇屡屡引诗，繁密不下于《列女传》。他的用意无非要"使为法者章显，为戒者著明"。他家著述引诗，引伸或有广狭，用意也都不外乎此。阮元《诗书古训序》云：

> 《诗》三百篇，《尚书》数十篇，孔、孟以此为学，以此为教。故一言一行皆深奉不疑。即如孔子作《孝经》，子思作《中庸》，孟子作七篇，多引《诗》《书》以为证据。若曰，世人亦知此事之义乎？《诗》曰某某即此也。否则尚恐自说有偏弊，不足以训于人。……元录《诗书古训》……乃总《论语》、《孝经》、《孟子》、《礼记》、《大戴记》、《春秋》三传、《国语》、《尔雅》十经。……降至《国策》，罕引《诗》《书》。……汉兴，……《诗》《书》复出，朝野诵习，人心反正矣。子史引《诗》《书》者，多存古训。……以晋为断。盖因汉、晋以前，尚未以二氏为训，所说皆在政治言行，不尚空言也④。

所谓"以此为学，以此为教，故一言一行皆深奉不疑"，以及"多引《诗》《书》以为证据"，正可见出段玉裁说的《诗》《书》是周人所常习。"所说皆在政治言行"是征引《诗》《书》的用意所在，也就是《诗》《书》之教。《诗》《书》之教，浑言之"异科而皆同道"，析言之又各有分别。现在单论汉人引诗，以著述为主，略为归类，看看所谓诗教的背景是什么样子。

阮元只概括的举出"政治言行"，我们看著述引诗要算宣扬德教的为最多。德教属于言行，可也包括在广义的政治里。如《韩诗外传》五云：

> 德也者，包天地之大，配日月之明，立乎四时之周，临乎阴阳之交，寒暑不能动也，四时不能化也。敛乎太阴而不湿，散乎太阳而不枯，鲜絜清明而备，严威毅疾而神，至精

而妙乎天地之间者，德也。微圣人，其孰能与于此矣！《诗》
曰："德辅如毛，民鲜克举之。"《大雅·烝民》

这是陈乔枞所谓微言大义，也是引诗断案。又如《列女传》三《鲁漆室女传》云：

> 漆室女曰："夫鲁国有患者，君臣父子皆被其辱，祸及众庶。妇人独安所避乎！吾甚忧之。"……君子曰：远矣漆室女之思也。《诗》云："知我者谓我心忧，不知我者谓我何求"《王风·黍离》，此之谓也。

这里赞叹漆室女忧国的美德，是"引诗以证事"。又同书四《卫宣夫人传》云：

> 弟立，请曰："卫，小国也，不容二庖，请愿同庖。"终不听。卫君使人诉于齐兄弟。齐兄弟皆欲与君，使人告女。女终不听，乃作诗曰："我心匪石，不可转也。我心匪席，不可卷也。"《邶风·柏舟》

这里说《邶风·柏舟》是"贞一"的卫宣夫人所作，是"引事以明诗"。次于德教的是论政治的引

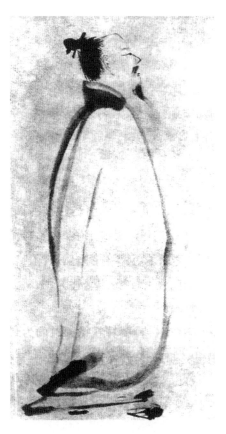

〔南宋〕梁楷《太白行吟图（局部）》

此图是梁楷减笔人物画的代表作之一。寥寥数笔就把"诗仙"那种纵酒飘逸、才思横溢的风度神韵刻画得惟妙惟肖。

给青少年的人文素养课

诗。如《春秋繁露》十六《山川颂》云：

> 且积土成山，无损也成其高，无害也成其大，无亏也小
> 其上，泰其下。久长安后世，无有去就，俨然独处，惟山之
> 意。《诗》云："节彼南山，惟石岩岩。赫赫师尹，民具尔瞻"
> 《小雅·节南山》，此之谓也。

这是以山象征领袖的气象。又如《新书·礼》篇云：

> 故礼者，所以恤下也。……《诗》曰："投我以木瓜，报
> 之以琼琚。匪报也，永以为好也。"《卫风·木瓜》上少投之，
> 则下以躯偿矣。弗敢谓报，愿长以为好；古之蓄其下者，其
> 施报如此。

这是论待臣下的道理，所谓触类引伸。又如《汉书》六《武帝纪》元狩
元年诏云：

> 盖君者，心也，民犹支体。支体伤则心憯怛。日者淮南、
> 衡山修文学，流货赂，两国接壤，怵于邪说而造篡弑。此朕
> 之不德。《诗》云："忧心惨惨，念国之为虐。"《小雅·正月》
> 已赦天下，涤除与之更始。

诏书引诗自责，汉代用诗之广可见。又《后汉书》八十七《刘陶传》，
陶上议云：

> 臣尝诵《诗》至于鸿雁于野之劳，哀勤百堵之事《小
> 雅·鸿雁》："之子于征，劬劳于野"，"之子于垣，百堵皆作"，每喟尔
> 长怀，中篇而叹。近听征夫饥劳之声，甚于斯歌。

悼古伤今，蔼然仁者之言，可作"温柔敦厚"的一条注脚。

引诗论学养的也不少。如《礼记·大学》云：

> 《诗》云："瞻彼淇澳，菉竹猗猗。有斐君子，如切如磋，如琢如磨。瑟兮僩兮！赫兮喧兮！有斐君子，终不可谖兮!"《卫风·淇澳》"如切如磋"者，道学也。"如琢如磨"者，自修也。"瑟兮僩兮"者，恂栗也。"赫兮喧兮"者，威仪也。"有斐君子，终不可谖兮"者，道盛德至善，民之不能忘也。

切磋琢磨久已成为进德修业的格言，也可见诗教的广远了。又如《韩诗外传》三云：

> 问者曰："夫仁者何以乐于山也？"曰："夫山者，万民之所瞻仰也。草木生焉，万物植焉，飞鸟集焉，走兽休焉，四方益取与焉。出云道风，嵸乎天地之间。天地以成，国家以宁。此仁者所以乐于山也。《诗》曰：'太山岩岩，鲁邦所瞻'《鲁颂·闷宫》，乐山之谓也。"

"仁者乐山"原是孔子的话《论语·雍也》，这里是断章取义，以见仁者的修养与气度。引诗也是断章取义的作证。这一节可以跟前面引的《山川颂》比较着看。又《韩诗外传》二云：

> 上之人所遇，色为先，声音次之，事行为后。故望而宜为人君者，容也。近而可信者，色也。发而安中者，言也。久而可观者，行也。故君子容色，天下仪象而望之，不假言而知为人君者。《诗》曰："颜如渥丹，其君也哉！"《秦风·终南》

容色也是学养的表现。孟子道："仁义礼智根于心；其生色也，睟然见于面，盎于背，施于四体"《尽心上》，正是这个意思。德教、政治、学养都属于人事；与人事相对的是天道。论天道的也常引诗。如《礼记·中庸》云：

给青少年的人文素养课

《诗》曰："德輶如毛"《大雅·烝民》，毛犹有伦，"上天之载，无声无臭"《大雅·文王》，至矣！

这正是《论语》上孔子说的"天何言哉！四时行焉，百物生焉。天何言哉！"《阳货》又如《春秋繁露·尧舜不擅移汤武不专杀》篇云：

> 且天之生民，非为王也，而天立王以为民也。故其德足以安乐民者，天予之；其恶足以贼害民者，天夺之。《诗》云："殷士肤敏，裸将于京，侯服于周。天命靡常！"《大雅·文王》言天之无常予无常夺也。

"天命靡常"在阴阳家五德终始说的解释下，成为汉代一般的信仰。这里却没有提到五德说，只简截的引诗为证。又，汉人常谈的灾异也属于天道。同书《必仁且智》篇云：

> 天地之物有不常之变者谓之异，小者谓之灾。灾常先至而异乃随之。灾者，天之谴也；异者，天之威也。谴之而不知，乃畏之以威。《诗》云："畏天之威"《周颂·我将》，殆此谓也。

这一节可以作"灾异"的界说看。《汉书》九《元帝纪》，永光四年六月"戊寅晦，日有蚀之"，诏云：

> 今朕晻于王道，夙夜忧劳，不通其理，靡瞻不眩，靡听不惑。是以政令多还，民心未得。……公卿大夫，好恶不同，或缘奸作邪，侵削细民。元元安所归命哉！乃六月晦日有蚀之。《诗》不云乎？"今此下民，亦孔之哀！"《小雅·十月之交》

《十月之交》正是纪日食之异的诗，所以诏书中引诗语，见得民生可哀，天变可畏；是罪己并责勉公卿大夫的意思。

　　此外有引诗以述史事、明制度、记风俗的。如《汉书》七十三《韦玄成传》，太仆王舜、中垒校尉刘歆议〔宗庙〕曰：

　　　　臣闻周室既衰，四夷并侵，猃狁最强——于今匈奴是也。至宣王而伐之。诗人美而颂之曰："薄伐猃狁，至于太原。"《小雅·六月》又曰："啴啴推推，如霆如雷，显允方叔，征伐猃狁，荆蛮来威。"《小雅·采芑》故称中兴。……孝武皇帝……遣大将军、骠骑、伏波、楼船之属南灭百粤……北攘匈奴，降昆邪十万之众。……东伐朝鲜，……断匈奴之左臂。西伐大宛……裂匈奴之右臂。……中兴之功未有高焉者也。……

　　这里引诗述史，颂美武帝的中兴。又如《韩诗外传》八云：

　　　　……于是黄帝乃服黄衣，戴黄冕，致斋于宫。凤乃蔽日而至。黄帝降于东阶，西面，再拜稽首曰："皇天降祉，不敢不承命！"凤乃止帝东囿原作"国"，据《说苑·辨物》篇校改，集帝梧桐，食帝竹实，没身不去。《诗》曰："凤凰于飞，翙翙其羽，亦集爰止。"《大雅·卷阿》

　　这是神话，可是在古人眼里也是史。这不是引诗述史而是引诗证史。又如蔡邕《独断下》云：

　　　　宗庙之制，古学以为人君之居前有朝，后有寝；终则前制庙以象朝，后制寝以象寝。庙以藏主，列昭穆；寝有衣冠几杖象生之具。总谓之宫。《月令》曰："先荐寝庙"，《诗》云："公侯之宫"《召南·采蘩》，《颂》曰："寝庙奕奕"《鲁颂·閟宫》；《毛诗》作"新庙"，蔡当据《鲁诗》，言相连也。

　　这是引诗以证宫的制度。又如《春秋繁露·郊祀》篇云：

给青少年的人文素养课

为人子而不事父者，天下莫能以为可。今为天之子而不事天，何以异是？是故天子每至岁首，必先郊祭以享天，乃敢为地，行子礼也。每将兴师，必先郊祭以告天，乃敢征伐，行子之道也。文王受天命而王天下，先郊乃敢行事而兴师伐崇。其诗曰："芃芃棫朴，薪之槱之。济济辟王，左右趋之。济济辟王，左右奉璋。奉璋峨峨，髦士攸宜。"《大雅·棫朴》此郊辞也。其下曰："淠彼泾舟，烝徒楫之。周王于迈，六师及之。"同上此伐辞也。

这里引诗以明郊的制度。又如《汉书》二十八《地理志》云：

天水、陇西山多林木，民以板为室屋。及安定、北地、上郡、西河皆迫近戎狄，修习战备，高上气力，以射猎为先。故《秦诗》曰："在其板屋"《小戎》，又曰："王于兴师，修我甲兵，与子偕行"《无衣》。及《车辖》《四载》《小戎》之篇，皆言车马田狩之事。

这是记风俗的引诗。

还有引诗以明天文地理的。又有用诗作隐语的。而诗篇入乐的意义，著述中也常论及。如《汉书》二十六《天文志》云：

西方为雨，雨，少阴之位也。月失中道，移而西，入毕，则多雨。故《诗》云："月离于毕，俾滂沱矣"《小雅·渐渐之石》，言多雨也。

这两句诗里的天文学早就反映在孔子的故事里。《史记》六十七《仲尼弟子列传》云：

他日，弟子进问［有若］曰："昔夫子当行，使弟子持雨具。已而果雨。弟子问曰：'夫子何以知之？'夫子曰：

'《诗》不云乎？"月离于毕，俾滂沱矣"。昨暮月不宿
毕乎？'"……

故事未必真，却可见劳孝舆说的"事物细微，皆引《诗》以证其得失"
见前那句话确有道理。又如《汉书·地理志》云：

> 魏国亦姬姓也，在晋之南河曲。故其诗曰："彼汾一曲"
> 《汾沮洳》，"置之河之侧"《伐檀》。

这里引诗以明魏国的地理。至于用诗为隐语，春秋时就有了⑤，直到汉
末还存着这个风气。《后汉书》八十三《徐稺传》云：

> ……及林宗有母忧，稺往吊之，置生刍一束于庐前而去。
> 众怪不知其故。林宗曰："此必南州高士徐孺子也。《诗》不
> 云乎？'生刍一束，其人如玉'《小雅·白驹》。吾无德以堪之。"

这是无语的隐语，所以"众怪不知其故"。又，解释入乐诗篇的意义的，
如《礼记·射义》云：

> 其节：天子以《驺虞》为节，诸侯以《狸首》为节，卿
> 大夫以《采蘋》为节，士以《采蘩》为节。《驺虞》者，乐官
> 备也。《狸首》者，乐会时也。《采蘋》者，乐循法也。《采蘩》
> 者，乐不失职也。

这中间《狸首》篇是逸诗。

　　汉人著述引诗之多，用诗之广，由以上各项可见。无论大端细节，
他们都爱引诗，或断或证——这自然非讽诵烂熟不可。陈乔枞所谓"上
推天人性理"，"下究万物情状"，以至"古今得失之林"，总而言之，就
是包罗万有。春秋以后，要数汉代能够尽诗之用。春秋用诗，还只限于
典礼、讽谏、赋诗、言语⑥；汉代典礼别制乐歌，赋诗也早已不行，可

是著述用诗，范围之广，却超过春秋时。孔子道：

> 小子何莫学夫《诗》？
> 《诗》可以兴，可以观，可以
> 群，可以怨。迩之事父，远
> 之事君。多识于鸟兽草木之
> 名。《论语·阳货》

这是诗教的意念的源头。孔子的时代正是诗以声为用到诗以义为用的过渡期，他只能提示诗教这意念的条件。到了汉代，这意念才形成，才充分的发展。不过无论怎样发展，这意念的核心只是德教、政治、学养几方面——阮元所谓政治言行，——也就是孔子所谓兴、观、群、怨。"温柔敦厚"一语便从这里提炼出来。《论语》中孔子论诗、礼、乐甚详，而且说：

> 兴于诗，立于礼，成
> 于乐。《泰伯》

好像看作三位一体似的。因此《经解》里所记孔子论诗教、乐教、礼教的话，便觉比较亲切而有所依据，跟其他三科几乎全出于依托的不同。汉代诗和礼、乐虽然早已分了家，可是

〔清〕苏六朋《太白醉酒图》

"李白斗酒诗百篇"是杜甫广为传诵的名句，号称"酒仙""诗仙"的李太白，其最显才华的时刻正是在醉酒而诗兴横溢之际。

所谓"温柔敦厚"，还得将诗、礼、乐合看才能明白。《韩诗外传》八有一个诗的故事：

> ［魏］文侯曰："中山之君亦何好乎？"［苍唐］对曰："好《诗》。"文侯曰："于《诗》何好？"曰："好《黍离》与《晨风》。"文侯曰："《黍离》何哉？"对曰："彼黍离离，彼稷之苗。行迈靡靡，中心摇摇。知我者谓我心忧，不知我者谓我何求。悠悠苍天，此何人哉！"文侯曰："怨乎？"⑦曰："非敢怨也，时思也。"文侯曰："《晨风》谓何？"对曰："'鴥彼晨风，郁彼北林，未见君子，忧心钦钦。如何如何！忘我实多！'——此自以'忘我'者也。"原无末七字。许维遹先生据《文选·四子讲德论注》与《御览》七七九补。于是文侯大悦，……遂废太子诉，召中山君以为嗣。

这是一个很著名的故事，西汉王褒作《四子讲德论》，已经引用⑧。宋王应麟《困学纪闻》三列举"兴于诗"的事例，第一件便是"子击中山君名击好《晨风》《黍离》而慈父感悟"。其次是周磐。《后汉书》六十九《本传》云：

> 居贫养母，俭薄不充。尝诵《诗》至《汝坟》之卒章，慨然而叹。乃解韦带就孝廉之举。

《周南·汝坟》末章道："鲂鱼赪尾，王室如毁。虽则如毁，父母孔迩。"章怀太子《后汉书注》引《韩诗薛君章句》："以父母甚迫近饥寒之忧，为此禄仕。"周磐是"兴于诗""而为亲从仕"《纪闻》语的。后世因读诵而兴的例子还有些，多半也是"兴于诗"；而以孝思为主⑨。这些都是实践的温柔敦厚的诗教。可是探源立论，事亲事君都是礼的节目，而礼乐是互相为用的，是相反相成的；所以要了解诗教的意义，究竟不能离开乐教和礼教。

---

①近人多以为《老子》书在孔子后，可信。

②见陈乔枞《鲁诗遗说考序》。

③颜师古注："赵皇后、昭仪、卫婕妤也。"

④《挈经室续集》卷一。

⑤顾颉刚先生《诗经在春秋战国间的地位》一文中说："最奇怪的用诗，是把诗句当歇后语或猜谜一样看待。"他举《国语·鲁语》下叔孙穆子说的"豹之业及《匏有苦叶》矣"和《左传》定公十年驷赤说的"臣之业在《扬水》卒章之四言矣"为例（《古史辨》三下三四〇至三四一面）。

⑥见《诗经在春秋战国间的地位》文中，《古史辨》三下，三二二面。

⑦皮锡瑞《诗经通论·论诗教温柔敦厚在婉曲不直言》条夹注云："《韩诗》以《黍离》为伯奇之弟伯封作，言孝子之事，故能感悟慈父。与《毛诗》以为闵周者不同。"

⑧句云："太子击诵《晨风》，文侯谕其旨意。"

⑨见《太平御览》六一六。

三、温柔敦厚

《经解》篇孔颖达《正义》释"温柔敦厚"句云：

> 温谓颜色温润，柔谓情性和柔。《诗》依违讽谏，不指切事情，故云温柔敦厚是诗教也。

又释"《诗》之失愚"云：

> 《诗》主敦厚。若不节之，则失在愚。

又释"温柔敦厚而不愚"句云：

> 此一经以诗化民，虽用敦厚，能以义节之；欲使民虽敦厚，不至于愚。则是在上深达于诗之义理，能以诗教民也。

故云"深于《诗》者也"。

更重要的是《正义》里下面一番话：

> 然《诗》为乐章，诗乐是一，而教别者：若以声音干戚以教人，是乐教也。若以诗辞美刺讽谕以教人，是诗教也。此为政以教民，故有六经。……此六经者，惟论人君施化，能以此教民，民得从之；未能行之至极也。若盛明之君为民之父母者，则能恩惠下及于民。则《诗》有好恶之情，《礼》有政治之体，《乐》有谐和性情，皆能与民至极，民同上情。故《孔子闲居》云："志之所至，诗亦至焉。诗之所至，礼亦至焉。礼之所至，乐亦至焉。"是也。其《书》《易》《春秋》，非是与民相感恩情至极者，故《孔子闲居》无《书》《易》及《春秋》也。

这里将所谓六经分为二科，而以《诗》《礼》《乐》为"与民相感恩情至极者"；《诗》《礼》《乐》三位一体，合于《论语》里孔子的话。而所谓"以诗化民"，所谓"在上深达于诗之义理，能以诗教民"，是概括《诗大序》的意思，《诗大序》又是孔子论"学诗"那一节话的引伸和发展。所谓"以义节之"，就是《诗大序》说的"发乎情，止乎礼义"，也就是儒家说的"不偏之谓中"《礼记·中庸》。诗教究竟以意义为主，所以说"以诗辞美刺讽谕以教人"；美刺讽谕不离乎政治，所谓"诗依违讽谏，不指切事情"，就指美刺讽谕而言。

孔子时代，诗与乐开始在分家。从前是诗以声为用；孔子论诗才偏重在诗义上去。到了孟子，诗与乐已完全分了家，他论诗便简直以义为用了。从荀子起直到汉人的引诗，也都继承这个传统，以义为用。上文所分析的汉代各例，可以见出。但"诗为乐章，诗乐是一"是个古久的传统，就是在诗乐分家以后，也还有很大的影响。论乐的不会忘记诗。《礼记·乐记》云：

> 德者，性之端也。乐者，德之华也。金石丝竹，乐之器
> 也。诗言其志也，歌咏其声也，舞动其容也。三者本于心，
> 然后乐气阮刻本原作"器"，据《校勘记》改从之。

诗与歌舞合一。又云："乐师辨乎声诗。"又云："然后正六律，和五声，弦歌诗颂，此之谓德音。德音谓之乐。"都说的"诗乐是一"。论诗的也不能忘记乐。《诗大序》云：

> 情动于中而形于言。言之不足，故嗟叹之。嗟叹之不足，
> 故永歌之。永歌之不足，不知手之舞之、足之蹈之也。情发
> 于声，声成文谓之音。治世之音安以乐，其政和。乱世之音
> 怨以怒，其政乖。亡国之音哀以思，其民困。

前七语历来论诗的不知引过若干次。但这一整段话也散见在《乐记》里，其实都是论乐的。而诗教更不能离乐而谈。一来声音感人比文辞广博得多，若只着眼在"诗辞美刺讽谕"上，诗教就未免狭窄了。二来以声为用的诗的传统——也就是乐的传统——比以义为用的诗的传统古久得多，影响大得多，诗教若只着眼在意义上，就未免单薄了。所以"温柔敦厚"该是个多义语；一面指"诗辞美刺讽谕"的作用，一面还映带着那"诗乐是一"的背景。这只要看看乐之所以为教，就可明白。《经解》以"广博易良"为乐教。《正义》云："乐以和通为体，无所不用，是广博；简易良善，使人从化，是易良。"《乐记》阐发乐教最详。《记》云：

> 乐也者，圣人之所乐也，而可以善民心，其感人深，其
> 移风易俗。故先王著其教焉。

"乐以和通为体"，所以说："乐者，天地之和也"，"异文合爱者也"。又说："仁近于乐"，"乐者敦和"。又说："立之学等，广其节奏，省其文采，以绳德厚。"又说："乐者，天地之命，中和之纪，人情之所不能免

也。”从消极方面看，“乐至则无怨”，“暴民不作，诸侯宾服，兵革不试，五刑不用，百姓无患，天子不怒，如此则乐达矣”。“中和之纪”的“中”是“适”的意思。《吕氏春秋·适音》篇云：

> 夫音亦有适。……太巨太小，太清太浊，皆非适也。何谓适？衷，音之适也。何谓衷？小原作“大”，据许维遹先生《吕氏春秋集释》引陶鸿庆说改不出钧，重不过石，小大轻重之衷也。

“衷”“中”通用。“适”又有“节”的意思。同书《重己》篇“故圣人必先适欲”，高诱注：“适犹节也。”又《荀子·劝学》篇道：“诗者，中声之所止也”王先谦《荀子集解》云：“此不言乐，以诗乐相兼也”，所谓“中声”当兼具这两层意思。杨倞注：“诗谓乐章，所以节声音，至乎中而止，不使流淫也”，大致不错。以上所引《乐记》和《荀子》的话，都可作“温柔敦厚”的注脚，是乐教，也未尝不是诗教。

礼乐是不能分开独立的。虽然《乐记》里说：“乐者为同，礼者为异；同则相亲，异则相敬。”又说：“礼节民心，乐和民声。”又说：“乐者，天地之和也；礼者，天地之序也。”好像礼乐的作用是相反的。可是说“礼乐之情同”，《正义》云：“致治是同。”又云：

> 是故先王之制礼乐也，非以极口腹耳目之欲也，将以教民平好恶而反人道之正也。

所以说“知乐则几于礼矣”。“平好恶”是“和”也是“节”；二者是相反相成的。《论语》，有子曰：

> 礼之用，和为贵。……知和而和，不以礼节之，亦不可行也《学而》。

礼也以和为贵，可见“和”与“节”是一事的两面，所求的是“平”，也就是“适”，是“中”。孔子论《关雎》“乐而不淫，哀而不伤”《论语·八佾》。何晏《集解》引孔安国云："乐不至淫，哀不至伤，言其和也。"是"和"，同时是"节"。又，《管子·内业》篇云：

> 凡人之生也，必以平正；所以失之，必以喜怒忧患。是故止怒莫若诗，去忧莫若乐，节乐莫若礼，守礼莫若敬，守敬莫若静。

诗与礼乐并论；说"敬"，说"节"，说"平正"，也都可以跟《乐记》印证。而"止怒莫若诗"一语，更得温柔敦厚之旨。《经解》以"恭俭庄敬"为礼教，《正义》云："礼以恭逊、节俭、齐斋庄、敬慎为本。"恭俭是"节"，庄敬是"敬"；从另一角度看，也是一事的两面。所谓"诗依违讽谏，不指切事情"，正是"敬"与"节"的表现。古代有献诗讽谏的传统——汉代王式还以《三百五篇》当谏书，《周语上》邵公谏厉王说："天子听政，使公卿至于列士献诗……而后王斟酌焉，是以事行而不悖。"《晋语》六范文子也向赵文子说到古之王者"使工诵谏于朝，在列者献诗，使勿兜恐也"。《白虎通·谏诤》篇云：

> 谏有五：其一曰讽谏，二曰顺谏，三曰窥谏，四曰指谏，五曰陷谏。讽谏者……知祸患之萌，深睹其事未彰而讽告焉。……顺谏者……出词逊顺，不逆君心。……窥谏者……视君颜色不悦，且却；悦则复前，以礼进退。……指谏者……指者，质也，质相其事而谏。……陷谏者……恻隐发于中，直言国之害，励志忘生，为君不避丧身。……孔子曰："谏有五，吾从讽之谏。"事君……去而不讪，谏而不露。故《曲礼》曰："为人臣不显谏。"

这里前三种是婉言一类，后二种是直言一类；婉言占五之三，可见谏诤当以此种为贵。而文中引孔子的话，独推"讽谏"，并以"谏而不露"和《曲礼》"不显谏"等语申述意旨。《文选·甘泉赋》李善注："不敢正言谓之讽"[①]，大概讽谏更为婉曲。《诗大序》云："下以风刺上，主文而谲谏；言之者无罪，闻之者足以戒。"郑玄笺："风刺""谓譬喻不斥言"，"谲谏，咏歌依违不直谏"。"主文"当指文辞②，就是所谓"诗辞美刺讽谕"。讽谏似乎就是"谲谏"，似乎就指献诗讽谏而言。讽谏用诗，自然是最婉曲了。谏诤是君臣之事，属于礼；献诗主"温柔敦厚"，正是礼教，也是诗教。

"温柔敦厚"是"和"，是"亲"，也是"节"，是"敬"，也是"适"，是"中"。这代表殷、周以来的传统思想。儒家重中道，就是继承这种传统思想。郭沫若先生《周彝铭中之传统思想考》《金文丛考》一论政治思想云：

> 人臣当恪遵君上之命，君上以此命臣，臣亦以此自矢于其君。……为政尚武……征伐以威四夷，刑罚以威内，为之太过则人民铤而走险，故亦以暴虐为戒，以雍遏庶民，鱼肉鳏寡为戒，而励用中道。

〔明〕郭诩《琵琶行图》

此画是根据唐代著名诗人白居易《琵琶行》诗意创作的写意人物画，描绘的是白居易与歌女邂逅的情景。

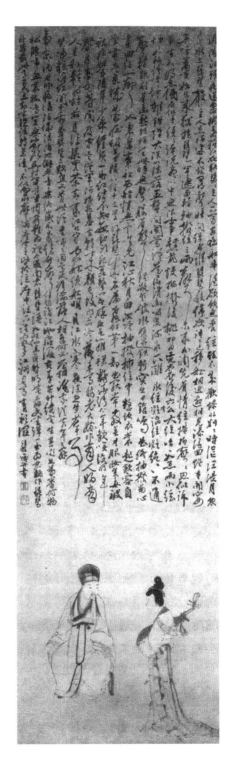

给青少年的人文素养课

又论道德思想云：

> 德字始见于周文，于文以"省心"为德。故明德在乎明
> 心。明心之道欲其谦冲，欲其荏染，欲其虔敬，欲其果毅，
> 此得之于内者也。其得之于外，则在崇祀鬼神，帅型祖德，
> 敦笃孝友，敬慎将事，而益之以无逸。

所说的君臣之分，"中道"，以及"谦冲"，"荏染"，"敦笃孝友，敬慎将
事"等，"温柔敦厚"一语的涵义里都有。周人文化，继承殷人；这种
种思想真是源远流长了。而"中"尤其是主要的意念。"温柔敦厚"本
已得"中"；可是说这话的<small>不会是孔子</small>还怕人"以辞害志"，所以更进一
层说"诗之失愚"，必得"温柔敦厚而不愚"才算"深于《诗》"。所谓
"愚"就是过中。《孟子·告子下》云：

> 公孙丑问曰："高子曰：《小弁》，小人之诗也。'"孟子
> 曰："何以言之？"曰："怨。"曰："固哉高叟之为诗也！有
> 人于此，越人关弓而射之，则己谈笑而道之。无他，疏之也。
> 其兄关弓而射之，则己垂涕泣而道之。无他，戚之也。《小
> 弁》之怨，亲亲也；亲亲，仁也。固矣夫高叟之为诗也！"曰：
> "《凯风》何以不怨？"曰："《凯风》，亲之过小者也；《小
> 弁》，亲之过大者也。亲之过大而不怨，是愈疏也；亲之过小
> 而怨，是不可矶<small>赵岐注：激也也</small>。愈疏，不孝也；不可矶，亦
> 不孝也。"

高子因《小弁》诗<small>《小雅》</small>怨亲，便以为是小人之诗；公孙丑并举出
《凯风》诗<small>《邶风》</small>的不怨亲作反证。孟子说，诗也可以怨亲，只要怨得
其中。他解释怎样《小弁》篇的怨是得中，《凯风》篇的不怨也是得中；
而得中是仁，也是孝。高子以为凡是怨亲都不得中，他的看法未免太死
了；他那种看法就是过中。孟子评他为"固"，"固"就是《诗》之失
愚"的"愚"。像孟子的论诗，才是"温柔敦厚而不愚"，才是"深于

诗"。——论诗如此，"为人"也如此；所谓愚忠、愚孝，都是过中，过中就"失之愚"了。

有过中自然有不及中。但不及可以求其及，不像过了的往回拉的难，所以《经解》篇的六失都只说过中。一般立论却常着眼在不及中，因为不及中的多。就诗教看，更显然如此。高子以《小弁》篇为小人之诗，就是说它不及中，不过他错了。汉代关于屈原《离骚经》的争辩，也是讨论《离骚经》是否不及中，或不够温柔敦厚。《史记》八十四《屈原贾生列传》云：

> 屈平正道直行，竭忠尽智以事其君，谗人间之，可谓穷矣。信而见疑，忠而被谤，能无怨乎？屈平之作《离骚》，盖自怨生也。

又引淮南王安《叙离骚传》云 [3]：

> 《国风》好色而不淫，《小雅》怨诽而不乱。若《离骚》者，可谓兼之矣。……其文约，其辞微，其志洁，其行廉。其称文小而其指极大，举类迩而见义远。……濯淖污泥之中，蝉蜕于浊秽，以浮游尘埃之外，不获世之滋垢，皭然泥而不滓者也。推此志也，虽与日月争光可也。

刘安以诗义论《离骚》，所谓"好色而不淫"、"怨诽而不乱"都是得其中；所以虽"自怨生"，还不失为温柔敦厚。但班固以为不然。他作《离骚序》，引刘氏语，以为"斯论似过其真"，又云：

> 且君子道穷，命矣。故潜龙不见是而无闷，《关雎》哀周道而不伤，蘧瑗持可怀之智，宁武保如愚之性，咸以全命避害，不受世患。故《大雅》曰："既明且哲，以保其身"《烝民》，斯为贵矣。今若屈原，露才扬己，竞乎危国群小之间，以离谗贼。然责数怀王，怨恶椒、兰，愁神苦思，强非其人，

给青少年的人文素养课

怂怼不容，沉江而死，亦贬絜狂狷景行之士。多称昆仑、冥婚、宓妃、虚无之语，皆非法度之政正，经义所载。谓之兼《诗》风雅而与日月争光，过矣。……虽非明智之器，可谓妙才者也。

这里说屈子为人和他的文辞中的怨责譬谕都不及中；总之，"露才扬己"，不够温柔敦厚。后来王逸作《楚辞章句》，叙中指出屈子"独依诗人之义而作《离骚》，上以讽谏，下以自慰"。又驳班氏云：

> 今若屈原，膺忠贞之质，体清洁之性，直若砥矢，言若丹青，进不隐其谋，退不顾其命。此诚绝世之行，俊彦之英也。而班固云云。昔伯夷、叔齐让国守分，不食周粟，遂饿而死。岂可复谓有求于世而怨望哉？且诗人怨主刺上，曰："呜呼！小子，未知臧否……匪面命之，言提其耳。"《大雅·抑》风谏之语，于斯为切。然仲尼论之，以为《大雅》。引此比彼，屈原之词，优游婉顺，宁以其君不智之故，欲提其耳乎？而论者以为"露才扬己"，怨刺其上，强非其人，殆失厥中矣。

又说"《离骚》之文依托五经以立义焉……诚博远矣"，也是驳班氏的。王氏似乎也觉得屈原为人并非"中行"之士，但不以为不及中而以为"绝世"——"绝世"该是超中。至于屈原的文辞，王氏却以为"优游婉顺"，合于"诗人之义"——"优游婉顺"就是温柔敦厚。屈子的"绝世之行"在乎自沉；自沉确是不合乎中——说是超中，倒未尝不可。战国文辞，铺排而有圭角；他受了时代的影响，"体慢"语切④，不能像诗那样"不指切事情"也是有的。可是《史记》里说得好：

> 屈平……虽放流，眷顾楚国，系心怀王，不忘欲反，冀幸君之一悟，俗之一改也。其存君兴国而欲反覆之，一篇之中，三致志焉。然终无可奈何。

又以人穷呼天，疾病呼父母喻他的怨。他这怨只是一往的忠爱之忱，该够温柔敦厚的。至于他"引类譬喻"，虽非"经义所载"，而"依诗取兴"⑤，异曲同工，并不悖乎诗教。班氏也承认"后世莫不……则象其从容"⑥；这从容的气象便是温柔敦厚的表现，不仅是"妙才"所能有。那么，"露才扬己"确是"失中"之语，而淮南王所论并不为"过其真"了。

　　汉以后时移世异，又书籍渐多，学者不必专读经，经学便衰了下来。讽诵诗的少了，引诗的自然也就少了。乐府诗虽然代《三百篇》而兴，可是应用不广，不能取得《三百篇》的权威的地位；建安以来，五言诗渐有作者，他们更没有涵盖一切的力量。著述里自然不会引用这些诗。诗教的传统因而大减声势。不过汉末直到初唐的诗虽然多"缘情"而少"言志"⑦，而"优游不迫"⑧，还不失为温柔敦厚；这传统还算在相当的背景里生活着。盛唐开始了诗的散文化，到宋代而大盛；以诗说理，成为风气。于是有人出来一面攻击当代的散文化的诗，一面提倡风人之诗。这种意见北宋就有，而南宋中叶最盛⑨。这是在重振那温柔敦厚的诗教。一方面道学家也论到了诗教。道学家主张"文以载道"，自然也主张"诗以言志"。当时诗教既经下衰，诗又在散文化，单说"温柔敦厚"已经不足以启发人，所以他们更进一步，以《论语》所记孔子论诗的"思无邪"一语为教；他们所重在道不在诗。北宋程子、谢良佐论诗，便已特地拈出这一语⑩，但到了南宋初，吕祖谦的《吕氏家塾读诗记》里才更强调主张，他成为这一说的重要的代表。他以为"作诗之人所思皆无邪"⑪，以为"诗人以无邪之思作之，学者亦以无邪之思观之，闵惜惩创之意自见于言外"⑫。朱子却觉得如此论诗牵强过甚，以为不如说"彼虽以有邪之思作之，而我以无邪之思读之，则彼之自状其丑者，乃所以为吾警惧惩创之资"。又道："曲为训说而求其无邪于彼，不若反而得之于我之易也。巧为辨驳而归其无邪于彼，不若反而责之于我之切也。"⑬这便圆融得多了。

　　朱子可似乎是第一个人，明白的以"思无邪"为诗教。在《吕氏诗记》的序里，他虽然还是说"温柔敦厚之教"，但在《诗集传》的序里论"诗之所以为教"，便只发挥"思无邪"一语。他道：

诗者，人心之感物而形于言之余也。心之所感有邪正，故言之所形有是非。惟圣人在上，则其所感者无不正，而其言皆足以为教。其或感之之杂，而所发不能无可择者，则上之人必思所以自反，而因有以劝惩之。是亦所以为教也。

昔周盛时，上自郊庙朝廷而下达于乡党闾巷，其言粹然，无不出于正者。圣人固已协之声律而用之乡人，用之邦国，以化天下。至于列国之诗，则天子巡守，亦必陈而观之，以行黜陟之典。降至昭、穆而后，寖以陵夷；至于东迁而遂废不讲矣。孔子生于其时，既不得位，无以行帝王劝惩黜陟之政。于是特举其籍而讨论之，去其重复，正其纷乱。而其善之不足以为法，恶之不足以为戒者，则亦刊而去之，以从简约，示久远。使夫学者即是而有以考其得失，善者师之而恶者改焉。是以其政虽不足行于一时，而其教实被于万世。是则诗之所以为教者然也。

给青少年的人文素养课

110

这是以"思无邪"为诗教的正式宣言。文中以正邪善恶为准，是着眼在"为人"上。我们觉得以"思无邪"论诗，真出于孔子之口，自然比"温柔敦厚"一语更有分量；但当时去此取彼，却由于道学眼。其实这两句话一正一负，足以相成，所谓"合之则两美"。道学眼也无妨，只要有一只眼看在诗上。文中从学者方面说到"考其得失，善者师之而恶者改焉"，阐明诗是怎样教人。又从作诗方面说到所感有纯有杂，纯者固足以为教，杂者可使上之人"思所以自反，而因有以劝惩之"，也足以为教。这都足以补充温柔敦厚说之所不及。原来不论"温柔敦厚"也罢，"无邪"也罢，总有那些不及中的。前引孔颖达说人君以六经教民，"能与民至极"者少，"未能行之至极"者多，可是都算行了六艺之教。那是说"教"虽有参差，而为教则一——诗教自然也如此。朱子却是说，"诗"虽有参差，而为教则一。经过这样补充和解释，诗教的理论便圆成了。但是那时代的诗尽向所谓"沉着痛快"一路发展。一方面因为散文的进步，"文笔""诗笔"的分别转成"诗文"的分别，选本也渐渐诗文分家，不再将诗列在"文"的名下，像《文选》以来那样。诗不是从前的诗了，教也不及从前那样广了；"温柔敦厚"也好，"无邪"也好，诗教只算是仅仅存在着罢了。这时代却有用"温柔敦厚"论文的，如杨时《龟山集》十《语录》云：

> 为文要有温柔敦厚之气；对人主语言及章疏文字，温柔敦厚尤不可无。……君子之所养，要令暴慢邪僻之气不设于身体。

这简直将诗教整套搬去了，虽然他还是将诗包括在"文"里。这时代在散文的长足的发展下，北宋以来的"文以载道"说渐渐发生了广大的影响，可以说成功了"文教"——虽然并没有用这个名字。于是乎六经都成了"载道"之文——这里所谓"文"包括诗——于是乎"文以载道"说不但代替了诗教，而且代替了六艺之教。

给青少年的人文素养课

111

---

① "奏《甘泉赋》以风"句下，引《毛诗序》"下以风刺上"，云："音讽，不敢正言谓之讽。"

② 郑笺："主文，主与乐之宫商相应也"，似乎不确切。朱子解为"主于文辞而托之以谏"（见《吕氏家塾读诗记》卷三），今依朱说。

③《史记》并未说明出处，这里根据班固《离骚序》、洪兴祖《楚辞补注》引。

④《文心雕龙·辨骚》篇论《楚辞》云："体慢于三代。"

⑤ 以上三语都见王逸《离骚经章句序》。

⑥《离骚序》。

⑦ 陆机《文赋》："诗缘情而绮靡。"《今文尚书·尧典》："诗言志"，《左传》襄公二十七年："诗以言志"。"言志"离不开政教，详《诗言志》篇。

⑧ 严羽《沧浪诗话·诗辩》云："［诗之］大概有二：曰优游不迫，曰沉着痛快。"

⑨ 北宋时沈括论韩愈诗，以为是"押韵之文"，不是诗，见惠洪《冷斋夜话》二。南宋提倡风人之诗的以刘克庄、严羽为代表。刘说散见《后村先生大全集》，严说见《沧浪诗话》。

⑩《吕氏家塾读诗记》卷一引程氏曰："思无邪，诚也。"又引谢氏曰："……

其（诗）为言率皆乐而不淫，忧而不困，怨而不怒，哀而不愁……其与忧愁思虑之作，孰能优游不迫也？孔子所以有取焉。作诗者如此，读诗者其可以邪心读之乎！"

⑪朱子《读吕氏诗记桑中篇》云："孔子之称'思无邪'也……非以作诗之人所思皆无邪也。"（《朱文公文集》七十）

⑫《吕氏家塾读诗记》卷五。

⑬见《读吕氏诗记桑中篇》。

第四讲 正 变

一、风雅正变[①]

郑玄《诗谱序》云：

> 迄及商王，不风不雅。何者？论功颂德，所以将顺其美；刺过讥失，所以匡救其恶。各于其党，则为法者彰显，为戒者著明。

> 周自后稷播种百谷，黎民阻饥，兹时乃粒，自传以此名也。陶唐之末，中叶公刘亦世修其业以明民共财。至于大王、王季，克堪顾天。文、武之德光熙前绪，以集大命于厥身。遂为天下父母，使民有政有居。其时诗，风有《周南》《召南》，雅有《鹿鸣》《文王》之属。及成王、周公致大平，制礼作乐，而有颂声兴焉，盛之至也。本之由此风雅而来。故皆录之，谓之诗之正经。

> 后王稍更陵迟。懿王始受谮亨烹齐哀公。夷身失礼之后，邶不尊贤。自是而下，厉也，幽也，政教尤衰。周室大坏。《十月之交》《民劳》《板》《荡》，勃尔俱作；众国纷然，刺怨相寻。五霸之末，上无天子，下无方伯，善者谁赏？恶者谁罚？纪纲绝矣。故孔子录懿王、夷王时诗讫于陈灵公淫乱之事，谓之变风变雅。——以为勤民恤功，昭事上帝，则受颂声，弘福如彼；若违而弗用，则被劫杀，大祸如此。吉凶之

所由，忧娱之萌渐，昭昭在斯，足作后王之鉴，于是止矣。

这一番议论有许多来历。第一是审乐知政，本于《左传》季札观乐的记载襄公二十九年和《礼记·乐记》②。第二是知人论世，本于《孟子》③。第三是美刺，本于《春秋》家和《诗序》④。这些都只承用旧说，加以发挥和变化。最后是"变风变雅"，本于《诗大序》。《大序》云：

> 至于王道衰，礼义废，政教失，国异政，家殊俗，而变风变雅作矣。国史明乎得失之迹，伤人伦之废，哀刑政之苛，吟咏情性以风其上，达于事变而怀其旧俗者也。故变风发乎情，止乎礼义。发乎情，民之性也；止乎礼义，先王之泽也。

孔颖达疏云：

> 变风变雅之作，皆王道始衰，政教初失，尚可匡而革之，追而复之；故执彼旧章，绳此新失，觊望自悔其心，更遵正道，所以变诗作也。以其变改正法，故谓之变焉。

"达于事变而怀其旧俗"，"变风变雅"原义只是如此；"变风变雅"的"变"就是"达于事变"的"变"，只是常识的看法，并无微言大义在内。孔疏以"变改正法"为"变"，"正""变"对举，却已是郑氏的影响。郑氏将"风雅正经"和"变风变雅"对立起来，划期论世，分国作谱，显明祸福，"作后王之鉴"，所谓风雅正变说，是他的创见。他这样综合旧来四义组成他自己的系统的诗论。这诗论的系统可以说是靠正变说而完成。不过正变说本身并没有能够圆满的完成。他所谓"风雅正经"和"变风变雅"，有些并无确切的分别。如《郑谱》云："武公又作卿士。国人宜之，郑之变风又作。"《秦谱》云："至〔非子〕曾孙秦仲，宣王又命作大夫，始有车马礼乐侍御之好。国人美之，翳秦之变风始作翳，伯翳也，秦是伯翳的后人。""宜之""美之"自然是美诗了，怎么也会是"变风"呢？《雅》诗里也有同样的情形，《小大雅谱》曾解释道：

《大雅·民劳》《小雅·六月》之后，皆谓之变雅。美恶各以其时，亦显善惩过，正之次也。

这个解释不能自圆其说是显然的。而《豳谱》叙《七月》诗曲折更多：

周公……思公刘、大王居豳之职，忧念民事至苦之功，以比序己志。……大师大述其志，主意于豳公之事，故别其诗以为豳国变风焉。

更曲折的，郑氏将《七月》诗分为风雅颂三段；一诗备三体，这是唯一的例子。风雅正变说本身既不完密，后世修正的很多，但到底不能通而无碍⑤。也有根本怀疑这一说的，如叶适的话：

言《诗》者自《邶》《鄘》而下皆为变风，其正者《二南》而已。《二南》王者所以正天下，教则当然，未必其风之然也。《行露》之"不从"，《野有死麕》之"恶"，虽正于此而变于彼矣。若是则诗无非变，将何以存！季札听诗，论其得失，未尝及变。孔子教小子以可群可怨，亦未尝及变。夫为言之旨，其发也殊，要以归于正尔。美而非谄，刺而非讦，怨而非愤，哀而非私，何不正之有？后之学诗者不顺其义之所出，而于性情轻别之，不极其"志之所至"，而于正变强分之——守虚会而迷实得，以薄意而疑雅言，则有蔽而无获矣。《习学记言序目》卷六

这番话甚为有理，但郑氏立说，也有他的背景在那里。

《说文》三下《支部》："变，更也"。《淮南子·氾论》篇"夫殷变夏，周变殷，春秋变周"，高诱注："变，改也"。《荀子·不苟》篇"变化代兴"，杨倞注："改其旧质谓之变"。这是"变"的通义。但是"变"还有许多别义；最重要的，就是"变化"；"变"就是"化"⑥。不过

"变化"一词中的"变"和"化"原来也有些分别，上面举的《荀子》的话便是例子⑦。还有《易·系辞传》里的"变化"，据虞翻和荀爽的注，"在天为变，在地为化"⑧，也是大同小异。"在天为变"这看法关系很大。《庄子·逍遥游》："若夫乘天地之正而御六气之辩以游无穷者，彼且恶乎待哉？"郭庆藩《庄子集释》里道："辩与正对文，辩读为变。《广雅》：'辩，变也'，辩、变古通用。"这是不错的。正辩就是正变。《管子·戒》篇也有"御正六气之变"一语。正变对文，这两处似乎是最早见。六气，司马彪说是阴阳风雨晦明⑨。郭象注这几句有道："天地以万物为体，而万物必以自然为正。自然者，不为而自然者也。……故乘天地之正者，即是顺万物之性也；御六气之辩者，即是游变化之涂也。"阴阳风雨晦明都关于气象；"天有不测风云"，所以要"御"变。郭象"以自然为正"，言之成理；但牵及万物，似乎不是原语意旨所在。原语上文说"列子御风而行"，"天地"似乎就指气象，跟"六气"同义异词。郭注又道："夫唯与物冥而循大变者为能无待而常通"，似乎以为六气虽变化而失自然，只要随顺就成。但是以失自然为变，不如以失常为变。《素问·六节藏象论》云："苍天之气，不得无常也。气之不袭承袭也，是谓非常；非常则变矣。"王冰注："变谓变易天常。"这似乎明白些。可是《白虎通·灾变》篇也道："变者，非常也。"接着却引《乐稽耀嘉》曰："禹将受位，天意大变。迅风靡木，雷雨昼冥。"这就复杂起来。《系辞传》《庄子》《白虎通》都说的"在天为变"，但《系辞传》以变为正为常，《庄子》以变为非正，《白虎通》以变为非常，各不相同。《庄子》里的看法也许比《系辞传》早；前者似乎是一般常识，后者实在是一派哲学。《白虎通》代表汉儒的看法，虽然也从常识出发，而经过当世盛行的阴阳五行说渲染了一番，便另是一副面目。

汉儒以为天变由于失政，是对于人君的一种警告。《汉书》二十六《天文志》论的最详：

> 经星常宿……伏见蚤晚，邪正存亡，虚实阔狭；及五星所行，合散犯守，陵历斗食；彗孛飞流，日月薄食；晕适背穴，抱珥虹蜺；迅雷风袄，怪云变气：此皆阴阳之精，其本在

地而上发于天者也。政失于此，则变见于彼，犹影之象形，乡响之应声。是以明君睹之而寤，饬身正事，思其咎谢；则祸除而福至，自然之符也。

祸福"昭昭在斯"，足作人君之"鉴"。但天变有时也不一定告警，如上引《乐稽耀嘉》所谓"禹将受位，天意大变"，《宋书·礼志》十四说"以明将去虞而适夏也"，便是的。不过禹是圣王，当看作例外；后世天变总以示灾为主，所以"灾变"连为一词，《白虎通》专篇讨论。注意天变，并不始于汉代，《天文志》道：

〔清〕王翚《苏舜钦诗意图》

此画是画家根据苏舜钦诗的意境而作。放眼望去，苍山绿树映入眼帘。

春秋二百四十二年间，日食三十六，彗星三见，夜常星不见、夜中星陨如雨者各一。当是时，祸乱辄应。周室微弱，上下交怨……诸侯奔走不得保其社稷者不可胜数。自是之后……并为战国，争于攻取。兵革递起，城邑数屠。因以饥馑疾疫愁苦。臣主共忧患，其察机祥、候星气尤急。

春秋时已经候察天变，而战国以来更急。兵革、饥馑、疾疫使人民愁苦不能聊生。"臣主共忧患"，急着要找出路。天变示警，可以让"明君睹之而寤"，正是一条出路。这原是适应实际的需要的，后来便凝定为一种学说，作为人君施政的指针了。"变"对"正行"而言。《天文志》又云：

117

给青少年的人文素养课

　　夫历者，正行也。……荧惑主内乱，太白主兵，月主刑。自周室衰，乱臣贼子、师旅数起，刑罚失中；虽其亡无乱臣贼子、师旅之变，内臣犹不治，四夷犹不服，兵革犹不寝，刑罚犹不错。故二星与月为之失度，三变常见。及有乱臣贼子、伏尸流血之兵，大变乃出。甘、石氏［星经］见其常然，因以为纪，皆非正行也。《诗》云："彼月而食，则惟其常。此日而食，于何不臧！"《十月之交》《诗传》曰："月食，非常也，比之日食犹常也；日食则不臧矣。"谓之小变可也，谓之正行非也。

　　这里说荧惑、太白二星和月的失度不是"正行"，是"变"。甘氏、石氏以二星失度为"逆行"，和月的失度为月食一样，都是历纪的"常然"，可以推算出来；《志》里却以为"逆行"总是"变"，总因"政治变于下"而然。"正行"与"变"对举，原来也该本于常识，跟《逍遥游》相同；只是这里加上历算家和阴阳五行说的含义罢了。

　　《诗谱序》的风雅正变说显然受了六气正变的分别和天象正变的理论的影响；特别是后者，只看《序》里归结到"弘福""大祸""后王之鉴"，跟论灾变的人同一口吻，就可知道。阴阳五行说是当代的显学，郑氏曾注诸《纬书》，更见得不能自外。但"变"还有一个重要的别义，也是助成他这一说的。《穀梁传》僖公五年：

　　夏……公及齐侯、宋公、陈侯、卫侯、郑伯、许男、曹伯会王世子于首戴。……秋八月，诸侯盟于首戴。无中事中间无他事也而复举诸侯，何也？尊王世子而不敢与盟也诸侯夏"会"王世子，秋始自相"盟"。尊则其不敢与盟何也？盟者，不相信也，故谨信也。不敢以所不信而加之尊者。齐桓，诸侯也，不能朝天子，是不臣也。王世子，子也，块然受诸侯之尊己而立乎其位，是不子也。桓不臣，王世子不子，则其所善焉何也？是则"变之正"也。天子微，诸侯不享觐。桓控大国，扶小国，统诸侯，不能以朝天子，亦不敢致天王。尊王世子于首戴，乃所以尊天王之命也。世子含王命会齐桓，亦所以尊天王之命也。

"是则变之正也"，范宁《集解》云："虽非礼之正，而合当时之宜。"又襄公二十有九年：

> 夏……仲孙羯会晋荀盈、齐高止、宋华定、卫世叔仪、郑公孙段、曹人、莒人、邾人、滕人、薛人、小邾人城杞。古者天子封诸侯，其地足以容其民，其民足以满城，以自守也。杞危而不能自守，故诸侯之大夫相率以城之。此"变之正"也。

《集解》云："诸侯危弱，政由大夫。大夫能同恤灾危，故曰变之正。"又昭公三十有一年：

> 冬，仲孙何忌会晋韩不信、齐高张、宋仲几、卫太叔申、郑国参、曹人、莒人、邾人、薛人、杞人、小邾人城成周。天子微，诸侯不享觐，天子之在者惟祭与号。故诸侯之大夫相率以城之。此"变之正"也。

诸侯"城杞""城成周"都是越俎代庖，"非礼之正；而合当时之宜"，所以称为"变之正"。这就是《公羊传》所谓"权"。《公羊传》桓公十有一年称美郑祭仲废君为"知权""行权"，说道："权者，反于经然后有善者也。""经权"又称"经变"⑩，其实也就是"正变"。这"正变"是据礼而言⑪。《礼记·曾子问》：

> 曾子问曰："葬引至于堩道涂也，日有食之，则有变乎？且不乎？"孔子曰："昔者吾从老聃助葬于巷党，及堩，日有食之。老聃曰：'丘，止柩，就道右，止哭以听变。'既明反而后行。曰：'礼也。'"

119

后来孔子请教老聃。老聃说枢当见日而行，不可见星而行；见星而行的只有罪人和奔父母之丧的人。他说日食的时候也许会见星的，所以得改变常礼，将枢停住；君子不能只顾行礼，使别人的亡亲受辱。这也是"行权"，也是"变之正"；所以老聃说"礼也"。郑氏注"则有变乎"一句道，"变谓异礼"，就是这个意思。这是"变"的别义，也对"正"而言。变而失正就是"乱"。《太史公自序》引《公羊》家董仲舒说"拨乱世，反之正，莫近于《春秋》"，就将"乱"与"正"对举。郑氏曾作"起［穀梁］废疾"，注《三礼》，并作"发［公羊］墨守"，他那风雅正变对立的见解，也该多少受到这一义的影响。

"正"，《说文》二下："是也"。有时又是"善"的同义词，见于郑氏的《仪礼注》[12]。从消极方面解释，便是"行无倾邪也"；这也是郑氏的话，见于《周礼注》[13]。"正"与"邪"对举，早见于《逸周书》，王佩解道："见善而怠，时至而疑，亡正处邪，是弗能居。"孔晁注："邪，奸术也。"贾谊《新书·道术》篇也道："方直不曲谓之正，反正为邪。"《礼记·乐记》以"中正无邪"为"礼之质"，也是"正"、"邪"对举。《乐记》论乐，又有"正声"和"奸声"的分别，本于《荀子·乐论》。《乐论》云：

> 凡奸声感人而逆气应之；逆气成象而乱生焉。正声感人而顺气应之；顺气成象而治生焉。唱和有应，善恶相象。故君子慎其所去就也。

乐是象征治乱善恶的，关系极大。奸声又称"邪音"或"淫声"，都见于《乐论》；《乐记》又称为"淫乐"，说"世乱则礼慝而乐淫"——孔颖达疏："淫，过也。"《吕氏春秋·古乐》篇论乐"有正有淫"，直以"正"与"淫"对举；高诱注："正，雅也；淫，乱也。"《乐记》载子夏对魏文侯语，论"古乐"和"新乐"，称前者为"德音"，后者为"溺音"，也就是"正""淫"之辨。子夏说古乐"和正以广"，新乐"奸声以滥，溺而不止"。又道：

夫古者天地顺而四时当，民有德而五谷昌，疾疢不作而
无妖祥，此之谓大当。然后圣人作为父子君臣，以为纪纲。
纪纲既正，天下大定。天下大定，然后正六律，和五声，弦
歌诗颂。此之谓德音。德音之谓乐。……今君之所好者，其
溺音乎？

文侯"问溺音何从出"，他答道：

郑音好滥淫志，宋音燕女许维遹先生疑当作"安"字溺志，
卫音趋促数速烦志，齐音敖傲辟乔志。此四者皆淫于色而害于
德，是以祭祀弗用也。

古代诗教与乐教是分不开的。古乐衰而新乐盛，正声微而淫声兴，是在
春秋、战国之交，正是《汉书·天文志》说的"饥馑疾疫愁苦"的时
代，《乐记》所谓"世乱"。这对于郑氏的诗正变说当给予若干的影响。
不过诗的正变在乎所美刺的政教，"风雅正经"固然"为法者彰显"，"变
风变雅"也"为戒者著明"——这并不减少诗本身的价值，跟新乐的生
乱、害德是大不相同的。

　　但是对于诗正变说的最有力的直接的影响，也许是五行家所说的
"诗妖"。《汉书》二十七中之上《五行志》引刘向《洪范·五行传》云：

言之不从，是谓不艾。厥咎僭，厥罚恒阳，厥极忧。时
则有诗妖。……

《志》里解释道：

"言之不从"，从，顺也。"是谓不义"，义，治也。孔子
曰："君子居其室，出其言不善，则千里之外违之；况其迩者
乎？"《易·系辞上》《诗》云："如蜩如螗，如沸如羹"《荡》，
言上号令不顺民心，虚哗愦乱，则不能治海内。失在过差，

给青少年的人文素养课

故其咎僭，僭，差也。刑罚妄加，群阴不附，则阳气胜，故
其罚常阳也。旱伤百谷，则有寇难，上下俱忧，故其极忧也。
君炕阳而暴虐，臣畏刑而拑口，则怨谤之气发于歌谣，故有
诗妖。

《开元占经》一一三"童谣"节也引《洪范·五行传》云：

> 下既非君上之刑，畏严刑而不敢正言，则北别？发于歌
> 谣，歌其事也。气逆则恶言至，或有怪谣，以此占之。故曰
> 诗妖。

《荀子》将"奸声"和"逆气"相提并论，这里将"恶言"和"气逆"
相提并论，正见出乐教、诗教的相通。据《五行志》，"妖"和"夭胎"
同义，是兆头的意思[14]。逆气生恶言的见解，春秋末年已经有了。《国
语·周语》下单穆公谏周景王铸钟，曾道：

> 夫耳内纳和声而口出美言，以为宪令而布诸民，正之以
> 度量。民以心力，从之不倦。成事不忒原作"贰"，依王引之校
> 改，乐之至也。口内味而耳内声，声味生气。气在口为言……
> 若视听不和而有震眩，则味入不精，不精则气佚。气佚则不
> 和，于是乎有狂悖之言……民无据依，不知所力，各有离心。
> 上失其民，作则不济，求则不获，其何以能乐？

这番话原也是论乐教的。"气佚"，韦昭注："气放佚，不行于身体。"这
气就是气质的气。《乐记》说到"逆气"，接着说"君子……惰慢邪辟之
气不设于身体"，可见"惰慢邪辟之气"就是"逆气"。孔颖达疏以"逆
气"为"奸邪之气"，刘向以"逆气"为"怨谤之气"，其实都是气质的
气。刘向的话，和单穆公是相通的。单穆公说的是人君，"狂悖之言"
指教令，刘向所谓"言之不从"说的也是在上位的人。不过他所谓"诗
妖"却专指民间歌谣而言。单穆公似乎只据常识立论；刘向有阴阳五行

说作背景，说得自然复杂些。"诗妖"既指民间歌谣——那些发泄"怨谤之气"的歌谣或"怪谣"——而歌谣也是诗，那么，诗也有发泄"怨谤之气"的作用了。这种诗就是所谓"刺诗"；"刺"也就是"怨谤"。依《毛诗小序》，刺诗的数量远过于美诗刺诗一百二十九篇，美诗二十八篇——所以"变风变雅"也比"风雅正经"多得多变诗二百零六篇，正诗五十九篇。郑氏给《毛诗传》作《笺》，面对这事实，自然而然会转念头到"诗妖"上去。借了"诗妖"说的光，他去理会《诗大序》中"变风变雅"的所谓"变"；他说"弘福如彼""大祸如此"，将祸福强调，显然见出阴阳五行说的色彩。他又根据天文和气象的正变，礼的正变，以及乐的正淫，将那表见"旧俗"——旧时美俗——的风诗雅诗，定为"风雅正经"，来和"变风变雅"配对儿，这样构成了他的风雅正变说；这一说确是他的创见。

风雅正变说和"诗妖"说的渊源，前人已经有指出的。清初汪琬给俞南史和汪森选的《唐诗正》作序，曾道：

> 诗风雅之有正变也，盖自毛、郑之学始。成周之初，虽在途歌巷谣而皆得列于"正"。幽、厉以还，举凡出于诸侯、夫人、公卿大夫闵世病俗之所为，而莫不以"变"名之。"正变"云云，以其时，非以其人也。……观乎诗之正变，而其时之废兴治乱、污隆得丧之数可得而鉴也。史家传志五行，恒取其"变"之甚者以为"诗妖"诗孽、"言之不从"之证。故圣人必用"温柔敦厚"为教，岂偶然哉？

这里虽未明说风雅正变说出于"诗妖"说，但能将两者比较着看，已是巨眼。"以其时，非以其人"一句话说"正变"最透彻。说到"温柔敦厚"的诗教，是说"变风变雅"虽"变而不失正"，还可以"正人心，端世教"，正是《诗大序》所谓"达于事变而怀其旧俗"和"止乎礼义，先王之泽也"的意思。惟其"变而不失正"，所以"变风变雅"并不因"变"而减少诗本身的价值。风雅正变说原只为解诗，不为评诗。不过在解诗方面，郑氏并没有能够自圆其说，如前所论。至于作诗方面，本非他意旨所及，正变说自然更无启发人处。他又说："孔子录懿王、夷王时诗讫于陈灵公淫乱之事，谓之变风变雅。"陈灵公以后为什么连变风变雅也没有了呢？孔颖达《毛诗正义》序里的话也许可以补充他的意思。孔氏道："成、康没而颂声寝，陈灵兴而变风息。"所谓"变风息"者，他在《诗大序》疏中道：

> 太平则无所更美，道绝则无所复讥，人情之常理也。故初变恶俗，则民歌之，风雅正经是也。始得太平，则民颂之，《周颂》诸篇是也。若其王纲绝纽，礼义消亡，民皆逃死，政尽纷乱——《易》称"天地闭，贤人隐"，——于此时也，虽有智者，无复讥刺。成王太平之后，其美不异于前，故颂声止也。陈灵公淫乱之后，其恶不可复言，故变风息也。班固云："成、康没而颂声寝，王泽竭而诗不作"《两都赋序》，此之谓也⑮。

这番话将诗的发展看得太死了，有些强词夺理。但孔氏本于班固，班固又本于孟子。孟子道："王者之迹熄而诗亡，诗亡然后《春秋》作"《离娄下》⑯。孟子说"诗亡"，班固说"诗不作"，郑氏不提"孔子录"的以后的诗——陈灵公以后的诗，自有他们的理由。孟子正生在古乐衰而新乐盛的战国时代，诗已不歌，新乐又不雅，而新的诗的传统也还没露一点芽儿，所以说是"诗"亡。班固跟着孟子说话；郑氏似乎也相信孟子的意见。郑氏生在东汉末年。四言诗从《三百篇》后一蹶不振，中间虽有拟作，也甚稀罕；到这时候才有新的乐府诗的传统建立起来。可是乐府诗原来大部分是"街陌谣讴"⑰，后来也只是文人争相拟制；若说个人创作的抒情的五言诗，那要等到建安时代才诞生，等到正始时代的阮籍的手里才长成。因而评论作诗的工拙的风气也到建安时代才创始。郑氏不会想到作诗方面，也是自然而然。正变说既不能圆满的解诗，后世引用的便少。上文引过的汪琬的《唐诗正序》却声明由正变说以读唐诗，他道：

有唐三百年之间，能者间出。贞观、永徽诸诗，正之始
也。然而雕刻组绩，犹不免陈、隋之遗。开元、天宝诸诗，
正之盛也。然而李、杜两家联衽接踵，或近于跌宕流逸，或
趋于沉著感愤，正矣，有变焉。降而大历以讫贞元，典刑具
在，往往不失承平故风，庶几乎变而不失正者与？自是以后，
其词愈繁，其声愈细，而唐遂陵夷以底于亡，说者比诸《曹》
《邻》"无讥"焉。凡此皆时为之也。

当其盛也，人主励精于上，宰臣百执趋事尽言于下，政
清刑简，人气和平。故其发之于诗率皆从容而尔雅。读者以
为正，作者不自知其正也。及其既衰，在朝则朋党之相讦，
在野则戎马之交讧，政繁刑苛，人气愁苦。故其所发又皆哀
思促节者为多，最下则浮且靡矣。虽有贤人君子，亦尝博大
其学，掀决其气，以求篇什之昌，而卒不能进及于前。读者
以为变，作者亦不自知其变也。是故正变之所形，国家之治
乱系焉，人才之消长、风俗之隆污系焉。后之言诗者顾惟取
一字一句之工以相夸尚，夫岂足以语此？

汪氏论正变，只是说诗反映时代，毫不带阴阳五行说的色彩；这就跟郑
氏大不相同。我们现在也还是这种意见—— 一切文学反映时代。汪氏
说"读者以为正，作者不自知其正"，"读者以为变，作者亦不自知其
变"，可以补充郑氏的理论；提出"作者"，他的正变说便不专为解诗，
而是兼为评诗了。他说李白"跌宕流逸"，杜甫"沉著感愤"，又说"最
下则浮且靡"，"虽有贤人君子，……卒不能进及于前"，都是在评诗。
诗到唐代，个人创作的传统已几经递嬗，"作者"和诗本身的价值的重
要，早经公认。论唐诗的不但要"以其时"，还要"以其人"、以其诗。
汪氏由正变说以读唐诗，而不能不牵涉到评诗，也还是个自然而然[18]。
他又提到初唐诗"雕刻组绩，犹不免陈、隋之遗"，这又牵涉到作诗方
面；又提到"后之言诗者惟取一字一句之工以相夸尚"，是兼论评诗和
作诗。按他的正变说，陈、隋"雕刻组绩"跟后来作诗求"一字一句之
工"也该是"变"，不过变而"失正"罢了[19]。这样将正变说引用到评

诗和作诗两方面，是郑氏想不到的。这两方面的引用，起源远在六朝，后来逐渐发展。汪氏自然也受到影响。这可以称为诗体正变说；从郑氏的风雅正变说出来，却不是直线的发展，而是"旁逸斜出"的发展。

① 本段的主要论点，由何善周君启发，引证的材料也多由他搜集给我，特此志谢。

② "审乐以知政"，见《礼记》三十七《乐记》。

③ 《孟子·万章下》："又尚论古之人。颂其诗，读其书，不知其人，可乎？是以论其世也。……"

④ 《公羊》《穀梁》二传多用"褒贬"字，也用"美恶"字，又有"刺"字，详见《比兴》篇。

⑤ 见《经义考》九十八、一〇一、一〇四、一〇八、一一三、一一六、一一八各卷。

⑥ 《淮南子·墬形》篇"变宫生徵"高诱注："变犹化也。"《广雅·释诂》卷三："变，七也。"

⑦ 杨注："驯致于善谓之化。"

⑧ "在天成象，在地成形，变化见矣"虞注，见《周易集解》十三；又"此所以成变化而行鬼神也"荀注，见同书十四。

⑨ 《周语》下"所以宣养六气九德也"，韦昭注："六气，阴阳风雨晦明也。"

⑩ 《春秋繁露·玉英》篇："《春秋》有经礼，有变礼。"又："明乎经变之事，然后知轻重之分，可与适权矣。"

⑪ 郑樵《风有正变辨》曾道："必不得已，从先儒正变之说，则当如《穀梁》所谓'变之正'也"，见《六经奥论》卷三。

⑫ 《仪礼》卷三《士冠礼》"以岁之正"注："正犹善也。"又三十五《士丧礼》"决用正"注："正，善也。"

⑬ 《周礼》卷三《天官·小宰》"四曰廉正"注。

⑭ 《汉书》二十七中之上："凡草木之类谓之'妖'。'妖'犹夭胎，言尚微。"

⑮ "而变风变雅作矣"句下，见《毛诗正义》一之一。

⑯ 赵岐注以"颂声不作"为"诗亡"，郑玄《王城谱》有"其诗不能复雅"一语，后世据此，又以雅亡为"诗亡"，都与班固不同。

⑰《宋书》十九《乐志》："凡乐章古词今之存者，并汉世街陌谣讴。"

⑱朱子《跋病翁先生诗》道："变亦大是难事。果然变而不失其正，则纵横妙用，何所不可。不幸一失其正，却似反不如守古本旧法以终其身之为稳也。李、杜、韩、柳初亦皆学选诗者；然杜、韩变多而柳、李变少。变不可学，而不变可学。"（集八十四）所谓正变，"不失其正"，"失其正"，都就诗体论；汪氏说似乎一部分出于此。

⑲叶燮有《汪文摘谬》一卷，曾驳汪氏道："昔夫子删诗，未闻有正变之分。……后之人翻欲尽变而绌之，其不然也明矣。原其故，胸中既无明见，依违于汉儒之肤说。既又迁易其辞，以正变归之时运。迫执时运之说，则又穷于论诗；于是又迁就以傅会之。掣肘支离，终无一定之衡。"论虽稍苛，但指出汪氏迁易"正变"的辞义，以就后代诗的发展，是不错的。

二、诗体正变

六朝论文，可以梁昭明太子和元帝兄弟为代表。昭明《文选序》别裁经、子、辞、史，以为都不是文；他注重"综缉辞采"，"错比文华"，举"事出于沉思，义归乎翰藻"为文的标准。"事"是事类，就是典故；"藻"指譬喻，也兼指典故。"事出于沉思，义归乎翰藻"是善于用事，善于用比的意思①。元帝《金楼子·立言篇》说："吟咏风谣，流连哀思者谓之文"，又说："文者，惟须绮縠纷披，宫徵靡曼，唇吻遒会，情灵摇荡。"所谓"绮縠纷披"，也当指用事用比而言。六朝论诗，可以钟嵘和刘勰为代表。《诗品序》指出："气之动物，物之感人，故摇荡性情，形诸舞咏。"可是当时的诗

> 颜延、谢庄尤为繁密，于时化之。故大明、泰始中，文章殆同书抄。近任昉、王元长等，辞不贵奇，竞须新事。尔来作者寖以成俗。遂乃句无虚语，语无虚字，拘挛补衲，蠹文已甚。但自然英旨，罕值其人。词既失高，则宜加事义；虽谢天才，且表学问，亦一理乎？

《文心雕龙·明诗》篇也道：

> 宋初文咏，体有因革。庄、老告退，而山水方滋。俪采
> 百字之偶，争价一句之奇；情必极貌以写物，辞必穷力而追
> 新。此近世之所竞也。

"竞须新事"明指用事，"辞必穷力而追新"似乎也指的用事用比，都可
见当时风气。但由钟、刘两家的话，知道求"新"更为当时作者所重。

"新"是创造，对旧而言是"变"；隋、唐以来，"新变"往往连称。
《南齐书》五十二《文学传》论道：

> 习玩为理，事久则渎。在乎文章，弥患凡旧。若无新变，
> 不能代雄。

这里说能求"新变"才能独自成家，雄长一代。《梁书》四十九《庾肩
吾传》道：

> 齐永明中，文士王融、谢朓、沈约，文章始用四声，以为
> 新变。至是转拘声韵，弥尚丽靡。

用事用比之外，声律也是求得"新变"的一条路。又《梁书》三十《徐
摛传》说他：

> 属文好为新变，不拘旧体。

当时不满这类"新变"的，或以为"拘挛补衲"而失自然②，或以为
"转拘声韵"而"伤真美"③；但"不拘旧体"也该是贵古者的一种口
实。《隋书》十五《音乐志》道：

> 开皇中……有曹妙达、王长通、李士衡、郭金乐、安进

贵等，皆妙绝弦管，新声奇变，朝改暮易，持其音技，估衒王公之间，举时争相慕尚。高祖病之，谓群臣曰："闻公等皆好新变，所奏无复正声，此不祥之大也。……"

这里"正声"与"新变"对举。乐尚"新变"，"无复正声"，文好"新变"，"不拘旧体"，道理是一样的；隋高祖以"无复正声"为病，也该有人以"不拘旧体"为病。《文心雕龙·通变》篇就有这个意思，下文详论。

风雅正变的"变"，指的"政教衰""纪纲绝"，指的时世由盛变衰。这里并不曾应用那影响巨大的《易传》的"变"的哲学。《易·系辞传》道：

〔清〕吴宏《负郭村居图》

此画中变幻无际的烟云，疏通了画面的迫塞，以有限之境而通山川之气，增加了画面的神奇色彩。这幅画旨趣深远，意境浑融无际，"画写物外情，诗传画外意"。

> 《易》穷则变，变则通，通则久下。

这似乎是"变"的哲学的纲领。"变"与"通"是连着的，而"通"与"穷"是对着的。"通"才能"久"，"久"便无穷[④]。《系辞传》又道：

> 变通莫大乎四时上。

荀爽注："四时相变，终而复始也"《周易集解》十四。这似乎是一种循环

给青少年的人文素养课

论。但是无论如何

> 变通者，趣趋时者也下。

"趣时"就不至于固执了。又道：

> 形而上者谓之道，形而下者谓之器。化而裁之谓之变，
> 推而行之谓之通；举而错之天下之民谓之事业上。

道与器都可以"变""通"而成事业，所以

> 变而通之以尽利上。
> 通变之谓事上。

"变"的作用如此之大，风雅正变的"变"显然跟这种"变"不相干。"新变"的"变"倒似乎有意无意间在应用着这种哲学。我们可以说梁、陈以至隋、唐之际，文论开始采用了这种"变"的哲学。

通变说的应用固然可以解释求新，而在求新成为风气之后，这一说却也可以帮助复古论者张目。《文心雕龙·通变》篇就有这个倾向。

> 夫设文之体有常，变文之数无方。何以明其然耶？凡诗赋书记，名理相因，此有常之体也。文辞气力，通变则久，此无方之数也。名理有常，体必资于故实。通变无方，数必酌于新声。故能骋无穷之路，饮不竭之源。然绠短者衔渴，足疲者辍涂。非文理之数尽，乃通变之术疏耳。……榷而论之，则黄、唐淳而质，虞、夏质而辨，商、周丽而雅，楚、汉侈而艳，魏、晋浅而绮，宋初讹而新。从质及讹，弥近弥澹。何则？竞今疏古，风味气衰也。
>
> 今才颖之士刻意学文，多略汉篇，师范宋集。虽古今备阅，然近附而远疏矣。夫青生于蓝，绛生于蒨，虽逾本色，

不能复化。桓君山云："予见新进丽文，美而无采，及见刘、杨言辞，常辄有得。"此其验也。故练青濯绛，必归蓝蒨；矫讹翻浅，还宗经诰。斯斟酌乎质文之间，而櫽栝乎雅俗之际，可与言通变矣。……若乃龊龉于偏解：矜激乎一致，此庭间之回骤，岂万里之逸步哉！

文中承认"文辞气力，通变则久"，"数必酌于新声"。但像当时那样"竞今疏古"，蔽于偏而不知全，便不免千篇一律，"风味气衰"。文中论"宋初讹而新"，"讹"，化也，又有"妖"义⑤；"新"而不"雅"，"新"而失正，"新"得过了分，便是"讹"。"讹"自然不会"淳"，"淳"是浓，是厚⑥，不淳就薄了，"澹"了。这时候好像"文理之数尽"，走投无路；其实也不然。只要"矫讹翻浅，还宗经诰"，"斟酌乎质文之间，而櫽栝乎雅俗之际"，还可通变起去，路还是"无穷"的。清代纪昀评这一段道：

> 彦和以通变立论。然求新于俗尚之中，则小智师心，转成纤仄。……故挽其返而求诸古。盖当代之新声既无非滥调，则古人之旧式转属新声。复古而名以通变，盖以此尔。

这番话透彻的说出复古怎样也是通变，解释刘氏的用意最为确切。

　　刘氏以复古为通变，虽然近于循环论，但确是创见；他针对当时的情形，给指出了一条新路。不过他的意见在当时似乎没有发生什么影响，他的影响直到唐代才显著。首先以复古号召的是陈子昂，他在《与东方左史虬修竹篇》的叙里劈头便道：

> 文章道弊五百年矣。汉、魏风骨，晋、宋莫传，然而文献有可征者。仆尝暇时观齐、梁间诗，彩丽竞繁，而兴寄都绝，每以永叹。窃思古人，常恐逶迤颓靡，风雅不作，以耿耿也。《陈伯玉文集》一

给青少年的人文素养课

131

他要将诗还到风雅，还到汉、魏；他作《感遇诗》三十八章，是学阮籍的。卢藏用给他的文集作序，说道："道丧五百岁而得陈君……卓立千古，横制颓波；天下翕然，质文一变。"又说："至于感激顿挫，微显阐幽，庶几见变化之朕，以接乎天人之际者，则《感遇》之篇存焉。"《全唐文》二三八所谓"质文一变"，所谓"变化之朕"，正是《文心·通变》的意思。李白继子昂之后提倡诗"复古道"，他说"梁、陈以来，艳薄斯极，沈休文又尚以声律；将复古道，非我而谁与！"《本事诗·高逸》第三他的古风第一首论的更详：

> 大雅久不作，吾衰竟谁陈！《王风》委蔓草，战国多荆榛；龙虎相啖食，兵戈逮狂秦。正声何微茫！哀怨起骚人。扬、马激颓波，开流荡无垠。废兴虽万变，宪章亦已沦。自从建安来，绮丽不足珍。圣代复玄古，垂衣贵清真。群才属休明，乘运共跃鳞；文质相炳焕，众星罗秋旻。我志在删述，垂辉映千春。希圣如有立，绝笔于获麟。《李太白集》三

"大雅久不作"，"正声何微茫"，"废兴虽万变，宪章亦已沦"，也将"正""变"对举。所谓"正声"，就是《诗谱序》的"风雅正经"；不过"废兴万变"的"变"，却是"以其人"兼"以其时"，"宪章已沦"也如此。"绮丽"似乎侧重"其人"，侧重诗体的"变"，但也还是"时为之"，所以说"自从建安来，绮丽不足珍"。诗末说唐代"复玄古"，"贵清真"；"清真"就是《诗品序》所谓"自然"，也就是太白《赠江夏韦太守良宰》诗里所谓"清水出芙蓉，天然去雕饰"《集》十一。"绮丽"是"文胜质"，他要的是"文质相炳焕"，《文心》所谓"斟酌乎质文之间"。他虽然说过"兴寄深微，五言不如四言，七言又其靡也"《本事诗·高逸》第三，可是还只作五七言诗，而七言更多；七古和七绝两体且都成立在他手里。他的复古其实是革新，其实也是通变。

韩愈是提倡古文的第一个人。他在《与冯宿论文书》里将"应事"而作的"俗下文字"与"古文"对立《韩昌黎集》十七；又在《答刘正夫书》里说为文"宜师古圣贤人"《集》十八。他所师的古圣贤人，《进

学解》列出详目：

> 作为文章，其书满家。上规姚、姒，浑浑无涯；周诰殷盘，佶屈聱牙。《春秋》谨严，《左氏》浮夸。《易》奇而法，《诗》正而葩。下逮《庄》《骚》，太史所录；子云、相如，同工异曲。《集》十二

这就是《答李翊书》中所谓"非三代两汉之书不敢观"《集》十六。他"思古人而不得见，学古道则欲兼通其辞"；所谓"通其辞"，便是"取其句读不类于今者"《题欧阳生哀辞后》，《集》二十二。他虽说过要"直似古人"《与冯宿书》，但"取其句读不类于今"，其实正是"惟陈言之务去"《答李翊书》，是自造新语。《旧唐书》一六〇本传说得好：

> ［愈］常以为自魏、晋已还为文者多拘偶对，而经诰之指归，迁、雄之气格不复振起矣。故愈所为文务反近体，抒意立言，自成一家新语。

李翱《祭史部韩侍郎文》也道："六经之学，绝而复新；学者有归，大变于文。"《李文公集》十六韩愈的复古还只是通变。后来到了宋代，古文已成正宗，所以苏轼《潮州韩文公庙碑》说"天下靡然从公，复归于正，盖三百年于此矣"《东坡先生全集》十七。在唐为变，在宋却成"正"了。通变而以复古号召，就是利用这种循环论，以便取得正宗的地位。韩愈门下还有个皇甫湜，论文尚奇，更见出"务反近体"，自造新语的师传。他有《答李生第二书》道：

> 夫谓之奇，则非正矣，然亦无伤于正也。谓之奇，即非常矣；非常者，谓不如常者，谓不如常，乃出常也。无伤于正而出于常，虽尚之亦可也。……夫文者非他，言之华者也。其用在通理而已，固不务奇，然亦无伤于奇也。使文奇而理正，是尤难也。《皇甫持正文集》四

"奇正"本是兵家语,《孙子》卷五《势篇》道:

> 战势不过奇正。奇正之变,不可胜穷也。奇正相生,如
> 循环之无端,孰能穷之?

所以"变"有"奇"义,《文选·西京赋》"尽变态乎其中",薛综注:
"变,奇也。"六朝论文,就有"奇变"的话。《宋书》六十九《范晔传
·狱中与诸甥侄书》道:"'赞'自是吾文之杰思,殆无一字空设,奇变
不穷。"可见皇甫湜尚奇,也不外乎求变。

　　唐代古文虽一直以复古为通变,诗却从杜甫起多径趋新变,而且
"奇变不穷"。杜甫并不卑视齐、梁,而是主张"转益多师"[7];又颇用
心在新兴的律诗上,他要"遣辞必中律"《桥陵诗》三十韵,《杜少陵集详
注》三,并且自许"晚节渐于诗律细"《遣闷呈路曹长》,《集》十八。他"为
人性僻耽佳句,语不惊人死不休"《江上值水如海势》,《集》十,明王世贞
《艺苑卮言》卷四说他"以独造为宗",是不错的。作诗这样"以独造
为宗"的,杜甫以后,得推韩愈。欧阳修《六一诗话》道:

> 退之笔力无施不可,而尝以诗为文章末事。故其诗曰
> "多情怀酒伴,馀事作诗人"《和席》八十二韵,《集》十也。然其
> 资谈笑,助谐谑,叙人情,状物态,一寓于诗。

"资谈笑,助谐谑",已经是"独造"了,而《荐士诗》称孟郊"横空盘
硬语,妥帖力排奡"《集》三十二,也是自白,更见出他"独造"的工夫。
他虽"以诗为文章末事",可是狮子搏兔,还是用全力的。杜、韩两家
影响宋诗最大。但宋人有说韩诗是"押韵之文"的[8],有说他"以文为
诗"的[9];似乎他的"独造"比较杜为甚,他是更趋向新变些。杜、韩
两家却都并"不自知其变";得等到宋代才有以他们为变的读者。第一
个能察变的人该推苏轼。他《书黄子思诗集后》道:

> 余尝论书,以谓钟、王之迹萧散简远,妙在笔画之外。

至唐颜、柳，始集古今笔法而尽发之，极书之变。天下翕然以为宗师。而钟、王之法益微。至于诗，亦然。苏、李之天成，曹、刘之自得，陶、谢之超然，盖亦至矣。而李太白、杜子美以英玮绝世之姿凌跨百代，古今诗人尽废。然魏、晋以来高风绝尘亦少衰矣。《全集》六十七

又曾说道：

> 书之美者莫如颜鲁公，然书法之坏自颜始。诗之美者莫如韩文公，然诗格之变自韩始。《苕溪渔隐丛话前集》十七引

所谓"天成""自得""超然""高风绝尘"，只是自然和浑成的意思，跟书法的"萧散简远，意在笔画之外"相通。苏氏看出李、杜、韩极诗之变，恰如颜、柳"极书之变"一般；但那"高风绝尘"的衰息，他还是在低徊惋惜着的。文体的变是有意的复古的主张，所以他说"复归于正"；诗体的变只是自然的求新的趋向，所以他不免怀古的口吻。后来朱子也论到诗体的变，他《答巩仲至丰书》四道：

> 古今之诗凡有三变。盖书传所记，虞、夏以来下及魏、晋，自为一等。自晋、宋间颜、谢以后下及唐初，自为一等。自沈、宋以后定著律诗下及今日，又为一等。然自唐初以前，其为诗者固有高下，而法犹未变。至律诗出而后诗之与法始皆大变，以至今日，益巧益密，而无复古人之风矣。《朱文公文集》六十四

所谓"古人之风"，也指的"高风远韵"⑩。但他以"高风远韵"为"根本准则"⑪，便和苏氏有些出入。他说"坡公病李、杜而推韦、柳，盖亦自悔其平时之作而未能自拔者"《答巩书》三，《集》六十四，就指的《书黄子思诗集后》那一篇里的话。"病李、杜"显然不合苏氏原意；说他"自悔其平时之作"，似乎也出于成见。

不过这种以"高风远韵"为正宗的意见，后来却成了一般的意见。如刘克庄的《韩隐君诗序》道：

> 后人尽诵读古人书，而下语终不能髣髴风人之万一，余窃惑焉。或古诗出于情性，发必善，今诗出于记问博而已。自杜子美未免此病。《后村先生大全集》九十四

又《竹溪诗序》道：

> 唐文人皆能诗，柳尤高，韩尚非本色。迨本朝则文人多，诗人少。三百年间，虽人各有集，集各有诗，诗各自为体，或尚理致，或负材力，或逞辨博，少者千篇，多至万首，要皆经义策论之有韵者，亦非诗也。同上

刘氏对杜、韩两家都有微词。严羽《沧浪诗话》也道：

> 近代诸公乃作奇特解会，遂以文字为诗，以才学为诗，以议论为诗。夫岂不工？终非古人之诗也。盖于一唱三叹之音有所歉焉。《诗辨》

所谓"髣髴风人"，所谓"一唱三叹之音"，都就是"高风远韵"。这种意见又是复古的倾向，但也还是为的通变。原来宋诗自黄庭坚以来，有意的求新求变求奇。他指出"以俗为雅，以故为新"的法门，说是"举一纲而张万目"，并且说这是"诗人之奇"《再次韵杨明叔诗》引，《山谷诗内集》十二。又倡所谓夺胎换骨法，说道：

> 诗意无穷而人之才有限。以有限之才追无穷之意，虽渊明、少陵不得工也。然不易其意而造其语，谓之换骨法，窥入其意而形容之，谓之夺胎法。《冷斋夜话》一

给青少年的人文素养课

这又是"以故为新"的节目。黄氏开示了这种法门，给后学无穷方便；大家都照他指出的路子"穷力追新"，这就成了江西诗派——惟其有法门可以传授，才能自立宗派。但宗派既成，沿流日久，又不免刘勰说的"龌龊于偏解，矜激乎一致"，"竞今疏古，风味气衰"。于是乎从朱子起又有了复古论。这回的复古的理论到了明代实现，所谓"文必秦、汉，诗必盛唐"；但也造成了一种新风气。

文到六朝成为专科之学。范晔作《后汉书》，创立《文苑列传》，钟嵘定《诗品》，刘勰论《文心》，都在此时。而刘氏更注重文体的代变。《时序》篇开端道："时运交移，质文代变，古今情理，如可言乎？"接着就从陶唐叙到江左，作一断语：

> 故知文变染乎世情，兴废系乎时序；原始以要终，"虽百世可知也"。

《文心》上篇论列各体，也都详述源流迁变。在前沈约已经论到文体的变，《宋书》六十七《谢灵运传论》中道：

> 自汉至魏四百余年，辞人才子，文体三变。相如工为形似之言，二班长于情理之说，子建、仲宣以气质为体，并标能擅美，独映当时。

以下直叙到宋代的颜、谢为止。但刘氏论文，专门名家，详备自然远在沈约之上。他们这些文字却都是我国文学史的开山之作，见出独具手眼。根柢在他们能识变；而这又是跟当时追求"新变"的风气相应的。刘勰以后，论"文变"的便多起来。唐人修六朝史书，多有文苑传或文学传，传各有序或论，皆论"文变"；并且多引《易传》"观乎天文以察时变，观乎人文以化成天下"二语《贲卦象辞》，《周易》三为论据，正见出六朝以来的风气。文士著作中也有论的，前引卢藏用的《陈子昂集序》末云，"故粗论文变而为之序"，便是一例。这些都是通论历代"文变"；至于专论一代的，似乎从宋祁《唐书》二〇一《文艺传序》创始。

给青少年的人文素养课

他说"唐有天下三百年，文章无虑三变"，王、杨是一变，燕、许是一变，韩愈又是一变。专论诗体的变的也有通论和断代的分别。严羽《沧浪诗话》有《诗体》一篇，辨析历代诗体最细；他分唐诗为"唐初""盛唐""大历""元和""晚唐"五体，是至今通行的四唐说的源头。

"文变"是指诗文体的变；这个"变"是"患凡旧"，是"化而裁之"，是"趣时"。复古也罢，求新也罢，"变"的总是新的；"变"能成体，这新的就是好的，即使未必是更好的。"变则通，通则久"，"变"是可喜的。明白了通变的道理，便不至于一味的隆古贱今，也不至于一味的竞今疏古，便能公平的看历代，各各还给它一副本来面目。分体或分期，就为的看清楚这些个本来面目。唐代的诗比历代盛，也比文盛，所以严氏分体最多。后来论诗体的也特别注重唐代。元时杨士弘选录唐诗，成《唐音》一集，叙目里说唐人选唐诗多载中晚唐人诗，盛唐诗甚少，宋人选唐诗也多载晚唐人诗。他原来也只能读到这些选本，后来才得着人家收藏的许多唐初、盛唐诗，"于是审其音律之正变，而择其精粹，分为'始音''正音''遗响'，总名曰《唐音》。"他将严氏的五体并为"唐初""盛唐""中唐""晚唐"四体；所谓"中唐"，包括"大历体""元和体"，是杨氏新立的名目。这样就见得整齐了。唐、宋人选诗侧重中晚唐，正是《文

〔明〕朱端《松院闲吟图》

朱端的山水画，一方面受当时流行宫内的南宋院体画风影响，近马远；另一方面，也有专学北宋郭熙的一路，此画就是这类山水的代表作。整幅作品雄中透秀，工细之中见随意。

心》所谓"近附而远疏"；杨氏采取严羽的理论，分期精择，便公平得多。他特别注重音律，所以集名《唐音》，又以"音""响"标目。叙目里道：

> 夫诗之为道，非惟吟咏情性、流通精神而已，其所以奏之郊、庙，歌之燕、射，求之音律，知其世道，岂偶然哉？

律体新创于唐代，古诗和律诗的分别就在音律上；重音律正是唐诗的面目。杨氏看清楚了这副面目，所以说"审其音律之正变"，又说"求之音律，知其世道"，"世道"就是"时"。"音律之正变"虽"以其时"，更"以其人"、以其诗，所以他的"正音"里有"唐初"和"盛唐"，也有"中唐"和"晚唐"，前二者为一类，后二者又为一类。他说"世次不同，音律高下虽各成家，然体制声响相类"，可见所重在"其人"、其体、其诗。他的"始""正"之分是"以其人"兼"以其时"；"正""遗"之分是以其诗、"以其人"兼"以其时"。

明初高棅的《唐诗品汇》承《唐音》而作，《总叙》里说得明白；他也采取严羽的诗论，并见《总叙》中。《总叙》论唐诗的变道：

> 有唐三百年诗，众体备矣，故有近体、往体长短篇，五七言律、绝句等制。莫不兴于始，成于中，流于变，而陟之于终。至于声律、兴象、文词、理致，各有品格高下之不同。略而言之，则有初唐、盛唐、中唐、晚唐之殊。

"详而分之"："贞观、永徽之时"是"初唐之始制"，"神龙以还，洎开元初"是"初唐之渐盛"。"开元、天宝间"是"盛唐之盛"。"大历、贞元中"是"中唐之再盛"。"下洎元和之际"是"晚唐之变"，"降而开成以后"是"晚唐变态之极；而遗风余韵犹有存者焉"。这是后来所谓"四唐"；初、盛、中、晚各有定限，不仅仅是分体，而且是分期。按西元这个分期，初唐不包括高祖时代，中唐也太短，还不甚适用。明末沈骐在《诗体明辨》的序里分唐诗为"四大宗"，修正了这两处。后

给青少年的人文素养课

来便照两家所论，限年分期：初唐从高祖武德元年算起，到玄宗开元初，约一百年间六一八至七一三。盛唐从开元元年到代宗大历初，约五十年间西元七一三至七六六。中唐从大历元年到文宗太和九年，将高氏所谓"晚唐之变"并入，约八十年间（应为七十年。——编者注）七六六至八三五。晚唐从文宗开成元年到昭宗天祐三年，七十年间八三六至九〇六。至今通行的四唐说便是如此。虽然有人根本反对这个分期，也有人推敲各期的界划，但是四唐说渐渐为一般论诗者所公认，并且流行至今；因为它给人方便，让人更清楚的看见唐诗的种种面目。在我国文学史上，四唐说是唯一的断限的分期；一般论文的人总害怕"支离割剥"，所以尝试这种断限的分期的绝无仅有。从现在看来，这一说实在是一个重要的创始。而这个创始还是以"文变"说为依据。《品汇·总叙》说选诗"校其体裁，分体从类，随类定其品目，因目别其上下，始终正变，各立序论"。品目有九，称为"九格"。初唐是"正始"。盛唐是"正宗""大家""名家""羽翼"。中唐是"接武"。晚唐是"正变""余响"。方外、异人等是"旁流"。初、盛、晚各自为"正"，中唐"接武"，自然也有其为"正"者。《总叙》又道：

> 诚使吟咏性情之士观诗以求其人，因人以知其时，因时以辨其文章之高下，词气之盛衰，本乎始以达其终，审其变而归于正，则优游敦厚之教，未必无小补云。

这里以诗为主，因诗及人，因人及时，再因时及诗，跟风雅正变说专"以其时"的大不相同了。"审其变而归于正"一语虽然侧重在"正"，但这个"正"并不是风雅正变的"正"，而是"变之正"，"趣时"的"正"；高氏以为一"时"的诗自有其"正"，他对于"时"是持着平等观的。

论"文变"的人，对于"时"多少持着平等观，但也还不免贵远贱近或"竞今疏古"的偏见；前者如《沧浪诗话》诋抑中晚唐诗，后者如《唐音》不录李、杜、韩三家。明末清初以来，公正不颇的平等观才渐渐出现。顾炎武《日知录》二十一"诗体代降"条云：

《三百篇》之不能不降而《楚辞》，《楚辞》之不能不降
而汉、魏，汉、魏之不能不降而六朝，六朝之不能不降而唐，
势也。用一代之体，则必似一代之文，而后为合格。

诗文之所以代变，有不得不变者。一代之文沿袭已久，
不容人人皆道此语。今且千数百年矣，而犹取古人之陈言
一一而摹仿之，以是为诗，可乎？故不似则失其所以为诗，
似则失其所以为我。李、杜之诗所以独高于唐人者，以其未
尝不似而未尝似也。知此者“可与言诗也已矣”。

所谓“沿袭已久”，便是《南齐书·文学传论》说的“弥患凡旧”。顾氏
能从诗体上确切断定诗有“不得不变”之“势”，是他的独到处；虽然
他又说“不能不降”，还不免“伸正而诎变”的意思。至于“未尝不似
而未尝似”，该是前引汪琬所谓“变而不失正者”，不过顾氏专就诗体立
论罢了。稍后叶燮作《原诗》，论盛衰正变，更见通达明晓。他道：

自有天地以来，古今世运气数，递变迁以相禅。古云，
天道十年一变，此理也，亦势也。无事无物不然。宁独诗之
一道胶固而不变乎？今就《三百篇》言之，风有正风，有变
风，雅有正雅，有变雅。风雅已不能不由正而变，吾夫子亦
不能存正而删变也。则后此为风雅之流者，其不能伸正而诎
变也明矣。

这里“不能伸正而诎变”，真是一语破的。又道：

诗之为道，未有一日不相续相禅而或息者也。但就一时
而论，有盛必有衰；综千古而论，则盛而必至于衰，又必自
衰而复盛。非在前者之必居于盛，后者之必居于衰也。《内篇》

又道：

给青少年的人文素养课

141

且夫风雅之有正有变，其正变系乎时，谓政治风俗之由
得而失，由隆而污。此以时言诗，时有变而诗因之。时变而
失正，诗变而仍不失其正。故有盛无衰，诗之源也。吾言后
代之诗有正有变，其正变系乎诗，谓体格、声调、命意、措
辞新故升降之不同。此以诗言时，诗递交而时随之。故有汉、
魏、六朝、唐、宋、元、明之互为盛衰，惟变以救正之衰。
故递衰递盛，诗之流也。同上

他指出诗在"相续相禅"，无日或息，就是说诗老是在"变"；其间"递衰递盛"，不能说在前必盛，在后必衰。而"后代之诗""正变系乎诗"，系乎体，"诗递变而时随之"，所以当"以诗言时"，跟风雅正变说"以时言诗"不同。他又道：

或曰："温柔敦厚，诗教也。汉、魏去古未远，此意犹
存，后此者不及也。"不知温柔敦厚，其意也，所以为体也，
措之于用则不同。辞者，其文也，所以为用也，返之于体则
不异。汉、魏之辞，有汉、魏之温柔敦厚；唐、宋、元之辞，
有唐、宋、元之温柔敦厚。……同上

这也就是高棅说的"审其变而归于正，则优游敦厚之教未必无小补"，不过更为直截了当罢了。诗体正变说经叶氏这一番阐发而大明。

历来倡复古的都有现成的根据；主求新的却或默而不言，或言而不备。叶氏论诗体正变，第一次给"新变"以系统的理论的基础，值得大书特书。他说"诗之源流本末、正变盛衰，互为循环"，"惟正有渐衰，故变能启盛"：

如建安之诗，正矣，盛矣，相沿久而流于衰。后之人力
大者大变，力小者小变。六朝诸诗人间能小变，而不能独开
生面。……迨开、宝诸诗人始一大变。……杜甫之诗，包源
流，综正变……巧无不到，力无不举，长盛于千古，不能衰，

不可衰者也。……唐诗为八代以来一大变，韩愈为唐诗之一大变，其力大，其思雄，崛起特为鼻祖。……愈尝自谓"陈言之务去"。……晚唐诗人亦以陈言为病，但无愈之力，故日趋于尖新纤巧。至于宋，人之心手日益以启，纵横钩致，发挥无余蕴。……如苏轼之诗，其境界皆开辟古今之所未有，天地万物，嬉笑怒骂，无不鼓舞于笔端而适如其意之所欲出。此韩愈后一大变也，而盛极矣。自后或数十年而一变，或百余年而一变，或一人独自为变，或数人而共为变，皆变之小者也。其间或有因变而得盛者，然亦不能无因变而益衰者。同上

变有小大；"有因变而得盛者"，也有"因变而益衰者"。"伸正而诎变"并非全无理由；只是向来"伸正而诎变"的不加辨别，一笔抹杀，却不合道理。这段话发挥"变"的意义最为详切，真可算得"毫发无遗憾"。叶氏竭力攻击明代的复古派，但又似乎不愿意赞助求新的公安派和竟陵派，因为一个太率，一个太僻。他所以自辟蹊径来论盛衰正变；他的求新的倾向其实还是跟那两派一致的。稍后王士祯倡"神韵"，再后沈德潜倡"格调"，又都以复古为通变。但袁枚接着倡"性灵"，翁方纲接着倡"肌理"，诗又趋向新变。直到"文学革命"而有新诗，真是"变之极"了。新诗以抒情为主，多少合于所谓"高风远韵"，大概可以算得变而"归于正"罢。

叶氏说诗的正变盛衰，"互为循环"；又说"惟正有渐衰，故变能启盛"，就是"循环"的注脚。在前明代王世贞也曾偶然见到这里，他在《艺苑卮言》卷四中道：

　　衰中有盛，盛中有衰，各含机藏隙。盛者得衰而变之，功在创始；衰者自盛而沿之，弊由趋下。……此虽人力，自是天地间阴阳剥复之妙。

这里论盛衰正和叶氏合拍，而语更详。按这个说法，我们也可以说"变中有正，正中有变"。"变"本来还有"更相生"一义，见于《淮南

子·原道》篇高诱注⑭，正可以用在此处。正变相生是"循环"，王世贞的话是一例。但说"循环"的倒不一定相信循环论，照《原诗》所说，这个环其实是越来越大的。所以变而成体，就那一体而论，变固然是好的；综所有的体而论，这一变有加富增华之功，又是更好的。向来论"文变"的多说"变"而少说"正"，好像有变而无正似的。其实不然。他们的意思，变不一变，正也非一正；由正而变，变可以成正，但后正跟前正不一样，所谓"措之于用则不同"，"返之于体则不异"；而这个后正又将复变，如此的循环不穷。苏轼说韩愈出而天下之文"复归于正"，高棅说"审其变而归于正"，该都是变而成正的意思。这个"正——变——正"便是"文变"的程式，和德国大哲海格尔"正——反——合"的辩证法颇有相似处；而变总是有道理的，也合于他所说"凡现实的都是有道理的"。"文变"虽然兼诗文体而言，而以《易传》"变"的哲学为依据，但是六朝、隋、唐以至宋代，论"变"的都隐含"正"义，明、清以来，更显举"正"名，足见还是从风雅正变说推衍而出。不过不用来解诗，而用来评诗并指示作诗门径罢了。⑮ 所以说这是"旁逸斜出"的发展。

---

① 说详拙著《文选序"事出于沉思义归乎翰藻"说》，北京大学文科研究所油印论文之九。

② 裴子野《雕虫论》道："淫文破典，斐尔为功"，也是此意。

③《诗品序》："故使文多拘忌，伤其真美。"

④ 王弼注："通变则无穷，故可久也。"

⑤《山海经·西次三经》："章莪之山……有鸟焉，……名曰毕方……见则其邑有讹火。"郭璞注："讹亦妖讹字。""讹"即"譌"字。

⑥《一切经音义》二十八引《三苍》："淳，浓也。"《淮南子·齐俗》篇"浇天下之淳"许慎注："淳，厚也。"

⑦《戏为六绝句》之六："转益多师是汝师"，《杜少陵集详注》十一。

⑧《冷斋夜话》卷二记沈存中（括）语："退之诗，押韵之文耳；虽健美富赡，然终不是诗。"

⑨《后山诗话》："退之以文为诗，……虽极天下之工，要非本色。"

⑩ 朱子《答巩仲至书》（五）有"古人之高风远韵"一语，见《集》六十四。

⑪ 朱子《答巩仲至书》（四）："尝妄欲抄取经史诸书所载韵语，下及《文选》汉、魏古词，以尽乎郭景纯、陶渊明之所作，自为一编，而附于《三百篇》《楚辞》之后，以为诗之根本准则。"

⑫ 钱谦益《唐诗鼓吹注序》："唐人一代之诗，各有神髓，各有气候。今以初、盛、中、晚厘为界分，又从而判断之曰：此为'妙悟'，彼为'二乘'；此为'正宗'，彼为'羽翼'。支离割剥，俾唐人之面目蒙幂于千载之上，而后人之心眼沉锢于千载之下。甚矣，诗之道穷也！"

⑬ 《诗辩》："论诗如论禅。汉、魏、晋与盛唐之诗，则第一义也。大历以还之诗，则小乘禅也，已落第二义矣。晚唐之诗，则声闻、辟支果也。"

⑭ "而五音之变不可胜用也"注："变，更相生也。"

⑮ 如《唐诗品汇·总叙》道"裒成一集，以为学唐诗者之门径。"又文中所引《日知录·诗体代降》条论"似"与"不似"，也是就作诗而论。

第五讲　诗的语言

给青少年的人文素养课

一、诗是语言

普通人多以为诗是特别的东西，诗人也是特别的人。于是总觉得诗是难懂的，对它采取干脆不理的态度，这实在是诗的一种损失。其实，诗不过是一种语言，精粹的语言。

（一）诗先是口语　最初诗是口头的，初民的歌谣即是诗，口诗的歌谣，是远在记录的诗之先的，现在的歌谣还是诗。今举对唱的山歌为例："你的山歌没得我的山歌多。我的山歌几箩筐。箩筐底下几个洞，唱的没有漏的多。""你的山歌没得我的山歌多。我的山歌牛毛多。唱了三年三个月，还没唱完牛耳朵。"

两边对唱，此歇彼继，有挑战的意味，第一句多重复，这是诗；不过是较原始的形式。

（二）诗是语言的精粹　诗是比较精粹的语言，但并不是诗人的私语，而是一般人都可以了解的。如李白《夜思》：

床前明月光，疑是地上霜。举头望明月，低头思故乡。

这四句诗很易懂，而且千年后仍能引起我们的共鸣。因为所写的是"人"的情感，用的是公众的语言，而不是私人的私语。孩子们的话有时很有诗味，如：

院子里的树叶已经巴掌一样大了，爸爸什么时候回来呢？

这也见出诗的语言并非诗人的私语。

二、诗与文的分界

（一）形式不足尽凭　从表面看，似乎诗要押韵，有一定形式。但这并不一定是诗的特色。散文中有时有诗。诗中有时也有散文。前者如：

> 历览前贤国与家，成由勤俭破由奢。李商隐
> 向你倨，你也不削一块肉；向你恭，你也不长一块肉。
> 傅斯年

后者如：

> 暮春三月，江南草长，杂花生树，群莺乱飞。邱迟
> 我们最当敬重的是疯子，最当亲爱的是孩子，疯子是我们的老师，孩子是我们的朋友。我们带着孩子，跟着疯子走向光明去。傅斯年
> 颂美黑暗。讴歌黑暗。只有黑暗能将这一切都消灭调和于虚无混沌之中。没有了人，没有了我，更没有了世世。冰心

上面举的例子，前两个，虽是诗，意境却是散文的。后三个虽是散文，意境却是诗的。又如歌诀，虽具有诗的形式，却不是诗。如：

> 平声平道莫低昂，上声高呼猛烈强，去声分明哀远道，
> 入声短促急收藏。

谚语虽押韵，也不是诗。如：

病来一大片，病去一条线。

（二）题材不足限制　题材也不能为诗、文的分界，"五四"时代，曾有一回"丑的字句"的讨论。有人主张"洋楼""小火轮""革命""电报"……不能入诗；世界上的事物，有许多许多——无论是少数人的，或多数人所习闻的事物——是绝对不能入诗的。但他们并没有从正面指出哪些字句是可以入诗的，而且上面所举出的事物未尝不可入诗。如邵瑞彭的词：

> 电掣灵蛇走，云开怪蜃沉，烛天星汉压潮音，十美灯船，摇荡大珠林。《咏轮船》

这能说不是"诗"吗？

（三）美无定论　如果说"美的东西是诗"，这句话本身就有语病；因为不仅是诗要美，文也要美。

大概诗与文并没有一定的界限，因时代而定。某一时代喜欢用诗来表现，某一时代却喜欢用文来表现。如，宋诗之多议论，因为宋代散文发达；这种发议论的诗也是诗。白话诗，最初是抒情的成分多，而抗战以后，则散文的成分多，但都是诗。现在的时候还是散文时代。

〔明〕王绂《隐居图》

此图描绘了文人隐居山林之情景，右上有"吴讷敏德识"诗一首："舍人风度冠时流，笔底江山不易求。退直归来思故隐，满怀清兴付沧洲。"

三、诗缘情

诗是抒情的。诗与文的相对的分别，多与语言有关。诗的语言更经济，情感更丰富。达到这种目的的方法：

（一）暗示与理解　用暗示，可以从经济的字句，表示或传达出多数的意义来，也就是可以增加情感的强度。如辛稼轩的词：

> 将军百战身名裂，向河梁回头万里，故人长绝。易水萧萧西风冷，满座衣冠似雪。正壮士悲歌未彻。

这词是辛稼轩和他兄弟分别时作的，其中所引用的两个别离的故事之间没有桥梁；如果不懂得故事的意义，就不能把它们凑合起来，理解整个儿的意思，这里需要读者自己来搭桥梁，来理解它。又如朱熹的《观书有感》：

> 半亩方塘一鉴开，天光云影共徘徊。问渠"那得清如许"？"为有源头活水来"。

也完全是用暗示的方法，表示读书才能明理。

（二）比喻与组织　从上段可以看出，用比喻是最经济的小法，一个比喻可以表达好几层意思。但读诗时，往往会觉得比喻难懂。比喻又可分：

1. 人事的比喻：比较容易懂。
2. 历史的比喻典故：比较难懂。

新诗中用比喻的例子，卞之琳《音尘》：

> 绿衣人熟稔的按门铃，
> 就按在住户的心上；

给青少年的人文素养课

是游过黄海来的鱼？

是飞过西伯利亚来的雁？

"翻开地图看"，这人说。

他指示我他所在的地方，

是那条虚线旁那个小黑点。

如果那是金黄的一点，

如果我的坐椅是泰山顶，

在月夜，我要猜你那儿，

准是一个孤独的火车站。

然而我正对着一本历史书，

西望夕阳里的咸阳古道，

我等到了一匹快马的蹄音。

在这首诗里，作者将那个小黑点形象化，具体化，用了"鱼"和"雁"的典故，又用了"泰山"和"火车站"作比喻，而"夕阳""古道"，来自李白《忆秦娥》："乐游原上清秋节，咸阳古道音尘绝，音尘绝，西风残照，汉家陵阙"，也是一种比喻，用古人的伤别的情感喻自己的情感。

诗中的比喻有许多是诗人自己创造出来的，他们从经验中找出一些新鲜而别致的东西来作比喻的。如：

陈散原先生的"乡县酱油应染梦"，"酱油"亦可创造比喻。可见只要有才，新警的比喻是俯拾即是的。

四、组　织

（一）韵律　诗要讲究音节，旧诗词中更有人主张某种韵表示某种情感者，如周济《宋四家词选叙论》：

阳声字多则沉顿，阴声字多则激昂，重阳间一阴，则柔而不靡，重阴间一阳，则高而不危。

东、真韵宽平，支、先韵细腻，鱼、歌韵缠绵，萧、尤韵感慨，各具声响。

（二）句式的复沓与倒置 因为诗是发抒情感的，而情感多是重复迂回的，如古诗十九首：

行行重行行，与君生别离。相去万余里，各在天一涯。道路阻且长，会面安可知……

这几句都表示同一意思——相隔之远，可算一种复沓。句式的复沓又可分字重与意重。前者较简单，后者较复杂。歌谣与故事亦常用复沓，因为复沓可以加强情调，且易于记诵。如李商隐诗：

君问归期未有期，巴山夜雨涨秋池；何当共剪西窗烛，却话巴山夜雨时。

〔明〕王绂《湖山书屋图》

此图生动地描绘了湖山清野旷远的景色，意境幽澹，颇具自然之趣。

给青少年的人文素养课

这也是复沓，但比较的曲折了。

新诗如杜运燮《滇缅公路》：

……路永远使我们兴奋，

都来歌唱呵，

这是重要的日子，

幸福就在手头。

看它，

风一样有力，

航行绿色的田野，

蛇一样轻灵，

从茂密的草木间盘上高山的背脊，

飘在云流中，

而又鹰一般敏捷，

画几个优美的圆弧，

降落下箕形的溪谷，

倾听村落里安息前欢愉的匆促，

轻烟的朦胧中，

溢着亲密的呼唤，

人性的温暖。

有时更懒散，

沿着水流缓缓走向城市，

而就在粗糙的寒夜里，

荒冷向空洞，

也一样负着全民族的食粮，

载重车的黄眼满山搜索，

搜索着跑向人民的渴望：

沉重的橡皮轮不绝的滚动着，人民兴奋的脉搏，

每一块石子一样，

觉得为胜利尽忠而骄傲：

微笑了，在满足向微笑着的星月下面，微笑了，

在豪华的凯旋日子的好梦里……

一方面用比喻使许多事物形象化，具体化；一方面写全民族的情感，仍不离诗的复沓的原则，复沓的写民族抗战的胜利。

句式之倒置：在引起注意。如：

竹喧归浣女。

（三）分行　分行则句子的结构可以紧凑一点，可以集中读者的边际注意。

诗的用字须经济。如王维的：

大漠孤烟直，长河落日圆。

十字，是一幅好画，但比画表现得多，因为这两句诗中的"直""圆"是动的过程，画是无法表现的。

五、传达与了解

（一）传达是不完全的　诗虽不如一般人所说的难懂，但表达时，不是完全的。如比喻或用典时往往不能将意思或情感全传达出来。

（二）了解也是不完全的　因为读者读诗时的心情和周遭的情景，对读者对诗的了解都有影响。往往因心情或情景的不同，了解也不同。

诗究竟是不是如一般人所说的带有神秘性，有无限可能的解释呢？这是很不容易回答的。但有一点可以说：我们不能离开字句及全诗的连贯去解释诗。

（在昆明西南联合大学师范学院讲，

姚殿芳、叶兢耕记录，《国文月刊》，一九四一年）

第六讲 诗多义举例

给青少年的人文素养课

了解诗不是件容易事，俞平伯先生在《诗的神秘》[①]一文中说得很透彻的。他所举的"声音训诂""大义微言""名物典章"，果然都是难关；我们现在还想加上一项，就是"平仄黏应"，这在近体诗很重要而懂得的人似乎越来越少了。不过这些难关，全由于我们知识不足；大家努力的结果，知识在渐渐增多，难关也可渐渐减少——不过有些是永远不能渡过的，我们也知道。所谓努力，只是多读书，多思想。

就一首首的诗说，我们得多吟诵，细分析；有人想，一分析，诗便没有了，其实不然。单说一首诗"好"，是不够的，人家要问怎么个好法，便非先做分析的工夫不成。譬如《关雎》诗罢，你可以引《毛传》，说以雎鸠的"挚而有别"来比后妃之德，道理好。毛公原只是"章句之学"，并不想到好不好上去，可是他的方法是分析的，不管他的分析的结果切合原诗与否。又如金圣叹评杜甫《阁夜》诗[②]说前四句写"夜"，后四句写"阁"，"悲在夜"，"愤在阁"，不管说的怎么破碎，他的方法也是分析的。从毛公《诗传》出来的诗论，可称为比兴派；金圣叹式的诗论，起源于南宋时，可称为评点派。现在看，这两派似乎都将诗分析得没有了，然而一向他们很有势力，很能起信，比兴派尤然；就因为说得出个所以然，就因为分析的方法少不了。

语言作用有思想的、感情的两方面：如说"他病了"，直叙事实，别无涵义，照字面解就够，所谓"声音训诂"，属于前者。但如说"他病得九死一生"，"九死一生"便不能照字直解，只是"病得很重"的意思，却带着强力的情感，所谓"大义微言"，属于后者[③]。诗这一种特殊的语言，感情的作用多过思想的作用。单说思想的作用或称文义吧，诗体简短，拐弯儿说话，破句子，有的是，也就够捉摸的；加上情感的作用，比喻，典故，变幻不穷，更是绕手。

还只有凭自己知识力量，从分析下手。可不要死心眼儿，想着每字每句每篇只有一个正解；固然有许多诗是如此，但是有些却并不如此。不但诗，平常说话里双关的也尽有。我想起个有趣的例子。前年燕京大学抗日会在北平开过一爿金利书庄，是顾颉刚先生起的字号。他告诉我"金利"有四个意思：第一，不用说是财旺；第二，金属西，中国在日本西，是说中国利；第三，用《易经》"二人同心，其利断金"的话；第四，用《左传》"磨厉以须"的话，都指对付日本说。又譬如我本名"自华"，家里给我起个号叫"实秋"，一面是"春华秋实"的意思，一面也因算命的说我五行缺火，所以取个半边"火"的"秋"字。这都是多义。

回到诗，且先举个小例子。宋黄彻《碧溪诗话》里论"作诗有用事典故出处，有造语句法出处"，如杜甫《秋兴》诗之三"五陵衣马自轻肥"，虽出《论语》，总合其语，乃范云④"裘马悉轻肥"。《论语·雍也》篇"乘肥马，衣轻裘"，指公西赤的"富"而言；范云句见于《赠张徐州谡》诗，却指的张徐州的贵盛，与原义小异。杜甫似乎不但受他句法影响；他这首诗上句云，"同学少年多不贱"，原来他用"衣马轻肥"也是形容贵盛的。改"裘""马"为"衣""马"，却是他有意求变化。至于这两句诗的用意，看来是以同学少年的得意反衬出自己的迂拙来。仇兆鳌《杜诗详注》说，"曰'自轻肥'，见非己所关心"⑤。多义中有时原可分主从，仇兆鳌这一解照上下文看，该算是从意。至于前例，主意自然是"财旺"，因为谁见了那个字号，第一想到的总该是"财旺"。

多义也并非有义必收：搜寻不妨广，取舍却须严；不然，就容易犯我们历来解诗诸家"断章取义"的毛病。断章取义是不顾上下文，不顾全篇，只就一章、一句甚至一字推想开去，往往支离破碎，不可究诘。我们广求多义，却全以"切合"为准；必须亲切，必须贯通上下文或全篇的才算数。从前笺注家引书以初见为主，但也有一个典故引几种出处以资广证的。不过他们只举其事，不述其义；而所举既多简略，又未必切合，所以用处不大。去年暑假，读英国 Empson 的《多义七式》

给青少年的人文素养课

（*Seven Types of Ambiguity*），觉着他的分析法很好，可以试用于中国旧诗。现在先选四首脍炙人口的诗作例子；至于分别程式，还得等待高明的人。

一、古诗一首

行行重行行，与君生别离。相去万余里，各在天一涯。道路阻且长，会面安可知。胡马依北风，越鸟巢南枝。相去日已远，衣带日已缓。浮云蔽白日，游子不顾反。思君令人老，岁月忽已晚。弃捐勿复道，努力加餐饭。

胡马依北风，越鸟巢南枝。

一、《文选》李善注引《韩诗外传》曰："诗曰'代马依北风，飞鸟栖故巢'，皆不忘本之谓也。"

二、徐中舒《古诗十九首考》[⑥]："《盐铁论·未通》篇：'故代马依北风，飞鸟翔故巢，莫不哀其生。'"

三、又，"《吴越春秋》：'胡马依北风而立，越燕望海日而熙，同类相亲之意也。'"

四、张庚《古诗十九首解》："一以紧承上'各在天一涯'，言北者自北，南者自南，永无相见之期。"

五、又，"二以依北者北，巢南者南，凡物各有所托，遥伏下思君云云，见己之身心，惟君子是托也。"

六、又，"三以依北者不思南，巢南者不思北，凡物皆恋故土，见游子当返，以起下'相去日已远'云云。"

照近年来的讨论，《古诗十九首》作于汉末之说比较可信些，那么便在《吴越春秋》之后了。前三义都可采取。比喻的好处就在弹性大；像这种典故，因经过多人引用，每人略加变化，更是涵义多。——但这个典故的涵义，当时已然饱和，所以后人用时得大大改样子：像陶渊明《归园田居》里的"羁鸟恋旧林，池鱼思故渊"，以"返自然"的意思为主，面目就不同。陶以后大概很少人用这种句法了——本诗中用这个典故，也有点新变化，便是属对工整。（六）的"恋故土"，原也是"不忘本"的一种表现。但下文所说，确定本诗是居者之辞，这一层以后还须讨论。（四）、（五）以胡马越鸟表分居南北之意。但照（一）、（二）、（三）看，这两件事原以比喻一个理；所以要用两件事，为的是分量重些，骈语的气势也好些，诸子中便常有这种句法。（四）、（五）两说，违背古来语例，不足取。

　　　　相去日已远，衣带日已缓。
　　一、《古乐府歌诗》[⑦]："……胡地多飙风，树木何修修。离家日趋远，衣带日趋缓。心思不能言，肠中车轮转。"
　　二、张《解》："'相去日已远'以下言久也。……'远'字若作'远近'之'远'，与上文'相去万余里'复矣。惟相去久，故思亦久，以致衣带缓。带缓伏下'加餐'。"

《古乐府歌诗》不知在本诗前后；若在前，"离家"二句也许是"相去"二句所从出。那么从"胡地"句一直看下去，本诗是行者之辞了。但因下文"思君令人老"二句，又觉得不必然，详后。"相去"句若从"离家"句出来，"远"字自然该指"远近"；可是张解也颇切合，"远"字也许是双关，与下文"岁月忽已晚"句呼应。不过主意还该是"远近"罢了。至于与"相去万余里"重复，却毫不足为病。复沓原是古诗技巧之一；而此处更端另起，在文义和句法上复沓一下，也可以与上文扣得紧些。"带缓伏下'加餐'"，容后再论。

　　　　浮云蔽白日，游子不顾反。
　　一、《文选》李善注："浮云之蔽白日，以喻邪佞之毁忠良，故游子之行，不顾反也。《古杨柳行》曰：'谗邪害公正，浮云蔽白日。'义与此同也。"
　　二、刘履《选诗补注》："游子所以不复顾念还返者，第以阴邪之臣上蔽于君，使贤路不通，犹浮云之蔽白日也。"
　　三、朱筠河《古诗十九首说》（徐昆笔述）："浮云二句，忠厚之极。'不顾返'者，本是游子薄倖，不肯直言，却托诸浮云蔽日。言我思子而不思归，定有谗人间之，不然，胡不返耶？"

四、张解："此臣不得于君而寓言于远别离也。……白日比游子，浮云比谗间之人。……见游子之心本如白日，其不思返者，为谗人间之耳。"

四说都以"浮云蔽日"为比喻，所据的是《古杨柳行》，今已佚。而（一）、（二）以本诗为行者（逐臣）之辞，（三）、（四）却以为居者弃妻之辞。浮云蔽日是比而不是赋，大约可以相信。与古诗时代相去不久的阮籍《咏怀》诗中有云："单帷蔽皎日，高树隔微声，谗邪使交疏，浮云令昼暝。"徐中舒先生《古诗考》里说也是用的《古杨柳行》的意思，可见《古杨柳行》不是一首生僻的乐府，本诗引用其语，是可能的。固然，我们还没有确证，说这首乐府的时代比本诗早；不过就句意说，乐府显而本诗晦，自然以晦出于显为合理些。解为逐臣之辞，在本诗也可贯通；但古诗别首似乎就没有用"比兴"的，因此此解还不一定切合。——《涉江采芙蓉》一首全用《楚辞》⑧，也许有点逐臣的意思，但那是有意檃括，又当别论。解为弃妻之辞，因"思君令人老"一句的关系，可得《冉冉孤生竹》一首作旁证，又"游子"句与《青青河畔草》的"荡子行不归"相仿佛，也可参考，似乎理长些。那么，"浮云蔽日"所比喻的，也将因全诗解法不同而异。

> 思君令人老，岁月忽已晚。

一、《古诗》之八《冉冉孤生竹》有云："思君令人老，轩车来何迟。……君亮执高节，贱妾亦何为。"张解："身固未尝老，思君致然，即《诗》所谓'维忧用老'也。"

二、朱说："思君令人老'，又不止于衣带缓矣。'岁月忽已晚'，老期将至，可堪多少别离耶！"

三、张解："思君二句承衣带缓来；己之憔悴，有似于
老，而实非衰残，只因思君使然。然屈指从前岁月，亦不可
不云晚矣。"

《冉冉孤生竹》明是弃妇之辞，其中"思君令人老"一句，可以与本诗
参证。"维忧用老"是《小雅·小弁》诗语。《小弁》诗的意思还不能确
说，朱熹以为是周幽王太子宜臼被逐而作；那么与本诗"逐臣"一解，
便有关联之处。但《冉冉孤生竹》里"思君"一句，虽用此语直接或间
接，却只是断章取义；本诗用它或许也是这样。想以此证本诗为逐臣之
辞，是不够的。"岁月晚"，（二）、（三）都解为久，与上文"相去日已
远""思君令人老"呼应，原也切合；但主意怕还近于《东城高且长》
中"岁暮一何速"一句。杜甫《送远》诗有"草木岁月晚"语，仇兆鳌
注正引本诗，可供旁参。

　　弃捐勿复道，努力加餐饭。
　　一、朱说："日月易迈，而甘心别离，是君之弃捐我也。
'勿复道'是决词，是狠语……下却转一语曰：'努力加餐
饭'，恩爱之至，有加无已，真得三百篇遗意。"
　　二、张解："弃捐二句……言相思无益，徒令人老，曷
若弃捐勿道，且'努力加餐'，庶几留得颜色，以冀他日会面
也。"

俞平伯先生以陆士衡拟作中"去去遗情累"，及他诗中类似的句子证明
弃捐句当从张解。这是主动、被动的分别，是个文法习惯问题。至于
"努力加餐饭"，张以为就是那衣带缓的弃妇张以为比喻逐臣，却不是的。
蔡邕（？）《饮马长城窟行》末云："长跪读素书，书中竟何如？上有
'加餐食'，下有'长相忆'。"可见"加餐食"是勉人的话，——直到现
在，我们写信偶然还用。《史记·外戚世家》："〔卫〕子夫上车，平阳
主拊其背曰：'行矣，强饭，勉之；即贵毋相忘。'""强饭"与"加餐食"
同意。——解作自叙，是不切合的。

二、陶渊明《饮酒》一首

结庐在人境，而无车马喧。问君何能尔，心远地自偏。采菊东篱下，悠然见南山。山气日夕佳，飞鸟相与还。此中有真意，欲辩已忘言。

结庐在人境，而无车马喧。问君何能尔，心远地自偏。

王康琚《反招隐》诗云："小隐隐陵薮，大隐隐朝市；伯夷窜首阳，老聃伏柱史。"渊明之隐，在此二者之外另成一新境界。但《庄子·让王》："中山公子牟谓瞻子曰：'身在江海之上，心居乎魏阙之下，奈何！'"渊明或许反用其意，也未可知。后来谢灵运《斋中读书》诗云："昔余游京华，未尝废丘壑。矧乃归山川，心迹双寂寞。"迹寄京华，心存丘壑，反用《庄子》语意，可为旁证。但陶咏的是境因心远而不喧，与谢的迹喧心寂还相差一间。

采菊东篱下。

〔明〕张鹏《渊明醉归图》

此画绘一醉眼蒙眬、微带笑意的老人，在侍童搀扶下，缓步前行。为表明老者身份，依照传统的表现手法，让侍者手执一株黄菊，以示其为"采菊东篱下"的陶渊明。

吴淇《选诗定论》说："采菊二句，俱偶尔之兴味。东篱有菊，偶尔采之，非必供下文佐饮之需。"这大概是古今之通解。渊明为什么爱菊呢？让他自己说："芳菊开林耀，青松冠岩列；怀此贞秀姿，卓为霜下杰。"《和郭主簿》之二我们看钟会的《菊赋》："故夫菊有五美焉：……冒霜吐颖，象劲直也。……"可见渊明是有所本的。但钟会还有"流中轻体，神仙食也"一句，菊花是可以吃的。渊明自己便吃，《饮酒》之七云："秋菊有佳色，裛露掇其英；泛此忘忧物，远我遗世情。"可见是一面赏玩，一面也便放在酒里喝下去。这也有来历，"泛流英于青（？）醴，似浮萍之随波。"见于潘尼《秋菊赋》。喝菊花酒也许还有一定的日子。渊明《九日闲居》诗序："秋菊盈园而持醪靡由，空服九华。"诗里也说："酒能祛百虑，菊解制颓龄。……尘爵耻虚罍，寒花徒自荣。"似乎只吃花而没喝酒，很是一桩缺憾。这个风俗也早有了。魏文帝《九日与钟繇书》里说："至于芳菊，纷然独荣。非夫含乾坤之纯和，体芬芳之淑气，孰能如此。故屈平悲冉冉之将老，思'餐秋菊之落英'。辅体延年，莫斯之贵。谨奉一束，以助彭祖之术。"再早的崔寔《四民月令·九月》也记着"九日可采菊花"的话。照这些情形看，本诗的"采菊"，也许就在九日，也许是"供佐饮之需"；这种看法，在今人眼里虽然有些杀风景，但是很可能的。九日喝菊花酒，在古人或许也是件雅事呢。

给青少年的人文素养课

此中有真意，欲辩已忘言。

一、《文选》李善注："《楚辞》曰：'狐死必首丘，夫人孰能反其真情？'王逸注曰：'真，本心也。'"

二、又：《庄子》曰：'言者，所以在意也，得意而忘言。'"

三、古直《陶靖节诗笺》："《庄子·齐物论》：'辩也者，有不辩也。''大辩不言。'"

渊明《始作镇军参军经曲阿作》云："目倦川涂异，心念山泽居。望云惭高鸟，临水愧游鱼。真想初在襟，谁谓形迹拘。聊且凭化迁，终返班生庐。""真意"就是"真想";而"真"固是"本心",也是"自然"。《庄子·渔父》:"礼者,世俗之所为也。真者,所以受于天也,自然不可易也。故圣人法天贵真,不拘于俗。愚者反此,不能法天而恤于人,不知贵真,禄禄而受变于俗,故不足。"渊明所谓"真",当不外乎此。

三、杜甫《秋兴》一首

昆明池水汉时功,武帝旌旗在眼中。织女机丝虚夜月,石鲸鳞甲动秋风。波漂菰米沉云黑,露冷莲房坠粉红。关塞极天唯鸟道,江湖满地一渔翁。

秋兴

一、钱谦益笺注:"殷仲文[《南州桓公九井作》]诗云:'独有清秋日,能使高兴尽。'"

二、又:"潘岳《秋兴赋》序云:'于时秋也,遂以名篇。'"

三、仇兆鳌注:"黄鹤、单复俱编在[代宗]大历元年……[时]在夔州。"

(一)、(二)都只说明诗题的来历,杜所取的当只是"利兴"的文义而已。

昆明池水汉时功,武帝旌旗在眼中。

一、钱笺:"《西京杂记》:'昆明池中有戈船楼船各数百艘。楼船上建楼橹,戈船上建戈矛,四角悉垂幡旄,旍葆麾盖,照灼涯涘。余少时犹忆见之。'"

二、钱笺:"旧笺谓借汉武以喻玄宗,指[《兵车行》]'武皇开边'为证。玄宗虽兴兵南诏,未尝如武帝穿昆明以习战,安得有'旌旗在眼'之语? ……今谓'昆明'一章紧承上章'秦中自古帝王州'一句而申言之。""汉朝形胜莫壮于昆明,故追隆古则特举'昆明',曰'汉时',曰'武帝',正克指

'自古帝王'也。此章盖感叹遗迹，企想其妍丽，而自伤远不得见。"

　　三、仇注："此云'旌旗在眼'，是借汉言唐。若远谈汉事，岂可云'在眼中'乎？公《寄岳州贾司马》诗：'无复云台仗，虚修水战船。'则知明皇曾置船于此矣。"

玄宗既无修水战船之事，《寄岳州贾司马》诗"虚修"一语，只是"未修"之意。仇以此注本诗，却又以本诗注《寄贾司马》诗，明是丐词。《兵车行》"武皇开边"一语，上下文都咏时事，确是借喻，与本诗不同。钱义自长，但说本诗紧承上章，却未免太看重连章体了。中国诗连章体，除近人所作外，就没有真正意脉贯通的；解者往往以己意穿凿，与"断章取义"同为论诗之病。其实若只用"秦中"句做本诗注脚，倒是颇切合的。又仇论"在眼中"一语，也太死，不合实际情形。

　　　　织女机丝虚夜月，石鲸鳞甲动秋风。
　　一、钱笺："《汉宫阙疏》：'昆明池有二石人牵牛织女象。'《西京杂记》：'昆明池刻玉石为鱼，每至雷雨，鱼常鸣吼，鳍尾皆动。'"

　　二、杨慎《升庵诗话》："隋任希古《昆明池应制诗》曰：'回眺牵牛渚，激赏镂鲸川。'便见太平宴乐气象。今一变云：'织女……秋风'，读之则荒烟野草之悲见于言外矣。"

　　三、钱笺："[扬] 亦强作解事耳。叙昆明之胜者，莫如孟坚《西都赋》、平子《西京赋》。一则曰：'集乎豫章之馆，临乎昆明之池，左牵牛而右织女，若云汉之无涯。'一则曰：'豫章珍馆，揭焉中峙，牵牛立其左，织女处其右，日月于是乎出入，象扶桑与濛汜。'此用修慎所夸盛世之文也。余谓班、张以汉人叙汉事，铺陈名胜，故有云汉日月之言，公以唐人叙汉事，摩挲陈迹，故有机丝夜月之词，此立言之体也。何谓彼颂繁华而此伤丧乱乎。"

　　四、仇注："织女二句记池景之壮丽。"

"丧乱"指长安经安史之乱而言。钱说引了班、张赋语，杜的"摩挲陈迹"，才确实觉得有意义。但"夜月""秋风"等固然是实写秋意，确也令人有"荒烟野草之悲"。专取钱说，不顾杜甫作诗之时，未免有所失；不如以秋意为主，而以钱、杨二义从之。至于仇说的"壮丽"，却毫无本句及上下文的根据。

波漂菰米沉云黑，露冷莲房坠粉红。

一、钱笺："《西京赋》：'昆明灵沼，黑水玄阯。'[李]善曰：'水色黑，故曰玄阯也。'"

二、仇注："鲍照[《苦雨》]诗：'沉云日夕昏。'"

三、仇注："王褒[《送刘中书葬》]诗：'塞近边云黑。'"

四、钱笺："赵[次公]注曰：'言菰米之多，黯黯如云之黑也。'"

五、钱笺："昌黎《曲江荷花行》云：'问言何处芙蓉多，撑舟昆明渡云锦。'注云：'昆明池周回四十里，芙蓉之盛，如云锦也。'"

六、《升庵诗话》："《西京杂记》云：'太液池中有雕菰，紫箨绿节，凫雏雁子，唼喋其间。'《三辅黄图》云：'宫人泛舟采莲，为巴

〔明〕周臣《柴门送客图》

该画以杜甫《南邻》诗中"相送柴门月色新"句意入画，表现了杜甫和锦里先生真挚的友情。

人棹歌'，便见人物游嬉，宫沼富贵。今一变云，'波漂……粉红'，读之则菰米不收而任其沉，莲房不采而任其坠，兵戈乱离之状具见矣。"

七、钱笺："菰米莲房，补班、张铺叙所未见。'沉云''坠粉'，描画素秋景物，居然金碧粉本。昆池水黑……菰米沉沉，象池水之玄黑，极言其繁殖也。用修言……不已倍乎！"

八、仇注："菰米莲房，逢秋零落，故以兴己之漂流衰谢耳。"

钱解上句，合李、赵为一，正是所谓多义，但赵义自是主；鲍、王诗也当参味。杨引《西京杂记》《三辅黄图》语，全与昆明无涉，所说"一变"，自不足信。但"漂""沉""黑""露冷""坠粉红"等状，虽不见"兵戈乱离"，却也够荒凉寂寞的。这自然也是以写秋意为主，但与《哀江头》里的"细柳新蒲为谁绿"，有仿佛的味道。仇说"菰米莲房，逢秋零落"，诗中只说莲房零落，菰米却盛。他又说杜"以兴己之漂流衰谢"，照上下文看，诗还只说到长安，隔着夔州还"关塞极天"，如何能"兴"到他自己身上去！

关塞极天唯鸟道，江湖满地一渔翁。

一、《史记·货殖列传》："范蠡……乃乘扁舟，浮于江湖。"

二、陶渊明《与殷晋安别》诗："江湖多贱贫。"

三、仇注："陈泽州注：'江'即'江间破浪'见《秋兴》第一首，带言'湖'者，地势接近，将赴荆南也。"

四、浦起龙《读杜心解》："'江湖满地'，犹言漂流处处也。"

五、仇注："傅玄[《墙上难为趋行》]诗：'渭滨渔钓翁，乃为周所咨'。"

六、钱笺："二句正写所思之况：'关塞极天'，岂非风烟万里见原第六首，'满地一渔翁'，即信宿泛泛之渔人见原第三首耳，上下俯仰，亦'在眼中'。谓公自指'一渔翁'则陋。"

七、仇注："陈泽州注：'公诗"天入沧浪一钓舟"、"独把钓竿终远去"，皆以渔翁自比。'"

八、仇注："身阻鸟道而迹比渔翁，以见还京无期，不复睹王居之盛也。"

九、杨伦《杜诗镜铨》："'极天''满地'，乃俯仰兴怀之意。"

陈解"江湖"太破碎，当兼用陶诗《史记》义；但他证明"渔翁"乃甫自指，却切实可信。钱说"渔翁"就是原第三首的"渔人"，空泛无据。傅玄诗意，或者带一点儿。钱、仇读下句，似乎都在"湖"字一顿，与上句上四下三不同；但这一联还在对偶，照浦《解》"满地"属上读更自然。"满地"即满处走之意，属上属下原都成，也是个文法问题；但属上读，声调整齐些，属下读，声调有变化些。杨伦语也不切，但"俯仰兴怀"关合天地却好。至于仇说"不复睹王居之盛"，和钱说"感叹遗迹，企想其妍丽，而自伤远不得见"，倒是大致相同；不过照上面所讨论，我想说，"不复睹王居"，"感叹遗迹，而自伤远不得见"，怕要切合些；而这两层也得合在一起说才好。

166

四、黄鲁直《登快阁》一首

痴儿了却公家事，快阁东西倚晚晴。落木千山天远大，澄江一道月分明。朱弦已为佳人绝，青眼聊因美酒横。万里归船弄长笛，此心吾与白鸥盟。

快阁

一、史容《山谷外集注》："快阁在太和。"

二、高步瀛《唐宋诗举要》："清《一统志》：'江西吉安府：快阁在太和县治东澄江之上，以江山广远，景物清华，故名。'"

三、《年谱》列此诗于神宗元丰六年西元一〇八三下，时鲁直知吉州太和县。

　　痴儿了却公家事，快阁东西倚晚晴。

《晋书·傅咸传》："〔杨〕骏弟济素与咸善，与咸书曰：'江海之流混混，故能成其深广也。天下大器，非可稍了，而相观每事欲了。生子痴，了官事，官事未易了也；了事正作痴，复为快耳。'"这是劝咸"官事"不必察察为明，麻糊点办得了，装点儿傻自己也痛快的。这两句单从文义上看，只是说麻麻糊糊办完了公事，上快阁看晚晴去。但鲁直用"生子痴，了官事"一典，却有四个意思：一是自嘲，自己本不能了公事；二是自许，也想大量些，学那江海之流，成其深广，不愿沾滞在了公事上；三是自放，不愿了公事，想回家与"白鸥"同处；四是自快，了公事而登快阁，更觉出"阁"之为"快"了。

　　落木千山天远大，澄江一道月分明。
　　一、杜甫《登高》诗："无边落木萧萧下"。
　　二、李白《金陵城西楼月下吟》："金陵夜寂凉风发，独上高楼望吴越。……月下沉吟久不归，古今相接眼中稀。解道'澄江净如练'，令人长忆谢玄晖。"
　　三、周季凤《山谷先生别传》："木落江澄，本根独在，有颜子克复之功。"

"澄江"变为江名，怕是后来的事。不引谢朓而引李白，一则因李咏月下景，与下句合，二则"古今"句咏知音难得，就是下文"朱弦"一联之主意，鲁直大概也是"独上"，与李不无同感。知道李白这首诗，本联与下一联之间才有脉络可寻，不然，前后两截，就觉着松懈些。周说是从这两句也可以见出鲁直胸襟远大，分明有仁者气象，诗有时确是可以观人的；不过一定说"有颜子克复之功"，便不免理学套语。

给青少年的人文素养课

朱弦已为佳人绝，青眼聊因美酒横。

一、《礼记·乐记》："清庙之瑟，朱弦而疏越瑟底孔，一唱而三叹，有遗音者矣。"

二、《吕氏春秋·本味》篇："伯牙鼓琴，钟子期听之。方鼓琴而志在太山，钟子期曰：'善哉乎鼓琴，巍巍乎若太山。'少选之间而志在流水，钟子期又曰：'善哉乎鼓琴，汤汤乎若流水。'钟子期死，伯牙破琴绝弦，终身不复鼓琴，以为世无足复为鼓琴者。"

三、史注："用钟期、伯牙事，不知谓谁。"

四、汉武帝《秋风辞》："怀佳人兮不能忘。"《文选》六臣注："佳人，谓群臣也。"

五、赵彦博《今体诗钞注略》："按公《怀李德素》诗：'古来绝朱弦，盖为知音者。'"

六、纪昀《瀛奎律髓刊误》："此佳人乃指知音之人，非妇人也。"

七、《唐宋诗举要》："《晋书·阮籍传》曰：'籍又能为青白眼。嵇喜来吊，籍作白眼，喜不怿而退。喜弟康闻之，乃赍酒挟琴造焉。籍大悦，乃见青眼。'"

上句用子期、伯牙故事，自然是主意；但"朱弦"影带"一唱三叹有遗音"之意，兼示伯牙琴音之妙，关合这故事的前一半。史说"不知谓谁"，是以为"佳人"实有所指；而这个人或已死，或远离，都可能的。但鲁直也许断章取义，只用"世无足复为鼓琴者"一语，以示钟子期已往，世无知音；所谓"佳人"，便指的钟子期自己。这么着，他似乎是说，琴弦已为钟子期而绝，今世那里会有知音呢？青眼的故事与琴和酒都有关合处；鲁直也许是说嵇康的《广陵散》已绝[9]，世无可加"青眼"之人，"青眼"只好加到美酒上罢了。这两句也许是登临时遐想，也许还带着记事，就是"且喝酒"之意。

万里归船弄长笛，此心吾与白鸥盟。

一、马融《长笛赋》："可以……写神喻意……涤盥污秽，澡雪垢滓矣。"

二、伏滔《长笛赋》："……近可以写情畅神……穷足以
怡志保身。"

三、《列子·黄帝》篇："海上之人有好鸥鸟者，每旦之
海上，从鸥鸟游。鸥鸟之至者，百住音数而不止，其父曰：
'吾闻鸥鸟皆从汝游，汝取来吾玩之。'明日之海上，鸥鸟舞
而不下也。故曰，至言去言，至为无为；齐智之所知，则
浅矣。"

四、夏竦《题睢阳》诗："忘机不管人知否，自有沙鸥信
此心。"

鲁直是洪州分宁县人，去太和甚近，而说"万里归船"，不免肤廓；此
当是杜甫影响，因为甫喜欢用"百年""万里"等大字眼，但他用得合
式。两句以思归隐结，本是熟套。"弄长笛"似乎节取马、伏两赋义，
与归船相连，却算新意思；"白鸥盟"之"盟"，也似乎未经人道。"此
心"即"心"，"此"字别无涵义；心与鸥盟，即慕"无为"，思"忘机"，
轻"齐智"庸俗之人，鄙官事之意，与全篇都有照应。

---

① 《杂拌儿之二》。

② 《唱经堂杜诗解》。

③ 参看李安宅编《意义学》中论"意义之意义"一节。

④ 原作"潘岳"，误。

⑤ 钱谦益《笺注》："旋观'同学少年''五陵衣马'，亦'渔人''燕子'（均
见原诗）之俦侣耳，故以'自轻肥'薄之。"

⑥ 《国立中山大学语言历史研究所周刊》六十五期。

⑦ 《太平御览》卷二十五。

⑧ 此俞平伯先生说。

⑨ 《晋书·嵇康传》："康将刑东市……顾视日影，索琴弹之，曰：'昔袁
孝尼尝从吾学《广陵散》，吾每靳固之；《广陵散》于今绝矣。'"

第七讲　宫体诗的自赎

　　宫体诗就是宫廷的，或以宫廷为中心的艳情诗，它是个有历史性的名词，所以严格的讲，宫体诗又当指以梁简文帝为太子时的东宫及陈后主、隋炀帝、唐太宗等几个宫廷为中心的艳情诗。我们该记得从梁简文帝当太子到唐太宗宴驾中间一段时期，正是谢朓已死，陈子昂未生之间一段时期。这其间没有出过一个第一流的诗人。那是一个以声律的发明与批评的勃兴为人所推重，但论到诗的本身，则为人所诟病的时期。没有第一流诗人，甚至没有任何诗人，不是一桩罪过。那只是一个消极的缺憾。但这时期却犯了一桩积极的罪。它不是一个空白，而是一个污点，就因为他们制造了些有如下面这样的宫体诗。

　　　　长筵广未同，上客娇难逼，还杯了不顾，回身正颜色。
高爽《咏酌酒人》

　　　　众中俱不笑，座上莫相撩。邓鉴《奉和夜听妓声》

这里所反映的上客们的态度，便代表他们那整个宫廷内外的气氛。人人眼角里是淫荡：

　　　　上客徒留目，不见正横陈。鲍泉《敬酬刘长史咏名士悦倾城》

人人心中怀着鬼胎：

　　　　春风别有意，密处也寻香。李义府《堂词》

对姬妾娼妓如此，对自己的结发妻亦然刘孝威《郡县寓见人织率尔赠妇》便是一例。于是发妻也就成了倡家。徐悱写得出《对房前桃树咏佳期赠内》那样一首诗，他的夫人刘令娴为什么不可以写一首《光宅寺》来赛过他？索性大家都揭开了，

> 知君亦荡子，贱妾自倡家。吴均《鼓瑟曲·有所思》

因为也许她明白她自己的秘诀是什么。

> 自知心所爱，出入仕秦宫，谁言连屈尹，更是莫遨通？
> 简文帝《艳歌篇》十八韵

简文帝对此并不诧异，说不定这对他，正是件称心的消息。堕落是没有止境的。从一种变态到另一种变态往往是个极短的距离，所以现在像简文帝《娈童》，吴均《咏少年》，刘孝绰《咏小儿采莲》，刘遵《繁华应令》，以及陆厥《中山王孺子妾歌》一类作品，也不足令人惊奇了。变态的又一类型是以物代人为求满足的对象。于是绣领、袍腹、履、枕、席、卧具……全有了生命，而成为被沾污者。推而广之，以至灯烛、玉阶、梁尘，也莫不踊跃的助他们集中意念到那个荒唐的焦点，不用说，有机生物如花草莺蝶等更都是可人的同情者。

> 罗荐已擘鸳鸯被，绮衣复有葡萄带，残红艳粉映帘中，
> 戏蝶流莺聚窗外。上官仪《八咏应制》

看看以上的情形，我们真要疑心，那是作诗，还是在一种伪装下的无耻中求满足。在那种情形之下，你怎能希望有好诗！所以常常是那套褪色的陈词滥调，诗的本身并不能比题目给人以更深的印象。实在有时他们真不像是在作诗，而只是制题。这都是惨淡经营的结果：《咏人聘妾仍逐琴心》伏知道，《为寒床妇赠夫》王胄。特别是后一例，尽有"闺

情""秋思""寄远"一类的题面可用，然而作者偏要标出这样五个字来，不知是何居心。如果初期作者常用的"古意""拟古"一类暧昧的题面，是一种遮羞的手法，那么现在这些人是根本没有羞耻了！这由意识到文词，由文词到标题，逐步的鲜明化，是否可算作一种文字的裸裎狂，我不知道，反正赞叹事实的"诗"变成了标明事类的"题"之附庸，这趋势去《游仙窟》一流作品，以记事文为主，以诗副之的形式，已很近了。形式很近，内容又何尝远？《游仙窟》正是宫体诗必然的下场。

我还得补充一下宫体诗在它那中途丢掉的一个自新的机会。这专以在昏淫的沉迷中作践文字为务的宫体诗，本是衰老的、贫血的南朝宫廷生活的产物，只有北方那些新兴民族的热与力才能拯救它。因此我们不能不庆幸庾信等之入周与被留，因为只有这样，宫体诗才能更稳固的移植在北方，而得到它所需要的营养。果然被留后的庾信的《乌夜啼》《春别诗》等篇，比从前在老家作的同类作品，气色强多了。移植后的第二三代本应不成问题。谁知那些北人骨子里和南人一样，也是脆弱的，禁不起南方那美丽的毒素的引诱，他们马上又屈服了。除薛道衡《昔昔盐》《人日思归》，隋炀帝《春江花月夜》三两首诗外，他们没有表现过一点抵抗力。炀帝晚年可算热忱的效忠于南方文化了，文艺的唐太宗，出人意料之外，比炀帝还要热忱。于是庾信的北渡完全白费了。宫体诗在唐初，依然是简文帝时那没筋骨、没心肝的宫体诗。不同的只是现在词藻来得更细致，声调更流利，整个的外表显得更乖巧，更酥软罢了。说唐初宫体诗的内容和简文帝时完全一样，也不对。因为除了搬出那僵尸"横陈"二字外，他们在诗里也并没有讲出什么。这又教人疑心这辈子人已失去了积极犯罪的心情。恐怕只是词藻和声调的试验给他们羁縻着一点作这种诗的兴趣词藻声调与宫体有着先天与历史的联系。宫体诗在当时可说是一种不自主的、虚伪的存在。原来从虞世南到上官仪是连堕落的诚意都没有了。此真所谓"萎靡不振"！

但是堕落毕竟到了尽头，转机也来了。

在窒息的阴霾中，四面是细弱的虫吟，虚空而疲倦，忽然一声霹雳，接着的是狂风暴雨！虫吟听不见了，这样便是卢照邻《长安古意》的出现。这首诗在当时的成功不是偶然的。放开了粗豪而圆润的嗓子，他这样开始：

> 长安大道连狭斜，青牛白马七香车，玉辇纵横过主第，
> 金鞭络绎向侯家！龙衔宝盖承朝日，凤吐流苏带晚霞，百丈
> 游丝争绕树，一群娇鸟共啼花。……

这生龙活虎般腾踔的节奏，首先已够教人们如大梦初醒而心花怒
放了。然后如云的车骑，载着长安中各色人物 panorama 式的一幕幕出
现，通过"五剧三条"的"弱柳青槐"来"共宿娼家桃李蹊"。诚然这
不是一场美丽的热闹。但这癫狂中有战栗，堕落中有灵性。

> 得成比目何辞死，愿作鸳鸯不羡仙。

比起以前那光是病态的无耻——

> 相看气息望君怜，谁能含羞不肯前！简文帝《乌楼曲》

如今这是什么气魄！对于时人那虚弱的感情，这真有起死回生的力量。
最后，

> 节物风光不相待，桑田碧海须臾改，昔时金阶白玉堂，
> 即今唯见青松在！

似有"劝百讽一"之嫌。对了，讽刺，宫体诗中讲讽刺，多么生疏的一
个消息！我几乎要问《长安古意》究竟能否算宫体诗。从前我们所知道
的宫体诗，自萧氏君臣以下都是作者自身下流意识的口供，那些作者只
在诗里。这回卢照邻却是在诗里，又在诗外，因此他能让人人以一个清
醒的旁观的自我，来给另一自我一声警告。这两种态度相差多远！

> 寂寂寥寥扬子居，年年岁岁一床书，独有南山桂花发，
> 飞来飞去袭人裾。

173

给青少年的人文素养课

这篇末四句有点突兀，在诗的结构上既嫌蛇足，而且这样说话，也不免暴露了自己态度的褊狭，因而在本篇里似乎有些反作用之嫌。可是对于人性的清醒方面，这四句究不失为一个保障与安慰。一点点艺术的失败，并不妨碍《长安古意》在思想上的成功。他是宫体诗中一个破天荒的大转变。一手挽住衰老了的颓废，教给他如何回到健全的欲望，一手又指给他欲望的幻灭。这诗中善与恶都是积极的，所以二者似相反而相成。我敢说《长安古意》的恶的方面比善的方面还有用。不要问卢照邻如何成功，只看庾信是如何失败的。欲望本身不是什么坏东西。如果它走入了歧途，只有疏导一法可以挽救，壅塞是无效的。庾信对于宫体诗的态度，是一味的矫正，他仿佛是要以非宫体代宫体。反之，卢照邻只要以更有力的宫体诗救宫体诗，他所争的是有力没有力，不是宫体不宫体。甚至你说他的方法是以毒攻毒也行，反正他是胜利了。有效的方法不就是对的方法吗？

矛盾就是人性，诗人作诗本不必对自己的行为负责。原来《长安古意》的"年年岁岁一床书"，只是一句诗而已。即令作诗时事实如此，大概不久以后，情形就完全变了，骆宾王的《艳情代郭氏答卢照邻》便是铁证。故事是这样的：照邻在蜀中有一个情妇郭氏，正当她有孕时，照邻因事要回洛阳去，临行相约不久回来正式成婚。谁知他一去两

〔明〕吴伟《灞桥风雪图》

灞桥，亦称霸桥，唐人送别者多于此折柳相赠，有"灞桥折柳"典故，又有"诗思在灞桥风雪中驴子上"之说，故画家亦常以"灞桥风雪"为画题。

年不返，而且在三川有了新人。这时她望他的音信既望不到，孩子也丢了。"悲鸣五里无人问，肠断三声谁为续！"除了骆宾王给寄首诗去替她申一回冤，这悲剧又能有什么更适合的收场呢？一个生成哀艳的传奇故事，可惜骆宾王没赶上蒋防、李公佐的时代。我的意思是：故事最适宜于小说，而作者手头却只有一个诗的形式可供采用。这试验也未尝不可作，然而他偏偏又忘记了《孔雀东南飞》的典型。凭一枝作判词的笔锋这是他的当行，他只草就了一封韵语的书札而已。然而是试验，就值得钦佩。骆宾王的失败，不比李百药的成功有价值吗？他至少也替《秦妇吟》垫过路。

这以"一抔之土未干，六尺之孤何托"，教历史上第一位英威的女性破胆的文士，天生一副侠骨，专喜欢管闲事，打抱不平、杀人报仇、革命、帮痴心女子打负心汉，都是他干的。《代女道士王灵妃赠道士李荣》里没讲出具体的故事来，但我们猜得到一半，还不是卢郭公案那一类的纠葛？李荣是个有才名的道士见《旧唐书·儒学·罗道琮传》，卢照邻也有过诗给他。故事还是发生在蜀中，李荣往长安去了，也是许久不回来，王灵妃急了，又该骆宾王给去信促驾了。不过这回的信却写得比较像首诗。其所以然，倒不在

> 梅花如雪柳如丝，年去年来不自持，初言别在寒偏在，何悟春来春更思。

一类响亮句子，而是那一气到底而又缠绵往复的旋律之中，有着欣欣向荣的情绪《代女道士王灵妃赠道士李荣》的成功，仅次于《长安古意》。

和卢照邻一样，骆宾王的成功，有不少成分是仗着他那篇幅的。上文所举过的二人的作品，都是宫体诗中的云冈造象，而宾王尤其好大成癖这可以他那以赋为诗的《帝京篇》《畴昔篇》为证。从五言四句的《自君之出矣》，扩充到卢骆二人洋洋洒洒的巨篇，这也是宫体诗的一个剧变。仅仅篇幅大，没有什么，要紧的是背面有厚积的力量撑持着。这力量，前人谓之"气势"，其实就是感情。有真实感情，所以卢骆的来到，能使人们麻痹了百余年的心灵复活。有感情，所以卢骆的作品，正如杜甫

给青少年的人文素养课

所预言的，"不废江河万古流"。

从来没有暴风雨能够持久的。果然持久了，我们也吃不消，所以我们要它适可而止。因为，它究竟只是一个手段，打破郁闷烦躁的手段；也只是一个过程，达到雨过天晴的过程。手段的作用是有时效的，过程的时间也不宜太长，所以在宫体诗的园地上，我们很侥幸的碰见了卢骆，可也很愿意能早点离开他们——为的是好和刘希夷会面。

> 古来容光人所美，况复今日遥相见？愿作轻罗著细腰，
> 愿为明镜分娇面。《公子行》

给青少年的人文素养课

这不是什么十分华贵的修词，在刘希夷也不算最高的造诣。但在宫体诗里，我们还没听见过这类的痴情话。我们也知道他的来源是《同声诗》和《闲情赋》。但我们要记得，这类越过齐梁，直向汉晋人借贷灵感，在将近百年以来的宫体诗里也很少人干过呢！

> 与君相向转相亲，与君双栖共一身，愿作贞松千岁古，谁
> 论芳槿一朝新！百年同谢西山日，千秋万古北邙尘。《公子行》

这连同它的前身——杨方《合欢》诗，也不过是常态的，健康的爱情中，极平凡，极自然的思念，谁知道在宫体诗中也成为了不得的稀世的珍宝。回返常态确乎是刘希夷的一个主要特质，孙翌编《正声集》时把刘希夷列在卷首，便已看出这一点来了。看他即便哀艳到如：

> 自怜妖艳姿，妆成独见时，愁心伴杨柳，春尽乱如丝。《春
> 女行》
> 携笼长叹息，逶迤恋春色，看花若有情，倚树疑无力。
> 薄暮思悠悠，使君南陌头，相逢不相识，归去梦青楼。《采桑》

也从没有不归于正的时候。感情返到正常状态是宫体诗的又一重大阶段。唯其如此，所以烦躁与紧张都消失了，只剩下一片晶莹的宁静。就

在此刻，恋人才变成诗人，憬悟到万象的和谐，与那一水一石一草一木的神秘的不可抵抗的美，而不禁受创似的哀叫出来：

可怜杨柳伤心树！可怜桃李断肠花！《公子行》

但正当他们叫着"伤心树""断肠花"时，他已从美的暂促性中认识了那玄学家所谓的"永恒"——一个最缥缈，又最实在，令人惊喜，又令人震怖的存在，在它面前一切都变渺小了，一切都没有了。自然认识了那无上的智慧，就在那彻悟的一刹那间，恋人也就是变成哲人了，

洛阳城东桃李花，飞来飞去落谁家？洛阳女儿好颜色，坐见落花长叹息——今年花落颜色改，明年花开复谁在！……古人无复洛城东，今人还对落花风，年年岁岁花相似，岁岁年年人不同。《代悲白头翁》

相传刘希夷吟到"今年花落……"二句时，吃一惊，吟到"年年岁岁……"二句，又吃一惊。后来诗被宋之问看到，硬要让给他，诗人不肯，就生生的被宋之问用土囊压死了。于是诗谶就算验了。编故事的人的意思，自然是说，刘希夷泄露了天机，论理该遭天谴。这是中国式的文艺批评，隽永而正确，我们在千载之下，不能，也不必改动它半点，不过我们可以用现代语替它诠释一遍，所谓泄露天机者，便是悟到宇宙意识之谓。从蜣螂转丸式的宫体诗一跃而到庄严的宇宙意识，这可太远了，太惊人了！这时的刘希夷实已跨近了张若虚半步，而离绝顶不远了。

如果刘希夷是卢骆的狂风暴雨后宁静爽朗的黄昏，张若虚便是风雨后更宁静更爽朗的月夜。《春江花月夜》本用不着介绍，但我们还是忍不住要谈谈。就宫体诗发展的观点看，这首诗，尤有大谈的必要。

春江潮水连海平，海上明月共潮生，滟滟随波千万里，何处春江无月明！江流宛转绕芳甸，月照花林皆似霰，空里流霜不觉飞，汀上白沙看不见。

给青少年的人文素养课

在这种诗面前，一切的赞叹是饶舌，几乎是亵渎。它超过了一切的宫体诗有多少路程的距离，读者们自己也知道。我认为用得着一点诠明的倒是下面这几句：

> ……江畔何人初见月？江月何年初照人？人生代代无穷
> 已，江月年年只相似，不知江月待何人？但见长江送流水！

更迥绝的宇宙意识！一个更深沉，更寥廓，更宁静的境界！在神奇的永恒前面，作者只有错愕，没有憧憬，没有悲伤。从前卢照邻指点出"昔时金阶白玉堂，即今唯见青松在"时，或另一个初唐诗人——寒山子更尖酸的吟着"未必长如此，芙蓉不耐寒"时，那都是站在本体旁边凌视现实。那态度我以为太冷酷，太傲慢，或者如果你愿意，也可以带点狐假虎威的神气。在相反的方向，刘希夷又一味凝视着"以有涯随无涯"的徒劳，而徒劳的为它哀毁着，那又未免太萎靡，太怯懦了。只张若虚这态度不亢不卑，冲融和易才是最纯正的，"有限"与"无限"，"有情"与"无情"——诗人与"永恒"猝然相遇，一见如故，于是谈开了——"江畔何人初见月？江月何年初照人？……江月年年只相似，不知江月待何人？"对每一问题，他得到的仿佛是一个更神秘的更渊默的微笑，他更迷惘了，然而也满足了。于是他又把自己的秘密倾吐给那缄默的对方：

> 白云一片去悠悠，青枫浦上不胜愁，

因为他想到她了，那"妆镜台"边的"离人"。他分明听见她的叹喟：

> 此时相望不相闻，愿逐月华流照君！

他说自己很懊悔，这飘荡的生涯究竟到几时为止！

> 昨夜闲潭梦落花，可怜春半不还家，江水流春去欲尽，
> 江潭落月复西斜！

他在怅惘中，忽然记起飘荡的许不只他一人，对此清景，大概旁人，也只得徒唤奈何罢？

斜月沉沉藏海雾，碣石潇湘无限路，不知乘月几人归，落月摇情满江树！

这里一番神秘而又亲切的，如梦境的晤谈，有的是强烈的宇宙意识，被宇宙意识升华过的纯洁的爱情，又由爱情辐射出来的同情心，这是诗中的诗，顶峰上的顶峰。从这边回头一望：连刘希夷都是过程了，不用说卢照邻和他的配角骆宾王，更是过程的过程。至于那一百年间梁陈隋唐四代宫廷所遗下的那份最黑暗的罪孽，有了《春江花月夜》这样一首宫体诗，不也就洗净了吗？向前替宫体诗赎清了百年的罪，因此，向后也就和另一个顶峰陈子昂分工合作，清除了盛唐的路，——张若虚的功绩是无从估计的。

卅年八月二十二日陈家营

原载《当代评论》第十期

给青少年的人文素养课

第八讲 《唐诗三百首》指导大概

有些人在生病的时候或烦恼的时候，拿过一本诗来翻读，偶尔也朗吟几首，便会觉得心上平静些，轻松些。这是一种消遣，但跟玩骨牌或纸牌等等不同，那些大概只是碰碰运气。跟读笔记一类书也不同，那些书可以给人新的知识和趣味，但不直接调平情感。读小说在这些时候大概只注意在故事上，直接调平情感的效用也不如诗。诗是抒情的，直接诉诸情感，又是节奏的，同时直接诉诸感觉，又是最经济的，语短而意长。具备这些条件，读了心上容易平静轻松，也是当然。自来说，诗可以陶冶性情，这句话不错。

〔明〕谢时臣《杜陵诗意图（之一）》

《杜陵诗意图》共八页，画杜甫诗意。此幅绘"华馆春风起，高城烟雾开"之景。

但是诗决不只是一种消遣，正如笔记一类书和小说等不是的一样。诗调平情感，也就是节制情感。诗里的喜怒哀乐跟实生活里的喜怒哀乐不同，这是经过"再团再炼再调和"的。诗人正在喜怒哀乐的时候，决想不到作诗。必得等到他的情感平静了，他才会吟味那平静了的情感想到作诗，于是乎运思造句，作成他的诗，这才可以供欣赏。要不然，大笑狂号只教人心紧，有什么可欣赏的呢？读诗所欣赏的便是诗里所表现的那些平静了的情感。假如是好诗，说的即使怎样可气可哀，我们还是不厌百回读的。在实生活里便不然，可气可哀的事我们大概不愿重提。这似乎是有私无私或有我无我的分别，诗里无我，实生活里有我。别的文学类型也都有这种情形，不过诗里更容易见出。读诗的人直接吟味那无我的情感，欣赏它的发而中节，自己也得到平静，而且也会渐渐知道节制自己的情感。一方面因为诗里的情感是无我的，欣赏起来得设身处地，替人着想。这也可以影响到性情上去。节制自己和替人着想这两种影响都可以说是人在模仿诗。诗可以陶冶性情，便是这个意思。所谓温柔敦厚的诗教，也只该是这个意思。

部定初中国文课程标准"目标"里有"养成欣赏文艺之兴趣"一项，略读教材里有"有注释之诗歌选本"一项。高中国文课程标准"目标"里又有"培养学生欣赏中国文学名著之能力"一项，关于略读教材也有"选读整部或选本之名著"的话。欣赏文艺，欣赏中国文学名著，都不能忽略读诗。读诗家专集不如读诗歌选本。读选本虽只能"尝鼎一脔"，却能将各家各派鸟瞰一番；这在中学生是最适宜的，也最需要的。有特殊的选本，有一般的选本。按着特殊的作派选的是前者，按着一般的品味选的是后者。中学生不用说该读后者。《唐诗三百首》正是一般的选本。这部诗选很著名，流行最广，从前是家弦户诵的书，现在也还是相当普遍的书。但这部选本并不成为古典；它跟《古文观止》一样，只是当年的童蒙书，等于现在的小学用书。不过在现在的教育制度下，这部书给高中学生读才合式。无论它从前的地位如何，现在它却是高中学生最合式的一部诗歌选本。唐代是诗的时代，许多大诗家都在这时代出现，各种诗体也都在这时代发展。这部书选在清代中叶，入选的差不多都是经过一千多年淘汰的名作，差不多都是历代公认的好诗。虽然以明白易解为主，并限定诗篇的数目，规模不免狭窄些，却因此成为道地的一般的选本，高中学生读这部书，靠着注释的帮忙，可以吟味欣赏，收到陶冶性情的益处。

本书是清乾隆间一位别号蘅塘退士的人编选的。卷首有《题辞》，末尾记着"时乾隆癸未年春日，蘅塘退士题"。乾隆癸未是公元一七六三年，到现在快一百八十年了。有一种刻本"题"字下押了一方印章，是"孙洙"两字，也许是选者的姓名。孙洙的事迹，因为眼前书少，还不能考出、印证。这件事只好暂时存疑。《题辞》说明编选的旨趣，很简短，抄在这里：

> 世俗儿童就学，即授《千家诗》，取其易于成诵，故流传不废。但其诗随手掇拾，工拙莫辨。且止五、七律、绝二体，而唐、宋人又杂出其间，殊乖体制。因专就唐诗中脍炙人口之作，择其尤要者，每体得数十首，共三百余首，录成一编，为家塾课本。俾童而习之，白首亦莫能废。较《千家诗》不远胜耶？谚云："熟读唐诗三百首，不会吟诗也会吟"，请以是编验之。

这里可见本书是断代的选本，所选的只是"唐诗中脍炙人口之作"，就是唐诗中的名作，而又只"择其尤要者"，所以只有三百余首，实数是三百一十首。所谓"尤要者"大概着眼在陶冶性情上。至于以明白易解的为主，是"家塾课本"的当然，无须特别提及。本书是分体编的，所以说"每体得数十首"。引谚语一方面说明为什么只选三百余首。但编者显然同时在模仿"三百篇"。《诗经》三百零五篇，连那有目无诗的六篇算上，共三百一十一篇；本书三百一十首，决不是偶然巧合。编者是怕人笑他僭妄，所以不将这番意思说出。引谚语另一方面教人熟读，学会吟诗。我们现在也劝高中学生熟读，熟读才真是吟味，才能欣赏到精微处。但现在却无须再学作旧体诗了。

本书流传既广，版本极多。原书有注释和评点，该是出于编者之手。注释只注事，颇简当，但不释义。读诗首先得了解诗句的文义；不能了解文义，欣赏根本说不上。书中各诗虽然比较明白易懂，又有一些注，但在初学还不免困难。书中的评，在诗的行旁，多半指点作法，说明作意，偶然也品评工拙。点只有句圈和连圈，没有读点和密点——密点和连圈都表示好句和关键句，并用的时候，圈的比点的更重要或更好。评点大约起于南宋，向来认为有伤雅道，因为妨碍读者欣赏的自由，而且免不了成见或偏见。但是，谨慎的评点，对于初学也未尝没有用处。这种评点，可以帮助初学了解诗中各句的意旨，并培养他们欣赏的能力。本书的评点，似乎就有这样效用。

但是最需要的还是详细的注释。道光间，浙江省建德县（？）人章燮鉴于这个需要，便给本书作注，成《唐诗三百首注疏》一书。他的自跋作于道光甲午，就是公元一八三四年，离蘅塘退士题辞的那年是七十一年。这注本也是"为家塾子弟起见"，很详细。有诗人小传，有事注，有义疏，并明作法，引评语；其中李白诗用王琦《李太白集注》，杜甫诗用仇兆鳌《杜诗详注》。原书的旁评也留着，但连圈没有——原刻本并句圈也没有。书中还增补了一些诗，却没有增选诗家。以注书的体例而论，这部书可以说是驳杂不纯，而且不免繁琐、疏漏、傅会等毛病。书中有"子墨客卿"_{名翰，姓不详}的校正语十来条，都确切可信。但在初学，这却是一部有益的书。这部书我只见过两种刻本。一种是原刻本。另一种是坊刻本，四川常见。这种刻本有句圈，书眉增录各家评语，并附道光丁酉一八三七年印行的江苏金坛于庆元的《续选唐诗三百首》。读《唐诗三百首》用这个本子最好。此外还有商务印书馆铅印本《唐诗三百首》，根据蘅塘退士的原本而未印评语。又，世界书局石印《新体广注唐诗三百首读本》，每诗后有"注释"和"作法"两项。"注释"注事比原书详细些；兼释字义，却间有误处。"作法"兼说明作意，还得要领。卷首有《学诗浅说》，大致简明可看。书中只绝句有连圈，别体只有句圈；绝句连圈处也跟原书不同，似乎是抄印时随手加上，不足凭信。

本书编配各体诗，计五言古诗三十三首，乐府七首，七言古诗二十八首，乐府十四首，五言律诗八十首，七言律诗五十首，乐府一首，五言绝句二十九首，乐府八首，七言绝句五十一首，乐府九首，共三百一十首。五言古诗和乐府，七言古诗和乐府，两项总数差不多。五言律诗的数目超出七言律诗和乐府很多；七言绝句和乐府却又超出五言绝句和乐府很多。这不是编者的偏好，是反映着唐代各体诗发展的情形。五言律诗和七言绝句作的多，可选的也就多。这一层下文还要讨论。五、七，古、律、绝的分别都在形式，乐府是题材和作风不同。乐

给青少年的人文素养课

府也等下文再论，先说五、七，古、律、绝的形式。这些又大别为两类：古体诗和近体诗。五、七言古诗属于前者，五、七言律、绝属于后者。所谓形式，包括字数和声调即节奏，律诗再加对偶一项。五言古诗全篇五言句，七言古诗或全篇七言句，或在七言句当中夹着一些长短句。如李白《庐山谣》开端道：

我本楚狂人，狂歌笑孔丘。手持绿玉杖，朝别黄鹤楼。
五岳寻仙不辞远，一生好入名山游。

又如他的《宣州谢朓楼饯别校书叔云》开端道：

弃我去者昨日之日不可留，乱我心者今日之日多烦忧。
长风万里送秋雁，对此可以酣高楼。

这些都是七言古诗。五、七古全篇没有一定的句数。古、近体诗都得用韵，通常两句一韵，押在双句末字；有时也可以一句一韵，开端时便多如此。上面引的第一例里"丘""楼""游"是韵，两句间见；第二例里"留"和"忧"是逐句韵，"忧"和"楼"是隔句韵。古体诗的声调比较近乎语言之自然，七言更其如此，只以读来顺口、听来顺耳为标准。但顺口顺耳跟着训练的不同而有等差，并不是一致的。

近体诗的声调却有一定的规律；五、七言绝句还可以用古体诗的声调，律诗老得跟着规律走。规律的基础在字调的平仄，字调就是平、上、去、入四声，上、去、入都是仄声。五、七言律诗基本的平仄式之一如次：

五律
仄仄平平仄　平平仄仄平　平平平仄仄　仄仄仄平平
仄仄平平仄　平平仄仄平　平平平仄仄　仄仄仄平平

给青少年的人文素养课

七律

平平仄仄仄平平　仄仄平平仄仄平　仄仄平平平仄

仄　平平仄仄仄平平

平平仄仄平平仄　仄仄平平仄仄平　仄仄平平平仄仄

仄　平平仄仄仄平平

即使不懂平仄的人也能看出律诗是两组重复、均齐的节奏所构成，每组里又自有对称、重复、变化的地方。节奏本是异中有同，同中有异，律诗的平仄式也不外这个理。即使不懂平仄的人只默诵或朗吟这两个平仄式，也会觉得顺口顺耳；但这种顺口顺耳是音乐性的，跟古体诗不同，正和语言跟音乐不同一样。律诗既有平仄式，就只能有八句，五律是四十字，七律是五十六字——排律不限句数，但本书里没有。绝句的平仄式照律诗减半；七绝照七律的前四句，就是只有一组的节奏。这里所举的平仄式只是最基本的，其中有种种繁复的变化。懂得平仄的自然渐渐便会明白。不懂平仄的，只要多读，熟读，多朗吟，也能欣赏那些声调变化的好处，恰像听戏多的人，不懂板眼，也能分别唱的好坏，不过不大精确就是了。四声中国人人语言中都有，但要辨别某字是某声，却得受过训练才成。从前的训练是对对子跟读四声表，都在幼小的时候。现在高中学生不能辨别四声也就是不懂平仄的，大概有十之八九。他们若愿意懂，不妨试读四声表。这只消从《康熙字典》卷首附载的《等韵切音指南》里选些容易读的四声如"巴把霸捌""庚梗更格"之类，得闲就练习，也许不难一旦豁然贯通中华书局出版的《学诗入

〔明〕谢时臣《杜陵诗意图（之二）》

此画绘"栈悬斜避石，桥断却寻溪"之景。

给青少年的人文素养课

门》里有一个四声表，似乎还容易读出，也可用。律诗还有一项规律，就是中四句得两两对偶，这层也在下文论。

初学人读诗，往往给典故难住。他们一回、两回不懂，便望而生畏，因畏生懒；这会断了他们到诗去的路。所以需要注释。但典故多半只是历史的比喻和神仙的比喻；用典故跟用比喻往往是一个理，并无深奥可畏之处。不过比喻多取材于眼前的事物，容易了解些罢了。广义的比喻连典故在内，是诗的主要的生命素；诗的含蓄，诗的多义，诗的暗示力，主要的建筑在广义的比喻上。那些取材于经验和常识的比喻——一般所谓比喻只指这些——可以称为事物的比喻，跟历史的比喻、神仙的比喻鼎足而三。这些比喻广义，后同都有三个成分：一、喻依，二、喻体，三、意旨。喻依是作比喻的材料，喻体是被比喻的材料，意旨是比喻的用意所在。先从事物有比喻说起。如"天边树若荠"五古，孟浩然，《秋登兰山寄张五》，荠是喻依，天边树是喻体，登山望远树，只如荠菜一般，只见树的小和山的高，是意旨。意旨却没有说出。又，"今朝此为别，何处还相遇？世事波上舟，沿洄安得住！"五古，韦应物，《初发扬子寄元大校书》世事是喻体，沿洄不得住的波上舟是喻依，惜别难留是意旨——也没有明白说出。又，"吴姬压酒劝客尝"七古，李白，《金陵酒肆留别》，当垆是喻体，压酒是喻依，压酒的"压"和所谓"压装"的"压"用法一样，压酒是使酒的分量加重，更值得"尽觞"原诗，"欲行不行各尽觞"。吴姬当垆，助客酒兴是意旨。这里只说出喻依。又，"辞严义密读难晓，字体不类隶与蝌。年深岂免有缺画？快剑斫断生蛟鼍。鸾翔凤翥众仙下，珊瑚碧树交枝柯，金绳铁索锁纽壮，古鼎跃水龙腾梭"七古，韩愈，《石鼓歌》。"快剑"以下五句都是描写石鼓的字体的。这又分两层。第一，专描写残缺的字。缺画是喻体，"快剑"句是喻依，缺画依然劲挺有生气是意旨。第二，描写字体的一般。字体便是喻体，"鸾翔"以下四句是五个喻依——"古鼎跃水"跟"龙腾梭"各是一个喻依。意旨依次是隽逸，典丽，坚壮，挺拔——末两个喻依只一个意旨——都指字体而言，却都未说出。又，"大弦嘈嘈如急雨，小弦切切如私语；嘈嘈切切错杂弹，大珠小珠落玉盘。间关莺语花底滑，幽咽泉流冰下难"原作"水下滩"，依段玉裁说改——七古，白居易，《琵琶行》。这几句都描写琵琶的声音。大弦嘈嘈跟小弦切切各是喻体，急雨跟私语各是喻依，意旨一个是高而急，一个是低而急。"嘈嘈"句又是喻体，"大珠"句是喻依，圆润是意旨。"间关"二句各是一个喻依，喻体是琵琶的声音；前者的意旨是明滑，后者是幽涩。头两层的意旨未说出，这一层喻体跟意旨都未说出。事物的比喻虽然取材于经验和常识，却得新鲜，才能增强情感的力量；这需要创造的工夫。新鲜还得入情入理，才能让读者消化；这需要雅正的品位。

有时全诗是一套事物的比喻，或者一套事物的比喻渗透在全诗里。前者如朱庆馀《近试上张水部》：

> 洞房昨夜停红烛，待晓堂前拜舅姑。妆罢低声问夫婿："画眉深浅入时无？"七绝

唐代士子应试，先将所作的诗文呈给在朝的知名人看。若得他赞许宣扬，登科便不难。宋人诗话里说："庆馀遇水部郎中张籍，因索庆馀新旧篇什，寄之怀袖而推赞之，遂登科。"这首诗大概就是呈献诗文时作的。全诗是新嫁娘的话，她在拜舅姑以前问夫婿，画眉深浅合式否？这是喻依。喻体是近试献诗文给人，朱庆馀是在应试以前问张籍，所作诗文合式否？新嫁娘问画眉深浅，为的请夫婿指点，好让舅姑看得入眼。朱庆馀问诗文合式与否，为的请张籍指点，好让考官看得入眼。这是全诗的主旨。又，骆宾王《在狱咏蝉》：

> 西陆蝉声唱，南冠客思深。不堪玄鬓影，来对白头吟。
> 露重飞难进，风多响易沉。无人信高洁，谁为表予心！五律

这是闻蝉声而感身世。蝉的头是黑的，是喻体，玄鬓影是喻依，意旨是少年时不堪回首。"露重"一联是蝉，是喻依，喻体是自己，身微言轻是意旨。诗有长序，序尾道："庶情沿物应，哀弱羽之飘零，道寄人知，悯余声之寂寞。"正指出这层意旨。"高洁"是蝉，也是人，是

给青少年的人文素养课

自己；这个词是双关的，多义的。又，杜甫《古柏行》七古咏夔州武侯庙和成都武侯祠的古柏，作意从"君臣已与时际会，树木犹为人爱惜"二语见出。篇末道：

> 大厦如倾要梁栋，万牛回首丘山重。不露文章世已惊，未辞翦伐谁能送？苦心岂免容蝼蚁？香叶终经宿鸾凤。志士幽人莫怨嗟，古来材大难为用。

大厦倾和梁栋虽已成为典故，但原是事物的比喻。两者都是喻依。前者的喻体是国家乱；大厦倾会压死人，国家乱人民受难，这是意旨。后者的喻体是大臣，梁栋支柱大厦，大臣支持国家，这是意旨。古柏是栋梁材，虽然"不露文章世已惊"，也乐意供世用，但是太重了，太大了，谁能送去供用呢？无从供用，渐渐心空了，蚂蚁爬进去了；但是"香叶终经宿鸾凤"，它的身分还是高的。这是喻依。喻体是怀才不遇的志士幽人。志士幽人本有用世之心，但是才太大了，无人真知灼见，推荐入朝。于是贫贱衰老，为世所揶揄，但是他们的身分还是高的。这是才大难为用，是意旨。

典故只是故事的意思。这所谓故事包罗的却很广大。经、史、子、集等等可以说都是的；不过诗文里引用，总以常见的和易知的为主。典故有一部分原是事物的比喻。有一部分是事迹，另一部分是成辞。上文说典故是历史的比喻和神仙的比喻，是专从诗文的一般读者着眼，他们觉得诗文里引用史事和神话或神仙故事的地方最困难。这两类比喻都应该包括着那三部分。如前节所引《古柏行》里的"大厦如倾要梁栋"，"大厦之倾，非一木所支"，见《文中子》，"栝柏豫章虽小，已有栋梁之器"，是袁粲叹美王俭的话，见《晋书》。大厦倾和梁栋都是历史的比喻，同时可还是事物的比喻。又，"乾坤日夜浮"五律，杜甫，《登岳阳楼》是用《水经注》。《水经注》道："洞庭湖广五百里，日月若出没其中。"乾坤是喻体，日夜浮是喻依。天地中间好像只有此湖；湖盖地，天盖湖，天地好像只是日夜飘浮在湖里。洞庭湖的广大是意旨。又："古调虽自爱，今人多不弹"五绝，刘长卿，《弹琴》，用魏文侯听古乐就要睡觉的话，见《礼记》。两句是喻依，世人不好古是喻体，自己不合时宜是意旨。这三例不必知道出处便能明白；但知道出处，句便多义，诗味更厚些。

引用事迹和成辞不然，得知道出处，才能了解正确。如"圣代无隐者，英灵尽来归。遂令东山客，不得顾采薇"五古，王维，《送綦毋潜落第还乡》。谢安曾隐居会稽东山。东山客是喻依，喻体是綦毋潜，意旨是大才隐处。采薇是伯夷、叔齐的故事，他们义不食周粟，隐于首阳山，采薇而食。采薇是喻依，隐居是喻体，自甘淡泊是意旨。又，"客心洗流水"五律，李白，《听蜀僧濬弹琴》，流水用俞伯牙、钟子期的故事。俞伯牙弹琴，志在流水。钟子期就听出了，道："洋洋乎，若江河！"诗句是倒装，原是说流水洗客心。流水是喻依，喻体是蜀僧濬的琴曲，意旨是曲调高妙。洗流水又是双关的，多义的。洗是喻依，净是喻体，高妙的琴曲涤净客心的俗虑是意旨。洗流水又是喻依，喻体是客心；听琴而客心清净，像流水洗过一般，是意旨。又，钱起《送僧归日本》五律道："……浮天沧海远，去世法舟轻。……惟怜一灯影，万里眼中明。"一灯影用《维摩经》。经里道："有法门，名无尽灯。譬如一灯燃百千灯，冥者皆明，明终不尽。夫一菩萨开导千百众生，令发阿耨多罗三藐三菩提心译言"无上正等正觉心"其于道意亦不灭尽。是名无尽灯。"这儿一灯是喻依，喻体是觉者；一灯燃千百灯，一觉者造成千百觉者，道意不灭是意旨。但在诗句里，一灯影却指舟中禅灯的光影，是喻依，喻体是那日本僧，意旨是他回国传法，辗转无尽。"惟怜"是"最爱"的意思。又，"后来鞍马何逡巡，当先下马入锦茵。杨花雪落覆白蘋，青鸟飞去衔红巾。炙手可热势绝伦，慎莫近前丞相嗔！"七言乐府，杜甫，《丽人行》全诗咏三月三日长安水边游乐的情形，以杨国忠兄妹为主。诗中上文说到虢国夫人和秦国夫人，这几句说到杨国忠——他那时是丞相。"杨花"二语正是暮春水边的景物。但是全诗里只在这儿插入两句景语，奇特的安排暗示别有用意。北魏胡太后私通杨华作《杨白花歌辞》，有"杨花飘荡落南家"，"愿衔杨花入窠里"等语。白蘋，旧说是杨花入水所化。杨国忠也和虢国夫人私通。"杨花"句一方面是喻依，喻体便是这件事。杨国忠兄妹相通，都是杨家人，所以用杨花覆白蘋为喻，暗

给青少年的人文素养课

示讥刺的意旨。青鸟是西王母传书带信的侍者。当时总该有些侍婢是给那兄妹二人居间。"青鸟"句一方面也是喻依,喻体便是这些居间的侍婢,意旨还是讥刺杨国忠不知耻。青鸟是神仙的比喻。这两句隐约其辞,虽志在讥刺,而言之者无罪。又杜甫《登楼》七律:

> 花近高楼伤客心,万方多难此登临。锦江春色来天地,玉垒浮云变古今。北极朝廷终不改,西山寇盗莫相侵。可怜后主还祠庙,日暮聊为《梁父吟》。

旧注说本诗是代宗广德二年在成都作。元年冬,吐蕃陷京师,郭子仪收复京师,请代宗反正。所以有"北极"二句。本篇组织用赋体,以四方为骨干。锦江在东,玉垒山在西,"北极"二句是北眺所思。当时后主附祀先主庙中,先主庙在成都城南。"可怜"二句正是南瞻所感 罗庸先生说见《国文月刊》九期。可怜后主还有祠庙,受祭享;他信任宦官,终于亡国,辜负了诸葛亮出山一番。《三国志》里说"亮躬耕陇亩,好为《梁父吟》",《梁父吟》的原辞不传流传的《梁父吟》决不是诸葛亮的《梁父吟》,大概慨叹小人当道。这二语一方面又是喻依,喻体是代宗和郭子仪;代宗也信任宦官,杜甫希望他"亲贤臣,远小人"诸葛亮《出师表》中语,这是意旨。"日暮"句又是一喻依,喻体是杜甫自己;想用世是意旨。又,"今朝郡斋冷,忽念山中客。涧底束荆薪,归来煮白石" 五古,韦应物,《寄全椒山中道士》,煮白石用鲍靓事。《晋书》:"靓学兼内外,明天文《河洛书》。尝入海,遇风,饥甚,取白石煮食之。"煮白石是喻依,喻体是那山中道士,他的清苦生涯是意旨。这也是神仙的比喻。又,"总为浮云能蔽日,长安不见使人愁"七律,李白,《登金陵凤凰台》,两句一贯,思君的意思似甚明白。但乐府《古杨柳行》道:"谗邪害公正,浮云冷白日",古诗也道:"浮云蔽白日,游子不顾反",本诗显然在引用成辞。陆贾《新语》说:"故邪臣之蔽贤,犹浮云之障日月也。"本诗的"浮云能蔽日",一方面也是喻依,喻体大概是杨国忠等遮塞贤路。意旨是邪臣蔽君误国;所以有"长安"句。历史的比喻和神仙的比喻引用故事,得增减变化,才能新鲜入目。宋人所谓"以旧为新",

便是这意思。所引各例可见。

典故渗透全诗的，如孟浩然《临洞庭上张丞相》五律：

> 八月湖水平，涵虚混太清。气蒸云梦泽，波撼岳阳城。
> 欲济无舟楫，端居耻圣明。坐观垂钓者，徒有羡鱼情。

张丞相是张九龄，那时在荆州。前四语描写洞庭湖，三四是名句。后四语蝉联而下，还是就湖说，只"端居"句露出本意，这一语便是《论语》"邦有道，贫且贱焉，耻也"的意思。"欲济"句一方面说想渡湖上荆州去，却没有船，一方面是一喻依。伪《古文尚书·说命》殷高宗命傅说道，若济巨川，"用汝作舟楫"。本诗用这喻依，喻体却是欲用世而无引进的人，意旨是希望张丞相援手。"坐观"二语是一喻依。《汉书》用古人言："临渊羡鱼，不如退而结网。"本诗里网变为钓。这一联的喻体是羡人出仕而得行道。自己无钓具，只好羡人家钓得的鱼，自己不得仕，只好羡人家行道。意旨同上。

全诗用典故最多的，本书中推杜甫《寄韩谏议注》一首七古：

> 今我不乐思岳阳，身欲奋飞病在床。美人娟娟隔秋水，濯足洞庭望八荒。鸿飞冥冥日月白，青枫叶赤天雨霜。玉京群帝集北斗，或骑麒麟翳凤凰。芙蓉旌旗烟雾落，影动倒景摇潇湘。星宫之君醉琼浆，羽人稀少不在旁。似闻昨者赤松子，恐是汉代韩张良，昔随刘氏定长安，帷幄未改神惨伤。国家成败吾岂敢，色难腥腐餐枫香。周南留滞古所惜，南极老人应寿昌，美人胡为隔秋水！焉得置之贡玉堂！

韩谏议的名字事迹无考。从诗里看，他是楚人，住在岳阳。肃宗平定安史之乱，收复东、西京，他大约也是参与机密的一人。后来去官归隐，修道学仙。这首诗是爱惜他，思念他。第一节说思念他，是秋日，自己是在病中。美人这喻依见《楚辞》，但在这儿喻体是韩谏议，意旨是他的才能出众。"鸿飞冥冥，弋人何篡焉！"见扬雄《法言》。这儿一方面描写秋天的实景，一方面是喻依；喻体还是韩谏议，意旨是他已逃出世网。第二节说京师贵官声势烜赫，而韩谏议不在朝。本节差不多全是神仙的比喻，各有来历。"玉京"句一喻依，喻体是集于君侧的朝廷贵官，意旨是他们承君命掌大权。"或骑"二语一套喻依——"烟雾落"就是落在烟雾中，喻体同上句，意旨是他们的骑从仪卫之盛。影是芙蓉旌旗的影。"影动"句一喻依，喻体是声势烜赫，从京师传遍天下；意旨是在潇湘的韩谏议也必闻知这种声势。星宫之君就是玉京群帝，醉琼浆的喻体是宴饮，意旨是征逐酒食。羽人是飞仙，羽人稀少就是稀少的羽人；全句一喻依，喻体是一些远引的臣僚不在这繁华场中，意思是韩谏议没有分享到这种声势。第三节说韩谏议曾参预定乱收京大计，如今却不问国事，修道学仙。全节是神仙的比喻夹着历史的比喻。昨者是从前的意思。如今的赤松子，昨者"恐是汉代韩张良"。韩张良的跟赤松子的喻体都是韩谏议，前者的意旨是他有谋略，后者的意旨是他修道学仙。别的喻依可以准此类推下去。第四节说他闲居不出很可惜，祝他老寿，希望朝廷再起用他来匡君济世。太史公司马谈因病留滞周南，不得参与汉武帝的封禅大典，引为生平恨事。诗中"周南留滞"是喻依，喻体是韩谏议，意旨是他闲居乡里。南极老人就是寿星，是喻依，喻体同，意旨便是"应寿昌"。以上只阐明大端，细节从略。

诗和文的分别，一部分是在词句篇段的组织上，诗的组织比文的组织要经济些。引用比喻或典故，一个原因便是求得经济的组织。在旧体诗里，有字数、声调、对偶等制限，有时更不得不铸造一些特别经济的组织来适应。这种特殊的组织在文里往往没有，至少不常见。初学遇到这种地方也感困难，或误解，或竟不懂。这得去看详细的注释。但读诗多了，常常比较着看，也可明白。这种特殊的组织也常利用比喻或典故组成，那便更复杂些。如刘长卿《送李中丞归汉阳别业》五律：

> 流落征南将，曾驱十万师。罢归无旧业，老去恋明时。
> 独立三边静，轻生一剑知。茫茫江汉上，日暮欲何之！

"轻生一剑知"就是一剑知轻生的意思；轻生是说李中丞作征南将

时不顾性命杀敌人。一剑知就是自己知；剑是杀敌所用，是自己的一部分，部分代全体是修辞格之一。自己知又有两层用意：一是问心无愧，忠可报君，二是只有自己知，别人不知。上下文都可印证。又，"即此羡闲逸，怅然吟《式微》"五古，王维，《渭川田家》，《式微》用《诗经》。《式微》篇道："式微，式微，胡不归！"本诗的《式微》是篇名，指的是这篇诗。吟《式微》只是取"胡不归"那一语，用意是"何不归田呢"。又，"惟将迟暮供多病，未有涓埃答圣朝"七律，杜甫，《野望》，"恐美人之迟暮"见《楚辞》，迟暮是老大无成的意思。"惟将"句是说自己已老大，不曾有所建树报答圣朝，加上迟暮的年光又都销磨在多病里，虽然"海内风尘"见本诗第三句，却丝毫的力量也不能尽。"供"是喻依，杜甫自己是喻体，销磨在里面是意旨。这三例都是用辞格也是一种比喻或典故组成的。又如李颀《送陈章甫》七古末尾道："闻道故林相识多，罢官昨日今如何？"昨日罢官，想到就要别了许多朋友归里，自然不免一番寂寞；但是"闻道故林相识多"，今日临行，想到就要会见着那些故林相识的朋友，又觉如何呢？——该不会寂寞了罢？昨今对照，用意是安慰。——昨日是日前的意思。又刘长卿《寻南溪常道士》：

> 一路经行处，莓苔见屐痕。白云依静渚，芳草闭闲门。
> 过雨看松色，随山到水源。溪花与禅意，相对亦忘言。

去寻常道士，他不在寓处；"随山到水源"才寻着。对着南溪边的花和常道士的禅意，却不觉忘言。相对是和"溪花与禅意"相对着。禅意给人妙悟，溪花也给人妙悟——禅家有拈花微笑的故事，那正是妙悟的故事——所以说"与"。妙悟是忘言的。寻着了常道士，却被溪花与禅意吸引住！只顾欣赏那无言之美，不想多交谈，所以说"亦"忘言。又，韦应物《送杨氏女》五古，是送女儿出嫁杨家，前面道："女子今有行，大江溯轻舟。尔辈苦无恃，抚念益慈柔。幼为长所育，两别泣不休。"篇尾道，"归来视幼女，零泪缘缨流"。全诗不曾说出杨氏女是长女，但读了这几句关系自然明白。

倒装这特殊的组织，诗里也常见。如"竹喧归浣女，莲动下渔舟"

给青少年的人文素养课

五律，王维，《山居秋暝》，"归浣女""下渔舟"就是浣女归，渔舟下。又，"家书到隔年"五律，杜牧，《旅宿》，就是家书隔年到。又，"东门酤酒饮我曹"七古，李颀，《送陈章甫》，"饮我曹"就是我曹饮，从上下文可知。又，"名岂文章著，官应老病休"五律，杜甫，《旅夜书怀》，就是文章岂著名，老病应休官。又，"幽映每白日"五律，刘昚虚，《阙题》，就是白日每幽映。又，"徒劳恨费声"五律，李商隐，《蝉》，就是费声恨徒劳。又，"竹怜新雨后，山爱夕阳时"五律，钱起，《谷口书

〔明〕谢时臣《杜陵诗意图（之三）》

此画绘"竹深留客处，荷净纳凉时"之景。

斋寄杨补阙》，就是怜新雨后之竹，爱夕阳时之山——怜爱同意。又，"独夜忆秦关，听钟未眠客"五古，韦应物，《夕次盱眙县》，就是听钟未眠客，独夜忆秦关。这些倒装句里纯然为了适应字数、声调、对偶等限制的却没有，它们主要的作用还在增强语气。此外如"何因不归去，淮上对秋山？"五律，韦应物，《淮上喜会梁州故人》这是诘问自己，"何因"直贯下句，二语合为一句。这也为了经济的缘故。——至如"少陵无人谪仙死"七古，韩愈，《石鼓歌》，"无人"也就是"死"。这是求新，求惊人。又，"百年多是几多时"七律，元稹，《遣悲怀》之三，是说百年虽多，究竟又有多少时候呢。这也许是当时口语的调子。又如"云中君不见"五律，马戴，《楚江怀古》，云中君是一个词；这句诗上三字下二字，跟一般五言句上二下三的不同，但似乎只是个无意为之的例外，跟古诗里"出郭门直视"一般。可是如"永夜角声悲自语，中天月色好谁看"七律，杜甫，《宿府》，"五更鼓角声悲壮，三峡星河影动摇"七律，杜甫，《阁夜》，都是上五下二，跟一般七言句上四下三或上二下五的不同，又，"近寒食雨草萋萋，著麦苗风柳映堤"七绝，无名氏，《杂诗》，每句上四字作一二一，

而一般作二二或三一。这些却是有意变调求新了。

　　本书选诗，各方面的题材大致都有，分配又匀称，没有单调或琐屑的弊病。这也是唐代生活小小的一个缩影。可是题材的内容虽反映着时代，题材的项目却多是汉、魏、六朝诗里所已有。只有音乐图画似乎是新的。赋里有以音乐为题材的，但晋以来就少。唐代音乐图画特别发达，反映到诗里，便增加了题材的项目。这也是时势使然。在各种题材里，"出处"是一重大的项目。从前读书人唯一的出路是出仕，出仕为了行道，自然也为了衣食。出仕以前的隐居、干谒、应试落第等，出仕以后的恩遇、迁谪，乃至忧民、忧国、思林栖、思归田等，乃至真个辞官归田，都是常见的诗的题目，本书便可作例，仕君行道是儒家的思想，隐居和归田都是道家的思想。儒、道两家的思想合成了从前的读书人。但是现在时势变了，读书人不一定出仕，林栖、归田等思想也绝无仅有。有些人读这些诗，也许会觉得不真切，青年学生读书，往往只凭自己的狭隘的兴趣，更容易有此感。但是会读诗的人，多读诗的人，能够设身处地，替古人着想，依然觉得这些诗真切。这是情感的真切，不是知识的真切。这些人不但对于现在有情感，对于过去也有情感。他们知道唐人的需要，唐人的得失，和现代人不一样，可是在读唐诗的时候，只让那对于过去的情感领着走；这种无私，无我，无关心的同情教他们觉到这些诗的真切。这种无关心的情感需要慢慢调整自己，扩大自己，才能养成。多读史，多读诗，是一条修养的途径。就是那些比较有普遍性的题材，如相思、离别、慈幼、慕亲、友爱等也还是需要无关心的情感，这些题材的节目，多少也跟着时代改变一些，固执"知识的真切"的人，读古代的这些诗，有时也不能感到兴趣。

　　至于咏古之作，如唐玄宗《经鲁祭孔子而叹之》五律，是古人敬慕古人，纪时之作，如李商隐《韩碑》七古，是古人论当时事。虽然我们也敬慕孔子，替韩愈抱屈，但知识的看，古人总隔一层。这些题材的普遍性比前一类低减些，不过还在"出处"那项目之上。还有，朝会诗，如岑参，王维《和贾至舍人早朝大明宫之作》七律，见出一番堂皇富丽的气象；又，宫词，往往见出一番怨情，宛转可怜。可是这些题材现代生活里简直没有。最别扭的是边塞和从军之作，唐人很喜欢作这类诗，而悯苦寒、讥黩武的居多数，跟现代人冒险尚武的精神恰恰相反。但荒寒的边塞自是一种新境界，从军苦在当时也是一种真情的流露；若能节取，未尝没有是处。要能欣赏这几类诗，都得靠无关心的情感。此外，唐人酬应的诗很多，本书里也可见。有些人觉得作诗该等候感兴，酬应的诗不会真切。但佇兴而作的人向来大概不多；据现在所知，只有孟浩然是如此。作诗都在情感平静了的时候，运思造句都得用到理智；佇兴而作是无所为，酬应而作是有所为，在功力深厚的人其实无多差别。酬应的诗若能恰如分际，也就见得真切。况且这种诗里也不短至情至性之作。总之，读诗得除去偏见和成见，放大眼光，设身处地看去。

明代高棅编选《唐诗品汇》，将唐诗分为四期。后来虽有种种批评，这分期法却渐被一般沿用。初唐是高祖武德元年_{公元六一八}至玄宗开元初_{公元七一三}，约一百年。盛唐是玄宗开元元年至代宗大历初_{公元七六六}，五十多年。中唐是代宗大历元年至文宗太和九年_{公元八三五}，七十年。晚唐是文宗开成元年_{公元八三六}至昭宗天祐三年_{公元九○六}，八十年（应为七十年——编者注）。初唐诗还是齐梁的影响，题材多半是艳情和风云月露，讲究声调和对偶。到了沈佺期、宋之问手里，便成立了律诗的体制。这是唐代诗坛一件大事，影响后世最大。当时有个陈子昂，独主张复古，扩大诗的境界。但他死得早，成就不多。盛唐诗李白努力复古，杜甫努力开新。所谓复古，只是体会汉、魏的作风和借用乐府诗的题目，并非模拟词句。所以陈子昂、李白都能独创一家，而李白的成就更大。他的成就主要的在七言乐府；绝句也独步一时。杜甫却各体诗都是创作，全然不落古人窠臼。他以时事入诗，议论入诗，使诗散文化，使诗扩大境界；一方面研究律诗的变化，用来表达各种新题材。他的影响的久远，几乎没有一个诗人比得上。这时期作七古体的最多，为的这一体比较自由，又刚在开始发展。而王维、孟浩然专用五律写山水，也能变古成家。中唐诗韦应物、柳宗元的五古以复古的作风创作，各自成家。古文家韩愈继承杜甫，更使诗向散文化的路上走。宋诗受他的影响极大。他的门下作诗，有词句冷涩的，有题材诡僻的；本书里只选了贾岛一首。另一面有些人描写一般的社会生活；这原是乐府精神，却也是杜甫开的风气。元稹、白居易主张诗该写社会生活而有规讽的作意，才是正宗。但他们的成就却不在此而在情景亲切，明白如话。他们不避俗，跟韩愈一派恰相对照；可也出于杜甫。晚唐诗刻画景物，雕琢词句，题材又回到风云月露和艳情上，只加了一些雅事。诗境重趋狭窄，但精致过于前人。这时期的精力集中在近体诗。精致的只是词句，全篇组织往往配合不上。就中李商隐、温庭筠虽咏艳情，却有大处奇处，不跼蹐在绮靡的圈子里；而李商隐学杜学韩，境界更广阔些。学杜、韩而兼受温、李薰染的是杜牧，豪放之余，不失深秀。本书选诗七十七家，初唐不到十家，盛、中、晚三期各二十多家。入选的诗较多的八家。盛唐四家：杜甫的三十九首，王维二十九首，李白二十九首，孟浩然十五首。中唐二家：韦应物十二首，刘长卿十一首。晚唐二家：李商隐二十四首，杜牧十首。

李白诗，书中选五古三首，乐府三首，七古四首，七言乐府五首，五律五首，七律一首，五绝二首，乐府一首，七绝二首，乐府三首。各体都备，七古和乐府共九首，最多，五七绝和乐府共八首，居次。李白，字太白，蜀人，玄宗时作供奉翰林，触犯了杨贵妃，不能得志。他是个放浪不羁的人，便辞了职，游山水，喝酒，作诗。他的态度是出世的，作诗全任自然。当时称他为"天上谪仙人"，这说明了他的人和他的诗。他的乐府很多，取材很广，他其实是在抒写自己的生活，只借用乐府的旧题目而已。他的七古和乐府篇幅恢张，气势充沛，增进了七古体的价值。他的绝句也奠定了一种新体制。绝句最需要经济的写出，李白所作，自然含蓄，情韵不尽。书中所收《下江陵》一首，有人推为唐代七绝第一。杜甫诗，计五古五首，七古五首，乐府四首，五律十首，七律十三首，五七绝各一首。只少五言乐府，别体都有。律诗共二十三首，最多；七古和乐府共九首，居次。杜甫，字子美，河南巩县人。安禄山陷长安，肃宗在灵武即位。他从长安逃到灵武，作了左拾遗的官。后因事被放，辗转流落到成都，依故人严武，作到"检校工部员外郎"，世称杜工部。他在蜀住得很久。他是儒家的信徒，一辈子惦着仕君行道，又身经乱离，亲见民间疾苦。他的诗努力描写当时的情形，发抒自己的感想。唐代用诗取士，诗原是应试的玩意儿；诗又是供给乐工歌妓唱来伺候宫廷和贵人的玩意儿。李白用来抒写自己的生活，杜甫用来抒写那个大时代，诗的境界扩大了，地位也增高了。而杜甫抓住了广大的实在的人生，更给诗开辟了新世界。他的诗可以说是写实的；这写实的态度是从乐府来的。他使诗历史化，散文化，正是乐府的影响。七古体到他手里正式成立，律诗到他手里应用自如——他的五律极多，差不多穷尽了这一体的变化。

王维诗，计五古五首，七言乐府三首，五律九首，七律四首，五绝五首，七绝和乐府三首，五律最多。王维，字摩诘，太原人，试进士，第一，官至尚书右丞，世称王右丞。他会草书、隶书，会画画。有别墅在辋川，常和裴迪去游览作诗。沈、宋的五律还多写艳情，王维改写山水，选词、造句都得自出心裁。从前虽也有山水诗，但体制不同，无从因袭。苏轼说他"诗中有画"。他是苦吟的，宋人笔记里说他曾因苦吟走入醋缸里；他的《渭城曲》^{乐府}，有人也推为唐代七绝压卷之作。他的诗是精致的。孟浩然诗，计五古三首，七古一首，五律九首，五绝二首，也是五律最多。孟浩然，名浩，以字行，襄州襄阳人，隐居鹿门山，四十岁才游京师。张九龄在荆州，召为僚属。他用五律写江湖，却不苦吟，伫兴而作。他专工五言，五言各体都擅长。山水诗不但描写自然，还欣

〔明〕陈裸《画王维诗意图》

此画以王维诗句"闭户著书多岁月，种松皆老作龙鳞"为题。图中远山崇冈，劲松翠竹，清流溪石，庭院柴门，一士人席床而坐，潜心研读。

赏自然；王维的描写比孟浩然多些。

韦应物诗，五古七首，五律二首，七律一首，五、七绝各一首，五古多。韦应物，京兆长安人，作滁州刺史，改江州，入京作左司郎中，又出作苏州刺史，世称韦左司或韦苏州。他为人少食寡欲，常焚香扫地而坐。诗淡远如其人。五古学古诗，学陶诗，指事述情，明白易见——有理语也有理趣，正是陶渊明所长。这些是淡处。篇幅多短，句子浑含不刻画，是远处。朱子说他的诗无一字造作，气象近道。他在苏州所作《郡斋雨中与诸文士燕集》诗开端道："兵卫森画戟，宴寝凝清香；海上风雨至，逍遥池阁凉。"诗话推为一代绝唱，也只是为那肃穆清华的气象。篇中又道："自惭居处崇，未瞻斯民康"，《寄李儋元锡》七律也道："邑有流亡愧俸钱"，这是忧民；识得为政之体，才能有些忠君爱民之言。刘长卿诗，计五律五首，七律三首，五绝三首，五律最多。刘长卿，字文房，河间人，登进士第，官终随州刺史，世称刘随州。他也是苦吟的人，律诗组织最为精密整炼；五律更胜，当时推为"五言长城"。上文曾举过两首作例，可见出他的用心处。

李商隐诗，计七古一首，五律五首，七律十首，五绝一首，七绝七首。七律最多，七绝居次。李商隐，字义山，河内人，登进士第。王茂元镇河阳，召他掌书记，并使他作女婿。王茂元是李德裕同党，李德裕和令狐楚是政敌。李商隐和令狐本有交谊，这一来却得罪了他家。后来令狐楚的儿子令狐绹作了宰相，李商隐屡次写信表明心迹，他只是不理。这是李商隐一生的失意事，诗中常常涉及，不过多半隐约其辞。后来柳仲郢镇东蜀，他去作过节度判官。他博学强记，又有隐衷，诗里的典故特别多。他在七律里有好些《无题》诗，一方面像是相思不相见的艳情诗，另一方面又像是比喻，咏叹他和令狐绹的事，寄托那"不遇"的意旨，还有那篇《锦瑟》，虽有题，解者也纷纷不一。那或许是悼亡诗，或许也是比喻。又有些咏史诗，如《隋宫》，或许不止是咏古，还有刺时的意旨。他的诗语既然是一贯的隐约，读起来便只能凭文义、典故和他的事迹作一些可能的概括的解释。他的七律里也有这种咏史或游仙诗，如《隋宫》《瑶池》等。这些都是奇情壮采之作——一方面七律的组织也有了进步——所以入选的多。他的七绝最著名的可是《寄令狐郎中》一首。杜牧诗，五律一首，七绝九首，几乎是专选一体。杜牧，字牧之，登进士第。牛僧孺镇扬州，他在节度府掌书记，又作过司勋员外郎。世称杜司勋，又称小杜——杜甫称老杜。他很有政治的眼光，但朝中无人，终于是个失意者。他的七绝感慨深切，情辞新秀。《泊秦淮》一首也曾被推为压卷之作。

　　唐以前的诗，可以说大多数是五古，极少数是七古；但那些时候并没有体制的分类。那些时候诗的分类，大概只从内容方面看；最显著的一组类别是五言诗和乐府诗。五言诗虽也从乐府演变而出，但从阮籍开始，已经高度的文人化，成为独立的抒情、写景的体制。乐府原是民歌，叙述民间故事，描写各社会的生活，有时也说教，东汉以来文人仿作乐府的很多，大都沿用旧题旧调，也是五言的体制。汉末旧调渐亡，文人仿作，便只沿用旧题目；但到后来诗中的话也不尽合于旧题目。这些时候有了七言乐府，不过少极；汉、魏、六朝间著名的只有曹丕的《燕歌行》，鲍照的《行路难》十八首等。乐府多朴素的铺排，跟五言诗的浑含不露有别。五言诗经过汉、魏、六朝的演变，作风也分化。阮籍是一期，陶渊明、谢灵运是一期，"宫体"又是一期。阮籍抒情，"志在刺讥而文多隐避"颜延年沈约等注《咏怀诗》语，最是浑含不露。陶、谢抒情、写景、说理，渐趋详切，题材是田园山水。宫体起于梁简文帝时，以艳情为主，渐讲声调对偶。

　　初唐五古还是宫体余风，陈子昂、张九龄、李白主张复古，虽标榜"建安"汉献帝年号，建安体的代表是曹植，实是学阮籍。本书张九龄《感遇》二首便是例子。但盛唐五古，张九龄以外，连李白所作《古风》除外在内，可以说都是陶、谢的流派。中唐韦应物、柳宗元也如此。陶、谢的详切本受乐府的影响。乐府的影响到唐代最为显著。杜甫的五古便多从乐府变化。他第一个变了五古的调子，也是创了五古的新调子。新调子的特色是散文化。但本书所选他的五古还不是新调子，读他的长篇才易见出。这种新调子后来渐渐代替了旧调子。本书里似乎只有元结《贼退示官吏》一首是新调子；可是散文化太过，不是成功之作。至于唐人七古，却全然从乐府变出。这又有两派。一派学鲍照，以慷慨为主；一派学晋《白纻舞名歌辞》四首，见《乐府诗集》等，以绮艳为主。

李白便是著名学鲍照的；盛唐人似乎已经多是这一派。七言句长，本不像五言句的易加整炼，散文化更方便些。《行路难》里已有散文句，李白诗里又多些，如"我欲因之梦吴越"《梦游天姥吟留别》，又如上文举过的"弃我去者"二语。七古体夹长短句原也是散文化的一个方向。初唐陈子昂《登幽州台歌》全首道："前不见古人，后不见来者。念天地之悠悠，独怆然而涕下。"简直没有七言句，却也可以算入七古里。到了杜甫，更有意的以文为诗，但多七言到底，少用长短句。后来人作七古，多半跟着他走。他不作旧题目的乐府而作了许多叙述时事、描写社会生活的诗。这正是乐府的本来面目。本书据《乐府诗集》将他的《哀江头》《哀王孙》等都放在七言乐府里，便是这个道理。从他以后，用乐府旧题作诗的就渐渐的稀少了。另一方面，元稹、白居易创出一种七古新调，全篇都用平仄调协的律句，但押韵随时转换，平仄相间，各句安排也不像七律有一定的规矩，这叫做长庆体。长庆是穆宗的年号，也是元、白的集名。本书白居易的《长恨歌》《琵琶行》都是的。古体诗的声调本来比较近乎语言之自然，长庆体全用律句，反失自然，只是一种变调。但却便于歌唱。《长恨歌》可以唱，见于记载，可不知道是否全唱。五、七古里律句多的本可歌唱，不过似乎只唱四句，跟唱五、七绝一样。古体诗虽不像近体诗的整炼，但组织的经济也最著重。这也是它跟散文的一个主要的分别。前举韦应物《送杨氏女》便是一例。又如李白《宣州谢朓楼饯别校书叔云》里道："蓬莱文章建安骨，中间小谢又清发"，一方面说谢朓小谢，一方面是比喻。且不说喻旨，只就文义看，"蓬莱"句又有两层比喻，全句的意旨是后汉文章首推建安诗。"中间"句说建安以后"大雅久不作"见李白《古风》第一首，小谢清发，才重振遗绪；"中间""又"三个字包括多少朝代，多少诗家，多少诗，多少议论！组织有时也变换些新方式，但得出于自然。如李白《梦游天姥吟留别》七古用梦游和梦醒作纲领，韩愈《八月十五夜赠张功曹》用唱歌跟和歌作纲领，将两篇歌辞穿插在里头。

　　律诗出于齐、梁以来的五言诗和乐府。何逊、阴铿、徐陵、庾信等的五言都已讲究声调和对偶。庾信的《乌夜啼》乐府简直像七律一般；不过到了沈、宋才成定体罢了。律首声调，前已论及。对偶在中间四句，就是第一组节奏的后两句，第二组节奏的前两句，也是异中有同，同中有异。这样，前四句由散趋整，后四句由整复归于散，增前两组节奏的往复回环的效用。这两组对偶又得自有变化，如一联写景，一联写情，一联写见，一联写闻之类，才不至板滞，才能和上下打成一片。所谓情景或见闻，只是从浅处举例，其实这中间变化很多，很复杂。五律如"地犹鄹氏邑，宅即鲁王宫。叹凤嗟身否，伤麟怨道穷"唐玄宗，《经鲁祭孔子而叹之》。四句虽两两平列，可是前一联上句范围大，下句范围小，后一联上句说平时，下句说将死，便见流走。又，"为我一挥手，如听万壑松。客心洗流水，余响入霜钟"李白，《听蜀僧濬弹琴》。前联一弹一听，后联一在弹，一已止，各是一串儿。又，"遥怜小儿女，未解忆长安；香雾云鬟湿，清辉玉臂寒"杜甫，《月夜》。"遥怜"直贯四句。"小儿女未解忆长安"固然可怜，"香雾"云云的人杜甫妻解得忆长安，也许更可怜些。前联只是一句话，后联平列；两相调剂着。律诗多在四句分段，但也不尽然，从这一首可见。又，前面引过的刘长卿《寻南溪常道士》次联"白云依静渚，芳草闭闲门"，似乎平列，用意却侧重寻常道士不遇，侧重在下句。三联"过雨看松色，随山到水源"，上句景物，下句动作，虽然平列而不是一类。再说"过雨"暗示忽然遇雨，雨住后松色才更苍翠好看；这就兼着叙事，跟单纯写景又不同。

七律如"云边雁断胡天月，陇上羊归塞草烟。回日楼台非甲帐，去时冠剑是丁年"温庭筠，《苏武庙》。前联平列，但不是单纯的写景句；这中间引用着《汉书·苏武传》，上句意旨是和汉朝音信断绝雁足传书事，下句意旨是无归期匈奴使苏武放牡羊，说牡羊有乳才许归汉。后联说去汉时还是冠剑的壮年，回汉时武帝已死。"丁年奉使"见李陵《答苏武书》，甲帐是头等帐，是武帝作来敬神的，见《汉武故事》。这一联是倒装，为的更见出那"不堪回首"的用意。又，"玉玺不缘归日角，锦帆应是到天涯。于今腐草无萤火，终古垂杨有暮鸦"李商隐，《隋宫》。日角是额骨隆起如日，是帝王之相，这儿是根据《旧唐书》，用来指太宗。锦帆指隋炀帝的游船，见《开河记》。这一联说若不因为太宗得了天下，炀帝还该游得远呢。上句是因，下句是果。放萤火，种垂杨，都是炀帝的事。后联平列，上句说不放萤火，下句说垂杨栖鸦，一有一无，却见出"而今安在"一个用意。又，李商隐《筹笔驿》中二联道："徒令上将挥神笔，终见降王走传车。管、乐有才原不忝，关、张无命欲何如！"筹笔驿在绵州绵谷县，诸葛武侯曾在那里驻军筹画。上将指武侯，降王指后主；管、乐是管仲、乐毅，武侯早年曾自比这二人。前联也是倒装，因为"终见"，才觉"徒令"。但因"筹笔"想到"降王"，即景生情，虽倒装还是自然。后联也将"有""无"对照，见出本诗末句"恨有余"的用意。七律对偶用倒装句、因果句，到晚唐才有。七言句长，整炼较难，整炼而能变化如意更难。唐代律诗刚创始，五言比较容易些，发展得自然快些。作五律的大概多些，好诗也多些，本书五律多，便是这个缘故。律诗也有不对偶或对偶不全的，如李白《夜泊牛渚怀古》_{五律}，又如崔颢《黄鹤楼》_{七律}的次联，这些只算例外。又有不调平仄的，如《黄鹤楼》和王维《终南别业》_{五律}，也是例外。——也有故意这样作的，后来称为拗体，但究竟是变调。本书不选排律。七言排律本来少，五言的却多，也推杜甫为大家。排律将律诗的节奏重复多次，便觉单调，教人不乐意读下去。但本书不选，恐怕是为了典故多。晚唐律诗着重一句一联，忽略全篇的组织，因此后人评论律诗，多爱摘句，好像律诗篇幅完整的很少似的。其实不然，这只是偏好罢了。

绝句不是截取律诗的四句而成。五绝的源头在六朝乐府里。六朝五言四句的乐府很多，《子夜歌》最著名。这些大都是艳情之作，诗中用谐声辞格很多。谐声辞格如"蟢子"谐"喜"声，"藁砧"就是"铁"_{铡刀}谐"夫"声。本书选了权德舆《玉台体》一首，就是这种诗。也许因为诗体太短，用这种辞格来增加它的内容，这也是多义的一式。但唐代五绝已经不用谐声辞格，因为不大方，范围也窄。唐代五绝有调平仄的，有不调平仄而押仄声韵的；后者声调上也可以说是古体诗，但题材和作风不同。所以容许这种声调不谐的五绝，大约也是因为诗体太短，变化少；多一些自由，可以让作者多一些回旋的地步。但就是这样，作的还是不多。七言四句的诗，唐以前没有，似乎是唐人的创作。这大概是为了当时流行的西域乐调而作；先有调，后有诗。五、七绝都能歌唱，七绝歌唱的更多——该是因为声调曼长，好听些。作七绝的比五绝的多得多，本书选得也多。唐人绝句有两种作风：一是铺排，一是含

给青少年的人文素养课

蓄。前者如柳宗元《江雪》：

千山鸟飞绝，万径人踪灭；孤舟蓑笠翁，独钓寒江雪。

又，韦应物《滁州西涧》：

独怜幽草涧边生，上有黄鹂深树鸣；春潮带雨晚来急，野渡无人舟自横。

柳诗铺排了三个印象，见出"江雪"的幽静，韦诗铺排了四个印象，见出西涧的幽静；但柳诗有"千山""万径""绝""灭"等词，显得那幽静更大些。所谓铺排，是平排或略参差，如所举例几个同性质的印象，让它们集合起来，暗示一个境界。这是让印象自己说明，也是经济的组织，但得选择那些精的印象。后者是说要从浅中见深，小中见大；这两者有时是一回事。含蓄的绝句，似乎是正宗。如杜牧《秋夕》：

〔明〕谢时臣《杜陵诗意图（之四）》

此画绘"雪里江船渡，风前径竹斜"之景。

银烛秋光冷画屏，轻罗小扇扑流萤。天街夜色凉如水，卧看牵牛织女星。

是说宫人秋夕的幽怨，可作浅中见深的一例。又刘禹锡《乌衣巷》：

朱雀桥边野草花，乌衣巷口夕阳斜。旧时王谢堂前燕，飞入寻常百姓家。

乌衣巷是晋代王导、谢安住过的地方，唐代早为民居。诗中只用野花、夕阳、燕子，对照今昔，便见出盛衰不常一番道理。这是小中见大，也是浅中见深。又，王之涣《登鹳雀楼》：

> 白日依山尽，黄河入海流。欲穷千里目，更上一层楼。

鹳雀楼在平阳府蒲州城上。白日依山，黄河入海，一层楼的境界已穷，若要看得更远，更清楚，得上高处去。三、四句上一层楼，穷千里目，是小中见大；但另一方面，这两句可能是个比喻，喻体是人生，意旨是若求远大得向高处去。这又是浅中见深了。但这一首比较前二首明快些。

论七绝的称含蓄为"风调"。风飘摇而有远情，调悠扬而有远韵，总之是余味深长。这也配合着七绝的曼长的声调而言，五绝字少节促，便无所谓风调。风调也有变化，最显著的是强弱的差别，就是口气否定、肯定的差别。明、清两代论诗家推举唐人七绝压卷之作共十一首，见于本书的八首。就是：王维《渭城曲》乐府，王昌龄《长信怨》或《出塞》皆乐府，王翰《凉州词》，李白《下江陵》，王之涣《出塞》乐府，一作《凉州词》，李益《夜上受降城闻笛》，杜牧《泊秦淮》。这中间四首是乐府，乐府的措辞总要比较明快些。其余四首虽非乐府，也是明快一类。只看八首诗的末二语便可知道。现在依次抄出：

> 劝君更尽一杯酒，西出阳关无故人。
> 玉颜不及寒鸦色，犹带昭阳日影来。
> 但使龙城飞将在，不教胡马度阴山。
> 醉卧沙场君莫笑，古来征战几人回？
> 两岸猿声啼不住，轻舟已过万重山。
> 羌笛何须怨杨柳？春风不度玉门关。
> 不知何处吹芦管，一夜征人尽望乡。
> 商女不知亡国恨，隔江犹唱《后庭花》。

这些都用否定语作骨子，所以都比较明快些。这些诗也有所含蓄，可是强调。七绝原来专为歌唱而作，含蓄中略求明快，听者才容易懂，

给青少年的人文素养课

205

适应需要，本当如此。弱调的发展该是晚点儿——不见于本书的三首，一首也是强调，二首是弱调。十一首中共有九首强调，可算是大多数。

当时为人传唱的绝句见于本书的，五言有王维的《相思》，七言有他的《渭城曲》，王昌龄的《芙蓉楼送辛渐》和《长信怨》，王之涣的《出塞》。《相思》道：

> 红豆生南国，春来发几枝？愿君多采撷！此物最相思。

《芙蓉楼送辛渐》道：

> 寒雨连江夜入吴，平明送客楚山孤。洛阳亲友如相问，
> 一片冰心在玉壶。

除《长信怨》外，四首都是对称的口气。——王之涣的"羌笛"句是说"你何须吹羌笛的《折柳词》来怨久别？"——那不见于本书的高适的"开箧泪沾臆，见君前日书"一首也是的这一首本是一首五古的开端四语，歌者截取作为绝句。歌辞用对称的口气，唱时好像在对听者说话，显得亲切。绝句用对称口气的特别多；有时用问句，作用也一般。这些原都是乐府的老调儿，绝句只是推广应用罢了。——风调转而为才调，奇情壮采依托在艳辞和故事上，是李商隐的七绝。这些诗虽增加了些新类型，却非七绝的本色。他又有《夜雨寄北》一绝：

> 君问归期未有期，巴山夜雨涨秋池。何当共剪西窗烛，
> 却话巴山夜雨时！

这也是对称的口气。设想归后向那人谈此时此地的情形，见出此时此地思归和想念的心境，回环含蓄，却又亲切明快。这种重复的组织极精炼可喜。但绝句以自然为主。像本诗的组织，精炼不失自然，是可遇而不可求的。

朱宝莹先生有《诗式》中华书局版，专释唐人近体诗的作法、作意，颇切实，邵祖平先生有《唐诗通论》《学衡》十二期，颇详明，都可参看。

第九讲　论平仄四声

平仄一道，童孺亦知之。惟四声略难，阴阳声则尤难耳。词之为道，本合长短句而成。一切平仄，宜各依本调成式。五季两宋，创造各调，定具深心。盖宫调管色之高下，虽立定程，而字音之开齐撮合，别有妙用。倘宜平而仄，或宜仄而平，非特不协于歌喉，抑且不成为句读。昔人制腔造谱，八音克谐。今虽音理失传，而字格具在。学者但宜依仿旧作，字字恪遵，庶不失此中矩矱。凡古人成作，读之格格不上口，拗涩不顺者，皆音律最妙处。张綖《诗余图谱》，遇拗句即改为顺适，无怪为红友所讥也。拗调涩体，多见清真、梦窗、白石三家。清真词如《瑞龙吟》之"归骑晚，纤纤池塘飞雨"。《忆旧游》之"东风竟日吹露桃"。《花犯》之"今年对花太匆匆"。梦窗词如《莺啼序》之"快展旷眼，傍柳系马"。《西子妆》之"一箭流光，又趁寒食去"。《霜花腴》之"病怀强宽，更移画船"。白石词如《满江红》之"正一望千顷翠澜"。《暗香》之"江国，正寂寂"。《凄凉犯》之"怕匆匆，不肯寄与误后约"。《秋宵吟》之"今夕何夕恨未了"。此等句法，平仄拗口，读且不顺。而欲出辞尔雅，本非易易，顾不得轻易改顺也。虽然，平仄之道，仅止两途。而仄有上去入三种，又不可遇仄而概以三声统填也。一调之中，可以统用者，十之六七。不可统用者，十之三四。须斟酌稳惬，方能下字无疵，于是四声之说起矣。盖一调有一调之风度声响，若上去互易，则调不振起，便有落腔之弊。黄九烟论曲，有"三仄应须分上去，两平还要辨阴阳"之句。填词何独不然？如《齐天乐》有四处必须用去上声。清真词"云窗静掩""露萤清夜照书卷""凭高眺远""但愁斜照敛"是也。此四句中，如静掩、眺远、照敛，万不可用他声。故

给青少年的人文素养课

此词切忌用入韵。虽入可作上，究不相宜。又《梦芙蓉》，亦有五处必须去上声。《梦窗词》"西风摇步绮，应红绡翠冷""霜挽正慵起""仙云深路杳""城影蘸流水"是也。步绮、翠冷、正起、路杳、蘸水，亦万不可用他声，此词亦忌入韵。又《眉妩》，亦有三处用去上声。白石词"信马青楼去""翠尊共款""乱红万点"是也。中如信马、共款、万点，亦不可用他声。至如《兰陵王》之多仄声字，《寿楼春》之多平声字，又当一一遵守，不得混用上去入三声也。此法在词中虽至易晓，但所以必要遵守之理，实由发调。余尝作《南曲集贤宾》，据旧谱首句云："西风桂子香正幽。"用平平去上平去平，历按各家传作。如《西楼》云："愁魔病鬼朝露捐。"《长生殿》云："秋空夜永碧汉清。"皆守则诚格式。因戏改四声作之云："烽烟古道人懒游。"此懒字必须落下，而此处却宜高揭。遂至字顿喉间，方知旧曲中如"博山云袅鸡舌焚，寻常杏花难上头"类，歌时转换怪异，拗折嗓子也。因曲及词，其理本同。清词名家，惟陈实庵、沈闰生、蒋鹿潭能合四声，余皆不合律式。清初诸家，如陈迦陵、纳兰容若、曹溶辈，且不足以语此也。盖上声舒徐和软，其腔低。去声激厉劲远，其腔高。相配用之，方能抑扬有致。大抵两上两去，法所当避。阴阳间用，最易动听。试观方千里《和清真词》，于用字去上之间，一守成式，可知古人作词之严矣。万红友云："名词转折跌荡处，多用去声。"此语深得倚声三昧。盖三仄之中，入可作平，上界平仄之间，去则独异。且其声由低而高，最宜缓唱。凡牌名中应用高音者，皆宜用此。如尧章《扬州慢》，"过春风十里"，"自胡马窥江去后"，"渐黄昏，清角吹寒"，凡协韵后转折处皆用去声，此首最为明显。他如《长亭怨慢》"树若有情时，望高城不见"。"第一是早早归来，算空有并刀"。《淡黄柳》之"看尽鹅黄嫩绿"，"怕梨花落尽成秋色"，其领头处，无一不用去声者。无他，以发调故也。此意为昔人所未发，红友亦言之不详，因特著之。

入声之叶三声，《中原音韵》，菉斐轩《词林韵释》，既备列之矣。但入作三声，仅有七部，支微、鱼虞、皆来、萧豪、歌戈、家麻、尤侯诸部是也。然此是曲韵，于词微有不合。就词韵论，当分八部，以屋、沃、烛为一部，觉、药、铎为一部，质、栉、迄、昔、锡、职、德、缉为一部，术、物为一部，陌、麦为一部，没、曷、末为一部，月、黠、鎋、屑、薛、叶、帖为一部，合、盍、业、洽、狎、乏为一部。如此分合，较戈氏《词林正韵》为当矣。其派作三声处，仍据高安旧例，分隶前列七部之内，则入作三声，亦一览而知。详后论韵篇，此其大较也。惟古人用入声字，其叶韵处，固不外七部之例。如晏几道《梁州令》"莫唱阳关曲"，"曲"字作邱雨切，叶鱼虞韵。柳永《女冠子》"楼台悄似玉"，"玉"字作于句切。又《黄莺儿》"暖律潜催幽谷"，"谷"字作公五切，皆叶鱼虞韵。辛弃疾《丑奴儿慢》"过者一霎"，"霎"字作始鲜切，叶家麻韵。张炎《西子妆慢》"遥岑寸碧"，碧字作邦彼切，叶支微韵。又《徵招》换头"京洛染缁尘"，洛字须韵作郎到切，叶萧豪韵。此与曲韵无所分别。至如句中用入，派作三声处，则大有不同。大抵词中入声协入三声之理，与南曲略同，不能谨守菉斐所派三声之例。如欧词《摸鱼子》"恨人去寂寂，凤枕孤难宿"，寂寂叶精妻切。苏轼《行香子》"酒斟时须满十分"，周邦彦《一寸金》"便入渔钓乐"，十入二字叶绳知切。秦观《望海潮》"金谷俊游"，谷叶公五切。又《金明池》"才子倒玉山休诉"，玉叶语居切。姜夔《暗香》"旧时月色"，月叶胡靴切。诸如此类，不可尽数。而按诸菉斐旧律，或有未尽合者。此不得责订韵者之误，亦不可责填词者之非也。盖入声叶韵处，其派入三声，本有定法。某字作上，某字作平，某字作去，一定不易。仅宗高安、菉斐

〔明〕吴伟《江山渔乐图》

此画描绘的是江南秀色和渔民生活。江边高树坡石，其上远山层叠，江中有渔舟停泊，是一幅秀润美丽的江山渔乐图卷。

给青少年的人文素养课

二家，亦可勿畔。至于句中入声字，严在代平。其作上去，本不多见。词家用仄声处，本合上去入三声言之。即使不作去上，直读本声，亦无大碍。故句中入字，叶作三声，实无定法。既可作平，亦可上去，但须辨其阴阳而已。如用十字，其在平声格，固必须协绳知切，读若池音。苟在仄声格，上则作去，可作本字入声读，亦无不可。所谓词中之仄，本上去入三声统用也。故学者遇入作三声时，宜注意作平之际者，即此故也。又词有必须用入之处，不得易用上去者。如《法曲献仙音》首二句"虚阁笼寒，小帘通月"，阁、月宜入。《凄凉犯》首句"绿杨巷陌"，绿、陌宜入。《夜飞鹊》"斜月远堕余辉"，"兔葵燕麦"，月、麦宜入。《霜叶飞换头》"断阕经岁慵赋"，《瑞龙吟》"愔愔坊陌人家"，"侵晨浅约宫黄"，"吟笺赋笔"，陌、约、笔宜入。《忆旧游》末句"千山未必无杜鹃"，必字宜入。词中类此颇多。盖入声字重浊而断，词中与上去间用，有止如槁木之致。今南曲中遇入声字，皆重读而作断腔，最为美听。以词例曲，理本相同。虽谱法亡逸，而程式尚存，故当断断谨守之也。戈氏《词韵》，于入声字，分为五部。虽失之太宽，而分派三声，仍分列各部之下。眉目既晰，而所分平上去三声，亦按图可索，学者称便利。且派作三声者，皆有切音。使人知有限度，不能滥施自便，尤有功于词学。非浅鲜矣。

第十讲　论　韵

词之有韵，所以谐节奏，调起毕也。是以多取同音，弗畔宫律，吐字开闭，畛域綦严。古昔作者，严于律度。寻声按谱，不逾别刊。其时词韵，初无专书，而操觚者出入阴阳，动中窍奥，盖深知韵理，方诣此境，非可望诸后人也。韵书最初莫如朱希真作《应制词韵》十六条。其后张辑释之，冯取洽增之。至元陶宗仪，曾讥其混淆，欲为更定，而其书久佚，无从扬攉矣。绍兴间，刻箓斐轩《词林要韵》一册，樊榭曾见之。其论词绝句，有"欲呼南渡诸公起，韵本重雕箓斐轩"之句，后果为江都秦氏刻入《词学全书》中，即今通行之本。词韵之书，此为最古矣。惟近人皆疑此书为北曲而设，又有谓元明之季伪托者，今不备论。自是而沈谦之《词韵略》，赵钥之《词韵》，李渔之《词韵》，胡文焕之《文会堂词韵》，许昂霄之《词韵考略》，吴烺之《学宋斋词韵》，纯驳不一，殊难全璧。至戈载《词林正韵》出，作者始有所依据。虽其中抵牾之处，或未能免。而近世词家，皆奉为令典，信而不疑也。夫填词用韵，大抵平声独押，上去通押。故凡作词韵者，俱总合三声分部，而中又明分平仄。至于入声，无与平上去统押之理，故入声须另立部目，不得如曲韵之例。分配三声以外，不再专立韵目。如《中原音韵》《中州全韵》诸书也。

今先论诸韵。收声字音，不转收别韵，并不受别韵转收者，支时、家麻、歌罗是也。转收别韵，不受别韵转收者，皆、来转齐、微，萧、豪转鱼、模，幽、尤转鱼、模是也。不转收别韵，但受别韵转收者，齐、微受皆、来转，鱼、模受萧、豪转是也。收鼻音者，东同、江阳、庚亭三韵是也。收闭口音者，侵寻、监咸、纤廉三韵是也。收音时舌腭

给青少年的人文素养课

211

相抵，而略似鼻音，略似闭口者，真文、寒山、先田三韵是也。韵之与音，其关系如此，昔人谓皆来收齐微处，音如衣。萧豪收鱼模处，音如乌。东同收鼻音处，音如翁。江阳、庚亭二韵收鼻音处，又与东同小异。此说最精，惟所论不备，因详述如下。次论分韵标目。词韵与曲韵，须知有不同之处。曲中如寒山、桓欢，分为两部。家麻、车遮，亦分为二。词则通用，不相分别。且四声缺入声，而词则明明有必须用入之调，故曲韵不可用为词韵也。至标目，则参酌戈载《正韵》、沈谦《韵略》二书，并列其目。韵目用广韵

第一部　平一东　二冬　三钟

　　　　上一董　二肿

　　　　去一送　二宋　三用

第二部　平四江　十阳　　十一唐

　　　　上三讲　二十六养　三十七荡

　　　　去四绛　四十一漾　四十二宕

第三部　平三支　六脂　七之　八微　十二齐　十五灰

　　　　上四纸　五旨　六止　七尾　十一荠　十四贿

　　　　去五寘　六至　七志　八未　十二霁　十三祭

　　　　十四太ₓ　十八队　二十废

第四部　平九鱼　十虞　十一模

　　　　上八语　九麌　十姥

　　　　去九御　十遇　十一暮

第五部　平十三佳ₓ　十四皆　十六咍

　　　　上十二蟹　十三骇　十五海

　　　　去十四太ₓ　十五卦ₓ　十六怪

　　　　十七夬　十九代

第六部　平十七真　十八谆　十九臻　二十文

　　　　二十一欣　二十三魂　二十四痕

　　　　上十六轸　十七准　十八吻　十九隐

　　　　二十一混　二十二很

　　　　　　去二十一震　二十二稕　二十三问

　　　　　　二十四焮　二十六圂　二十七恨

第七部　　平二十二元　二十五寒　二十六桓

　　　　　　二十七删　二十八山　一先　二仙

　　　　　　上二十阮　二十三旱　二十四缓　二十五潸

　　　　　　二十六产　二十七铣　二十八狝

　　　　　　去二十五愿　二十八翰　二十九换

　　　　　　三十谏　三十一裥　三十二霰　三十三线

第八部　　平三萧　四宵　五肴

　　　　　　上二十九筱　三十小　三十一巧　三十二晧

　　　　　　去三十四啸　三十五笑　三十六效

　　　　　　三十七号

第九部　　平七歌　八戈

　　　　　　上三十三哿　三十四果

　　　　　　去三十八个　三十九过

第十部　　平十三佳半　九麻

　　　　　　上三十五马

　　　　　　去十五卦半　四十祃

第十一部　平十二庚　十三耕　十四清　十五青

　　　　　　十六蒸　十七登

　　　　　　上三十八梗　三十九耿　四十静

　　　　　　四十一迥　四十二拯　四十三等

　　　　　　去四十三映　四十四诤　四十五劲

　　　　　　四十六径　四十七证　四十八嶝

第十二部　平十八尤　十九侯　二十幽

　　　　　　上四十四有　四十五厚　四十六黝

　　　　　　去四十九宥　五十候　五十一幼

第十三部　平二十一侵

　　　　　　上四十七寝

　　　　　　去五十二沁

213

第十四部　　平二十二覃　二十三谈　二十四盐

　　　　　　　二十五添　二十六咸　二十七衔

　　　　　　　二十八严　二十九凡

　　　　　　　上四十八感　四十九敢　五十琰

　　　　　　　五十一忝　五十二俨　五十三豏

　　　　　　　五十四槛　五十五范

　　　　　　　去五十三勘　五十四阚　五十五艳

　　　　　　　五十六㮇　五十七酽　五十八陷

　　　　　　　五十九鉴　六十梵

第十五部　　入一屋　二沃　三烛

第十六部　　四觉　十八药　十九铎

第十七部　　五质　七栉　九迄　二十二昔　二十三锡

　　　　　　　二十四职　二十五德　二十六缉

第十八部　　六术　八物

第十九部　　二十陌　二十一麦

第二十部　　十一没　十二曷　十三末

第二十一部　十月　十四黠　十五鎋　十六屑

　　　　　　　十七薛　二十九叶　三十帖

第二十二部　二十七合　二十八盍　三十一洽

　　　　　　　三十二狎　三十三业　三十四乏

　　上韵二十二部，不守高安旧例，大抵仍用戈氏分部，而入声则分八部。盖术物二韵，与平上去之鱼模语麌等，未便与质栉等同列。陌麦又隶属于皆来，没、曷、末亦属于歌、罗，故陌、麦不能与昔、栉同叶，没、曷、末不能与黠、屑同叶，戈氏合之，未免过宽，余故重为订核焉。

　　夫词中叶韵，惟上去通用。平入二声，绝不相混。有必用平韵者，有必用入韵者，蓁斐无入，故疑为曲韵。沈去矜、李笠翁辈，分列入韵，妄以乡音分析，尤为不经。且以二字标目，实袭曲韵之旧。夫曲韵之以二字标目，盖一阴一阳也。今沈韵中之屋、沃，李韵中之支、纸、置，围、委、未，奇、起、气，此何理也？高安所列东、钟，支、思等目，后人且有议之者矣。今不用《广韵》旧目，任取韵中一二字标题，而又不尽合阴阳之理，好奇炫异，又何为也？当戈韵未出以前，词家奉为金科玉律者，莫如吴烺、程名世等所著之《学宋斋词韵》。是书以学宋为名，宜其是矣。乃所学者，皆宋人误处。真、谆、臻、文、欣、魂、痕、庚、耕、清、青、蒸、登、侵，皆同用。元、寒、桓、删、山、先、仙、覃、谈、监、沾、严、咸、衔、凡，又皆并用。入声则术、物入质、栉韵，合、盍、洽、乏入月、屑韵，此皆滥通无绪，不可为法。且字数太略，音切又无分合，半通之韵，则臆断之，去上两见之字，则偏收之。种种疏缪，不可殚述。贻误后学，莫此为甚，远不及戈韵多矣。余故仍守戈氏之例，而于入声则较严云。

韵有开口闭口之分。第二部之江阳，第七部之元寒，此开口音也。第十三部之侵，第十四部之覃谈，此闭口音也，最为显露，作者不致淆乱。所易混者，第六部之真、谆，第十一部之庚、耕，第十三部之侵，即宋词中亦有牵连混合者。张玉田《山中白云词》，至多此病。如《琐窗寒》之"乱雨敲春"，《摸鱼子》之"凭高露饮"，《凤凰台上忆吹箫》之"水国浮家"，《满庭芳》之"晴卷霜花"，《忆旧游》之"问蓬莱何处"，皆混合不分。于是学者谓名手如玉田，犹不断断于此，不妨通融统叶，以宽韵脚。不知此三韵本非窄韵，即就本韵选字，已有余裕，何必强学

〔明〕张路《溪山放艇图》

张路发扬了吴伟放笔写意的画风，笔势极为豪壮，透露出明清写意画盛期的来临。

古人误处，且为之文过饰非也。即以诗论，此三韵亦无通押之理，何况拘守音律之长短句哉？其他第七部，与第十四部韵，词中亦有通假者，此皆不明开闭口之道，而复自以为是，避难就易也。

韵学之弊有四，浅学之士，妄选韵书，重误古人，贻误来学，其弊一也。次则蹇于牙吻，囿于偏方，虽稍窥古法，而吐咳不明，音注之间，毫厘千里，其弊二也。又有妄作之徒，不知稽古，孟浪押韵，其弊三也。才劣而口给者，操觚之际，利趁口而畏引绳，故乐就三弊。且为之张帜，其弊四也。余故严别町畦，为学者导，能不越此韵式，庶可言词矣。

第十一讲　论音律

音者何？宫、商、角、徵、羽、变宫、变徵七音也。律者何？黄钟、大吕、太簇、夹钟、姑洗、中吕、蕤宾、林钟、夷则、南吕、无射、应钟之十二律也。以七音乘十二律，则得八十四音。此八十四音，不名曰音，别名曰宫调。何谓宫调？以宫音乘十二律，名曰宫。以商、角、徵、羽、变宫、变徵乘十二律，名曰调。故宫有十二，调有七十二。表如下：

（一）（十二宫表）	（正名）	（俗名）
宫乘黄钟	黄钟宫	正黄钟宫
宫乘大吕	大吕宫	高宫
宫乘太簇	太簇宫	中管高宫
宫乘夹钟	夹钟宫	中吕宫
宫乘姑洗	姑洗宫	中管中吕宫
宫乘中吕	中吕宫	道宫
宫乘蕤宾	蕤宾宫	中管道宫
宫乘林钟	林钟宫	南吕宫
宫乘夷则	夷则宫	仙吕宫
宫乘南吕	南吕宫	中管仙吕宫
宫乘无射	无射宫	黄钟宫
宫乘应钟	应钟宫	中管黄钟宫
（二）（十二商表）	（正名）	（俗名）
商乘黄钟	黄钟商	大石调

商乘大吕	大吕商	高大石调
商乘太簇	太簇商	中管高大石调
商乘夹钟	夹钟商	双调
商乘姑洗	姑洗商	中管双调
商乘中吕	中吕商	小石调
商乘蕤宾	蕤宾商	中管小石调
商乘林钟	林钟商	歇指调
商乘夷则	夷则商	商调
商乘南吕	南吕商	中管商调
商乘无射	无射商	越调
商乘应钟	应钟商	中管越调
（三）（十二角表）	（正名）	（俗名）
角乘黄钟	黄钟角	正黄钟宫角
角乘大吕	大吕角	高宫角
角乘太簇	太簇角	中管高宫角
角乘夹钟	夹钟角	中吕正角
角乘姑洗	姑洗角	中管中吕角
角乘中吕	中吕角	道宫角
角乘蕤宾	蕤宾角	中管道宫角
角乘林钟	林钟角	南吕角
角乘夷则	夷则角	仙吕角
角乘南吕	南吕角	中管仙吕角
角乘无射	无射角	黄钟角
角乘应钟	应钟角	中管黄钟角
（四）（十二变徵表）	（正名）	（俗名）
变徵乘黄钟	黄钟变徵	正黄钟宫变徵
变徵乘大吕	大吕变徵	高宫变徵
变徵乘太簇	太簇变徵	中管高宫变徵
变徵乘夹钟	夹钟变徵	中吕变徵
变徵乘姑洗	姑洗变徵	中管中吕变徵

变徵乘中吕	中吕变徵	道宫变徵
变徵乘蕤宾	蕤宾变徵	中管道宫变徵
变徵乘林钟	林钟变徵	南吕变徵
变徵乘夷则	夷则变徵	仙吕变徵
变徵乘南吕	南吕变徵	中管仙吕变徵
变徵乘无射	无射变徵	黄钟变徵
变徵乘应钟	应钟变徵	中管黄钟变徵
（五）（十二徵表）	（正名）	（俗名）
徵乘黄钟	黄钟徵	正黄钟宫正徵
徵乘大吕	大吕徵	高宫正徵
徵乘太簇	太簇徵	中管高宫正徵
徵乘夹钟	夹钟徵	中吕正徵
徵乘姑洗	姑洗徵	中管中吕正徵
徵乘中吕	中吕徵	道宫正徵
徵乘蕤宾	蕤宾徵	中管道宫正徵
徵乘林钟	林钟徵	南吕正徵
徵乘夷则	夷则徵	仙吕正徵
徵乘南吕	南吕徵	中管仙吕正徵
徵乘无射	无射徵	黄钟正徵
徵乘应钟	应钟徵	中管黄钟正徵
（六）（十二羽表）	（正名）	（俗名）
羽乘黄钟	黄钟羽	般涉调
羽乘大吕	大吕羽	高般涉调
羽乘太簇	太簇羽	中管高般涉调
羽乘夹钟	夹钟羽	中吕调
羽乘姑洗	姑洗羽	中管中吕调
羽乘中吕	中吕羽	正平调
羽乘蕤宾	蕤宾羽	中管正平调
羽乘林钟	林钟羽	高平调
羽乘夷则	夷则羽	仙吕调

给青少年的人文素养课

羽乘南吕	南吕羽	中管仙吕调
羽乘无射	无射羽	羽调
羽乘应钟	应钟羽	中管羽调
（七）（十二变宫表）	（正名）	（俗名）
变宫乘黄钟	黄钟变宫	大石角
变宫乘大吕	大吕变宫	高大石角
变宫乘太簇	太簇变宫	中管高大石角
变宫乘夹钟	夹钟变宫	双角
变宫乘姑洗	姑洗变宫	中管双角
变宫乘中吕	中吕变宫	小石角
变宫乘蕤宾	蕤宾变宫	中管小石角
变宫乘林钟	林钟变宫	歇指角
变宫乘夷则	夷则变宫	商角
变宫乘南吕	南吕变宫	中管商角
变宫乘无射	无射变宫	越角
变宫乘应钟	应钟变宫	中越管角

　　上八十四宫调，第一表为宫，二、三、四、五、六、七表为调。此但论律之排列，未及音之高下分配也。各宫调各有管色，各宫调各有杀声。何谓管色？即今西乐中 CDEFGAB 七调，所以限定乐器用调之高下也。何为杀声？每牌必隶属一宫或一调，而此宫调之起声与结声，又各有一定。此一定之声，即所谓杀声也。即以黄钟宫论，黄钟管色用六字，黄钟宫之各牌起结声，为合字或六字，故黄钟宫下各牌如《侍香金童》《传言玉女》《绛都春》诸词，皆用六字管色。而以合字或六字为诸牌之起结声，八十四宫调，各有管色及杀声，因总列十二表如下：

（一）黄钟〔管色用（合）或（六）〕

宫　……………………………正黄钟宫用（合）字杀

商　……………………………大石调用（四）字杀

角　……………………………正黄钟宫角用（一）字杀

变徵　…………………………正黄钟宫变徵用（勾）字杀

徵　……………………………正黄钟宫正徵用（尺）字杀

羽　……………………………般涉调用（工）字杀

变宫　…………………………大石角用（凡）字杀

（二）大吕〔管色用（下四）或（下五）〕

宫　……………………………高宫用（下四）字杀

商　……………………………高大石调用（下一）字杀

角　……………………………高宫角用（上）字杀

变徵　…………………………高宫变徵用（尺）字杀

徵　……………………………高宫正徵用（下工）字杀

羽　……………………………高般涉调用（下凡）字杀

变宫　…………………………高大石角用（合）字杀

（三）太簇〔管色用（四）或（五）〕

宫　……………………………中管高宫用（四）字杀

商　……………………………中管高大石调用（一）字杀

角　……………………………中管高宫角用（勾）字杀

变徵　…………………………中管高宫变徵用（下工）字杀

徵　……………………………中管高宫正徵用（工）字杀

羽　……………………………中管高般涉调用（凡）字杀

变宫　…………………………中管高大石角用（下四）字杀

给青少年的人文素养课

221

（四）夹钟〔管色用（下一）或（高五）〕

宫	…………………………… 中吕宫用（下一）字杀
商	…………………………… 双调用（上）字杀
角	…………………………… 中吕正角用（尺）字杀
变徵	…………………………… 中吕变徵用（工）字杀
徵	…………………………… 中吕正徵用（下凡）字杀
羽	…………………………… 中吕调用（合）字杀
变宫	…………………………… 双角用（四）字杀

（五）姑洗〔管色用（一）〕

宫	…………………………… 中管中吕宫用（一）字杀
商	…………………………… 中管双调用（勾）字杀
角	…………………………… 中管中吕角用（下工）字杀
变徵	…………………………… 中管中吕变徵用（下凡）字杀
徵	…………………………… 中管中吕正徵用（凡）字杀
羽	…………………………… 中管中吕调用（下四）字杀
变宫	…………………………… 中管双角用（下一）字杀

（六）中吕〔管色用（上）〕

宫	…………………………… 道宫用（上）字杀
商	…………………………… 小石调用（尺）字杀
角	…………………………… 道宫角用（工）字杀
变徵	…………………………… 道宫变徵用（凡）字杀
徵	…………………………… 道宫正徵用（合）字杀
羽	…………………………… 正平调用（四）字杀
变宫	…………………………… 小石角用（一）字杀

（七）蕤宾〔管色用（勾）〕

宫 ……………………………中管道宫用（勾）字杀
商 ……………………………中管小石调用（下工）字杀
角 ……………………………中管道宫角用（下凡）字杀
变徵 ……………………………中管道宫变徵用（合）字杀
徵 ……………………………中管道宫正徵用（下四）字杀
羽 ……………………………中管正平调用（下一）字杀
变宫 ……………………………中管小石角用（上）字杀

（八）林钟〔管色用（尺）〕

宫 ……………………………南吕宫用（尺）字杀
商 ……………………………歇指调用（工）字杀
角 ……………………………南吕角用（凡）字杀
变徵 ……………………………南吕变徵用（下四）字杀
徵 ……………………………南吕正徵用（四）字杀
羽 ……………………………高平调用（一）字杀
变宫 ……………………………歇指角用（勾）字杀

（九）夷则〔管色用（下工）〕

宫 ……………………………仙吕宫用（下工）字杀
商 ……………………………商调用（下凡）字杀
角 ……………………………仙吕角用（合）字杀
变徵 ……………………………仙吕变徵用（四）字杀
徵 ……………………………仙吕正徵用（下一）字杀
羽 ……………………………仙吕调用（上）字杀
变宫 ……………………………商角用（尺）字杀

（十）南吕〔管色用（工）〕

宫	……………………	中管仙吕宫用（工）字杀
商	……………………	中管商调用（凡）字杀
角	……………………	中管仙吕角用（下四）字杀
变徵	……………………	中管仙吕变徵用（下一）字杀
徵	……………………	中管仙吕正徵用（一）字杀
羽	……………………	中管仙吕调用（勾）字杀
变宫	……………………	中管商角用（下工）字杀

（十一）无射〔管色用（下凡）〕

宫	……………………	黄钟宫用（下凡）字杀
商	……………………	越调用（合）字杀
角	……………………	黄钟角用（四）字杀
变徵	……………………	黄钟变徵用（一）字杀
徵	……………………	黄钟正徵用（上）字杀
羽	……………………	羽调用（尺）字杀
变宫	……………………	越角用（工）字杀

（十二）应钟〔管色用（凡）〕

宫	……………………	中管黄钟宫用（凡）字杀
商	……………………	中管越调用（下四）字杀
角	……………………	中管黄钟角用（下一）字杀
变徵	……………………	中管黄钟变徵用（上）字杀
徵	……………………	中管黄钟正徵用（勾）字杀
羽	……………………	中管羽调用（下工）字杀
变宫	……………………	中管越角用（下凡）字杀

上八十四宫调，管色、杀声，一一备列。但能知某牌之属何宫调，即可知某牌用何管色，用何起结。其事极简，而探索极易。然而明清以来，何以不明此理乎？曰管色杀声，诸谱字备载《词源》，而玉田所书诸谱，皆为宋代俗乐之字。年代久远，乐工不能识，文人能歌者少，且妄加考订，而其理愈晦。且书经数刻，歌谱各字，渐次失真。于是毫厘千里，不可究诘矣。因取古今雅俗乐府字，列一对照表。又以中西律音，作一对照表。再取白石旁谱，以证管色、杀声之理，则前十二表可豁然云。

古今雅俗乐谱字对照

古雅	黄	大	太	夹	姑	中	蕤	林	夷	南	无	应	黄清	大清	太清	夹清
古俗	△	ㄖ	ㄇ	⊖	一	㖇	L	㇏	ㄖ	ㄱ	ㄇ	丬	夂	ㄖ	ㄎ	ㄅ
今俗	合	下四	四	下一	一	上	勾	尺	下工	工	下凡	凡	六	下五	五	高五

上表即据《词源》排次，而旧刻多误。于夹钟本律，当以下一配之，《词源》讹作一上。下五为大吕清声，应加一〇。五字为太簇清，不当加〇。而《词源》互讹，高五即ㄅ，当加小画，以别于五。而《词源》亦加以〇。于是知音者，皆怀疑矣。勾字音义，今人度曲，皆不能识。方成培《词麈》，疑为高上，亦未合。独凌廷堪《燕乐考原》，引韩邦奇之言，始发明勾，即下尺之义，近人皆遵信之，而宋词谱无窒碍矣。宋乐俗谱，低音加〇，高音加—。前代乐音皆低，故高音部字少见

中西律音对照表

中律名	西律名	中音名	普通音名	俗音名
黄钟	G	宫	1	上
大吕	#b CD			
太簇	D	商	2	尺
夹钟	#b DE			

给青少年的人文素养课

（续表）

中律名	西律名	中音名	普通音名	俗音名
姑洗	E	角	3	工
中吕	F	变徵	4	凡
蕤宾	#b FG			
林钟	G	徵	5	六
夷则	#b GA			
南吕	A	羽	6	五
无射	#b AB			
应钟	B	变宫	7	乙

上表自明。要知中西古今同此七音，是以理无二致，可以理测也。今再就白石旁谱，考其管色起结，即知《词源》列八十四调之理。今词谱虽亡，而慨想遗音，亦可略为推求焉。

　　白石自制曲《扬州慢》《长亭怨慢》二词，皆注中吕宫。按：中吕宫管色用下一或高五，即今俗乐之一字调，或正工调也。起结两声，亦当用下一或高五。今《扬州慢》"少驻初程""都在空城""知为谁生"三句，末字旁谱皆作"ㄅ"，此盖"一"字之声，加上底拍耳。初程之程，为起声；城生二韵为结声，其理显然也。《长亭怨慢》之"绿深门户""青青如此""离愁千缕"，虽底拍不尽同，而住声于"一"字则同也。《暗香》《疏影》二词，注仙吕宫，管色为工字，即今乐之小工词也。杀声亦作工字，起结二声，亦当用工字。白石二词中："梅边吹笛""香冷入瑶席""几时见得"，旁谱于末字皆作"ㄅ"，此盖用工字结声而加拍也。按诸律度，无不吻合。《疏影》词亦同。惟"小窗横幅"，旁谱于幅字上作"ㄅ"，此盖形近之误。《惜红衣》为无射宫，俗名黄钟宫，管色用下凡，即今乐之凡字调也。起结声同，姜词"睡余无力""西风消息""三十六陂秋色"三韵，谱声"ㄅ"，此盖用凡字结声而加拍也。按诸律度，亦全吻合。其他各词，无一不同前义。是可知管色起结，各宫调自有一定，知音者无不遵守之。白石于新曲作谱，如此谨严，则旧调从可知矣。

两宋诸词宫调可考者，如清真、屯田，皆自注各牌之下，梦窗亦然。其谱固亡佚，而宫调格式仍在。就其起结声之高下，而分配平仄阴阳，便是合律之作。大抵声音之高下，以工字为标准。工字以上声为高音，工字以下声为低音此约略言之，勿过拘泥。高者宜阴字，低者宜阳字，此大较也。惟八十四调中，非每调各有曲子。据《词源》所列，止七宫十二调有曲耳。七宫者，黄钟宫、仙吕宫、正宫、高宫、南吕宫、中吕宫、道宫也。十二调者，大石调、小石调、般涉调、歇指调、越调、仙吕调、中吕调、正平调、高平调、双调、黄钟羽调、商调也。盖八十四调者，音律之次第也。七宫十二调者，音律之应用也。此意不可不知。

〔明〕周臣《香山九老图》

唐代文人胡杲、吉旼、刘贞、郑据、卢贞、张浑、白居易、李元爽及禅僧如满九位老者，因志趣相投，结为九老会。本图即是描绘"九老"于唐会昌五年（845 年）在洛阳龙门山东之香山聚会时的情景。画面布局饱满，结构精整，人物神态各异，生动自然。

给青少年的人文素养课

第十二讲　论作法

作词之法，论其间架构造，却不甚难。至于撷芳佩实，自成一家，则有非言语可以形容者。所谓能与人规矩，不能使人巧也。有一成不变之律，无一定不易之文。南宋时修内司所刊《乐府混成集》，巨帙百余。周草窗《齐东野语》，称其古今歌词之谱，靡不备具，而有谱无词者，实居其半。当时词家，但就已定之谱，为之调高下，定句读，叶四声，而实之以俊语。故白石集中，自度腔皆有字谱，其他则否，非不知旧词之谱也。盖是时通行诸谱，完全无缺，作者按谱以下字，字范于音，音统于律，正不必琐琐缮录也此意余别有考订，今省。是以在宋时，多有谱而无词，至今则有词而无谱。惟无谱可稽，斯论律之书愈多矣，要皆扣槃扪烛也。余撰此篇，亦匠氏之规矩耳。律可合，而音不可求，余亦无如何焉。

（一）结构　词之为调，有六百六十余，其体则一千一百八十有奇。学者就万氏《词律》，按律谐声，不背古人之成法，亦可无误。惟律是成式，文无成式也。于是不得不论结构矣。全词共有几句，应将意思配置妥帖后，然后运笔。凡题意宽大，宜抒写胸襟者，当用长调，而长调中就以苏、辛雄放之作为宜；若题意纤仄，模山范水著，当用小令或中调。惟境有悲欢，词亦有哀乐。大抵商调、南吕诸词，皆近悲怨；正宫、高宫之词，皆宜雄大；越调冷隽，小石风流，各视题旨之若何，以为择调张本。若送别用《南浦》，祝嘏用《寿楼春》，皆毫厘千里之谬《南浦》系欢词，《寿楼春》为悼亡。此择调之大略也。至每调谋篇之法，又各就词之长短以为衡。短令宜蕴藉含蓄，令人得言外之意，方为合格。如李后主词"别有一般滋味在心头"，不说出苦字；温飞卿词"杨

给青少年的人文素养课

228

柳又如丝，驿桥春雨时"，不说出别字，皆是小令作法。长调则布置须周密，有先将题面说过，至下叠方发议论者，如王介甫《桂枝香·金陵怀古》。有直赋一物，寄寓感喟者，如东坡《水龙吟·杨花》。而凭高念旧，枨触无端，又复用意明晰，措词娴雅者，莫如草窗《长亭怨·怀旧》词云：

> 记千竹万荷深处，绿净池台，翠凉亭宇。醉墨题香，闲箫横玉尽吟趣。胜流星聚，知几诵燕台句。零落碧云空，叹转眼岁华如许。　　凝伫。望涓涓一水，梦到隔花窗户。十年旧事，尽消得庾郎愁赋。燕楼鹤表半飘零，算惟有盟鸥堪语。漫倚遍河桥，一片凉云吹雨。

盖草窗之父，曾为衢州倅官，时刺史为杨泳斋按：即草窗之外舅，别驾为牟存斋，郡博士为洪恕斋，一时名流星聚。倅衙在龟阜，有堂曰啸咏，为琴尊觞咏之地。是时草窗尚少，及后数十年，再过是地，则水逝云飞，无人识令威矣。词中千竹万荷，指啸咏堂也。"醉墨题香"，"胜流星聚"，指一时裙屐也。"隔花窗户"，"燕楼飘零"，指目前景物也。"漫倚河桥"，"凉云吹雨"，是直抒黍麦之感矣。此等词结构布局，最是匀称，可以为法宋词佳构，浩如烟海，安得一一引入？仅举一例，以俟隅反。

（二）字义　我国文字，往往有一字两三音，而解释殊者。词家当深明此义。如萧索之索，当叶速；索取之索，当叶啬；数日之数，当叶素；烦数之数，当叶朔；睡觉之觉，当去声；知觉之觉，当入声。其他专名如嫛婺、仆射、龟兹等，尤宜留意。作词者一或不慎，动辄得咎。词为声律之文，苟失黏错误，便无意致。草窗《玉漏迟·题吴梦窗霜花腴词集》首云："老来欢意少。"又云："与君共是承平年少。"两用少字，非复韵也。盖多少之少是上声，老少之少是去声。本系两字，尽可同叶。又如些字，一入麻韵，一入个韵。盖些儿之些为平，楚些之些为仄也。因略举数则。

给青少年的人文素养课

屈信申	信义迅	造作早	造就糙
矛盾忍	甲盾遁	窒塞色	边塞赛
冯妇逢	冯河平	女红工	红紫洪
戕害祥	戕舸藏		

诸如此类，不胜其多。学者平时诵习，一加考核，音读既正，自无误用矣。

（三）句法　积字成句，叶以平仄，此填词者，尽人知之也。但句法之异，须在作者研讨。一调有一定之平仄，而句法亦有成规。若乱次以济，未有不舛谬者。今自一字句至七字句止，逐句核订如下。

（1）一字句　此种甚少，惟十六字令首句有之，其他皆用作领字，而实未断句者领不外正、甚、怎、奈、渐、又、料、怕、是、证、想等数字，用平声者不多。

（2）二字句　此种大概用于换头首句，其声"平仄"者最多。又或用于句中暗韵处，用在换头者。如王沂孙《无闷》云"清致，悄无似"，周邦彦《琐窗寒》云"迟暮，嬉游处"，此用平仄者。又如东坡《满庭芳》"无何，何处是"，张炎《渡江云》"愁余，荒洲古溆"，此用平平者。用在暗韵者，如《木兰花慢》，梦窗"寿秋壑"云"金狨，锦鞲赐马"，"兰宫，系书翠羽"，此用平平者。又如白石《惜红衣》云"故国，渺天北，"是用仄仄者。二字句法，不外此数例矣。

（3）三字句　通常以"仄平平"为多，如《多丽》之"晚山青"是也。他如平平仄者，如《万年欢》之"仁恩被""封人祝"是。仄平仄者，如《满江红》之"莫淮右"。平平平者，如《寿楼春》之"今无裳"皆是。若"仄仄平""仄仄仄"类，大半是领头句矣。

（4）四字句　"平平仄仄""仄仄平平"，固四字句普通句法，无须征引古词。然如《水龙吟》末句，辛稼轩云"揾英雄泪"，苏东坡云"是离人泪"，是上一下三句法也。又如杨无咎《曲江秋》云"银汉坠怀"，"渐觉夜阑"，是平仄仄平也。

（5）五字句　按此亦只有"上二下三"与"上一下四"两种。"平平平仄仄"，"仄仄仄平平"，"仄仄平平仄"，"平平仄仄平"，此四种皆上二下三句法也。若如《燕归梁》云"记一笑千金"，是上一下四也。惟《寿楼春》"裁春衣寻芳"用五平声字，则殊不多耳。

（6）六字句　此有二种。一为普通用于双句对下，一为折腰句。如《清平乐》之下叠。《风入松》之末二句。则词中不经见者，平仄无定。

（7）七字句　此亦有二种。一为"上四下三"，如诗一句者，如《鹧鸪天》"小窗愁黛淡秋山"，《玉楼春》"棹沉云去情千里"之类。一为"上三下四"者，若《唐多令》"燕辞归客尚淹留"，《洞仙歌》"金波淡玉绳低转"之类。平仄无定，作时须留意。

以上七格，词中句法略备矣。至八字句，如《金缕曲》"枉教人梦断瑶台月"，九字句，如《江城子》"锦帽貂裘千骑卷平冈"类，实皆合"三五""四五"成句耳。句至七字，诸体全矣。盖歌之节奏，全视句法之何若。今南曲板式，即为限定句法而设，故曰乐句。曲与词固是一例，词谱虽亡，而句法未改。守定成式，自无偭规越矩之诮。至就文律言之，则出句宜雅艳，忌枯瘁。宜芳润，不宜噍杀。意常则造语贵新，语常则倒换须奇。一调之中，句句琢炼，语语自然，积以成章，自无疵病矣。

（四）结声字　结声者，词中第一韵与两叠结韵处也。第一韵谓之起调，两结韵谓之毕曲，此三处下韵，其音须相等_{说见前章}。近人作词，往往就古人成作，守定四声，通体不易一音。其用力良苦，然煞声字不合之弊，则无之也。此端昉于蒋鹿潭，近则朱、况，皆斤斤于此，一字不少假借。夔笙更欲调以清浊，分订八音，守律愈细，而填词如处桎梏，分毫不能自由矣。

（五）杂述　古今诗话，汗牛充栋，词话则颇罕。然如玉田《词源》，辅之词旨，宋元时已有专书。而周公谨《浩然斋雅谈》末卷，吴曾《能改斋漫录》十六、十七两卷，亦皆词话之类也。至清则如刘公勇之《七颂堂词绎》，王阮亭之《花草蒙拾》，邹程村之《远志斋词衷》等书，亦皆有价值者_{《古今词话》一书，散见《词综》，无单行者}。而周氏《词

给青少年的人文素养课

辨》，又有独到语，概足为学者取法也。

"词以自然为宗，但自然不从追琢中来，便率易无味。"此彭金粟语，最是中肯。又云："用古人之事，则取其新僻，而去其陈因。用古人之语，则取其清隽，而去其平实。用古人之字，则取其轻丽，而去其浅俗。"近人好用僻典，颇觉晦涩，乃叹范赞之记《云仙》，陶谷之录《清异》，稍资谈柄，不是仙才。

吴子律云："词患堆积，堆积近缛，缛则伤意。词忌雕琢，雕琢近涩，涩则伤气。"又云："言情以雅为宗。语艳则意尚巧，意亵则语贵曲_{按：意亵亦是一病}。"

学稼轩，要于豪迈中见精致。学梦窗，要于缜密中求清空。

咏物词须别有寄托，不可直赋。自诉飘零，如东坡之"咏雁"，独写哀怨，如白石之"咏蟋蟀"，斯最善矣。至如史邦卿之"咏燕"，刘龙洲之"咏指甲"，纵工摹绘，已落言诠。今之作者，即欲为刘史之隶吏，亦不可得也。彼演肤词，此征僻典，夸多竞富，味同嚼蜡。况词之体格，微与诗异乎？此如咏梅花者，累代不能得数语。而鄙者或百咏，或数十咏，徒使开府汗颜，逋仙冷齿耳。且竹垞"咏猫"，武曾"咏笋"，辄胪故实，亦载鄙谚。偶一为之，亦才人忍俊不禁之故技。究之静志居、秋锦山房之联踪两宋，弁冕一朝者，谓区区在此，谅亦不然，顾奈何以傅色揣声为能事乎？

第十三讲　唐五代词略

　　词者，诗之余也。诗莫古于三百篇，皆可以合乐。周衰，诗亡乐废。屈宋代兴，虽九歌侑乐，而已与诗异途矣。经秦之乱，古乐胥亡。汉武立乐府，作郊祀十九章，铙歌二十二章。历魏晋六朝，皆仍其节奏其名历代不同，其歌法仍袭旧，于是诗与乐分矣。自魏武借乐府以写时事，《薤露歌》《蒿里行》，皆为董卓之乱而作，与原义不同。陈思王植作《鞞舞新歌》五章，谓古曲谬误至多，异代之文，不必相袭，爰依前曲，别作新歌。此说一开，后人乃有依乐府之题，而直抒胸臆者，于是乐府之真又失矣。两晋以下，诸家所作，不尽仿古。一时君臣，尤喜别翻新调，而民间哀乐缠绵之情，托诸长谣短咏以自见者，亦往往而有。如东晋无名氏作《女儿子》《休洗红》二曲，梁武帝之《江南弄》，沈约之《六忆诗》，其字句音节，率有定格，此即词之滥觞矣。盖诗亡而乐府兴，乐府亡而词作。变迁递接，皆出自然也。今自隋唐以迄五代，略为诠论如下。

一、唐人词略

　　昔人论词，皆断自唐代。诚以唐代以前，如炀帝之《清夜游》《湖上曲》，侯夫人《看梅一点春》等，虽在李白、王维以前，而其词恐为后人伪托，不可据为典要，因亦以唐代为始。按赵璘《因话录》，唐初，柳范作"江南"《折桂令》，当在青莲《忆秦娥》《菩萨蛮》之前。而各家选本，皆未及之，其词盖久佚矣。皋文以青莲首列者，有深意焉。大抵初唐诸作，不过破五七言诗为之，中盛以后，词式始定。迨温庭筠

给青少年的人文素养课

出，而体格大备，此唐词之大概也。爰为论列之。

（一）李白　白字太白，蜀人。或云山东人。供奉翰林。录《忆秦娥》一首。

　　　　箫声咽，秦娥梦断秦楼月。秦楼月，年年柳色，灞陵伤
　　别。　　　乐游原上清秋节，咸阳古道音尘绝。音尘绝，西风
　　残照，汉家陵阙。

太白此词，实冠今古，决非后人可以伪托。非如《菩萨蛮》《桂殿秋》《连理枝》诸阕，读者尚有疑词也。盖自齐梁以来，陶弘景之《寒夜怨》、陆琼《饮酒乐》、徐孝穆《长相思》等，虽具词体，而堂庑未大。至太白而繁情促节，长吟远慕，遂使前此诸家，悉归笼化，故论词不得不首太白也。刘融斋以《菩萨蛮》《忆秦娥》两首，足抵杜陵《秋兴》。想其情境，殆作于明皇西幸之后。此言前人所未发，因亟录之按：太白前，不独柳范有《折桂令》一曲也，沈佺期有《回波词》，红友亦收入《词律》，实则六言诗耳。又明皇亦有《好时光》一首，见《尊前集》，亦系伪作。

（二）张志和　志和字子同，金华人。擢明经，肃宗命待诏翰林。坐贬，不复仕，自称"烟波钓徒"。录《渔歌子》一首：

　　　　西塞山前白鹭飞，桃花流水鳜鱼肥。青箬笠，绿蓑衣，
　　斜风细雨不须归。

此词为七绝之变，第三句作六字折腰句。按：志和所作，共五首。《词综》录其二，余三首见《尊前集》。唐人歌曲，皆五七言诗。此《渔歌子》既与七绝异，或就绝句变化歌之耳。因念《清平调》《阳关曲》，举世传唱，实皆是诗。《清平调》后人拟作者鲜，《阳关曲》则颇有摹效之者。如东坡《小秦王》词，四声皆依原作，盖音调存在，不妨被以新词也。至此词音节，或早失传，故东坡增句作《浣溪沙》，山谷增句作《鹧鸪天》，不得不就原词，以叶他调矣。

（三）韦应物　应物京兆人。官左司郎中，历苏州刺史。录《调笑》一首。

胡马，胡马，远放燕支山下。跑沙跑雪独嘶，东望西望路迷。迷路，迷路，边草无穷日暮。

应物词见《尊前集》者共四首。《调笑》二、《三台》二也。唐人作《调笑》者至多，如戴叔伦之"边草词"，王建之"团扇词"，皆用此调。其后《杨柳枝》盛行，而此调鲜见。入宋以后，此调句法更变，专供大曲歌舞之用矣《杨柳枝》实即七绝耳。

（四）白居易　居易字乐天，下邽人。贞元十四年进士，历官中书舍人，以刑部尚书致仕。有《长庆集》。录《长相思》一首。

汴水流，泗水流，流到瓜州古渡头，吴山点点愁。
思悠悠，恨悠悠，恨到归时方始休，月明人倚楼。

公所作词至富，如《杨柳枝》《竹枝》《花非花》《浪淘沙》《宴桃源》等，皆流丽稳协，而《一七令》体，尤为古今创作。后人塔体诗，即依此作也。余细按诸作，惟《宴桃源》与《长相思》为纯粹词体。余若《杨柳枝》《竹枝》《浪淘沙》，显为七言绝体。即《花非花》《一七令》，亦长短句之诗，不得概目之为词也。《宴桃源》云："前度小花静院，不比寻常时见。见了又还休，愁却等闲分散。肠断，肠断，记取钗横鬓乱。"按格直是《如梦令》。昔人以后唐庄宗所作为创，不知已始于白傅矣。余此录概取唐人之确凿为词者，彼长短句之诗勿入焉。

（五）刘禹锡　禹锡字梦得，中山人。贞元中进士，仕为太子宾客。会昌中，检校礼部尚书。录《忆江南》一首。

春去也，多谢洛城人。弱柳从风疑举袂，丛兰浥露似沾巾。独坐亦含颦。

《尊前集》录梦得作，有《杨柳枝》十二首、《竹枝》十首、《纥那曲》二首、《忆江南》一首、《浪淘沙》九首、《潇湘神》二首、《抛球乐》二首。中惟《忆江南》为词。《潇湘神》亦长短句诗耳词云："斑竹枝，

给青少年的人文素养课

斑竹枝，泪痕点点寄相思。楚客欲听瑶瑟怨，潇湘深夜月明时。"与韩翃《章台柳》词，实是一格。韩词云："章台柳，章台柳，昔日青青今在否？纵使长条似旧垂，也应攀折他人手。"所异者一平韵，一仄韵而已。《忆江南》一调，据韩偓《海山记》，隋炀帝泛东湖，制湖上曲八阕，即为《忆江南》句调。后人遂谓隋时所作。不知湖上八曲，皆是双叠。而双叠之体，实始于宋，唐人诸作，无一非单调，岂有炀帝时反有是格哉？故论此调创始，不若以白傅梦得辈为妥云。

（六）温庭筠　本名岐，字飞卿，太原人。官方山尉。有《握兰》《金荃》等集。录《更漏子》一首。

玉炉香，红蜡泪，偏照画堂秋思。眉翠薄，鬓云残，夜长衾枕寒。　梧桐树，三更雨，不道离情正苦。一叶叶，一声声，空阶滴到明。

唐至温飞卿，始专力于词。其词全祖风骚，不仅在瑰丽见长。陈亦峰曰："所谓沉郁者，意在笔先，神余言外，写怨夫思妇之怀，寓孽子孤臣之感。凡交情之冷淡，

〔明〕周臣《春山游骑图》

此图所描绘的是古人在风和日丽的春天游骑行旅的情景。整幅作品，构图清旷周密，自然得体。

身世之飘零，皆可于一草一木发之。而发之又必若隐若现，欲露不露，反复缠绵，终不许一语道破。匪独体格之高，亦见性情之厚。"此数语惟飞卿足以当之。学词者，从沉郁二字着力，则一切浮响肤词，自不绕其笔端，顾此非可旦夕期也。飞卿最著者，莫如《菩萨蛮》十四首。大中时，宣宗爱《菩萨蛮》。丞相令狐绹，乞其假手以进，戒令勿他泄。而遽言于人，由是疏之。今所传《菩萨蛮》诸作，固非一时一境所为，而自抒性灵，旨归忠爱，则无弗同焉。张皋文谓皆感士不遇之作。盖就其寄托深远者言之，即其直写景物，不事雕缋处，亦复绝不可追及。如"花落子规啼，绿窗残梦迷"，"杨柳又如丝，驿桥烟雨时"，"鸾镜与花枝，此情谁得知"等语，皆含思凄婉，不必求工，已臻绝诣，岂独以瑰丽胜人哉《词苑丛谈》载宣宗时，宫嫔所歌《菩萨蛮》一首，云在《花间集》外，其词殊鄙俚。如下半叠云："风流心上物，本为风流出。看取薄情人，罗衣无此痕。"决非飞卿手笔，故赵选不取？至其所创各体，如《归国遥》《定西番》《南歌子》《河渎神》《遐方怨》《诉衷情》《思帝乡》《河传》《蕃女怨》《荷叶杯》等，虽亦就诗中变化而出，然参差缓急，首首有法度可循，与诗之句调，绝不相类。所谓解其声，故能制其调也。彭孙遹《词统源流》，以为词之长短错落，发源于三百篇。飞卿之词，极长短错落之致矣。而出辞都雅，尤有怨悱不乱之遗意。论词者必以温氏为大宗，而为万世不祧之俎豆也。宜哉！

（七）皇甫松　松字子奇，湜之子。录《摘得新》一首。

酌一卮，须教玉笛吹，锦筵红蜡烛，莫来迟。繁红一夜经风雨，是空枝。

松为牛僧孺甥，以《天仙子》一词著名。词云："晴野鹭鸶飞一只，水葓花发秋江碧。刘郎此日别天仙，登绮席，泪珠滴，十二晚峰青历历。"黄花庵谓不若《摘得新》为有达观之见，余因录此。元遗山云："皇甫松以《竹枝》《采莲》排调擅场，而才名远逊诸人。《花间集》所载，亦止小令短歌耳。"余谓唐词皆短歌。花间诸家，悉传小令，岂独子奇？遗山此言，未为确当。松词殊不多，《尊前集》有十首，如《怨

给青少年的人文素养课

回纥》《竹枝》《抛球乐》等阕，实皆五七言诗之变耳。

上唐词凡七家，要以温庭筠为山斗。他如李景伯、裴谈之《回波词》，崔液之《踏歌词》，刘长卿、窦弘余之《谪仙怨》，概为五六言诗。杜甫、元结等所撰之新乐府，多至数十韵，自标新题，以咏时政，名曰乐府，实不可入词。无名氏诸作，如《后庭宴》之"千里故乡"，《鱼游春水》之"秦楼东风里"，虽证诸石刻，定为唐人所作，然《鱼游春水》为长调词，较杜牧之《八六子》字数更多，未免怀疑也。至若杨妃之《阿那曲》，柳姬之《杨柳枝》，刘采春之《啰唝曲》，杜秋娘之《金缕曲》，王丽真之《字字双》，更不能谓之为词，余故概行从略焉。

二、五代十国人词略

陆放翁曰："诗至晚唐五季，气格卑陋，千人一律。而长短句独精巧高丽，后世莫及。此事之不可晓者。"盖其时君唱于上，臣和于下，极声色之供奉，蔚文章之大观，风会所趋，朝野一致，虽在贤知，亦不能自外于习尚也。《花间》辑录，重在蜀人赵录共十八人，词五百首，而蜀人有十三家，如韦庄、薛昭蕴、牛峤、毛文锡、牛希济、欧阳炯、顾敻、魏承班、鹿虔扆、阎选、尹鹗、毛熙震、李珣等，皆蜀人也。并世哲匠，颇多遗佚。后唐西蜀，不乏名言。李氏君臣，亦多奇制，而屏弃不存，一语未采，不得不谓蔽于耳目之近矣。夫五代之际，政令文物，殊无足观，惟兹长短之言，实为古今之冠。大氐意婉词直，首让韦庄，忠厚缠绵，惟有延巳。其余诸子，亦各自可传。虽境有哀乐，而辞无高下也。至若吴越王钱俶、闽后陈氏、蜀昭仪李氏、陶学士、郑秀才之伦，单词片语，不无可录，第才非专家，不妨从略焉。

（一）后唐庄宗　录《阳台梦》一首。

> 薄罗衫子金泥缝，困纤腰怯铢衣重。笑迎移步小兰丛，韩金翘玉凤。　娇多情脉脉，羞把同心撚弄。楚天云雨却相和，又入阳台梦。

按庄宗词之可考者，有《忆仙姿》《一叶落》《歌头》及此首而已，皆见《尊前集》。《忆仙姿》即《如梦令》，《一叶落》为自度曲，此取末三字为调名，意境却甚似飞卿也。《歌头》一首，分咏四季，其语尘下，疑是伪作。庄宗好优美，或伶工进御之言，故词中止及四时花事耳。五季君主之能词者，尚有蜀后主王衍，后蜀后主孟昶，而《醉妆》《甘州》，殊乏风致。"风来""水殿"，亦属赝作，余故阙之焉。

（二）南唐嗣主　录《山花子》一首。

　　菡萏香销翠叶残，西风愁起绿波间。还与韶光共憔悴，不堪看。　　细雨梦还鸡塞远，小楼吹彻玉笙寒。多少泪珠何限恨，倚阑干。

中宗诸作，自以《山花子》二首为最，盖赐乐部王感化者也。此词之佳，在于沉郁。夫菡萏销翠，愁起西风，与韶光无涉也。而在伤心人见之，则夏景繁盛，亦易摧残，与春光同此憔悴耳。故一则曰"不堪看"，一则曰"何限恨"。其顿挫空灵处，全在情景融洽，不事雕琢，凄然欲绝。至"细雨""小楼"二语，为西风愁起之点染语。炼词虽工，非一篇中之至胜处。而世人竞赏此二语，亦可谓不善读者矣。余尝谓二主词，中主能哀而不伤，后主则近于伤矣。然其用赋体，不用比兴，后人亦无能学者也。此二主之异处也。

（三）南唐后主　录《虞美人》一首。

　　春花秋月何时了？往事知多少！小楼昨夜又东风，故国不堪回首月明中！　　雕阑玉砌应犹在，只是朱颜改。问君能有几多愁？恰似一江春水向东流。

前谓后主词用赋体，观此可信，顾不独此也。《忆江南》《相见欢》《长相思》"一重山"一首等，皆直抒胸臆，而复宛转缠绵者也。至《浪淘沙》之"无限江山"，《破阵子》之"泪对宫娥"，此景此情，安得不以眼泪洗面？东坡讥其不能痛哭九庙，以谢人民，此是宋人之论耳。余谓读后主词，当分为二类。《喜迁莺》《阮郎归》《木兰花》《菩萨蛮》"花明月暗"一首等，正当江南隆盛之际，虽寄情声色，而笔意自成馨逸，此为一类。至入宋后，诸作又别为一类即前述《忆江南》《相见欢》等。其悲欢之情固不同，而自写襟抱，不事寄托，则一也。今人学之，无不拙劣矣"雕阑玉砌"云云，即《浪淘沙》"玉楼瑶殿、空照秦淮"之意也。

（四）和凝　凝字成绩，郓州人。唐举进士，官翰林学士。晋天福中，拜中书侍郎同平章事。入后汉，拜太子太傅，封鲁国公。有《红叶稿》。录《喜迁莺》一首。

　　晓月坠，宿烟披，银烛锦屏帷。建章钟动玉绳低，宫漏出花迟。　　春态浅，来双燕，红日渐长一线。严妆欲罢啭黄鹂，飞上万年枝。

成绩有曲子相公之名，而《红叶稿》已佚。《词综》所录，仅《春光好》《采桑子》《河满子》《渔父》四首。《尊前集》则《江

〔明〕戴进《洞天问道图》

　　这幅作品描绘了深山大川、弥散的云气、挺直的青松、激荡的水流等山中之景。笔法劲秀，描写精工，皴染淹润，着色清淡，画面境界有一种神秘幽渺之感。

城子》五首，《麦秀两歧》，及此词而已，皆不如《花间集》之多也《花间》录二十首。余案成绩诸作，类摹写宫壶，不独此词"宫漏出花迟"也《春光好》之"蘋叶软"，《薄命女》之"天欲晓"皆是。《江城》五支，为言情者之祖。后人凭空结构，皆本此词。托美人以写情，指落花而自喻，古人固有之，亦未可轻议也。

（五）韦庄　庄字端己，杜陵人。乾宁元年进士。入蜀，王建辟掌书记，寻召为起居舍人，建表留之。后官至散骑常侍，判中书门下事。有《浣花集》。录《归国遥》一首。

　　　　金翡翠，为我南飞传我意。罨画桥边春水，几年花下醉。　　别后只知相愧，泪珠难远寄。罗幕绣帏鸳被，旧欢如梦里。

端己《菩萨蛮》四章，惓惓故国之思，最耐寻味。而此词南飞传意，别后知愧，其意更为明显。陈亦峰论其词，谓似直而纾，似达而郁，泃然。虽一变飞卿面目，而绮罗香泽之中，别具疏爽之致。世以温韦并论，当亦难于轩轾也。《菩萨蛮》云："未老莫还乡，还乡须断肠。"又云："凝恨对斜晖，忆君君不知。"《应天长》云："夜夜绿窗风雨，断肠君信否。"又云："难相见，易相别，又是玉楼花似雪。"皆望蜀后思君之辞。时中原鼎沸，欲归未能，言愁始愁，其情大可哀矣。

又按《花间集》共录十八家，自温庭筠、皇甫松外，凡十六家，为五季时人。而十六家中，除韦庄外，蜀人有十二人之多。今附列韦庄之下，以见蜀中文物之盛云。

（1）薛昭蕴《小重山》云：春到长门春草青。玉阶华露滴，月胧明。东风吹断紫箫声。宫漏促，帘外晓啼莺。　　愁极梦难成。红妆流宿泪，不胜情。手挼裙带绕花行。思君切，罗幌暗尘生。

（2）牛峤《江城子》云：鵁鶄飞起郡城东，碧江空，半滩风。越王宫殿，蘋叶藕花中。帘卷水楼鱼浪起，千片雪，雨濛濛。

（3）毛文锡《虞美人》云：宝檀金缕鸳鸯枕，绶带盘宫锦。夕阳低映小窗明，南园绿树语莺莺，梦难成。　　玉炉香暖频添炷，满地飘

给青少年的人文素养课

轻絮。珠帘不卷度沉烟，庭前闲立画秋千，艳阳天。

（4）牛希济《谒金门》云：秋已暮，重叠关山歧路。嘶马摇鞭何处去，晓禽霜满树。 梦断禁城钟鼓，泪滴枕檀无数。一点凝红和薄雾，翠蛾愁不语。

（5）欧阳炯《凤楼春》云：凤髻绿云浓，深掩房栊，锦书通。梦中相见觉来慵。匀面泪，脸珠融。因想玉郎何处去，对淑景谁同。 小楼中，春思无穷。倚阑凝望，暗牵愁绪，柳花飞趁东风。斜日照帘栊与前叠复，罗幌香冷粉屏空。海棠零落，莺语残红。

（6）顾夐《浣溪沙》云：红藕香寒翠渚平，月笼虚阁夜蛩清，塞鸿惊梦两牵情。 宝帐玉炉残麝冷，罗衣金缕暗尘生，小窗孤烛泪纵横。

（7）魏承班《谒金门》云：烟水阔，人值清明时节。雨细花零莺语切，愁肠千万结。 雁去音徽断绝，有恨欲凭谁说。无事伤心犹不彻，春时容易别。

（8）鹿虔扆《临江仙》云：金锁重门荒苑静，绮窗愁对秋空。翠华一去寂无踪。玉楼歌吹，声断已随风。 烟月不知人事改，夜阑还照深宫。藕花相向野塘中。暗伤亡国，清露泣香红。

（9）阎选《定风波》云：江水沉沉帆影过，游鱼到晚透寒波。渡口双双飞白鸟，烟袅，芦花深处隐渔歌。 扁舟短棹归兰浦，人去，萧萧竹径透青莎。深夜无风新雨歇，凉月，露迎珠颗入圆荷。

（10）尹鹗《满宫花》云：月沉沉，人悄悄，一炷后庭香袅。风流帝子不归来，满地禁花慵扫。 离恨多，相见少，何处醉迷三岛。漏清宫树子规啼，愁锁碧窗春晓。

（11）毛熙震《菩萨蛮》云：梨花满院飘香雪，高楼夜静风筝咽。斜月照帘帷，忆君和梦稀。 小窗灯影背，燕语惊愁态。屏掩断香飞，行云山外归。

（12）李珣《定风波》云：帘外烟和月满庭，此时闲坐若为情。小阁拥炉残酒醒，愁听，寒风落叶一声声。 惟恨玉人芳信阻，云雨，屏帷寂寞梦难成。斗转更阑心杳杳，将晓，银釭斜照绮琴横。

上十二家，皆见《花间集》。崇祚为蜀人，故所录多本国人诸作。

词家选本，以此集为最古。其有不见此选者，亦无从搜讨矣。夫蜀自王建戊辰改元武成，至后主衍咸康己酉亡，历十有八年。后蜀自孟知祥甲午改元明德，至后主昶广政甲子亡，历三十年。此选成于广政三年，是时孟氏立国，仅有七载。故此集所采，大抵前蜀人为多，而韦庄、牛峤、毛文锡，且为唐进士也。五季之际，如沸如羹，天宇崩颓，彝教凌废。深识之士，浮沉其间，惧忠言之触祸，托俳语以自晦。吾知十国遗黎，必多感叹悲伤之作。特甄录无人，乃至湮没。后人籀讽，独有赵录，遂谓声歌之制，独盛于蜀，滋可惜矣。今就此十二家言之，惟欧阳炯、顾敻、鹿虔扆为孟蜀显官。至阎选、李珣，亦布衣耳，其他皆王氏旧属。是以缘情托兴，万感横集，不独《醉妆》《薄媚》，沦落风尘，睿藻流传，足为词谶也。牛希济之"梦断禁城"，鹿虔扆之"露泣亡国"，言为心声，亦可得其大概矣。

（六）孙光宪　字孟文，陵州人。游荆南，高从晦署为从事，仕南平，累官检校秘书，曾劝高继冲献三州之地。宋太祖授以黄州刺史，将用为学士，未及而卒。有《荆台》《笔佣橘斋》《巩湖》诸集。录《谒金门》一首。

　　　留不得，留得也应无益。白纻春衫如雪色，扬州初去日。　　轻别离，甘抛掷，江上满帆风疾。却羡彩鸳三十六，孤鸾还一只。

陈亦峰云："孟文词，气骨甚遒，措语亦多警炼，然不及温韦处，亦在此，坐少闲婉之致。"余谓孟文之沉郁处，可与李后主并美。即如此词，已足见其不事侧媚，甘处穷寂矣。他如《清平乐》云："掩镜无语眉低，思随芳草凄凄。"是自抱灵修楚累遗意也。《菩萨蛮》云："碧烟轻袅袅，红战灯花笑。"盖讽弋取名利，憧憧往来者也。至闲婉之处，亦复尽多。如《浣溪沙》云："目送征鸿飞杳杳，思随流水去茫茫，兰红波碧忆潇湘。"又云："花冠闲上午墙啼。"《思越人》云："渚莲枯，宫树老，长洲废苑萧条。想像玉人空处所，月明独上溪桥。"此等俊逸语，亦孟文所独有。

给青少年的人文素养课

（七）冯延巳　字正中。唐末，徙家新安。事南唐，官至左仆射，同平章事。有《阳春集》一卷。录《菩萨蛮》一首。

　　　　画堂昨夜西风过，绣帘时拂朱门锁。惊梦不成云，双蛾枕上颦。　　金炉烟袅袅，烛暗纱窗晓。残月尚弯环，玉筝和泪弹。

　　正中词缠绵忠厚，与温韦相伯仲。其《蝶恋花》诸作，情词悱恻，可群可怨。张皋文云："忠爱缠绵，宛然骚辨之义"，余最爱诵之。如"日日花前常病酒，不辞镜里朱颜瘦""泪眼倚楼频独语，双燕来时，陌上相逢否""浓睡觉来莺乱语，惊残好梦无寻处"。思深意苦，又复忠厚恻怛。词至此则一切叫嚣纤冶之失，自无从犯其笔端矣。他如《归国谣》《抛球乐》《采桑子》《菩萨蛮》等，亦含思凄惋，蔼然动人，俨然温韦之意也。其《谒金门》一首，当系成幼文作。《古今词话》曰："幼文为大理卿，词曲妙绝。尝作《谒金门》曰：'风乍起，吹皱一池春水。'为中主所闻，因按狱稽滞。召诘之，且谓曰：'卿职在典刑，一池春水，干卿何事？'幼文顿首以谢。"《南唐书》以为冯词。陈振孙《书录解题》曰："风乍起"词，世多言冯作，而《阳春录》无之，当是成作。不独《庭院深深》一首，明是欧作，有李清照《漱玉词》可证也。
　　又按：南唐享国虽不久长，而文学之士，风发云举，极一时之盛。如张泌、成幼文、韩熙载、潘佑、徐铉兄弟、汤悦，俱有才名。即以词论，诸子皆有可观。而赵录于南唐诸人，自张泌外，概不置录。何也？因附见一二，如前韦端己条例。
　　（1）张泌《临江仙》云：烟收湘渚秋江静，蕉花露泣愁红。五云双鹤去无踪，几回魂断，凝望向长空。　　翠竹暗留珠泪怨，闲调宝瑟波中。花鬟月鬓绿云重，古祠深殿，香冷雨和风。
　　（2）成幼文《谒金门》云：风乍起，吹皱一池春水。闲引鸳鸯香径里，手挼红杏蕊。　　斗鸭阑干遍倚，碧玉搔头斜坠。终日望君君不至，举头闻鹊喜。
　　（3）徐昌图《临江仙》云：饮散离亭西去，浮生常恨飘蓬。回头烟柳渐重重，淡云孤雁远，寒日暮天红。　　今夜画船何处，潮平淮月朦胧。酒醒人静奈愁浓，残灯孤枕梦，轻浪五更风。

（4）潘佑《题红罗亭梅花》残句云：楼上春寒山四面，桃李不须夸烂熳，已失了东风一半。

上四家惟徐昌图一首《词综》入宋词内。而成肇麐《唐五代词选》，则列入冯正中后。且徐籍莆田，是为南唐人无疑也。潘佑词不经见，此见罗大经《鹤林玉露》，惜全词佚矣。总之，五季时词以西蜀、南唐为最盛。而词之工拙，以韦庄为第一，冯延巳次之，最下为毛文锡。叶梦得尝谓馆阁诸公评庸陋之词，必曰此仿毛司徒，是在宋时已有定论，今亦赖赵录而传，崇祚洵词苑功臣哉。至诸家情至文生，缠绵忠爱，不独为苏黄秦柳之开山，即宣和绍兴之盛，皆兆于此矣。

第十四讲　两宋词略

　　论词至赵宋，可云家怀隋珠，人抱和璧，盛极难继者矣。然合两宋计之，其源流递嬗，可得而言焉。大抵开国之初，沿五季之旧，才力所诣，组织较工。晏欧为一大宗，二主一冯，实资取法，顾未能脱其范围也。汴京繁庶，竞赌新声。柳永失意无憀，专事绮语。张先流连歌酒，不乏艳辞。惟托体之高，柳不如张，盖子野为古今一大转移也。前此为晏欧，为温韦，体段虽具，声色未开。后此为苏辛，为姜张，发扬蹈厉，壁垒一变。而界乎其间者，独有子野，非如耆卿专工铺叙，以一二语见长也。迨苏轼则得其大，贺铸则取其精，秦观则极其秀，邦彦则集其成，此北宋词之大概也。南渡以还，作者愈盛，而抚时感事，动有微言。稼轩之"烟柳斜阳"，幸免种豆之祸。玉田之贞芳清影《清平乐》赋所南画兰，独余故国之思。至若碧山咏物，梅溪题情，梦窗之"丰乐楼头"，草窗之"禁烟湖上"，词翰所寄并有微意，又岂常人所易及哉。余故谓绍兴以来，声律之文，自以稼轩、白石、碧山为优，梅溪、梦窗则次之，玉田、草窗又次之，至竹屋、竹山辈，纯疵互见矣，此南宋词之大概也。夫倚声之道，独盛天水，文藻留传，矜式万世。余之论议，不事广征者，亦聊见渊源而已。兹更分述之。

一、北宋人词略

　　言词者必曰，词至北宋而大，至南宋而精。然而南北之分，亦有难言者也。如周紫芝、王安中、向子諲、叶梦得辈，皆生于北宋，没于南宋。论者以周、王属北，向、叶属南者，只以得名之迟早而已。盖混而不分，又不能明流别。尚论者约略言之，作一界限，实无与于词体也。毛晋刻《六十一家词》。北宋凡十九家，晏殊、欧阳修、柳永、苏轼、黄庭坚、秦观、晏几道、晁补之、程垓、陈师道、李之仪、毛滂、杜安世、葛胜仲、周紫芝、谢逸、周邦彦、王安中、蔡伸是也。此外若潘阆《逍遥词》一卷，王安石《半山词》一卷，张先《子野词》一卷，贺铸《东山寓声乐府》三卷，皆有成书，而见于他刻也。余谓承十国之遗者，为晏欧。肇慢词之祖者，为柳永。具温韦之情者，为张先。洗绮罗之习者，为苏轼。得骚雅之意者，为贺铸。开婉约之风者，为秦观。集古今之成者，为邦彦。此外或力非专诣，或才工片言，要非八家之敌也。因论列如下。

（1）晏殊　字同叔，临川人，官至枢密使，有《珠玉词》一卷。录《蝶恋花》一首。

> 南雁依稀回侧阵，雪霁墙阴，偏觉兰芽嫩。中夜梦余消酒困，炉香卷穗灯生晕。　　急景流年都一瞬，往事前欢，未免萦方寸。腊后花期知渐近，寒梅已作东风信。

宋初如王禹偁、钱惟演辈，亦有小词。王之《点绛唇》，钱之《玉楼春》，虽有佳处，实非专家。故宋词应以元献为首，所作《浣溪沙》，有"无可奈何花落去，似曾相识燕归来"之语，为一时传诵。相传下语为王琪所对见《复斋漫录》，无俟深考。即"重头歌韵响琤琮，入破舞腰红乱旋"，亦仅形容歌舞之胜，非词家之极则，总不及此词之俊逸也。宋初诸家，靡不祖述二主。宪章正中，同叔去五代未远。馨烈所扇，得之最先。刘攽《中山诗话》谓元献喜冯延巳词，其所自作，亦不减延巳。此语亦是。第细读全词，颇有可议者，如《浣溪沙》之"淡淡梳妆薄薄衣，天仙模样好容仪"，《诉衷情》之"东城南陌花下，逢着意中人"，又"心心念念，说尽无凭，只是相思"诸语，庸劣可鄙，已开山谷、三变俳语之体，余甚无取也。惟"满目山河空念远，落花风雨更伤春"二语，较"无可奈何"，胜过十倍。而人未之知，可云陋矣。

（2）欧阳修　字永叔，庐陵人，官至兵部尚书。有《六一居士

给青少年的人文素养课

集》，词附。录《踏莎行》一首。

　　　候馆梅残，溪桥柳细，草熏风暖摇征辔。离愁渐远渐无穷，迢迢不断如春水。　　寸寸柔肠，盈盈粉泪，楼高莫近危阑倚。平芜尽处是春山，行人更在春山外。

　　宋初大臣之为词者，寇莱公、宋景文、范蜀公与欧阳公，并有声艺苑。然数公或一时兴到之作，未为专诣。独元献与文忠，学之既至，为之亦勤，翔双鹄于交衢，驭二龙于天路。且文忠家庐陵，元献家临川，词之有西江派，转在诗先，亦云奇矣。公词纯疵参半，盖为他人窜易。蔡絛《西清诗话》云："欧词之浅近者，谓是刘辉伪作。"《名臣录》亦云："修知贡举，为下第举子刘辉等所忌，以《醉蓬莱》《望江南》诬之。"是读公词者，当别具会心也。至《生查子》"元夜灯市"，竟误载淑真词中，遂启升庵之妄论，此则深枉矣。余按：公词以此为最婉转，以《少年游》咏草为最工切超脱，当亦百世之公论也。

　　（3）柳永　字耆卿，初名三变，崇安人，官至屯田员外郎。有《乐章集》。录《雨霖铃》一首。

　　寒蝉凄切，对长亭晚，骤雨初歇。都门帐饮无绪，方留恋处，兰舟催发。执手相看泪眼，竟无语凝噎。念去去千里烟波，暮霭沉沉楚天阔。　　多情自古伤离别，更那堪冷落清秋节。今宵酒醒何处？杨柳岸晓风残

〔清〕潘恭寿《山水册》（局部）

　　此册山水是依据唐人诗意补图，每图左上方均有王文治所录唐人原诗。其画面既紧扣原诗主题，又绝不囿于字面而亦步亦趋。

月。此去经年，应是良辰好景虚设。便纵有千种风情，更与
何人说！

　　《能改斋漫录》云："仁宗留意儒雅，务本向道，深斥浮艳虚华之
文。初，进士柳三变，好为淫冶讴歌之曲，传播四方。尝有《鹤冲天》
词云：'忍把浮名，换了浅斟低唱。'及临轩放榜，特落之，曰：'且去
浅斟低唱，何要浮名？'景祐元年，方及第，后改名永，方得磨勘转
官。"《后山诗话》云："柳三变游东都南北二巷，作新乐府，骫骳从俗，
天下咏之，遂传禁中。仁宗颇好其词，每对宴，必使侍从歌之再三。三
变闻之，作宫词，号《醉蓬莱》。因内官达后宫，且求其助。仁宗闻而
觉之，自是不复歌其词矣。"黄花庵云："永为屯田员外郎，会太史奏老
人星现。时秋霁，宴禁中，仁宗命左右词臣为乐章，内侍属柳应制。柳
方冀进用，作此词进指《醉蓬莱》词。上见首有渐字，色若不怿。读至
'宸游凤辇何处'，乃与御制真宗挽词暗合，上惨然。又读至'太液波
翻'，曰：'何不言波澄？'投之于地，自此不复擢用。"《钱塘遗事》云：
"孙何帅钱塘，柳耆卿作《望海潮》词赠之，有'三秋桂子，十里荷香'
之句。此词流播，金主亮闻之，欣然起投鞭渡江之志。"据此，则柳之
佗傺无聊，与词名之远，概见一斑。余谓柳词仅工铺叙而已。每首中事
实必清，点景必工，而又有一二警策语，为全词生色，其工处在此也。
冯梦华谓"其曲处能直，密处能疏，奡处能平，状难状之景，达难达之
情。而出之以自然，自是北宋巨手。然好为俳体，词多媟黩，有不仅如
提要所云以俗为病者"，此言甚是。余谓柳词皆是直写，无比兴，亦无
寄托。见眼中景色，即说意中人物，便觉直率无味。况时时有俚俗语。
如《昼夜乐》云："早知恁地难拼，悔不当初留住。其奈风流端正外，
更别有系人心处。一日不思量，也攒眉千度。"《梦还京》云："追悔当
初，绣阁话别太容易。"《鹤冲天》云："假使重相见，还得似当初么？
悔恨无计那，迢迢长夜，自家只恁摧挫。"《两同心》云："个人人昨夜
分明，许伊偕老。"《征部乐》云："待这回好好怜伊，更不轻拆。"皆率
笔无咀嚼处。诸如此类，不胜枚举，实不可学。且通本皆摹写艳情，追
述别恨，见一斑已具全豹，正不必字字推敲也。惟北宋慢词，确创自著

给青少年的人文素养课

249

卿，不得不推为大家耳。

（4）张先　字子野，吴兴人，为都官郎中。有《安陆集》。录《卜算子慢》一首。

> 溪山别意，烟树去程，日落采薲春晚。欲上征鞍，更掩翠帘，回面相盼。惜弯弯浅黛长长眼。奈画阁欢游，也学狂花乱絮轻散。　水影横池馆，对静夜无人，月高云远。一晌凝思，两眼泪痕还满。难遣恨，私书又逐东风断。纵梦泽层楼万尺，望湖城那见。

《古今诗话》云："有客谓子野曰：'人皆谓公张三中，即心中事，眼中泪，意中人也。'公曰：'何不目之为张三影？'客不晓。公曰：'云破月来花弄影'，'娇柔懒起，帘压卷花影'，'柳径无人，堕飞絮无影'，此皆余平生所得意也。"《石林诗话》云："张先郎中，能为诗及乐府，至老不衰。居钱塘，苏子瞻作倅时，先年已八十余。视听尚精强，犹有声妓。子瞻尝赠以诗云：'诗人老去莺莺在，公子归来燕燕忙。'盖全用张氏故事戏之。"是子野生平亦可概见矣。今所传《安陆集》，凡诗八首，词六十八首。诗不论，词则最著者，为《一丛花》，为《定风波》，为《玉楼春》，为《天仙子》，为《碧牡丹》，为《谢池春》，为《青门引》。余谓子野词气度宛似美成，如《木兰花慢》云："行云去后遥山暝，已放笙歌池院静。中庭月色正清明，无数杨花过无影。"《山亭晏》云："落花荡漾怨空树，晓山静数声杜宇。天意送芳菲，正黯淡疏烟短雨。"《渔家傲》云："天外吴门清雪路，君家正在吴门住。赠我柳枝情几许？春满缕，为君将入江南去。"此等词意，同时鲜有及者也。盖子野上结晏欧之局，下开苏秦之先，在北宋诸家中适得其平。有含蓄处，亦有发越处。但含蓄不似温韦，发越亦不似豪苏腻柳。规模既正，气格亦古，非诸家能及也。晁无咎曰："子野与耆卿齐名，而时以子野不及耆卿。然子野韵高，是耆卿所乏处。"余谓子野若仿耆卿，则随笔可成珠玉。耆卿若效子野，则出语终难安雅。不独泾渭之分，抑且有雅郑之别。世有识者，当不河汉。

（5）苏轼　字子瞻，眉山人。嘉祐初，试礼部第一。历官翰林学士。绍圣初，安置惠州，徙昌化。元符初，北还，卒于常州。高宗朝，谥文忠。有《东坡居士词》二卷。录《水龙吟》一首，赋杨花。

似花还似非花，也无人惜从教坠。抛家傍路，思量却是，无情有思。萦损柔肠，困酣娇眼，欲开还闭。梦随风万里，寻郎去处，又还被莺呼起。　　不恨此花飞尽，恨西园落红难缀。晓来雨过，遗踪何在，一池萍碎。春色三分，二分尘土，一分流水。细看来不是杨花，点点是离人泪。

东坡词在宋时已议论不一。如晁无咎云："居士词，人多谓不谐音律。然横放杰出，自是曲子内缚不住者。"陈无己云："东坡以诗为词，如教坊雷大使之舞，虽极天下之工，要非本色。"陆务观云："世言东坡不能词，故所作乐府，词多不协。晁以道谓绍圣初，与东坡别于汴下。东坡酒酣，自歌古阳关，则公非不能歌，但豪放不喜裁剪以就声律耳。"又云："东坡词，歌之曲终，觉天风海雨逼人。"胡致堂云："词曲至东坡，一洗绮罗香泽之态，摆脱绸缪宛转之度，使人登高望远，举首高歌，逸怀浩气，超乎尘垢之外。于是《花间》为皂隶，而耆卿为舆台矣。"张叔夏云："东坡词清丽舒徐处，高出人表。周、秦诸人，所不能到。"此在当时毁誉已不定矣。至《四库提要》云："词至晚唐五季以来，以清切婉丽为宗。至柳永而一变，如诗家之有白居易。至轼而又一变，如诗家之有韩愈，遂开南宋辛弃疾等一派。寻源溯流，不能不谓之别格。然谓之不工，则不可。"此为持平之论。余谓公词豪放缜密，两擅其长。世人第就豪放处论，遂有铁板铜琶之诮。不知公婉约处，何让温韦。如《浣溪沙》云："彩索身轻长趁燕，红窗睡重不闻莺。"《祝英台》云："挂轻帆，飞急桨，还过钓台路。酒病无聊，敧枕听鸣舻。"《永遇乐》云："天涯倦客，山中归路，望断故园心眼。燕子楼空，佳人何在？空锁楼中燕。"《西江月》云："高情已逐晓云空，不与梨花同梦。"此等处，与"大江东去""把酒问青天"诸作，如出两手。不独"乳燕飞华屋""缺月挂疏桐"诸词，为别有寄托也。要之公天性豁达，襟抱

给青少年的人文素养课

开朗，虽境遇迍邅，而处之坦然。即去国离乡，初无羁客迁人之感。惟胸怀坦荡，词亦超凡入圣。后之学者，无公之胸襟，强为摹仿，多见其不知量耳。

（6）贺铸 铸字方回，卫州人，孝惠皇后族孙。元祐中，通判泗州，又倅太平州。退居吴下，自号庆湖遗老。有《东山寓声乐府》。录《柳色黄》一首。

薄雨收寒，斜照弄晴，春意空阔。长亭柳蓓才黄，倚马何人先折？烟横水漫，映带几点归鸿，平沙销尽龙沙雪。犹记出关来，恰而今时节。 将发，画楼芳酒，红泪清歌，便成轻别。回首经年，杳杳音尘都绝。欲知方寸，共有几许新愁？芭蕉不展丁香结。憔悴一天涯，两厌厌风月。

张文潜云："方回乐府，妙绝一世。盛丽如游金张之堂，妖冶如揽嫱施之祛，幽索如屈宋，悲壮如苏李。"周少隐云："方回有'梅子黄时雨'之句，人谓之贺梅子。"方回寡发，郭功父指其髻谓曰："此真贺梅子也。"陆务观云："方回状貌奇丑，俗谓之贺鬼头。其诗文皆高，不独长短句也。"据此，则方回大概可见矣。所著《东山寓声乐府》，宋刻本从未见过。今所据者，只

〔明〕戴进《雪景山水图》

此画构图奇峭，山峰走势怪异，树石坚硬，房屋琼楼掩隐于山峰后面，与远处的云霞相接，很是俊朗动人。

王刻、毛刻、朱刻而已。所谓寓声者，盖用旧调谱词，即摘取本词中语，易以新名，后《东泽绮语债》略同此例。王半塘谓如平园近体，遗山新乐府类，殊不伦也词中《清商怨》名《尔汝歌》，《思越人》名《半死桐》，《武陵春》名《花想容》，《南歌子》名《醉厌厌》，《一落索》名《窗下绣》，皆就词句改易。如"如此江山""大江东去"等是也。方回词最传述人口者，为《薄幸》《青玉案》《望湘人》《踏莎行》诸阕，固为杰出之作。他如《踏莎行》云："断无蜂蝶梦幽香，红衣脱尽芳心苦。"又云："当年不肯嫁东风，无端却被西风误。"《下水船》云："灯火虹桥，难寻弄波微步。"《诉衷情》云："秦山险，楚山苍，更斜阳。画桥流水，曾见扁舟，几度刘郎。"《御街行》云："更逢何物可忘忧，为谢江南芳草。断桥孤驿，冷云黄叶，想见长安道。"诸作皆沉郁，而笔墨极飞舞，其气韵又在淮海之上，识者自能辨之。至《行路难》一首，颇似玉川长短句诗。诸家选本，概未之及。词云："缚虎手，悬河口，车如鸡栖马如狗。白纶巾，扑黄尘，不知我辈可是蓬蒿人？哀兰送客咸阳道，天若有情天亦老。作雷颠，不论钱，谁问旗亭美酒斗十千？　酌大斗，更为寿，青鬓常青古无有。笑嫣然，舞翩然，当垆秦女十五语如弦。遗音能寄秋风曲，事去千年犹恨促。搅流光，系扶桑，争奈愁来一日却为长！"与《江南春》七古体相似，为方回所独有也。要之骚情雅意，哀怨无端。盖得力于风雅，而出之以变化。故能具绮罗之丽，而复得山泽之清《别东山词》云："双携纤手别烟萝，红粉清泉相照"。可云自道词品。此境不可一蹴即几也。世人徒知黄梅雨佳，非真知方回者。

（7）秦观　观字少游，高邮人。登第后，苏轼荐于朝。除太学博士，迁正字。兼国史院编修，坐党籍遣戍。有《淮海词》三卷。录《踏莎行》一首。

　　　　雾失楼台，月迷津渡，桃源望断无寻处。可堪孤馆闭春寒，杜鹃声里斜阳暮。　驿寄梅花，鱼传尺素，砌成此恨无重数。郴江幸自绕郴山，为谁流下潇湘去。

晁无咎云："近来作者，皆不及少游。如'斜阳外，寒鸦数点，流

给青少年的人文素养课

水绕孤村'，虽不识字人，亦知是天生好言语。"蔡伯世云："子瞻辞胜乎情，耆卿情胜乎辞。辞情相称者，惟少游而已。"张綖云："少游多婉约，子瞻多豪放，当以婉约为主。"叶少蕴云："少游乐府，语工而入律，知乐者谓之作家歌。子瞻戏之：'山抹微云秦学士，露花倒影柳屯田。'微以气格为病也。"诸家论断，大抵与子瞻并论，余谓二家不能相合也。子瞻胸襟大，故随笔所之，如怒澜飞空，不可狎视。少游格律细，故运思所及，如幽花媚春，自成馨逸。其《满庭芳》诸阕，大半被放后作。恋恋故国，不胜热中。其用心不逮东坡之忠厚，而寄情之远，措语之工，则各有千古。他作如《望海潮》云："柳下桃蹊，乱分春色到人家。西园夜饮鸣笳，有华灯碍月，飞盖妨花。"《水龙吟》云："花下重门，柳边深巷，不堪回首。"《风流子》云："斜日半山，暝烟两岸，数声横笛，一叶扁舟。"《鹊桥仙》云："两情若是久长时，又岂在朝朝暮暮。"《千秋岁》云："春去也，飞红万点愁如海。"《浣溪沙》云："自在飞花轻似梦，无边丝雨细如愁。"此等句皆思路沉着，极刻画之工，非如苏词之纵笔直书也。北宋词家以缜密之思，得遒炼之致者，惟方回与少游耳。今人以秦柳并称，柳词何足相比哉《高斋诗话》云："少游自会稽入都，见东坡。东坡曰：'不意别后却学柳七作词。'少游曰：'某虽无学，亦不如是。'东坡曰：'"销魂，当此际"，非柳七语乎？'"据此则少游雅不愿与柳齐名矣？惟通观集中，亦有俚俗处。如《望海潮》云："姝如飞絮，郎如流水，相沾便肯相随。"《满园花》云："近日来非常罗皂，丑佛也须眉皱，怎掩得旁人口？"《迎春乐》云："怎得香香深处，作个蜂儿抱。"《品令》云："幸自得一分索，强教人难吃。好好地恶了十来日，恰而今较些不。"又云："帘儿下时把鞋儿踢，语低低，笑咭咭。"又云："人前强不欲相沾识，把不定，脸儿赤。"竟如市井荒伧之言。不过应坊曲之请求，留此恶札。词家如此，最是魔道，不得以宋人之作，为之文饰也。但全集止此三四首，尚不足为盛名之累。

（8）周邦彦　字美成，钱塘人。元丰中，献《汴都赋》，召为太学正。徽宗朝，仕至徽献阁待制，提举大晟府，出知顺昌府。晚居明州，卒。自号清真居士，有《清真集》。录《瑞龙吟》一首。

　　章台路，还见褪粉梅梢，试花桃树。愔愔坊陌人家，定
巢燕子，归来旧处。　　黯凝伫，因记个人痴小，乍窥门户。
侵晨浅约宫黄，障风映袖，盈盈笑语。　　前度刘郎重到，
访邻寻里，同时歌舞。惟有旧家秋娘，声价如故。吟笺赋笔，
犹记燕台句。知谁伴名园露饮，东城闲步。事与孤鸿去。探
春尽是伤离意绪。官柳低金缕，归骑晚，纤纤池塘飞雨。断
肠院落，一帘风絮。

　　陈郁《藏一话腴》云："美成自号清真，二百年来，以乐府独步。
贵人学士，市侩妓女，皆知美成词为可爱。"楼攻媿云："清真乐府，播
传风流，自命顾曲名堂，不能自已。"《贵耳录》云："美成以词行，当
时皆称之。不知美成文章，大有可观，可惜以词掩其他文也。"强焕序
云："美成词橅写物态，曲尽其妙。"陈质斋云："美成词多用唐人诗，
檃栝入律，混然天成，长调尤善铺叙，富艳精工，词人之甲乙也。"张
叔夏云："美成词浑厚和雅，善于融化诗句。"沈伯时云："作词当以清
真为主，盖清真最为知音，且下字用意，皆有法度。"此宋人论清真之
说也。余谓词至美成，乃有大宗。前收苏秦之终，后开姜史之始。自有
词人以来，为万世不祧之宗祖，究其实亦不外沉郁顿挫四字而已。即
如《瑞龙吟》一首，其宗旨所在，在"伤离意绪"一语耳。而入手先指
明地点曰章台路，却不从目前景物写出。而云"还见"，此即沉郁处也。
须知梅梢桃树，原来旧物。惟用"还见"云云，则令人感慨无端，低徊
欲绝矣。首叠末句云："定巢燕了，归来旧处。"言燕子可归旧处，所谓
前度刘郎者，即欲归旧处而不得，徒彳亍于愔愔坊陌，章台故路而已，
是又沉郁处也。第二叠"黯凝伫"一语为正文。而下文又曲折，不言其
人不在，反追想当日相见时状态。用"因记"二字，则通体空灵矣，此
顿挫处也。第三叠"前度刘郎"，至"声价如故"，言个人不见，但见同
里秋娘，未改声价，是用侧笔以衬正文，又顿挫处也。"燕台"句，用
义山柳枝故事，情景恰合。"名园露饮，东城闲步"，当日己亦为之。今
则不知伴着谁人，赓续雅举。此"知谁伴"三字，又沉郁之至矣。"事
与孤鸿去"三语，方说正文。以下说到归院，层次井然，而字字凄切。

给青少年的人文素养课

255

末以"飞雨""风絮"作结，寓情于景，倍觉黯然。通体仅"黯凝伫""前度刘郎重到""伤离意绪"三语，为作词主意。此外则顿挫而复缠绵，空灵而又沉郁。骤视之，几莫测其用笔之意，此所谓神化也。他作亦复类此，不能具述。总之，词至清真，实是圣手。后人竭力摹效，且不能形似也。至《说部》记载，如《风流子》为溧水主簿姬人作，《少年游》为道君幸李师师家作，《瑞鹤仙》为睦州梦中作。此类颇多，皆稗官附会，或出之好事忌名，故作讪笑，等诸无稽。倘史传所谓邦彦疏隽少检，不为州里推重者此欤。

上北宋八家，皆选长坛坫，为世诵习者也。其有词不甚高，声誉颇盛，题襟点笔，间亦不俗。虽非作家之极，亦在附庸之列。成作咸在，不可废也。因复总述之。

（1）王安石《桂枝香·金陵怀古》：登楼送目，正故国晚秋，天气初肃。千里澄江似练，翠峰如簇。征帆去棹斜阳里，背西风酒旗斜矗。彩舟云淡，星河鹭起，画图难足。　念往昔，豪华竞逐，叹门外楼头，悲恨相续。千古凭高，对此漫嗟荣辱。六朝旧事随流水，但寒烟衰草凝绿。至今商女，时时犹唱，后庭遗曲。

荆公不以词见长。而《桂枝香》一首，大为东坡叹赏。各家选本，亦皆采录，第其词，只稳惬而已。其他如《菩萨蛮》《渔家傲》《清平乐》《浣溪沙》等，间有可观。至《浪淘沙》之"伊吕两衰翁"，《望江南》之"归依三宝赞"，直俚语耳。

（2）晏几道《临江仙》：梦后楼台高锁，酒醒帘幕低垂。去年春恨却来时。落花人独立，微雨燕双飞。　记得小蘋初见，两重心字罗衣。琵琶弦上说相思。当时明月在，曾照彩云归。

小山词之最著者，如此词之"落花"二句，及《鹧鸪天》之"舞低杨柳楼心月，歌尽桃花扇底风"，又"今宵剩把银钢照，犹恐相逢是梦中"，又"梦魂惯得无拘检，又踏杨花过谢桥"，《浣溪沙》之"户外绿杨春系马，床头红烛夜呼卢"，皆为世人盛称者。余谓艳词自以小山为最，以曲折深婉，浅处皆深也。

（3）李之仪《卜算子》：我住长江头，君住长江尾。日日思君不见君，共饮长江水。　此水几时休，此恨何时已。只愿君心似我心，定不负相思意。

此词盛传于世，以为古乐府俊语是也。但不善学之，易流于滑易，《姑溪词》中佳者殊鲜。如《千秋岁》之"东风半落梅梢雪"，《南乡子》之"西墙犹有轻风递暗香"亦工，此外皆平直而已。

（4）周紫芝《朝中措》：雨余庭院冷萧萧，帘幕度轻飔。鸟语唤回残梦，春寒勒住花梢。　　无聊睡起，新愁黯黯，归路迢迢。又是夕阳时候，一炉沉水烟销。

孙竞谓竹坡乐章，清丽婉曲，非苦心刻意为之。此言极是。竹坡少师张耒，行辈稍长李之仪，而词则学小山者也。人第赏其《鹧鸪天》之"梧桐叶上三更雨，叶叶声声是别离"，《醉落魄》之"晓寒谁看伊梳掠，雪满西楼，人在阑干角"，《生查子》之"不忍上西楼，怕看来时路"诸语，实皆聪俊句耳。余最爱《品令》登高词。其后半云："黄花香满，记白苎吴歌软。如今却向乱山丛里，一枝重看。对着西风搔首，为谁肠断。"沉着雄快，似非小山所能也。

（5）葛胜仲《鹧鸪天》：小榭幽园翠箔垂，云轻日薄淡秋晖。菊英露浥渊明径，藕叶风吹叔宝池。　　酬素景，泥芳卮，老人痴钝强伸眉。欢华莫遣笙歌散，归路从教灯影稀。

鲁卿与常之，亦如元献、小山也。然门第誉望，可以齐驱。至论词，则虎贲之与中郎矣。鲁卿以《蓦山溪》《天穿节》二首得盛誉，其词亦平平，盖名高而实不足副也。余爱其《点绛唇》末语："乱山无数，斜日荒城鼓"，可与范文正"长烟落日孤城闭"并美，余不称矣。

（6）黄庭坚《虞美人》：天涯也有江南信，梅破知春近。夜阑风细得香迟，不道晓来开遍向南枝。　　玉台弄粉花应妒，飘到眉心住。平生个里愿杯深，去国十年老尽少年心。宜州见梅作

晁无咎谓山谷词，不是当行家，乃着腔唱好诗。此言洵是。陈后山乃云："今代词手，惟秦七与黄九。"此实阿私之论。山谷之词，安得与太虚并称？较耆卿且不逮也。即如《念奴娇》下片，如"共倒金尊家万里，难得尊前相属。老子平生，江南江北，爱听临风曲"。世谓可并东坡，不知此仅豪放耳，安有东坡之雄俊哉！

（7）张耒《风流子》：亭皋木叶下，重阳近，又是捣衣秋。奈愁入

庾肠，老侵潘鬓，漫簪黄菊，花也应羞。楚天晚，白蘋烟尽处，红蓼水边头。芳草有情，夕阳无语，雁横南浦，人倚西楼。　玉容知安否，香笺共锦字，两处悠悠。空恨碧云离合，青鸟沉浮。向风前懊恼，芳心一点，寸眉两叶，禁甚闲愁。情到不堪言处，分付东流。

此词仅"芳草"四语为俊语。通体布局，宛似耆卿。故下片说到本事，即如强弩之末矣。元祐诸公，皆有乐府。惟张仅见《少年游》《秋蕊香》及此词。胡元任以为不在元祐诸公之下，非公论也《少年游》《秋蕊香》二词，为营伎刘淑奴作。

（8）陈师道《清平乐》：秋光烛地，帘幕生秋意。露叶翻风惊鹊坠，暗落青林红子。　微行声断长廊，熏炉衾换生香。灭烛却延明月，揽衣先怯微凉。

胡元任云："后山自谓他文未能及人，独于词不减秦七黄九，其自矜如此。"而放翁题跋则云："陈无己诗妙天下，以其余作词，宜其工矣。顾乃不然，殆未易晓也。"余谓后山词，较文潜为优。如《菩萨蛮》云"急雨洗香车，天回河汉斜"，《蝶恋花》云"路转河回寒日莫，连峰不许重回顾"等语皆胜，放翁所云，亦非公也。

（9）程垓《南浦》：金鸭懒薰香，向晚来，春醒一枕无绪。浓绿涨瑶窗，东风外、吹尽乱红飞絮。无言伫立，断肠惟有流莺语。碧云欲暮，空惆怅，韶华一时虚度。　追思旧日心情，记题叶西楼，吹花南浦。老去觉欢疏，伤春恨、多付断云残雨。黄昏院落，问谁犹在凭阑处。可堪杜宇，空只解声声，催他春去。

毛子晋云："正伯与子瞻，中表兄弟也，故集中多润苏作，如《意难忘》《一剪梅》之类。"余按：今传《书舟词》，已无苏作，子晋已删汰矣。其《酷相思》《四代好》《折红英》诸作，盛为升庵推许。盖其词以凄婉绵丽为宗，为北宋人别开生面，自是以后，字句间凝炼渐工，而昔贤疏宕之致微矣。

（10）毛滂《临江仙》：闻道长安灯夜好，雕轮宝马如云。蓬莱清浅对觚棱。玉皇开碧落，银界失黄昏。　谁见江南憔悴客，端忧懒步芳尘。小屏风畔冷香凝。酒浓春入梦，窗破月寻人。都城元夕

滂以《惜分飞》赠伎词得盛名。陈质斋且云："泽民他词虽工，未

有能及此者。"所见太狭矣。东堂词中佳者殊多，如《浣溪沙》云"小雨初收蝶做团，和风轻拂燕泥干，秋千院落落花寒"，《七娘子》云："云外长安，斜晖脉脉，西风吹梦来无迹"，《蓦山溪·杨花》云："柔弱不胜春，任东风吹来吹去"，皆俊逸可喜，安得云《惜分飞》为最乎？即此词之酒浓二句，何减"云破月来"风调？

（11）晁补之《摸鱼儿》：买陂塘旋栽杨柳，依稀淮岸湘浦。东皋雨足轻痕涨，沙觜鹭来鸥聚。堪爱处，最好是，一川夜月光流渚，无人自舞。任翠幕张天，柔茵藉地，酒尽未能去。　青绫被，休忆金闺故步，儒冠曾把身误。弓兵千骑成何事，荒了邵平瓜圃。君试觑，满青镜、星星鬓影今如许。功名浪语，便做得班超，封侯万里，归计恐迟暮。

无咎词酷似东坡，不独此作然也。如《满江红》之"东武城南"，《永遇乐》之"松菊堂深"，皆直摩子瞻之垒。而灵气往来，自有天然之秀。胡元任盛称其《洞仙歌》泗州中秋作谓如常山之蛇，救首救尾，可云知无咎者矣。

（12）晁端礼《水龙吟》：倦游京洛风尘，夜来病酒无人问。九衢雪少，千门月淡，元宵灯近。香散梅梢，冻销池面，一番春信。记南城醉里，西城宴阕，都不管人春困。　屈指流年未几，早惊人潘郎双鬓。当时体态，而今情绪，多应瘦损。马上墙头，纵教瞥见，也难相认。凭阑干，但有盈盈泪眼，把罗襟揾。

〔明〕沈周《两江名胜图》

此图表现的是江南水乡那种湿润清丽、明媚幽雅的风光，集中体现了沈周的山水画风格。

259

次膺为无咎叔，蔡京荐于朝，诏乘驿赴阙。次膺至，适禁中嘉莲生，遂属词以进，名《并蒂芙蓉》，上览称善。除大晟府协律，不克受而卒。今《琴趣外篇》，有《鸭头绿》《黄河清慢》，皆所创也。其才亦不亚于清真云。

（13）万俟雅言《昭君怨》：春到南楼雪尽，惊动灯期花信。小雨一番寒，倚阑干。　　莫把阑干频倚。一望几重烟水，何处是京华？暮云遮。

雅言自号词隐，与清真堂名顾曲，其旨相同。崇宁中，充大晟府制撰，又与清真同官。今《大声集》虽不传，而如《春草碧》《三台》《卓牌儿》诸词，固流播千古也。黄叔旸谓其词平而工，和而雅。洵然。

上附录十三家，姑溪、竹坡、丹阳三家，则学晏氏父子者也。文潜、后山、正伯、东堂、无咎，则属于苏门者也。次膺、词隐，为邦彦同官，讨论古音古调，又复增演慢、曲、引、近，或为三犯、四犯之曲，皆知音之士，故当系诸清真之下。荆公、山谷，实非专家，盛誉难没，因附入焉。

二、南宋人词略

词至南宋，可云极盛时代。黄昇散花庵，《中兴以来绝妙词选》十卷，始于康与之，终于洪瑹。周密《绝妙好词》七卷，始于张孝祥，终于仇远，合订不下二百家。二书皆选家之善本，学者必须探讨。顾由博返约，首当抉择。兹选论七家，为南渡词人之表率，即稼轩、白石、玉田、碧山、梅溪、梦窗、草窗是也。此外附录所及，各以类聚，亦可略见大概矣。

（1）辛弃疾　字幼安，历城人。耿京聚兵山东，节制忠义军马，留掌书记。绍兴中，令奉表南归。高宗召见，授承务郎，累官浙东安抚使，进枢密都承旨。有《稼轩长短句》十二卷。

贺新郎 独坐停云作

甚矣吾衰矣！怅平生交游零落，只今余几？白发空垂三千丈，一笑人间万事，问何物能令公喜？我见青山多妩媚，料青山见我亦如是。情与貌，略相似。　　一尊搔首东窗里，想渊明停云诗就，此时风味。江左沉酣求名者，岂识浊醪妙理！回首叫云飞风起，不恨古人吾不见，恨古人不见吾狂耳。知我者，二三子。

陈子宏云："蔡元工于词。靖康中，陷金，辛幼安以诗词谒蔡，曰'子之诗则未也，他日当以词名家。'"刘潜夫云："公所作大声镗鞳，小声铿鍧，横绝六合，扫空万古。其秾丽绵密者，又不在小晏秦郎之下。"毛子晋云："词家争斗秾纤，而稼轩率多抚时感事之作。磊落英多，绝不作妮子态。宋人以东坡为词诗，稼轩为词论，善评也。"陈亦峰云："稼轩词自以《贺新郎》一篇为冠，别茂嘉十二弟，沉郁苍凉，跳跃动荡，古今无此笔力。"余谓学稼轩词，须多读书。不用书卷，徒事叫嚣，便是蒋心余、郑板桥，去沉郁二字远矣。辛词着力太重处，如《破阵子》"为陈同甫赋壮诗以寄之"，《瑞鹤仙》"南涧双溪楼"等作，不免剑拔弩张。至如《鹧鸪天》云"却将万字平戎策，换得东郊种树书"，读之不觉衰飒。《临江仙》云"别浦鲤鱼何日到，锦书封恨重重。海棠花下去年逢，也应随分瘦，忍泪觅残红"，婉雅芊丽，孰谓稼轩不工致语耶？又《蝶恋花》云（元日立春)"今岁花朝消息定，只愁风雨无凭准"，盖言荣辱不定，迁谪无常，言外有多少疑惧哀怨，而仍是含蓄不尽。此等处，虽迦陵且不能知，遑论余子。世以《摸鱼子》一首为最佳，亦有见地，但启讥讽之端。陈藏一之"咏雪"，德祐太学生之《百字令》，往往易招愆尤也。

（2）姜夔　字尧章，鄱阳人。萧东父识之于年少，妻以兄子。因寓居吴兴之武康，与白石洞天为邻，自号白石道人。庆元中，曾上书乞正太常雅乐。有《白石诗》一卷，词五卷。录词一首。

霓裳中序第一

亭皋正望极，乱落江莲归未得，多病却无气力。况纨扇渐疏，罗衣初索，流光过隙。叹杏梁，双燕如客。人何在？一帘淡月，仿佛照颜色。　　幽寂，乱蛩吟壁，动庾信。清愁似织。沉思年少浪迹，笛里关山，柳下坊陌。坠红无信息，漫暗水涓涓流碧。漂零久，而今何意？醉卧酒垆侧。

宋人词如《美成乐府》，仅注明宫调而已。宫调者，即说明用何等管色也。如仙吕用小工，越调用六字类，盖为乐工计耳。白石词凡旧牌皆不注明管色，而独于自度腔十七支，不独书明宫调，并乐谱亦详载之。宋代曲谱，今不可见，惟此十七阕，尚留歌词之法于一线。因悟宋人歌词之法，皆用旧谱。故白石于旧牌各词，概不申说，而于自作诸谱，不殚详录也。何以明之？白石词《满江红》序云："《满江红》旧词用仄韵，多不协律。如末句云'无心扑'三字，歌者将心字融入去声，方谐音律。"又云："末句云'闻佩环'，则协律矣。"是白石明知旧谱心字之不协，乃为此佩字之去声以就歌谱焉。故此词不注旁谱，以见韵虽用平，而歌则仍旧也。又吴梦窗《西子妆》，亦自度腔也。而张玉田和之，且云："梦窗自制此曲，余喜其声调娴雅，久欲效而未能。"又云："惜旧谱零落，不能倚声而歌也。"据此，则宋调之能歌者，皆非旧谱零落之词。梦窗此调，虽娴雅可观，而谱法已佚，无从按拍，苟可不拘旧谱，则玉田尽可补苴罅漏，别订新声。今宁使阙疑，不敢妄作者，正足见宋人歌词之法，概守旧腔，非如南北曲之随字音清浊而为之挪移音节也。是以吴词自制腔九支，以不自作谱。元明以来，赓和者绝少。姜词十七谱具存，故继姜而作者至多。于此见谱之存逸，关系于词之隆替者至重。而宋词谱之守定成式者，亦缘此可悟矣。南渡以后，国势日非，白石目击心伤，多于词中寄慨，不独《暗香》《疏影》发二宋之幽愤，伤在位之无人也。特感慨全在虚处，无迹可寻，人自不察耳。盖词中感喟，只可用比兴体，即比兴中亦须含蓄不露，斯为沉郁。若慷慨发越，终病浅显。如《扬州慢》"自胡马窥江去后，废池乔木，犹厌言兵"，已包涵无数伤乱语。又如《点绛唇·丁未过吴淞作》，通首只写眼前景物，至结处云"今何许，凭阑怀古，残柳参差舞"，其感时伤事，只用"今何许"三字提唱，无穷哀感，都在虚处。他如《石湖仙》《翠楼吟》诸作，自是有感而发，特未敢臆断耳姜词十七谱，余别有释词，今不论。

（3）张炎　字叔夏，号玉田，循王后裔。居临安，自号乐笑翁。有《玉田词》三卷，郑思肖为之序。录《南浦》一首。

南浦　春水

波暖绿粼粼，燕飞来，好是苏堤才晓。鱼没浪痕圆，流红去，翻唤东风难扫。荒桥断浦，柳阴撑出扁舟小。回首池塘青欲遍，绝似梦中芳草。　　和云流出空山，甚年年净洗，花香不了。新绿乍生时，孤村路，犹忆那回曾到。余情渺渺，茂林觞咏如今悄。前度刘郎归去后，溪上碧桃多少？

玉田词皆雅正，故集中无俚鄙语，且别具忠爱之致。玉田词皆空灵，故集中无拙滞语，且又多婉丽之态。自学之者多效其空灵，而立意不深，即流于空滑之弊。岂知玉田用笔，各极其致，而琢句之工，尤能使意笔俱显。人仅赏其精警，而作者诣力之深，曾未知其甘苦也。如《忆旧游·大都长春宫》云"古台半压琪树，引袖拂寒星"，结云"鹤衣散彩都是云"；《壶中天·夜渡古黄河》云"扣舷歌断，海蟾飞上孤白"；《渡江云·山阴久客寄王菊存》云"山空天入海，倚楼望极，风急暮潮初"；《湘月·山阴道中》云"疏风迎面，湿衣原是空翠"；《清平乐》云"只有一枝梧叶，不知多少秋声"；《甘州·寄沈尧道》云"短梦依然江表，老泪洒西州。一字无题处，落叶都愁"，又云"折芦花赠远，零落一身秋"；又《饯草窗西归》云"料瘦筇归后，闲锁北山云"；《台城路·送周方山》云"暗草埋沙，明波洗月，谁念天涯羁旅？"又"寄太白山人陈又新"云"虚沙动月，叹千里悲歌，唾壶敲缺"，又云"回潮似咽，送一点愁心，故人天末。江影沉沉，夜凉鸥梦阔"；《长亭怨·钱菊泉》云"记横笛玉关高处，万叠沙寒，雪深无路"；《西子妆·江上》云"杨花点点是春心，替风前万花吹泪"；《忆旧游·登蓬莱阁》云"海日生残夜，看卧龙和梦，飞入秋冥。还听水声东去，山冷不生

给青少年的人文素养课

云"，此类皆精警无匹，可与尧章颉颃。又如《迈陂塘》结处云"深更静，待散发吹箫，鹤背天风冷。凭高露饮，正碧落尘空，光摇半壁，月在万松顶"，沉郁以清超出之，飘飘有凌云气概，自在草窗、西麓之上。至如《长亭怨·饯菊泉》结云："且莫把孤愁，说与当时歌舞"；《三姝媚·送舒亦山》云"贺监犹存，还散迹、千山风露"，又云"布袜青鞋，休误入桃源深处"，盖是时菊泉、亦山，各有北游，语带箴规，又复自明不仕之志。君国之感，离别之情，言外自见，此亦足见玉田生平矣。

玉田用韵至杂，往往真文、青庚、侵寻同用，亦有寒珊间杂覃监者，此等处实不足法。惟在入声韵，则又谨严，屋沃不混觉药，质陌不混月屑，亦不杂他韵。学者当从其谨严处，勿借口玉田，为文过之地也。

（4）王沂孙　字圣与，号碧山，又号中仙，会稽人。至元中，曾官庆元路学正。有《碧山乐府》二卷。录词一首。

齐天乐　余闲书院拟赋蝉

一襟余恨宫魂断，年年翠阴庭树。乍咽凉柯，还移暗叶，重把离愁深诉。西园过雨，渐金错鸣刀，玉筝调柱。镜掩残妆，为谁娇鬓尚如许。　　铜仙铅泪似洗，叹移盘去远，难贮零露。病翼惊秋，枯形阅世，消得斜阳几度。余音更苦，甚独抱清商，顿成凄楚。漫想薰风，柳丝千万缕。

大抵碧山之词，皆发于忠爱之忱，无刻意争奇之意，而人自莫及。论词品之高，南宋诸公，当以花外为巨擘焉。其咏物诸篇，固是君国之忧，时时寄托，却无一笔犯复，字字贴切故也。《天香·龙涎香》一首，当为谢太后作。其前半多指海外事，惟后叠云"荀令如今渐老，总忘却尊前旧风味"，必有寄托，但不知何所指耳。至如《南浦·春水》云"帘影蘸楼阴，芳流去，应有泪珠千点。沧浪一舸，断魂重唱蘋花怨"，寄慨处清丽纤徐，斯为雅正。又《庆宫春·水仙》云"岁华相误，记前度湘皋怨别。哀弦重听，都是凄凉未须彻"，后叠云"国香到此谁辨，烟冷沙昏，顿成愁绝"，结云"试招仙魄，怕今夜瑶簪冻折。携盘独出，空怨咸阳。故宫落月"，凄凉哀怨，其为王清惠辈作乎？清惠等诗词具见汪水云《湖山类稿》。又《无闷·雪意》后半云"清致，悄无似。有照水南枝，已搀春意。误几度凭阑，暮愁凝睇。应是梨云梦好，未肯放东风来人世。待翠管吹破苍茫，看取玉壶天地"，无限怨情，出以浑厚之笔。张皋文《词选》，碧山词止取四首。除《齐天乐·赋蝉》外，有《眉妩·新月》《高阳台·梅花》《庆清朝·榴花》三阕，且于每词下各注案语。《眉妩》云："此喜君有恢复之志，而惜无贤臣也。"《高阳台》云："此伤君臣宴安，不思国耻，天下将亡也。"《庆清朝》云："此言乱世尚有人才，惜世不用也。"是知碧山一片热肠，无穷哀感，小雅怨诽不乱之旨，诸词有焉。以视白石之《暗香》《疏影》，亦有过之无不及。词至此蔑以加矣。

（5）史达祖　字邦卿。汴人。有《梅溪词》。《四朝闻见录》：韩侂胄为平章，专倚省吏史达祖举行文字，拟帖拟旨，皆出其手，侍从柬札，至用申呈。韩败，遂黥焉。有《梅溪词》一卷。录词一首。

三　姝　媚

烟光摇缥瓦，望晴檐多风，柳花如洒。锦瑟横床，想泪痕尘影，凤弦长下。倦出犀帷，频梦见王孙骄马。讳道相思，偷理绡裙，自惊腰衩。　　惆怅南楼遥夜，记翠箔张灯，枕肩歌罢。又入铜驼，遍旧家门巷，首讯声价。可惜东风，将恨与闲花俱谢。记取崔徽模样，归来暗写。

邦卿为平原堂吏，千古无不惜之。楼敬思云："史达祖南宋名士，不得进士出身。以彼文采，岂无论荐？乃甘作权相堂吏，至被弹章，不亦降志辱身之至耶！"读其书怀《满江红》词"好领青衫，全不向诗书中得。三径就荒秋自好，一钱不值贫相逼"，亦自怨自艾者矣。又读其出京《满江红》词"更无人噪笛傍宫墙，苔花碧"，又云"老子岂无经世术，诗人不预平边策"，是亦善于解嘲焉。然集中又有留别社友《龙吟曲》："楚江南，每为神州未复。阑干静，慵登眺"，新亭之泣，未必不胜于兰亭之集也。乃以词客终其身，史臣亦不屑道其姓氏，科目之困人如此，岂不可叹。然则词人立品，为尤要矣。戈顺卿谓周清真善运化唐人诗句，最为词中神妙之境。而梅溪亦擅其长，笔意更为相近。又云：若仿张为作词家主客图，周为主，史为客，未始非定论也。其倾倒梅溪，可为尽至。余谓白石、梅溪，皆祖清真，白石化矣，梅溪或稍逊耳。至其高者，亦未尝不化。如《湘江静》云"三年梦冷，孤吟意短，屡烟钟津鼓。屐齿厌登临，移橙后几番凉雨"；又《临江仙》结句云"枉教装得旧时多，向来箫鼓地，曾见柳婆娑"，慷慨生哀，极悲极郁，居然美成复生。较"临断岸新绿生时，是落红带愁流处"，尤为沉着。此种境地，却是梅溪独到处。

（6）吴文英　字君特，四明人，从吴履斋诸公游。有《梦窗甲乙丙丁稿》四卷。录词一首。

莺　啼　序

残寒正欺病酒，掩沉香绣户。燕来晚，飞入西城，似说春事迟暮。画船载、清明过却，晴烟冉冉吴宫树。念羁情，游荡随风，化为轻絮。　十载西湖，傍柳系马，趁娇尘软雾。溯红渐招入仙溪，锦儿偷寄幽素。倚银屏、春宽梦窄，断红湿、歌纨金缕。暝堤空，轻把斜阳，总还鸥鹭。　幽兰旋老，杜若还生，尚水乡寄旅。别后访六桥无信，事往花委，瘗玉埋香，几番风

〔清〕高岑《松窗飞瀑图》

此画山势突兀，石质厚重坚实，勾线细劲方硬，颇多范宽遗韵，而且布局兼具高远、深远、平远之法，中部高耸坚峭的山峦作为主体。

雨。长波妒盼，遥山羞黛，渔灯分影春江宿，记当时短楫桃根渡。青楼仿佛临分，败壁题诗，泪墨惨澹尘土。　　危亭望极，草色天涯，叹鬓侵半苎。暗点检离痕欢唾，尚染鲛绡，亸凤迷归，破鸾慵舞。殷勤待写，书中长恨，蓝霞辽海沉过雁，漫相思弹入哀筝柱。伤心千里江南，怨曲重招，断魂在否？

按：梦窗词，以绵丽为尚，运意深远，用笔幽邃，炼字炼句，迥不犹人。貌观之，雕缋满眼，而实有灵气行乎其间。细心吟绎，觉味美于方回，引人入胜，既不病其晦涩，亦不见其堆垛。此与清真、梅溪、白石，并为词学之正宗。一脉真传，特稍变其面目耳。犹之玉溪生之诗，藻采组织，而神韵流转，旨趣永长，未可妄讥其獭祭也。昔人评骘，多有未当，即如尹惟晓以梦窗并清真，不知置东坡、少游、方回、白石等于何地？誉之未免溢量，至沈伯时谓其太晦。其实梦窗才情超逸，何尝沉晦？梦窗长处，正在超逸之中，见沉郁之思，乌得转以沉郁为晦耶？若叔夏七宝楼台之喻，亦所未解。窃谓东坡《水调歌头》，介甫《桂枝香》有此弊病。至梦窗词，合观通篇，固多警策，即分摘数语，亦自入妙，何尝不成片段耶？张皋文《词选》，独不收梦窗词，而以苏辛为正声，此门户之见，乃以梦窗与耆卿、山谷、改之辈同列，此真不知梦窗也。董氏《续词选》，只取梦窗《唐多令》《忆旧游》两篇，此二篇绝非梦窗高诣。《唐多令》一篇，几于油腔滑调，在梦窗集中最属下乘。《续词选》独取此两篇，岂故收其下者，以实皋文之言耶？谬矣。

梦窗精于造句，超逸处则仙骨珊珊，洗脱凡艳；幽索处则孤怀耿耿，别缔古欢。如《高阳台·落梅》云："宫粉雕痕，仙云堕影，无人野水荒湾。古石埋香，金沙锁骨连环。南楼不恨吹横笛，恨晓风千里关山。半飘零，庭院黄昏，月冷阑干。"又云："细雨归鸿，孤山无限春寒。"《瑞鹤仙》云："怨柳凄花，似曾相识，西风破屐。林下路，水边石。"《祝英台近·除夜立春》云："剪红情，裁绿意，花信上钗股。残日东风，不放岁华去。"又"春日客龟溪游废园"云："绿暗长亭，归梦趁风絮。"《水龙吟·惠山酌泉》云："艳阳不到青山，淡烟冷翠成秋苑。"

《满江红·淀山湖》云："对两蛾犹锁，怨绿烟中。秋色未教飞尽雁，夕阳长是坠疏钟。"《点绛唇·试灯夜初晴》云："情如水，小楼薰被，春梦笙歌里。"又云："征衫贮，旧寒一缕，泪湿风帘絮。"《八声甘州·游灵岩》云："箭径酸风射眼，腻水染花腥。"又云："连呼酒，上琴台去，秋与云平。"俱能超妙入神。

（7）周密　字公谨，号草窗，济南人。流寓吴兴，居弁山。自号弁阳啸翁，又号萧斋，又号四水潜夫。淳祐中，为义乌令。有《蜡屐集》《草窗词》二卷，一名《𬞟洲渔笛谱》。录词一首。

曲游春

禁苑东风外，飏暖丝晴絮，春思如织。燕约莺期，恼芳情偏在，翠深红隙。漠漠香尘隔，沸十里、乱丝丛笛。看画船尽入西泠，闲却半湖春色。　　柳陌，新烟凝碧，映帘底宫眉，堤上游勒。轻暝笼烟，怕梨云梦冷，杏香愁幂。歌管酬寒食，奈蝶怨良宵岑寂。正恁醉月摇花，怎生去得？

按：草窗词，尽洗靡曼，独标清丽，有葱蒨之色，有绵渺之思，与梦窗旨趣相伴。二窗并称，允矣无忝，其于词律，亦极严谨。盖交游甚广，深得切劘之益。如集中所称霞翁，乃杨守斋也。守斋名缵，字继翁，又号紫霞翁，善弹琴，明宫调词法。周美成有《紫霞洞箫谱》，尝著《作词五要》，于填词按谱，随律押韵二条详言之。守律甚细，一字不苟作。草窗与之交，宜其词律之细矣。观其《一萼红·登蓬莱阁有感》一阕，苍茫感慨，情见乎词，当为草窗集中压卷。虽使美成、白石为之，亦无以过，惜不多觏耳。词云："步深幽，正云黄天淡，雪意未全休。鉴曲寒沙，茂林烟草，俯仰今古悠悠。岁华晚、飘零渐远，谁念我同载五湖舟。磴古松斜，厓阴苔老，一片清愁。　　回首天涯归梦，几魂飞西浦，泪洒东州。故国山川，故园心眼，还似王粲登楼。最负他秦鬟妆镜，好江山何事此时游。为唤狂吟老监，共赋销忧。"又《法曲献仙音·吊雪香亭梅》云："一片古今愁，但废绿平烟空远。无语消魂，对斜阳衰草泪满。又西泠残笛，低送数声春怨。"即杜诗"回首可怜歌舞地"之意，以词发之，更觉凄惋。《水龙吟·白莲》云："擎露盘深，忆君凉夜，时倾铅水。想鸳鸯正结，梨云好梦，西风冷，还惊起。"词意兼胜，似此亦不亚碧山也。

上七家皆南宋词坛领袖，历百世不祧者也。其他潜研音吕，敷陈华藻，正不乏人。复择其著者，附录之，得十四家。

（1）陆游　字务观，山阴人，以荫补登仕郎。隆兴初，赐进士出身。范成大帅蜀，为参议官。人讥其颓放，因自号放翁。有《剑南集》，词二卷。录《水龙吟》一首。

　　　　摩诃池上追游路，红绿参差春晚。韶光妍媚，海棠如醉，桃花欲暖。挑菜初闲，禁烟将近，一城丝管。看金鞍争道，香车飞盖，争先占，新亭馆。　　惆怅年华暗换，黯消魂、雨收云散。镜奁掩月，钗梁拆凤，秦筝斜雁。身在天涯，乱山孤垒，危楼飞观。叹春来只有，杨花和恨，向东风满。《春日游摩诃池》

刘潜夫云："放翁、稼轩，一扫纤艳，不事斧凿，但时时掉书袋，要是一癖。"余谓务观与稼轩，不可并列。放翁豪放处不多，今传诵最著者，如《双头莲》《鹊桥仙》《真珠帘》等，字字馨逸，与稼轩大不相同。至南园一记，蒙垢今古，钗头别凤，寄慨家庭，平生家国间，真有隐痛矣。

（2）张孝祥　字安国，历阳人。绍兴二十四年，廷试第一，历官至显谟阁直学士。有《于湖词》一卷。录《念奴娇》一首。

　　　　洞庭青草，近中秋、更无一点风色。玉界琼田三万顷，着我扁舟一叶。素月分辉，明河共影，表里俱澄澈。悠然心会，妙处难与君说。　　应念岭表经年，孤光自照，肝胆皆冰雪。短鬓萧疏襟袖冷，稳泛沧溟空阔。尽吸西江，细斟北斗，万象为宾客。叩舷独啸，不知今夕何夕。《过洞庭》

给青少年的人文素养课

269

此作绝妙好词。冠诸简端，其气象固是豪雄，惟用韵不甚合耳。于湖他作，如《西江月》之"东风吹我过湖船，杨柳丝丝拂面"，《满江红》之"点点不离杨柳外，声声只在芭蕉里"，皆俊妙可喜。陈郡汤衡《序〈于湖词〉》云："元祐诸公，嬉弄乐府，寓以诗人句法，无一毫浮靡之气，实自东坡发之也。于湖紫微张公之词，同一关键。"以于湖并东坡，论亦不误，惟才气较薄弱耳。

（3）陈亮　字同甫，婺州人。绍熙四年，擢进士第一。有《龙川集》，词三卷。录《水龙吟》一首。

闹红深处层楼，画帘半卷东风软。春归翠陌，平莎茸嫩，垂杨金浅。迟日催花，淡云阁雨，轻寒轻暖。恨芳菲世界，游人未赏，都付与莺和燕。　　寂寞凭高念远，向南楼、一声归雁。金钗斗草，青丝勒马，风流云散。罗绶分香，翠绡封泪，几多幽怨。正消魂，又是疏烟淡月，子规声断。

叶水心云："同甫长短句四卷，每一章成，辄自叹曰：平生经济之怀，略已陈矣。"周草窗云："龙川好谈天下大略，以节气自居，而词亦疏宕有致。"毛子晋云："龙川词读至卷终，不作一妖语媚语，殆所称不受人怜者欤？"余谓龙川与幼安，往来至密。集中《贺新郎》三首，足见气谊，故词境亦近之。而如此作，又复幽秀妍丽，能者固无所不能也。

（4）刘过　字改之，太和人。尝伏阙上书，请光宗过宫，复以书抵时宰，陈恢复方略，不报，放浪湖海间。有《龙洲词》一卷。录《沁园春》一首。

古岂无人，可以似吾，稼轩者谁？拥七州都督，虽然陶侃，机明神鉴，未必能诗。常衮何如，羊公聊尔，千骑东方候会稽。中原事，纵匈奴未灭，毕竟男儿。　　平生出处天知，算整顿乾坤终有时。问湖南宾客，侵寻去矣，江西户口，流落何之？尽日楼台，四边屏障，目断江山魂欲飞。长安道，奈世无刘表，王粲畴依。《寄辛稼轩》

改之词学幼安，而横放杰出，尤较幼安过之。叫嚣之风，于此开矣。黄花庵云："如'别妾'《天仙子》、'咏画眉'《小桃红》诸阕，稼轩集中能有此纤秀语耶？"毛子晋又述此语为改之辩护。余以为改之诸作，如"美人指甲""美人足"，虽传述人口，实是秽亵，不足为法，至豪迈处又一放不可收。盖学幼安而不从沉郁二字着力，终无是处也。集中《沁园春》至多，"斗酒彘肩"一首尤著名，亦谰语耳。细检一过，惟《贺新郎·老去相如》一阕，是其最胜者矣。

（5）卢祖皋 字申之，永嘉人。与四灵相唱和，盛称江湖间。庆元五年进士，为军器少监。嘉定十四年，擢直学士。有《蒲江词》。录《水龙吟》一首。

> 会昌湖上扁舟，几年不醉西山路。流光又是，宫衣初试，安榴半吐。千里江山，满川烟草，薰风淮楚。念离骚恨远，独醒人去，阑干外，谁怀古？ 亦有鱼龙戏舞，艳晴川绮罗歌鼓。乡情节意，尊前同是，天涯羁旅。涨绿池塘，翠阴庭院，归期无据。问明年此夜，一眉新月，照人何处？《淮西重午》

《蒲江词》仅二十五阕，而佳者颇多。如《贺新郎》之"钓雪亭"、《倦寻芳》之"春思"、《西江月》之"中春"、《清平乐》之"春恨"，字字工协。毛子晋谓其有古乐府佳句，犹在字句间求之。论其词境，可与玉田、草窗并美云。

（6）高观国 字宾工，山阴人。有《竹屋痴语》一卷。录《解连环》一首。

> 浪摇新绿，漫芳洲翠渚，雨痕初足。荡霁色流入横塘，看风外漪漪，皱纹如縠。藻荇萦回，似留恋鸳飞鸥浴。爱娇云蘸色，媚日挼蓝，远迷心目。 仙源漾舟岸曲，照芳容几树，香浮红玉。记那回西泠桥边，溅群翠传情，玉纤轻掬。三十六陂，锦鳞渺、芳音难续。隔垂杨，故人望断，浸愁千斛。《春水》

给青少年的人文素养课

宾王与梅溪交谊颇挚，词亦各有长处。集中如《贺新郎》之"赋梅"、《喜迁莺》之"秋怀"、《花心动》之"梅意"、《解连环》之"咏柳"、《瑞鹤仙》之"筇枝"，皆情意悱恻，得少游之意。陈恺序其词云："高竹屋与史梅溪皆出周、秦之词，所作要是不经人道语，其妙处，少游、美成亦未及也。"此论虽推崇过当，惟以竹屋为周、秦之词，是确有见地。大抵南宋以来，如放翁，如于湖，则学东坡；如龙川，如龙洲，则学稼轩；至蒲江、宾王辈，以江湖叫嚣之习，非倚声家所宜。遂瓣香周、秦，而词境亦闲适矣。诸家造诣，固有不同。论其大概，不外乎此。

（7）张辑 字宗瑞，号东泽，鄱阳人。冯深居目为东仙，有《欸乃集》《东泽绮语债》二卷。录《疏帘淡月》一首。

> 梧桐雨细，渐滴作秋声，被风惊碎。润逼衣篝，线袅蕙炉沉水。悠悠岁月天涯醉，一分秋、一分憔悴。紫箫吟断，素笺恨切，夜寒鸿起。 又何苦、凄凉客里，负草堂春绿，竹溪空翠。落叶西风，吹老几番尘世。从前谙尽江湖味，听商歌、归兴千里。露侵宿酒，疏帘淡月，照人无寐。

东泽得诗法于姜尧章，词亦学之，但少尧章清刚之气耳。集中词共二十三首，皆摘取词中语标作牌名，与方回寓声正同。顾贺张二家则可，今人则万不能学也。诸作中亦有效苏辛者，如《貂裘换酒》即《贺新郎》"乙未冬别冯可久"，《淮甸春》即《念奴娇》"访淮海事迹"，《东仙》即《沁园春》"冯可迁号余为东仙，故赋"。皆雄健可喜，不似《疏帘淡月》之婉约矣。惟《杏梁燕》即《解连环》则与《梧桐雨细》情韵相类，盖东泽能融合豪放婉丽为一也。

（8）刘克庄 字潜夫，号后村。莆田人，以荫仕。淳祐中，赐同进士出身，官至龙图阁直学士。有《后村别调》一卷。录《满江红》一首。

> 赤日黄埃，梦不到清溪翠麓。空健羡，君家别墅，几株幽独。骨冷肌清偏要月，天寒日暮尤宜竹。想主人杖屦绕千

回，山南北。 宁委涧，嫌金屋，宁映水，羞银烛。叹出群风韵，背时装束。竞爱东邻姬傅粉，谁怜空谷人如玉。笑林逋何逊漫为诗，无人读。

《后村别调》五卷，张叔夏谓直致近俗，乃效稼轩而不及者，泂然。集中《沁园春》二十五首，《念奴娇》十九首，《贺新郎》四十二首，《满江红》三十一首，可云多矣。而奔放踬弛，殊无含蕴。且寿人自寿诸作，触目皆是，词品实不高也。《古今词话》以《清平乐》"贪与萧郎眉语，不知舞错伊州"二句为妙语，亦不过聪俊人口吻，非词家之极则。惟《南岳》一稿，几兴大狱，诏禁作诗，词学遂盛，此则于倚声家颇有关系。今读访梅绝句，虽可发一粲，而当时禁网可知矣。后村《贺新郎》云："君向柳边花底问，看贞元朝士谁存者？桃满观，几开谢。"又云："老子平生无他过，为梅花受取风流罪。"皆为《江湖集》狱而发。

（9）蒋捷　字胜欲，阳羡人，德祐进士。自号竹山，遁迹不出。有《竹山词》。录《高阳台》一首。

　　燕卷晴丝，蜂黏落絮，天教绾住闲愁。闲里清明，匆匆粉涩红羞。灯摇缥纱茸窗冷，语未阑娥影分收。好伤春，春也难留，人也难留。　　芳尘满目悠悠，为问萦云佩响，还绕谁楼？别酒才斟，从前心事都休。飞莺纵有风吹转，奈旧家苑已成秋。莫思量，杨柳湾西，且掉吟舟。《送翠英》

《竹山词》亦有警策处。如《贺新郎》之"浪涌孤亭起""梦冷黄金屋"二首，确有气度。竹垞《词综》推为南宋一家，且谓源出白石，亦非无见。惟其学稼轩处，则叫嚣奔放，与后村同病。如《水龙吟·落梅》一首，通体用些字韵，无谓之至。《沁园春》云："若有人寻，只教童道，这屋主人今自居。"又次强云卿韵云："结算平生，风流债负，请一笔勾。盖攻性之兵，花围锦阵。毒身之鸩，笑齿歌喉。"又云："迷因底叹，晴干不去，待雨淋头。"《念奴娇·寿薛稼堂》云："进退行藏，此时正要，一着高天下。"又云："自古达官酣富贵，往往遭人描画。"

《贺新郎·钱狂士》云："据我看来何所似，一任韩家五鬼，又一似杨家风子。"此等处令人绝倒，学稼轩至此，真属下下乘矣。大抵后村、竹山未尝无笔力，而风骨气度，全不讲究。是心余、板桥辈所祖，乃词中左道。有志复古者，当从梅溪、碧山用力也。

（10）陈允平　字君衡，四明人。有《日湖渔唱》二卷，《继周集》一卷。录《酹江月》一首。

> 霁空虹雨，傍啼蛰莎草，宿鹭汀洲。隔岸人家砧杵急，微寒先到帘钩。步幄尘高，征衫酒润，谁暖玉香篝。风灯微暗，夜长频换更筹。　　应是雁柱调筝，鸳梭织锦，付与两眉愁。不似尊前今夜月，几度同上南楼。红叶无情，黄花有恨，孤负十分秋。归心如醉，梦魂飞趁东流。

张叔夏云："词欲雅而正，志之所之。一为物所役，则失其雅正之音。近代陈西麓所作平正，亦有佳者。"夫平正则难见其佳。平正而有佳者，乃真佳也。其词取法清真，刻意摹效。《继周》一集，皆和周韵，多至百二十一首。《继周集》共词百二十三首，和周韵者百二十一首。惟《过秦楼》前一首，《琴调相思引》，并非周韵。疑宋本《片玉词》，别有存此二首者也。其倾倒美成，可与方千里、杨泽民并传。然其面目，并不十分相似。此即脱胎法，可见古人用力之方矣。集中诸词，喜改平韵，如《绛都春》《永遇乐》及此词，别具幽秀之致，亦白石法也。西湖十咏，多感时之语，时时寄托，忠厚和平，真可亚于中仙，非草窗所可及。其词作于景定癸亥岁，阅十余年宋亡矣。是故读西麓词，一切流荡忘返之失，自然化去耳。

（11）施岳　字仲山，号梅川，吴人。其词无专集。录《曲游春》一首。

> 画舸西泠路，占柳阴花影，芳意如织。小楫冲波，度曲尘扇底，粉香帘隙。岸转斜阳隔，又过尽别船箫笛。傍断桥翠绕红围，相对半篙晴色。　　顷刻，千山暮碧，向沽酒楼

前，犹系金勒。乘月归来，正梨花夜缟，海棠烟幂，院宇明寒食。醉乍醒一庭春寂。任满身，露湿东风，欲眠未得。《清明湖上》

梅川词见于《绝妙好词》者，止有六首。其词亦法清真，如《水龙吟》《兰陵王》二作可知也。此清明词，盖与草窗同作者。草窗和词有"看画船尽入西泠，闲却半湖春色"之句，为一时传诵。此云"相对半篙晴色"，可云工力悉敌。《西湖游幸记》云："西湖，杭人无时不游，凡缔姻赛社，会亲送葬，经会献神，无不在焉。故杭谚有销金锅之号。"观草窗、梅川二词，可见盛况矣。沈义甫云："梅川音律有源流，故其声无舛误。读唐诗多，故语雅淡。"此数语论梅川至当。

（12）孙惟信　字季蕃，号花翁，开封人。尝有官，弃去不仕。录《烛影摇红》一首。

> 一朵鞓红，宝钗压鬓东风溜。年时也是牡丹时，相见花边酒。初试夹纱半袖，与花枝盈盈斗秀。对花临景，为景牵情，因花感旧。　题叶无凭，曲沟流水空回首。梦云不到小山屏，真个欢难偶。别后知他安否？软红街清明还又。絮飞春尽，天远书沉，日长人瘦。《牡丹》

《花翁集》今不传，其词仅见《绝妙好词》所录五首而已。刘后村《花翁墓志》云："始昏于婆，后去婆游，留苏杭最久。一榻之外无长物，躬爨而食。书无乞米之帖，文无逐贫之赋，终其身如此。"是花翁平生亦略见矣。沈伯时云："孙花翁有好词，亦善运意，但雅正中时有一二市井语。"余谓翁集既佚，无可评骘，就弁阳所录，固无此病也。

（13）李清照　自号易安居士，济南人。格非女，赵明诚妻。有《漱玉集》。录《壶中天》一首。

> 萧条庭院，又斜风细雨，重门须闭。宠柳娇花寒食近，种种恼人天气。险韵诗成，扶头酒醒，别是闲滋味。征鸿过

给青少年的人文素养课

尽，万千心事谁寄。　　楼上几日春寒，帘垂四面，玉阑干
慵倚。被冷香消新梦觉，不许愁人不起。清露晨梳，新桐初
引，多少游春意。日高烟敛，更看今日晴未。

　　易安词最传人口者，如《如梦令》之"绿肥红瘦"，《一剪梅》之
"红藕香残"，《醉花阴》之"帘卷西风"，《凤凰台》之"香冷金猊"，世
皆谓绝妙好词也。其《声声慢》一首，尤为罗大经、张端义所激赏。其
实此词收二语，颇有伧气，非易安集中最胜者。大抵易安诸作，能疏俊
而少沉着，即如《永遇乐》"元
宵"词，人咸谓绝佳。此事感怀
京洛，须有沉痛语方佳。词中如
"如今憔悴，风鬟雾鬓，怕向花
间重去"固是佳语，而上下文皆
不称。上云："铺翠冠儿，撚金
雪柳，簇带争济楚。"下云："不
如向帘儿底下，听人笑语。"皆
太质率，明者自能辨之。惟其论
词语绝精，因摘录之。其言曰：
"本朝柳屯田永，变旧声作新
声，出《乐章集》，大得声称于
世。虽协音律，而词语尘下。又
有张子野、宋子京兄弟、沈唐、
元绛、晁次膺辈继出，虽时时有
妙语，而破碎何足名家？至晏丞
相、欧阳永叔、苏子瞻，学际天
人，作为小歌词，直如酌蠡水于
大海，然皆句读不葺之诗耳，又
往往不协音律。中略王介甫、曾
子固文章似西汉，若作小歌词，
则人必绝倒，不可读也。乃知词

〔清〕邹喆《松林僧话图》

作品描绘远离凡尘的僧人、高士
在松林茅屋对话的情景，敷色清淡而沉
着，山川凝重雄浑。

别是一家，知之者少。后晏叔原、贺方回、黄鲁直出，始能知之。而晏苦无铺叙，贺苦少典重。秦少游专主情致，而少故实，譬如贫家美女，虽极妍丽丰逸，而终乏富贵态。黄即尚故实，而多疵病，譬如良玉有瑕，价自减半矣。"其讥弹前辈，能切中其病，世不以为刻论也。至玉壶献金之疑，汝舟改嫁之谬，俞理初、陆刚甫、李莼客辈，论之详矣，不赘述。

（14）朱淑真　自号幽栖居士，钱塘人。世居姚村，不得志殁。宛陵魏仲恭辑其诗，名《断肠集》。录《清平乐》一首。

　　　　恼烟撩露，留我须臾住。携手藕花湖上路，一霎黄梅细雨。　　娇痴不怕人猜，随群暂遣愁怀。最是分携时候，归来懒傍妆台。

居士《生查子》一词，为升庵诬谤，今已大白于世，无庸赘论矣。余按：《断肠》词止三十一首，且非全真，安得魏端礼原辑？及稽瑞楼注本，重付校雠也。就此三十一首中论之，如《菩萨蛮》之"湿云不

〔清〕崔错《李清照像》

　　画中描写李清照淡妆素服，斜倚奇石而坐，右手托腮，左手抚膝，默默无声作沉思状。背景不落一墨，大片空白烘托出一种虚空渺茫、寂寞无主的情绪，可谓简洁素净，主体鲜明突出。

度",《忆秦娥》之"弯弯曲",《柳梢青》之"玉骨冰肌",《蝶恋花》之"楼外垂杨",皆谐婉可诵。朱文公谓本朝妇人能文者,惟魏夫人及李易安,而不及淑真。今魏夫人词,仅有《菩萨蛮》一首,无可评论。而淑真尚存数十首,足资研讨,余故录以为殿焉。

　　右十四家,南宋词之著者略具矣。竹山、后村,仍复论列者。盖以见苏辛词,实不可学,虽宋人且不能佳也。至南宋词人之盛,实多不胜数。讲学家如朱元晦、胡澹庵辈,亦有小词流传。朱有《水调歌头》,胡有《醉落魄》。大臣如真德秀、魏了翁、周必大等,又各有乐府名世。真有《蝶恋花》,魏有《寿词》一卷,周有《省斋近体乐府》。缁流如仲殊、祖可,羽流如葛长庚、丘长春,所作亦冲雅俊迈。仲殊有《诉衷情》,祖可有《小重山》,长庚有《醉江月》,长春有《无俗念》。名妓如苏琼、严蕊,复通词翰,斯已奇矣。苏有《西江月》,严有《卜算子》《鹊桥仙》等。至《词苑丛谈》载李全之子璮《水龙吟》一首,有"投笔书怀,枕戈待旦,陇西年少"之语,是绿林之豪,亦知柔翰,更不胜胪举也。余故约略论之,聊疏流别而已。

第十五讲　金元词略

前述唐、五代、两宋人之作，为词学极盛之期。自是而后，此道衰矣。金、元诸家，惟吴、蔡、遗山为正，余皆略事声歌，无当雅奏。元人以北词见长，文人心力，仅注意于杂剧。且有以词入曲者，虽有疏斋、仁近、蜕岩诸子，亦非专家之业也。今综金、元二代略论之。

一、金人词略

完颜一朝，立国浅陋，金宋分界，习尚不同。程学行于南，苏学行于北，一时文物，亦未谓无人。惟前为宋所掩，后为元所压，遂使豪俊无闻，学术未显，识者惜之。然而《中州》一编，悉金源之文献。《归潜》十卷，实艺苑之掌故，稽古者所珍重焉。至论词学，北方较衰。杂剧挡弹盛行，而雅词几废。间有操翰倚声，亦目为习诗余技，远非两宋可比也。综其传作言之，风雅之始，端推海陵；南征之作，豪迈无及；章宗颖悟，亦多题咏；聚骨扇词，一时绝唱；密国公瑄，才调尤富；《如庵小稿》，存词百首，宗室才望，此其选矣。至若吴蔡体行，词风始正。于是黄华、玉峰、稷山二妙，诸家并起。而大集其成，实在遗山乐府所集三十六家。知人论世，金人小史也，因就裕之所录，略志如下。

（1）章宗　《金史》称帝天资聪悟。《归潜志》亦云：诗词多有可称者，并纪其宫中绝句，命翰林待制朱澜侍夜饮诗。擘橙为《软金杯》词，皆清逸可诵，要未若"聚骨扇"词之胜也。词云：

蝶恋花 聚骨扇

几股湘江龙骨瘦，巧样翻腾，叠作湘波绉。金缕小钿花草斗，翠绦更结同心扣。　　金殿日长承宴久，□□招来，暂喜清风透。忽听传宣须急奏，轻轻褪入香罗袖。

帝词仅见此首，虽为赋物，而雅炼不苟。自来宸翰，率多俚鄙，似此寡矣。他如《铁券行》《送张建致仕归》《吊王庭筠》诸作，今皆不可见，《飞龙记》亦不存。

（2）密国公璹　字仲宝，一字子瑜，世宗之孙，越王允常子，自号樗轩居士。著有《如庵小稿》。录《沁园春》词一首。

壮岁耽书，黄卷青灯，留连寸阴。到中年赢得清贫。更甚苍颜明镜，白发轻簪。衲被蒙头，草鞋着脚，风雨萧萧秋意深。凄凉否？瓶中匮粟，指下忘琴。　　一篇梁父高吟，看谷变陵迁古又今。便离骚经了，灵光赋就，行歌白雪，愈少知音。试问先生，如何即是，布袖长垂不上襟？掀髯笑，一杯有味，万事无心。

公词今止存七首，为《朝中措》《春草碧》《青玉案》《秦楼月》《西江月》《临江仙》及此词也。宣宗南渡，防忌同宗，亲王皆有门禁。公以开府仪同三司，奉朝请家居，止以讲诵吟咏为乐，潜与士大夫唱酬，然不敢彰露，其遭遇亦有可悲者。观其《西江月》云："一百八般佛事，二十四考中书。山林朝市等区区，着甚来由自苦。"《临江仙》云："醉向繁台台上问，满川细柳新荷。"及此词"谷变陵迁古又今"，盖心中有难言之隐也。天兴初，北兵犯河南，公已卧疾，尝语人曰："敌势如此，不能支，止可以降，全吾祖宗。且本边塞，如得完颜氏一族归我国中，使女真不灭，则善矣，余复何望？"其言至沉痛也。公喜与文士游，一时学子如雷希颜、元裕之、李长源、王飞伯，皆游其门。飞伯尝有诗云："宣平坊里榆林巷，便是临淄公子家。寂寞华堂豪贵少，时容词客听琵琶。"一时以为实录。刘君叔亦云："其举止谈笑，真一老儒，殊无骄贵之态。"则其风度可思矣。

（3）吴激　字彦高，建州人。宋宰相栻子，米芾婿。使金，留不遣，官翰林待制。皇统初，出知深州，卒。有《东山集》，词一卷。录《风流子》一首，盖感旧作也。

　　书剑忆游梁。当时事，底处不堪伤。望兰楫嫩漪，向吴南浦，杏花微雨，窥宋东墙。凤城外、燕随青步障，丝惹紫游缰。曲水古今，禁烟前后，暮云楼阁，春草池塘。　　回首断人肠。流年去如电，镜鬓成霜。独有蚁尊陶写，蝶梦悠扬。听出塞琵琶，风沙淅沥，寄书鸿雁，烟月微茫。不似海门潮信，犹到浔阳。

　　按："游梁"云云，即指使金事，故有"寄书鸿雁，潮信浔阳"之语，盖亦故国之思也。彦高以《人月圆》一词得盛名，见《中州乐府》。先是宇文叔通主文盟，视彦高为后进，止呼为小吴。会饮酒间，有一妇人，宋宗室子，流落。诸公感叹，皆作乐章一阕。宇文作《念奴娇》有云："宗室家姬，陈王幼女，曾嫁钦慈族。干戈浩荡，事随天地翻覆。"次及彦高，彦高作《人月圆》词云："南朝千古伤心事，犹唱后庭花。旧时王谢，堂前燕子，飞向谁家？　　恍然一梦，仙肌胜雪，宫鬓堆鸦。江州司马，青衫泪湿，同是天涯。"虚中览之，大惊。自后人求乐府者，叔通即云："吴郎近以乐府名天下，可径求之。"余谓彦高词，篇数不多，皆精美尽善。虽多用前人语，而点缀殊自然也。

（4）蔡松年　字伯坚，真定人。累官至吏部尚书，参知政事。卒，封吴国公。著有《萧闲公集》，词名《明秀集》，见四印斋刻本，已残矣。录《石州慢》一首。

　　东海蓬莱，风鬟雾鬓，不假梳掠。仙衣卷尽，云霓方见，宫腰纤弱。心期得处，世间言语非真，海犀一点通寥廓。无物比情浓，觅无情相博。　　离索。晚来一枕余香，酒病赖花医却。滟滟金尊，收拾新愁重酌。片帆云影，载将无际关

给青少年的人文素养课

山，梦魂应被杨花觉。梅子雨疏疏，满江干楼阁。

按：此词为高丽使还日作，故事上国使至，设有伎乐，此首即为伎作也。《明秀集》今止见残本，惟目录尚全见《四印斋刊词》。此词止载《中州乐府》而已。余尝考元以北散套见长，而杨朝英《阳春白雪》集，别有大乐一阕，以东坡《念奴娇》、无名氏《蝶恋花》、晏叔原《鹧鸪天》、邓千江《望海潮》、吴彦高《春草碧》、辛稼轩《摸鱼儿》、柳耆卿《雨霖铃》、朱淑真《生查子》、张子野《天仙子》，及伯坚此词实之。盖当时此词，固盛传歌者之口也。元人杂剧，有《蔡翛闲醉写石州慢》，当即演此事。今虽不传，而其词之声价可知矣。伯坚他词尚富，《中州乐府》选十二首，多有四印斋刊本中未见者。

（5）刘仲尹　字致君，辽阳人。正隆中进士，以潞州节度副使，召为都水监丞。有《龙山集》。录《鹧鸪天》四首。

满树西风锁建章，宫黄未裹贡前霜。谁能载酒陪花使，终日寻香过苑墙。　　修月客，弄云娘，三吴清兴入琳琅。草堂人病风流减，自洗铜瓶煮蜜尝。其一

骑鹤峰前第一人，不应着意怨王孙。当年艳态题诗处，好在香痕与泪痕。　　调雁柱，引蛾颦，绿窗弦管合等篆。砌台歌舞阳春后，明月朱扉几断魂。其二

楼宇沉沉翠几重，辘轳亭下落梧桐。川光带晚虹垂雨，树影涵秋鹊唤风。　　人不见，思何穷，断肠今古夕阳中。碧云犹作山头恨，一片西飞一片东。其三

璧月池南蓟木犀，六朝宫袖窄中宜。新声趯巧蛾颦黛，纤指移筝雁着丝。　　朱户小，画帘低，细香轻梦隔涪溪。西风只道悲秋瘦，却是西风未得知。其四

按：《中州乐府》录龙山作十一首，而《词综》仅选其二。遗山选择至严，此十一首，无一草草，不知竹垞如何去取也。致君为李钦叔外祖，少擢第，终管义军节度副使。能诗，学江西诸公。其《墨梅》《梅

影》二诗，尤为人称重，世人知者鲜矣。

（6）王庭筠　字子端，熊岳人。大定中登第，官至翰林修撰。晚年卜居黄华山，自称黄华老人。《中山乐府》录词十二首，子端词无集，止以元选为准。录一首。

百字令　癸巳莫冬小雪家集作

山堂溪色，满疏篱寒雀，烟横高树。小雪轻盈如解舞，故故穿帘入户。扫地烧香，团圆一笑，不道因风絮。冰澌生砚，问谁先得佳句？　有梦不到长安，此心安稳，只有归耕去。试问雪溪无恙否？十里淇园佳处。修竹林边，寒梅树底，准拟全家住。柴门新月，小桥谁扫归路。

按：黄华得名最早，赵闲闲曾赋赠一诗云："寄语雪溪王处士，年来多病复何如？浮云世态纷纷变，秋草人情日日疏。李白一杯人影月，郑虔三绝画诗书。情知不得文章力，乞与黄华作隐居。"时闲闲尚未有盛名，由是益著称也。

（7）赵可　字献之，高平人。贞元二年进士，仕至翰林直学士。有《玉峰散人集》。

蓦山溪　赋崇福荷花，崇福在太原晋溪

云房西下，天共沧波远。走马记狂游，正芙蕖半铺镜面。浮空阑槛，招我倒芳尊，看花醉，把花归，扶路清香满。　水枫旧曲，应逐歌尘散。时节又新凉，料开遍横湖清浅。冰姿好在，莫道总无情，残月下，晓风前，有恨何人见？

按：献之少时，赴举，及御试《王业艰难赋》。呈文毕，于席屋上戏书小词云："赵可可，肚里文章可可。三场捱了两场过，只有这番解火。　恰如合眼跳黄河，知他是过也不过。试官道王业艰难，好交你知我。"时海陵御文明殿，望见之，使左右趣录以来。有旨谕考官：此

人中否，当奏之。已而中选，不然，亦有异恩矣。后仕世宗朝，为翰林修撰，因夜览太宗神射碑，反复数四。明日，会世宗亲缋庙，立碑下，召学士院官读之。适有可在，音吐鸿畅，如宿习然，世宗异之。数日迁待制，及册章宗为皇太孙，适可当笔。有云："念天下大器，可不正其本欤？而世嫡皇孙所谓无以易者。"人皆称之。后章宗即位，偶问向者册文谁为之。左右以可对，即擢直学士。可少轻俊，尤工乐章，有《玉峰集》行世。晚年奉使高丽。故事上国使至馆中，例有侍伎。献之作《望海潮》以赠，为世所传诵，与蔡伯坚后先辉映。惟蔡之"宫腰纤弱"，与赵之"离筋草草"，皆不免为人疵议也。

（8）刘迎　字无党，东莱人。大定中进士，除豳王府记室，改太子司经，有诗文集。乐府号《山林长语》。

〔清〕吴宏《松溪草堂图》

此画设色清淡，生动细致地描绘出了秀美的江南山水景色。

乌 夜 啼

离恨远萦杨柳，梦魂常绕梨花。青衫记得章台月，归路玉鞭斜。　翠镜啼痕印袖，红墙醉墨笼纱。相逢不尽平生事，春思入琵琶。

（9）韩玉　字温甫，北平人。擢第，入翰林，为应奉文字，后为凤翔府判官。有《东浦词》。

贺 新 郎

柳外莺声醉。晚晴天，东风力软，嫩寒初退。花底觅春春已去，时见乱红飞坠。又闲傍阑干十二。阑外青山烟缥缈，远连空愁与眉峰对。凝望处，两叠翠。 鸳鸯结带灵犀珮。绮屏深香罗帐小，宝篆灯背。谁道彩云和梦断，青鸟阻寻后会。待都把相思情缀。便做锦书难写恨，奈菱花都见人憔悴。那更有，函枕泪。

按：玉词，《中州乐府》所未见，仅见《词综》，尚有《感皇恩》一首，题作"广东与康伯可"，是玉曾南游者矣。词中有"故乡何在，梦寐草堂溪友"，又"老去生涯殢尊酒"，又"故人今夜月，相思否"之句，则玉殆由南入北者也。

（10）党怀英 字世杰，其先冯翊人。后居泰安，官翰林承旨。有《竹溪集》。

鹧 鸪 天

云步凌波小凤钩，年年星汉踏清秋。只缘巧极稀相见，底用人间乞巧楼。 天外事，两悠悠，不应也作可怜愁。开帘放入窥窗月，且尽新凉睡美休。

按：世杰得第，适值章宗即位之初。是时诏修辽史，世杰与郝俣同充纂修官，一时辽时碑铭墓志，及诸家文集，或记辽事者，悉上送官。至泰和初，诏分纪志列传刊修官。世杰寻卒，人咸以不睹全史为恨。其后陈大任继成辽史，或不如世杰远矣。区区词曲，不足见其学也。

（11）王渥 字仲泽，太原人。擢第，令宁陵，召为省掾。使宋回，为太学助教。天兴中，出援武仙，战殁。录词一首。

水龙吟 从商帅国器猎，同裕之赋

短衣匹马清秋，惯曾射虎南山下。西风白水，石鲸鳞甲，山川图画。千古神州，一时胜事，宾僚儒雅。快长堤万弩，

给青少年的人文素养课

平冈千骑，波涛卷，鱼龙夜。　　落日孤城鼓角，笑归来长围初罢。风云惨淡，貔貅得意，旌旗闲暇。万里天河，更须一洗，中原兵马。看鞬橐鸣咽，咸阳道左，拜西还驾。

按：仲泽使宋至扬州，应对华敏，宋人重之。其擢第时，为奥屯邦献完颜斜烈所知，故多在兵间。后援武仙于郑州，盖从赤盏合喜道遇北兵，殁于军阵，时论惜之。渥性明俊不羁，博学无所不通。长于谈论，工尺牍，字画遒美，有晋人风。诗多佳句，其《过颍亭》云："九山西络烟霞去，一水南吞涧壑流。宾主唱酬空翠琰，干戈横绝自沧洲。"又《赠李道人》云："簿领沉迷嫌我俗，云山放浪觉君贤。"又《颍州西湖》云："破除北客三年恨，惭愧西湖五月春。"世人多称道之。

（12）景覃　字伯仁，华阳人，自号渭滨野叟。录词一首。

天　香
市远人稀，林深犬吠，山连水村幽寂。田里安闲，东邻西舍，准拟醉时欢适。社祈雩祷，有箫鼓喧天吹击。宿雨新晴，陇头闲看，露桑风麦。　　无端短亭暮驿，恨连年此时行役。何似临流萧散？缓衣轻帻。炊黍烹鸡自劳，有脆绿甘红荐芳液。梦里春泉，糟床夜滴。

（13）李献能　字钦叔，河中人。擢第，入翰林，为应奉文字。出为郧州观察判官，再入，迁修撰。正大末，授河中帅府经历官。词不多作。录一首。

春　草　碧
紫箫吹破黄州月。簌簌小梅花，飘香雪。寂寞花底风鬟，颜色如花命如叶。千里浣兵尘，凌波袜。　　心事鉴影鸾孤，筝弦雁绝。旧时雪堂人，今华发。肠断金缕新声，杯深不觉琉璃滑。醉梦绕南云，花上蝶。

按：《金史》，李家故饶财，尽于贞祐之乱，在京师无以自资。其母素豪奢，厚于自奉，小不如意，则必诃谴，人视之殆不堪忧，献能处之自若也。钦叔为人眇小而黑色，颇多髯，善谈论，工诗，有志于风雅，又刻意乐章。在翰院，应机得体。赵闲闲、李屏山尝云："李钦叔今世翰苑才。"故诸公荐之，不令出馆。词虽不多见，而气度风格，酷似秦少游。《中州乐府》又录其《江梅引》《浣溪沙》二首，卓然名手也。

（14）赵秉文　字周臣，磁州人。擢第，入翰林，因言事外补，后再入馆，为修撰，转礼部郎中，又出典郡守。南渡后，为直学士，拜礼部尚书，自号闲闲居士。有《滏水集》。

水 调 歌 头

　　四明有狂客，呼我谪仙人。俗缘千劫不尽，回首落红尘。我欲骑鲸归去，只恐神仙官府，嫌我醉时嗔。笑拍群仙手，几度梦中身。　　倚长松，聊拂石，坐看云。忽然黑霓落手，醉舞紫毫春。寄语沧浪流水，曾识闲闲居士，好为濯冠巾。却返天台去，华发散麒麟。

按：此词为公述志之作。公尝自拟苏子美，此词自序云："昔拟栩仙人王云鹤赠余诗云：'寄与闲闲傲浪仙，枉随诗酒堕凡缘。黄尘遮断来时路，不到蓬山五百年。'其后玉龟山人云：'子前身赤城子也。'余因以诗记之云：'玉龟山下古仙真，许我天台一化身。拟折玉莲骑白鹤，他年沧海看扬尘。'吾友赵礼部庭玉说：丹阳子谓余再世苏子美也，赤城子则吾岂敢，若子美则庶几焉。尚愧词翰微不及耳。"据此则公之微尚可见矣。公幼年诗法王庭筠，晚则雄肆跌宕，魁然为一时文士领袖。金源一代，好奖励后进者，惟遗山与公而已。

（15）辛愿　字敬之，福昌人。自号女几山人。又号溪南诗老。录词一首。

临江仙 河山亭留别钦叔、裕之

谁识虎头峰下客？少年有意功名。清朝无路到公卿。萧
萧华屋，白发老诸生。　　邂逅对床逢二妙，挥毫落纸堪惊。
他年联袂上蓬瀛。春风莲烛，莫忘此时情。

按：敬之以诗名，《金史》入隐逸传。而此词虎头功名、蓬瀛联袂
之句，是亦非忘情仕宦者。惟中年为人连诬，遂无远志耳。《金史》：愿
为河南府治中高廷玉客，廷玉为府尹温迪罕福兴所诬。愿亦被讯掠，几不得免。
平生不为科举计，且未尝至京师，俨然中州一逸士也。尝谓王郁曰：
"王侯将相，世所共嗜者，圣人有以得之，亦不避。得之不以道，与夫
居之不能行己之志，是欲澡其身，而伏于厕也。"其志趣如此，《金史》
录其诗，独取"黄绮暂来为汉友，巢由终不是唐臣"二语，以为真处士
语。洵然，词则仅见此阕而已。

（16）元好问　字裕之，秀容人。兴定五年进士，历官左司都事，
转行尚书省，左司员外郎。金亡，不仕。有《遗山乐府》。

迈陂塘 雁邱

问世间、情是何物？直教生死相许。天南地北双飞客，
老翅几回寒暑。欢乐趣，离别苦，就中更有痴儿女。君应有
语，渺万里层云，千山暮雪，只影向谁去？　　横汾路，寂
寞当年箫鼓，荒烟依旧平楚。招魂楚些何嗟及，山鬼暗啼风
雨。天也妒，未信与，莺儿燕子俱黄土。千秋万古，为留待
骚人，狂歌痛饮，来访雁邱处。

按：此词裕之自序云："太和五年乙丑岁，赴试并州，道逢捕雁
者云：'今日获一雁，杀之矣。其脱网者，悲鸣不能去，竟自投于地而
死。'余因买得之，葬之汾水之上，累石为识，号曰雁邱。"此词即遗山
首唱也。诸人和者颇多，而裕之乐府，深得稼轩三昧。张叔夏云："遗
山词深于用事，精于炼句，风流蕴藉处，不减周、秦。"余谓遗山竟是
东坡后身，其高处酷似之，非稼轩所可及也。其乐府自序云："'子故言

给青少年的人文素养课

宋诗大概不及唐，而乐府歌词过之，此论殊然。乐府以来，东坡为第一，以后便到辛稼轩，此论亦然。东坡、稼轩即不论，且问遗山得意时，自视秦、晁、贺晏诸人为何如？'予大笑拊客背云：'那知许事，且啖蛤蜊。'"是遗山平昔之旨可见也。晚年尤以著作自任，以金源氏有天下，典章法度，庶几汉唐。国亡史作，己所当任。时金国实录，在顺天张万户家，乃言于张，愿为撰述，既而为乐夔所沮。好问曰："不可令一代之迹，泯而不传。"乃构亭于家，著述其上，因名曰野史。凡金源君臣遗言往行，采摭所闻，辄以寸纸细字为记，录至百余万言。其后纂修《金史》，多本其所著焉。是以遗山所作，辄多故国之思。如《木兰花》云："冰井犹残石甃，露盘已失金茎。"《石州慢》云："生平王粲，而今憔悴登楼，江山信美非吾土。"《鹧鸪天》云："三山宫阙空银海，万里风埃暗绮罗。"又云："旧时逆旅黄粱饭，今日田家白板扉。"又云："墓头不要征西字，元是中原一布衣。"皆可见其襟抱也。邓千江《望海潮》一首，在当时负盛名。元人且以之入大曲，实则寻常语耳，尚不如龙洲上郭殿帅之《沁园春》也。

二、元人词略

元人以北词登场，而歌词之法遂废。其时作者，如许鲁斋之《满江红》，张弘范之《临江仙》，不过余技及之，非专家之业。即如刘太保之《丁荷叶》，冯子振之《鹦鹉曲》，亦为北词小令，非真两宋人之词也。盖入元以来，词曲混而为一。始自董西厢，如《醉落魄》《点绛唇》《哨遍》《沁园春》之类，皆取词名入曲。元人杂剧，仍之不变。而词之谱法，存者无多。且有词名仍旧，而歌法全非者，是以作家不多。即作亦如长短句之诗，未必如两宋之可按管弦矣。至如解语花之歌《骤雨打新荷》，陈凤仪之歌《一络索》，殊不可见也。总一朝论之，开国之初，若燕公楠、程钜夫、卢疏斋、杨西庵辈，偶及倚声，未扩门户。逮仇仁近振起于钱塘，此道遂盛。赵子昂、虞道园、萨雁门之徒，咸有文采。而张仲举以绝尘之才，抱忧时之念。一身耆寿，亲见盛衰。故其词婉丽谐和，有南宋之旧格。论者谓其冠绝一时，非溢美也。其后如张野、倪瓒、顾阿瑛、陶宗仪，又复赓续雅音，缠绵赠答。及邵复孺出，合白石、玉田之长，寄烟柳斜阳之感，其《扫花游》《兰陵王》诸作，尤近梦窗。殿步一朝，良无愧怍，此其大较也。爰分述之如下。

（1）燕公楠　字国材，江州人。至元初，辟赣州通判，累官至湖广行中书省右丞。

摸鱼儿　答程雪楼见寄

又浮生平头六十，登楼怅望荆楚。出山小草成何事？闲却竹松烟雨。空自许，早摇落江潭，一似琅琊树。苍苍天路，漫伏枥心长，衔图志短，岁晏欲谁与？　　梅花赋，飞堕高寒玉宇。铁肠还解情语。英雄操与君侯耳，过眼群儿谁数？霜鬓缕，只梦听、枝头翡翠催归去。清觞飞羽，且细酌盱泉，酣歌郢雪，风致美无度。

按：公楠即芝庵先生也。芝庵有唱论行世，历论古帝王善音律者，自唐玄宗至金章宗，得五人。又谓近世大曲，为苏小小《蝶恋花》，邓千江《望海潮》等十词。陶宗仪《辍耕录》所载，即本芝庵旧说也。又论歌之格调、节奏、门户、题目等，皆当行语。又云：词山曲海，千生万熟，三千小令，四十大曲，亦为明李中麓所本。盖公深通音律，故议论亲切不浮如是也。其词不多见，所著《五峰集》，复不传。元人盛推刘太保、卢疏斋。盖就北曲言，非论词也。刘秉忠有《三奠子》词，张弘范有《鹧鸪天》词，皆非当行语，不备录。

（2）程钜夫　字行，建昌人。仕世祖，官至翰林学士承旨，谥文宪。有《雪楼集》。

摸鱼儿　次韵卢疏斋题岁寒亭

问疏斋湘中朱凤，何如江上鹦鹉？波寒木落人千里，客里与谁同住？茅屋趣，吾自爱吾亭，更爱参天树。劳君为赋，渺雪雁南飞，云涛东下，岁晚欲何处？　　疏斋老，意气经文纬武。平生握手相许。江南江北寻芳路，共看碧云来去。
黄鹄举，记我度秦淮，君正临清句原注宣城水名。歌声缓与，
怕径竹能醒，庭花起舞，惊散夜来雨。

按：钜夫宏才博学，被遇四朝，忠亮鲠直，为时名臣。所传《雪
楼集》，春容大雅，有北宋馆阁余风。所作词不多。《词综》所录，尚
有《摸鱼儿·寿燕五峰》《点绛唇·送王荩臣》《清平乐·答西野使君》
三首。

（3）杨果　字西庵，蒲阴人。金正大中进士，入元为北京宣抚使，
出为淮孟路总管，谥文献。

摸鱼儿　同遗山赋雁邱

恨千年雁飞汾水，秋风依旧兰渚。网罗惊破双栖梦，孤
影乱翻波素。还碎羽，算古往今来，只有相思苦。朝朝暮暮，
想塞北风沙，江南烟月，争忍自来去。　　埋恨处，依约并
州旧路。一邱寂寞寒雨。世间多少风流事，天也有心相妒。
休说与，还怕却、有情多被无情误。一杯待举，待细读悲歌，
满倾清泪，为尔酹黄土。

遗山雁邱词见前，此为西庵和作，同时和者甚多，不让双蕖怨故
事也。李仁卿亦有和作，见遗山词集中。西庵词无集，而其北词小令，
散见《阳春白雪》《太平乐府》中者至多。如《小桃红》云："采莲人和
采莲歌，柳外兰舟过。不管鸳鸯梦惊破。夜如何？有人独上江楼卧。伤
心莫唱、南朝旧曲，司马泪痕多。"又云："玉箫声断凤凰楼，憔悴人非
旧。留得啼痕满罗袖。去来休，楼前风景浑依旧。当初只恨，无情烟
柳，不解系行舟。"清新俊逸，不亚东篱小山也。

（4）仇远　字仁近，钱塘人，官溧阳州儒学教授。有《山村集》。

齐天乐　赋蝉

夕阳门巷荒城曲，清音早鸣秋树。薄剪绡衣，凉生鬓影，

独饮天边风露。朝朝暮暮，奈一度凄吟，一番凄楚。尚有残声，蓦然飞过别枝去。　　齐宫前事漫省，行人犹说与，当日齐女。雨歇空山，月笼古柳，仿佛旧曾听处。离情正苦，甚懒拂冰笺，倦拈琴谱。满地霜红，浅莎寻蜕羽。

按：远有《金渊集》，皆官溧阳日所作，故取投金濑事以为名。远在宋末，与白珽齐名，号曰仇白。厥后张翥、张羽，以诗词鸣于元代者，皆出其门。他所与唱和者，如周密、赵孟頫、吾丘衍、鲜于枢、方回、黄溍等，皆一时有名之士。故其所作，格律高雅，往往颉颃古人。其词亦清俊拔俗，与南宋诸公相类。盖远虽为元人，而所居在南方。且往来酬酢，多宋代遗臣，故所作与北人不同也。此词见《乐府补题》，是书皆宋末遗民唱和之作，共十三人。中如王沂孙、周密、唐珏、张炎，为尤著称。论元词者，当以远为巨擘焉。

（5）王恽　字仲谋，汲县人。官至翰林学士承旨，谥文定。有《秋涧集》，词四卷。

水龙吟　赋秋日红梨花

纤苞淡贮幽香，玲珑轻锁秋阳丽。仙根借暖，定应不待，荆王翠被。潇洒轻盈，玉容浑是，金茎露气。甚西风宛转，东阑暮雨，空点缀，真妃泪。　　谁遣司花妙手，又一番角奇争异。使君高卧，竹亭闲寂，故来相慰。燕几螺屏，一枝披拂，绣帘风细。约洗妆快写玉屏，芳酒枕秋蟾醉。

按：恽有《秋涧集》百卷，皆以论事见长。盖恽之文章，源出元好问。故其波澜意度，皆不失前人矩矱。其所作《中堂事纪》《乌台笔补》《玉堂嘉话》，皆足备一朝掌故。文章经济，照耀一时，不徒以词章著焉。其词精密弘博，自出机杼。《春从天上来》一支，尤多故国之感。自制腔如《平湖乐》，直是小令。而《后庭花》《破阵子》，即为北词仙吕《后庭花》之滥觞。词云："绿树远连洲，青山压树头，落日高城望，烟霏翠满楼。木兰舟，彼汾一曲、春风佳可游。"较吕止庵小令无异。

元人词中，往往有与曲相混处，不可不察，非独《天净沙》《翠裙腰》而已也。赵子昂亦有此调，较多一衬字。

（6）赵孟頫　字子昂，宋宗室，侨湖州。至元中，以程钜夫荐，授兵部郎中，累官至翰林学士承旨，谥文敏。有《松雪斋词》一卷。

蝶 恋 花

侬是江南游冶子，乌帽青鞋，行乐东风里。落尽杨花春满地，萋萋芳草愁千里。　　扶上兰舟人欲醉，日暮青山，相映双蛾翠。万顷湖光歌扇底，一声吹下相思泪。

按：孟頫以宋朝皇族，改节事元，遂不谐于物议。然其晚年和姚子敬诗，有"同学少年今已稀，重嗟出处寸心违"之句，是未尝不知愧悔。且风流文采，冠绝当时，不独翰墨为元代第一，即其文章亦揖让于虞、杨、范、揭之间，固非陋儒所可议也。其词逍逸，不拘于法度，而意之所至，时有神韵。邵复孺云："公以承平王孙，晚婴世变。黍离之感，有不能忘情者，故长短句深得骚人意度。"其在李叔固席上赠歌者贵贵，有《浣溪沙》一首云："满捧金卮低唱词，尊前再拜索新诗，老夫惭愧鬓成丝。　　罗袖染将修竹翠，粉香须上小梅枝，相逢不似少年时。"说者谓承平结习，未能尽除，不知此正杜牧之"鬓丝禅榻，粉碎

〔清〕颜峄《秋林书啸图》

此图画面构图精妙，设色鲜明，霜叶如染，苍松挺拔，丹、青二色相互交映，渲染出极为明丽端庄的氛围。

给青少年的人文素养课

293

虚空时"也。读公词，宜平恕。

（7）詹正　字可大，一号天游，鄞人。官翰林学士。

霓裳中序第一　古镜

一规古蟾魄，瞥过宣和几春色。知那个柳松花怯。曾搓玉团香，涂云抹月。龙章凤刻，是如何儿女消得。便孤了，翠鸾何限，人更在天北。　　磨灭，古今离别。幸相从蓟门仙客。萧然林下秋叶，对云淡星疏，眉青影白。佳人已倾国，漫赢得痴铜旧画。兴亡事，道人知否？见了也华发。

按：此词天游至元间，监醮长春宫，见羽士丈室古镜，状似秋叶，背有金刻宣和御宝四字，因赋此阕也。余见天游诸作，如《三姝媚》题云"古卫舟子谓曾载钱塘宫人"，《齐天乐》题云"赠童瓮天兵后归杭"，其故国之思，时流露于笔墨间，盖亦由宋入元者矣。

（8）虞集　字伯生，号邵庵，崇仁人。累官至翰林直学士，兼国子祭酒，有《道园集》。

苏武慢　和冯尊师

放棹沧浪，落霞残照，聊倚岸回山转。乘雁双凫，断芦飘苇，身在画图秋晚。雨送滩声，风摇烛影，深夜尚披吟卷。算离情何必，天涯咫尺，路遥人远。　　空自笑，洛阳书生，襄阳耆旧，梦底几时曾见？老矣浮邱，赋诗明月，千仞碧天长剑。雪霁琼楼，春生瑶席，容我故山高宴。待鸡鸣日出，罗浮飞渡，海波清浅。

按：公诗文，为四家之冠。当时虞、杨、范、揭，并见称一时。而伯生自评所作，儗诸老吏断狱，则其自信有素也。词不多作，《辍耕录》载其《短柱折桂令》，极险窄之苦，而能挥翰自如，不为韵缚。才大者亦工小技，信为一代宗匠焉。

（9）萨都剌　字天锡，雁门人。登泰定进士，官镇江录事，终河

给青少年的人文素养课

北廉访经历。萨都剌者，汉言犹济善也。有《雁门集》，尚书干文传为之序。词学东坡，颇有豪致。

满江红 　金陵怀古

　　六代豪华，春去也、更无消息。空怅望，山川形胜，已非畴昔。王谢堂前双燕子，乌衣巷口曾相识。听夜深、寂寞打孤城，春潮急。　　思往事，愁如织，怀故国，空陈迹。但荒烟衰草，乱鸦斜日。玉树歌残秋露冷，胭脂井坏寒螀泣。到如今，只有蒋山青，秦淮碧。

　　天锡词不多作，而长调有苏辛遗响。大抵元词之始，实皆受遗山之感化。子昂以故国王孙，留意词翰，涵养既深，英才辈出。云石、海涯，以绮丽清新之派，振起于前，而天锡继之，元词以此时为盛矣。天锡小词，亦有法度。如《小阑干》云："去年人在凤凰池，银烛夜弹丝。沉水香消，梨云梦暖，深院绣帘垂。　　今年冷落江南夜，心事有谁知？杨柳风柔，海棠月澹，独自倚阑时。"殊清婉可诵。余按：天锡以宫词得盛名，其诗清新绮丽，自成一家。虞道园作《傅若金诗序》，亦盛推之，而独不言其词。独明宁献王曾品评其词格，盖词为诗名所掩矣。

　　（10）张翥　字仲举，晋宁人。至正初，以荐为国子助教，累官至河南行省，平章政事，兼翰林学士承旨。有《蜕岩词》三卷。

多丽 　西湖泛舟

　　晚山青，一川云树冥冥。正参差烟凝紫翠，斜阳画出南屏。馆娃归，吴台游鹿，铜仙去、汉苑飞萤。怀古情多，凭高望极，且将尊酒慰飘零。自湖上，爱梅仙远，鹤梦几时醒？空留得，六桥疏柳，孤屿危亭。　　待苏堤，歌声散尽，更须携妓西泠。藕花深、雨凉翡翠，菰蒲软、风弄蜻蜓。澄碧生秋，闹红驻景，采菱新唱最堪听。见一片水天无际，渔火两三星。多情月，为人留照，未过前汀。

仲举此词，气度冲雅，用韵尤严，较两宋人更细。《多丽》一调，终以此为正格。仲举他作皆佳，至此调三首，亦以此为首也。仲举少时，负才不羁，好蹴鞠，喜音乐，不以家业屑意。一旦翻然悔悟，受业于李存之门，又学于仇仁近，由是以诗文知名。薄游扬州，众闻其名，争延致之。仲举肢体昂藏，行则偏竦一肩。韩介玉以诗嘲之云："垂柳阴阴翠拂檐，倚阑红袖玉纤纤。先生掉臂长街上，十里朱帘尽下帘。"坐中皆失笑。晚年尝集兵兴以来死节之人为一编，曰《忠义录》，识者韪之。仲举词为元一代之冠，树骨既高，寓意亦远，元词之不亡，赖有此耳。其高处直与玉田、草窗相骖靳，非同时诸家所及。如《绮罗香》云："水阁云窗，总是惯曾经处。曾信有客里关河，又怎禁夜深风雨。"刻意学白石，冲淡有致。又《水龙吟·蓼花》云："瘦苇黄边，疏蘋白外，满汀烟毯。"用黄边白外四字殊新。又云："船窗雨后数枝，低入香零粉碎。不见当年、秦淮花月，竹西歌吹。"系以感慨，意境便厚。船窗数语，更合蓼花神理，此等处皆仲举特长，规抚南宋诸家，可云神似。

（11）倪瓒　字元镇，无锡人。有《清闷阁集》，词一卷。

人　月　圆

伤心莫问前朝事，重上越王台。鹧鸪啼处，东风草绿，残照花开。　　怅然孤啸，青山故国，乔木苍苔。当时明月，依依素影，何处飞来？

此词沉郁悲壮，即南宋诸公为之，亦无以过。吴彦高以此调得盛名，实不及元镇作也。他词如《江城子·感旧》《柳梢青》《小桃红》诸作，亦蕴藉可喜。盖元镇先世以赀雄于乡，元镇不事生产，强学好修，藏书数千卷，手自勘定，性又好洁，避俗若浼，故所作无尘垢气。句曲张雨、钱塘俞和尝缮录其稿，论者谓如白云流天，残雪在地，洵合其高洁也。元镇与陆友仁善，因得其词学。集中有《怀友仁》诗云："归扫松阴苔，迟君践幽约。"可见两人之交谊，无怪其词之雅洁也。

（12）顾阿瑛　字仲瑛，昆山人。举茂才，署会稽教谕，力辞不就。后以子官封武略将军，钱塘县男，晚称金粟道人。有《玉山草堂集》。

青　玉　案

春寒恻恻春阴薄，整半月，春萧索。晴日朝来升屋角。树头幽鸟，对调新语，语罢还飞却。　　红入花腮青入萼，尽不爽，花期约。可恨狂风空自恶，朝来一阵，晚来一阵，难道都吹落。

阿瑛世居界溪之上，轻财结客。年三十，始折节读书，购古书名画。三代以来，彝鼎秘玩，集录鉴赏，殆无虚日。筑玉山草堂，园池亭馆，声伎之盛，甲于天下。四方名人，如张仲举、杨廉夫、柯九思、倪元镇、方外张伯雨辈，常主其家，日夜置酒赋诗，风流文雅，著称东南焉。淮张据吴，遁隐嘉兴之合溪。母丧归，绰溪张氏再辟之，断发庐墓，翻阅释典，自称金粟道人云。其词不多作，竹垞《词综》仅录三首。《清玉案》外，尚有《蝶恋花》《清平乐》二支，词境虽不高，而风趣特胜。遭世乱离，壮怀消歇，尝自题其像云："儒衣僧帽道人鞋，天下青山骨可埋。若说当时豪侠兴，五陵鞍马洛阳街。"其晚境亦可悲焉。

（13）白朴　字太素，又字仁甫，真定人，有《天籁集》。

给青少年的人文素养课

水　龙　吟

遗山先生有醉乡一词。仆饮量素悭，不知其趣，独闲居嗜睡有味，因为赋此。

醉乡千古人行，看来直到亡何地。如何物外，华胥境界，升平梦寐。鸾驭翩翩，蝶魂栩栩，俯观群蚁。恨周公不见，庄生一去，谁真解，黑甜味。　　闻说希夷高卧，占三峰华山重翠。寻常羡杀，清风岭上，白云堆里。不负平生，算来惟有，日高春睡。有林间、剥啄忘机，幽鸟唤，先生起。

太素少时，鞠养于元遗山。元白为中州世契，两家子弟，每举长庆故事，以诗文相往还。太素为寓斋仲子，于遗山为通家侄。甫七岁，遭壬辰之难，寓斋以事远适。明年春，京城变，遗山遂挈以北渡，自是不茹荤血。人问其故，曰："俟见吾亲，即如故。"尝罹疫，遗山昼夜抱持，凡六日，竟于臂上得汗而愈，盖视亲子弟不啻过之。读书颖悟异常儿，日亲炙遗山謦欬谈笑，悉能默记。数年，寓斋北归，以诗谢遗山云："顾我真成丧家狗，赖君曾护落巢儿。"居无何，父子卜居于溧阳，律赋为专门之学，而太素有能声，号后进之翘楚者。遗山每过之，必问为学次第。尝赠之诗曰："元白通家旧，诸郎独汝贤。"未几，生长见闻，学问博览。然自幼经丧乱，仓皇失母，便有山川满目之叹。逮亡国，恒郁郁不乐。以故放浪形骸，期于适意。中统初，开府史公，将以所业力荐之于朝。再三逊谢，栖迟衡门，视荣利蔑如也。其词出语遒上，寄情高远，音节协和，轻重稳惬。凡当歌对酒，感事兴怀，皆自肺腑流出，真如天籁，因以天籁名集。江阴孙大雅云："先生少有志于天下，已而事乃大谬。顾其先为金世臣，既不欲高蹈远引，以抗其节，又不欲使爵禄以干其身，于是屈己降志，玩世滑稽，徙家金陵，从诸遗老。放情山水间，日以诗酒优游，用示雅志，以忘天下。"是仁甫身世亦可悯也。词中如"咸阳怀古""感南唐故宫"诸作，颇多故国之感。赋咏金陵名胜，亦有狡童禾黍之意。而《沁园春》辞谢辟召一词，竟拟诸嵇康、山涛绝交故事。是其志尚，非同时诸子所能默契也。今人读仁甫《梧桐雨》杂剧，仅目为词人，又乌知先生出处之大节哉。

（14）邵亨贞　字复孺，号清溪，华亭人。著有《野处集》，及《蛾术词选》四卷。

兰陵王　岁晚忆王彦强而作

暮天碧，长是登临望极。松江上，云冷雁稀，立尽斜阳耿相忆。凭阑起太息，人隔吴王故国。年华晚，烟水正深，难折梅花寄寒驿。　东风旧游历。记草暗书帘，苔满吟屐。无情征笳催离席。嗟月堕寒影，夜移清漏，依稀曾向梦里识，恍疑见颜色。　空惜，鬓毛白，恨莫趁金鞍，犹误尘迹。何时弭棹苏台侧？共漉酒纱帽，放歌瑶瑟。春来双燕，定到否，旧巷陌。

　　按：复孺以《眉目》《沁园春》二词，得盛名于时，实是侧艳语，不足见复孺之真面也。其自序云："龙洲先生以此词咏指甲、小脚，为绝代脍炙，继其后者，独未之见。"是复孺仅学龙洲耳。不知龙洲二词，亦非刘改之最得意作，而世顾盛推之。世人遂以二词概复孺，亦可谓不知复孺者矣。复孺通博敏赡，虽阴阳医卜佛老书，靡弗精核。元时训导松江府学，以子讠圭误戍颍上，久乃赦还。入明方卒，年九十三。其词如拟古十首，凡清真、白石、梅溪、稼轩，学之靡不神似，即此可见词学之深。又和赵文敏十词，自序云："余生十有四年而公薨，每见先辈谈公典型学问，如天上人，未尝不神驰梦想。昔东坡先生自谓不识范文正公为平生遗恨，其意盖可想见。"是复孺托契古人，足征微尚，岂仅词章云尔哉！

给青少年的人文素养课

第十六讲　明清词略

明词芜陋，清词则中兴时也。流派颇繁，疏论如下。

一、明人词略

论词至明代，可谓中衰之期。探其根源，有数端焉。开国作家，沿伯生、仲举之旧，犹能不乖风雅。永乐以后，两宋诸名家词，皆不显于世。惟《花间》《草堂》诸集，独盛一时。于是才士模情，辄寄言于闺闼，艺苑定论，亦揭橥于香奁，托体不尊，难言大雅。其蔽一也。明人科第，视若登瀛，其有怀抱冲和，率不入乡党之月旦。声律之学，大率扣槃。迨夫通籍以还，稍事研讨，而艺非素习，等诸面墙。花鸟托其精神，赠答不出台阁。庚寅揽揆，或献以谀词；俳优登场，亦宠以华藻。连章累篇，不外酬应。其蔽二也。又自中叶，王李之学盛行，坛坫自高，不可一世。微吾、长夜、于鳞，既跋扈于先，才胜、相如、伯玉，复簸扬于后。品题所及，渊膝随之。溲闻下士，狂易成风。守升庵《词品》一编，读弇州《卮言》半册，未悉正变，动肆诋诽。学寿陵邯郸之步，拾温韦牙后之慧。"衣香百合"用修《如梦令》，止崇祚之余音，"落英千片"弇州《玉蝴蝶》，亦草堂之坠响。句擿字捃，神明不属。其弊三也。况南词歌讴，遍于海内，白苎新奏，盛推昆山。宁庵吴歈，蚤传白下。一时才士，竞尚侧艳。美谈极于利禄，雅情拟诸桑濮。以优孟缠达之言，作乐府风雅之什。小虫机杼，义仍只工回文；细雨窗纱，圆海惟长绮语。好行小慧，无当雅言。其蔽四也。作者既雅郑不分，读者亦泾渭莫辨，正声既绝，繁响遂多，删汰之责，是在后贤。爰自青田、青邱而下，及于卧子，略为论次之。

（1）刘基　字伯温，青田人，元进士。洪武初，官至御史中丞。论佐命功，封诚意伯，为胡惟庸毒死（作者观点。——编者注）。正德中追谥文成。有《覆瓿集》《犁眉公集》。

千 秋 岁

　　淡烟平楚，又送王孙去。花有泪，莺无语。芭蕉心一寸，杨柳丝千缕。今夜雨，定应化作相思树。　　忆昔欢游处，触目成前古。囗良会，知何许？百杯桑落酒，三叠阳关句。情未与，月明潮上迷津渚。

公诗为开国第一，词则与季迪并称，其佳处虽不逮宋人，固足为朱明冠冕也。小令颇有思致。如《临江仙》《小重山》《少年游》诸作，

〔清〕袁江《观潮图》

此图以界画的形式真实细腻地描绘了高峰亭台和潮起潮涌的海浪景色。界画被视为工匠之作，文人画家中几乎无人问津。

清逸可诵，惟气骨稍薄耳。盖明初诸家，尚不失正宗。所可议者，气度之间，终不如两宋。降至升庵辈，句琢字炼，枝枝叶叶为之，益难语于大雅。自马浩澜、施阆仙辈，淫词秽语，无足置喙。词至于此，风雅扫地矣。迨季世陈卧子出，能以秾丽之笔，传凄婉之神，始可当一代高手，此明词大略也。公词于长调不擅胜场，小令如《谒金门》云："风袅袅，吹绿一庭春草？"《转应曲》云："秋雨，秋雨，窗外白杨自语。"《青门引》云："相怜自有明月，照人肺腑清如水。"《渔家傲》云："乱鸦啼破楼头鼓。"《踏莎行》云："愁如溪水暂时平，雨声一夜依然满。"《渡江云》云："定巢新燕子，睡起雕梁，对立整乌衣。"此皆清俊绝伦者也。公在元时，有和王文明诗云："夜凉月白西湖水，坐看三台上将星。"好事者遂傅会之，谓公望西湖云气，语坐客云："后十年有帝者起，吾当辅之。"此妄也。当公羁管绍兴时，感愤至欲自杀，借门人密里沙抱持，得不死。明祖既定婺州，犹佐石抹宜孙相守，是岂预计身为佐命者耶？其《题太公钓渭图》云："偶应飞熊兆，尊为帝者师。"则公自道也。世多以前知目公，至凡纬谶堪舆，动多妄托，岂其然乎？

（2）高启　字季迪，长洲人。隐吴淞江之青邱，自号青邱子。洪武初，召修《元史》，授编修，擢户部侍郎，坐魏观苏州府上梁文罪，腰斩。有《扣舷词》一卷。

沁园春　雁

木落时来，花发时归，年又一年。记南楼望信，夕阳帘外，西窗惊梦，夜雨灯前。写月书斜，战霜阵整，横破潇湘万里天。风吹断，见两三低去，似落筝弦。　相呼共宿寒烟。想只在芦花浅水边。恨呜呜戍角，忽催飞起，悠悠渔火，长照愁眠。陇塞间关，江湖冷落，莫恋遗粮犹在田。须高举，教弋人空慕，云海茫然。

青邱乐府，大致以疏旷见长。《行香子·赋芙蓉》，亦一时传诵者也。世传青邱贾祸，因《题宫女图》，其诗云："女奴扶醉踏苍苔，明月西园侍宴回。小犬隔花空吠影，夜深宫禁有谁来。"孝陵猜忌，容或有之。然集中又有《题画犬》诗云：“猧儿初长尾茸茸，行响金铃细草中。莫向瑶阶吠人影，羊车半夜出深宫。”此则不类明初掖庭事。二诗或刺庚申君而作，好事者因之傅会也。总之明祖猜疑群下，恐有不臣之心，故于魏观罪且不赦，因波及青邱耳。假令观建府治，不在淮张故基，虽有谗者，亦未必入太祖之耳也。吾乡明初有北郭十友之名，今传者无一二矣。

（3）杨基　字孟载，嘉州人。大父仕江左，遂家吴中。洪武初，知荥阳县，历山西按察副使。有《眉庵集》，词附。

烛影摇红　帘

花影重重，乱纹匝地无人卷。有谁惆怅立黄昏，疏映宫妆浅。只有杨花得见，解匆匆寻芳觅便。多情长在，暮雨回廊，夜香庭院。　　曾记扬州，红楼十里东风软。腰肢半露玉娉婷，犹恨蓬山远。闲闷如今怎遣，看草色青青似翦。且教高揭，放数点残春，一双新燕。

孟载少时，曾见杨廉夫，命赋铁笛诗成，廉夫喜曰：“吾意诗境荒矣，今当让子一头地。”当时因有老杨小杨之目。眉庵词更新俊可喜，尤宜于小令，如《清平乐》《浣溪沙》诸调，更为擅场。盖眉庵聪慧，故出语便媚。其佳处并不摹临《花间》《草堂》，与中叶后元美、升庵诸作，不可同日语矣。《静志居诗话》云：“孟载诗‘芳草渐于歌馆密，落花偏向舞筵多’，‘细柳已黄千万缕，小桃初白两三花’，‘布谷雨晴宜种药，葡萄水暖欲生芹’，‘雨颔风颐枝外蝶，柳遮花映树头莺’，‘燕子绿芜三月雨，杏花春水一群鹅’，‘江浦荷花双鹭雨，驿亭杨柳一蝉风’诸联，试填入《浣溪沙》，皆绝妙好词也。”洵然。

（4）瞿佑　字宗吉，钱塘人。洪武中，以荐历仁和、临安、宜阳训导，升周府长史。永乐间谪保安，洪熙元年放还。有《乐府遗音》五卷，《余情词》一卷。

摸鱼儿　苏堤春晓

望西湖柳烟花雾，楼台非远非近。苏堤十里笼春晓，山色空濛难认。风渐顺，忽听得鸣榔惊起沙鸥阵。瑶阶露润。把绣幕微搴，纱窗半启，未审甚时分。　　凭阑处，水影初浮日晕，游船未许开尽。卖花声里香尘起，罗帐玉人犹困。君莫问，君不见繁华易觉光阴迅。先寻芳信。怕绿叶成阴，红英结子，留作异时恨。

宗吉风情丽逸，著《翦灯新话》及《乐府歌词》。多偎红倚翠之语，为时传诵。及谪戍保安，当兴安失守，边境萧条。永乐己亥，降佛曲于塞外，选子弟唱之。时值元宵，作《望江南》五首，词旨凄绝，闻者皆为泣下。又凌彦翀于宗吉为大父行，曾作"梅词"《霜天晓角》《柳词》《柳梢青》，各一百首，号梅柳争春。宗吉一日尽和之。彦翀大惊叹，呼为小友，宗吉以此知名。后彦翀自南荒归葬西湖，宗吉以诗送之云："一去西川隔夜台，忽看白璧瘗苍苔。酒朋诗友凋零尽，只有存斋冒雨来。"其敦友谊如此。词不多作，四声平仄，时有舛失，而琢语固精胜也。

（5）王九思　字敬夫，鄠县人。弘治丙辰进士，选庶吉士，授检讨，调吏部主事，升郎中。坐刘瑾党，降寿州同知，寻勒致仕。有《碧山乐府》。

蝶恋花　夏日

门外长槐窗外竹。槐竹阴森，绕屋重重绿。人在绿阴深处宿，午风枕簟凉如沐。　　树底辘轳声断续。短梦惊回，石鼎茶方熟。笑对碧山歌一曲，红尘不到人间屋。

敬夫与德涵，俱以词曲见长。德涵之《中山狼》，敬夫之《杜甫游春》，皆盛年屏弃、无聊泄愤之作。而敬夫尤称能手，词则多酬应率意，集中寿词多至数十首，亦可知其颓唐不经意矣。此《蝶恋花》一首，虽随笔所之，而集中尚是上乘者。大抵康、王虽以词曲著名，实皆注意散套。故论曲家则不可不推上座，论词则曾未升堂也。世传敬夫将填词，以厚赀募国工，杜门学习琵琶三弦，熟按诸曲，尽其技而后出之。故其词雄放奔肆，俨然有关马之遗。余读其《游春记》，及康德涵《中山狼》，嬉笑谑浪，力诋西涯，无怪为世人诟病也。德涵小令云："真个是不精不细丑行藏，怪不得没头没脑受灾殃。从今后花底朝朝醉，人间事事忘。刚方，奚落了膺和滂。荒唐，周旋了籍与康。"颇有东篱遗响，词亦不称盛名云。

（6）杨慎　字用修，新都人。正德辛未赐进士第一，授翰林修撰。以议大礼泣谏，杖谪永昌。天启初，追谥文宪。有《升庵集》。

水调歌头　牡丹

　　春宵微雨后，香径牡丹时。雕阑十二，金刀谁翦两三枝？六曲翠屏深掩，一架银筝缓送，且醉碧霞卮。轻寒香雾重，酒晕上来迟。　　席上欢，天涯恨，雨中姿。向人欲诉飘泊，粉泪半低垂。九十春光堪惜，万种心情难写，彩笔寄相思。晓看红湿处，千里梦佳期。

用修所著书百余种，号为"百洽金华"。胡应麟嫌其熟于稗史，不娴于正史，作《笔丛》以驳之。然杨所辑《百琲真珍》《词林万选》，亦词家功臣也。所著《词品》，虽多偏驳，顾考核流别，研讨正变，确有为他家所不如者。在永昌日，曾红粉傅面，作双丫髻插花，令诸妓扶觞游行，了不愧怍。吴江沈自晋曾为谱《簪花髻》杂剧，词场艳称之。大抵用修文学，一依茶陵衣钵。自北地哆言复古，力排茶陵。用修乃沉酣六朝，览采晚唐，创为渊博靡丽之词，其意欲压倒李何，为茶陵别张壁垒，其用力固至正也。惟措辞运典，时出轻心，援据博则乖误良多，摹仿惯则瑕疵互见，窜改古人，假托往籍，英雄欺人，亦时有之。要其钩索渊深，藻彩繁会，自足牢笼一世。即以词曲论之，如《转应曲》云："花落，花落，日暮长门寂寞。"又"门掩，门掩，数尽寒城漏点"。《昭君怨》云："楼外东风到早，染得柳条黄了。低拂玉阑干，怯春寒。"皆不弱两宋人之作。他如《陶情乐府》，警句尤多。如"费长房缩不尽相

給青少年的人文素养课

思地，女娲氏补不完离恨天"，又"别泪铜壶共滴，愁肠兰焰同煎"，又"和愁和闷，经岁经年"，又"傲霜雪镜中紫髯，任光阴眼前赤电，仗平安头上青天"，诸语皆未经人道者。

（7）王世贞　字元美，太仓州人。嘉靖丁未进士，历官至刑部尚书。有《弇州四部稿》。

渔 家 傲

细雨轻烟装小暝，重衾不耐春寒横。篆尽博山孤篆影。闲自省，天涯有个人同病。　　十二巫峰围昼永，黄莺可唤梨花醒。雨点芳波揩不定。临晚镜，真珠簌簌胭脂冷。

《弇州四部稿》，盛行海内，毁誉翕集，弹射四起，实则晚年亦自深悔也。世皆以王李并称，然元美才气，十倍于鳞。惟病在爱博，笔削千兔，诗载两牛，自以为靡所不有，方成大家。究之千篇一律，安在其靡所不有也？《艺苑卮言》为弇州少作，其中论词诸篇，颇多可采。其自言云："作《卮言》时，年未四十，与于鳞辈是古非今，此长彼短，未为定论。行世已久，不能复秘。惟有随事改正，勿误后人。"元美之虚心克己，不自掩护如此。又《自述》诗云："野夫兴就不复删，大海回风吹紫澜。"言虽夸大，亦实语也。其词小令特工，如《浣溪沙》云："权把来书钩午梦，起沽村酿泼春愁。"《虞美人》云："鸭头虚染最长条，酝造离亭清泪几时消。"又："珊瑚翠色新丰酒，解醉愁人否。"皆当行语。独世传《鸣凤记》，谱介溪相国杨忠愍公事，则时有失律欠当处。或云，为同时人假托者，要亦可信也。

（8）张綖　字世文，高邮人。正德癸酉举人，官武昌通判，迁知光州。有《南湖集》。

风 流 子

新阳上帘幕，东风转，又是一年华。正驼褐寒侵，燕钗春袅，句翻词客，簪斗宫娃。堪娱处，林莺啼暖树，渚鸭睡晴沙。绣阁轻烟，剪灯时候，青旌残雪，卖酒人家。　　此时应重省，瑶台畔，曾遇翠盖香车。惆怅尘缘犹在，密约还赊。念鳞鸿不见，谁传芳信？潇湘人远，空采蘋花。无奈疏梅风景，碧草天涯。

世文学词曲于王西楼。西楼名磐，亦高邮人，为南湖外舅。今南湖《西楼乐府·弁言》所云"不肖甥张守中者"，即缢也。中论西楼家世甚详，不啻王博文之序《天籁集》也。南湖词所可见者，仅《词综》所录《风流子》《蝶恋花》两首。《古今词话》亦盛推之，目为风流蕴藉，足以振起一时，亦非溢美。惟所著《诗余图谱》一书，略有可议而已。《四库提要》云："是编取宋人歌词，择声调合节者一百十首，汇而谱之，各图其平仄于前，而缀词于后，有当平当仄、可平可仄二例，而往往不据古词，意为填注。于古人故为拗句，以取抗坠之节者，多改谐诗句之律。又校雠不精，所谓黑围为仄、白围为平、半黑半白为平仄通者，亦多混淆，殊非善本。"此言确中张氏之弊，宜为万氏所讥也。

（9）马洪　字浩澜，仁和人。有《花影集》三卷。

东风第一枝　梅花

饵玉餐香，梦云惜月，花中无此清莹。俨然姑射仙人，华珮明珰新整。五铢衣薄，应怯瑶台凄冷。自骖鸾来下人间，几度雪深烟暝。　　孤绝处，江波流影。憔悴也，春风销粉。相思千种闲愁，声声翠禽啼醒。西湖东阁，休说当时风景。但留取一点芳心，他日调羹翠鼎。

《词品》云："鹤窗善咏诗，尤工长短句。虽皓首韦布，而含吐珠玉，锦绣胸肠，居然若贵介王孙也。词名《花影》，盖取月下灯前，无中生有之意。"余按：明有二《花影集》，一为鹤窗，一为施子野也。鹤窗气度从容，不入小家态，子野则流于纤丽矣。鹤窗《少年游》云："原来却在瑶阶下，独自踏花行。笑摘朱樱，微揎翠袖，枝上打流莺。"《行香子》云："惜月前宵，病酒今朝。"《满庭芳·落花》云："谁道天机绣锦，都化作紫陌尘埃。"颇有隽永意味，非子野所及也。

（10）陈子龙　字卧子，青浦人。崇祯十年进士，官兵科给事中，进兵部侍郎。明亡，殉节，清谥忠裕。有《湘真阁词》。

蝶恋花

雨外黄昏花外晓，催得流年，有恨何时了？燕子乍来春又老，乱红相对愁眉扫。　　午梦阑珊归梦杳，醒后思量，踏遍闲庭草。几度东风人意恼，深深院落芳心小。

大樽文宗两汉，诗轶三唐，苍劲之色，与节义相符。乃《湘真》一集，风流婉丽，言内意外，已无遗议。柴虎臣所谓"华亭肠断，宋玉魂销"，惟卧子有之。所微短者，长篇不足耳。余尝谓明词，非用于酬应，即用于闺闼。其能上接风骚，得倚声之正则者，独有大樽而已。三百年中，词家不谓不多。若以沉郁顿挫四字绳之，殆无一人可满意者。盖制举盛而风雅衰，理学炽而词意熄，此中消息，可以参核焉。至卧子则屏绝浮华，具见根柢，较开国时伯温、季迪，别有沉着语，非用修、弇州所能到也。他作如《山花子》云："杨柳凄迷晓雾中，杏花零落五更钟。寂寂景阳宫外月，照残红。　　蝶化彩衣金缕尽，虫衔画粉玉楼空。惟有无情双燕子，舞东风。"凄丽近南唐二主，词意亦哀以思矣。又《江城子》后半叠云："楚宫吴苑草茸茸，恋芳丛，绕游蜂。料得来年相见画屏中。人自伤心花自笑，凭燕子，骂东风。"亦绵邈凄恻，不落凡响。先生于诗学至深，曾选明人诗，其自序略云："一篇之收，互为讽咏。一韵之疑，互相推论。览其色矣，必准绳以观其体；符其格矣，必吟讽以求其音；协其调矣，必渊思以研其旨。"论诗能于色泽气韵中辨之，自是深得甘苦语，宜其词之渊懿大雅，为一代知音之殿也。丹徒陈亦峰云："明末陈人中，能以浓艳之笔，传凄惋之神，在明代便算高手。然视国初诸老，已难同日而语，更何论唐宋哉。"寓贬于褒，持论未免过刻矣。

二、清人词略

　　词至清代，可谓极盛之期。惟门户派别，颇有不同。二百八十年中，各遵所尚。虽各不相合，而各具异彩也。其始沿明季余习，以花草为宗。继则竹垞独取南宋，而分虎、符曾佐之，风气为之一变。至樊榭而浙中诸子，咸称彬彬焉。皋文、朗甫，独工寄托，去取之间，号为严密，于是毗陵遂树帜骚坛矣。鹿潭雄才，得白石之清。而俯仰身世，动多感喟。庾信萧瑟，所作愈工，别裁伪体，不附风气，骎骎入两宋之室。幼霞之与小坡，南北不相谋也。而幼霞之严，小坡之精，各抒称心之言，咸负出尘之誉。风尘澒洞，家国飘摇，读其词者，即可知其身世焉。一代才彦，迥出朱明之上。迨及季世，彊村、夔笙，并称瑜亮，而新亭故国之感，尤非烟柳斜阳所可比拟矣 朱况两家，以人皆生存，未便辑入云。盖尝总而论之，清初荜毂诸公，尊前酒边，借长短句以吐其胸中之气。始而微有寄托，久则务为谐剧。而吴越操觚家，闻风竞起，选者作者，妍媸糅杂，渔洋数载广陵，实为此道总持。迨纳兰容若才华门地，直欲牢笼一世。享年不永，同声悲惋，此一时也。竹垞以出类之才，平生宗尚，独在乐笑，江湖载酒，尽

〔清〕袁耀《蓬莱仙境图》

　　本图描绘山川湖海吞吐日月的宏伟场面和壮丽景象。画面上远近山峦，兀立隐现，在云烟幻灭之中宛如仙境。

给青少年的人文素养课

309

扫陈言，而一时裙屐，亦知趋武姜张。叫嚣奔放之风，变而为敦厚温柔之致。二李继轨，更畅宗风。又得太鸿羽翼，如万花谷中，杂以芳杜。扬州二马，太仓诸王，具臻妙品。而东坡词诗，稼轩词论，肮脏激扬之调，遂为世所诟病，此一时也。自樊榭之学盛行，一时作家，咸思拔帜于陈朱之外。又遇大力者，负之以趋，窈曲幽深，词格又非昔比。武进张氏，别具论古之怀，大汰言情之作，词非寄托不入。皋文已揭橥于前，言非宛转不工，子远又联骖于后，而黄仲则、左仲甫、恽子居、张翰风辈，操翰铸辞，绝无饾饤之习。又有介存周子，接武毗陵，标赵宋为四家，合诸宗于一轨。其壮气毅力，有非同时哲匠可并者，此一时也。洪杨之乱，民苦锋镝，《水云》一卷，颇多伤乱之语。以南宋之规模，写江东之兵革。平生自负，接步风骚。论其所造，直得石帚神理。复堂雅制，品骨高骞。窥其胸中，殆将独秀，而艺非专嗜，难并鹿潭，《箧中词》品题所及，亦具巨眼。开比兴之端，结浙中之局，礼义不愆，根柢具在，月坡樵风，无所不赅。持较半塘，未云才弱，其精到之处，雅近玉田。而《茗雅》一卷，又有《狡童》《离黍》之悲焉，此又一时也。至于论律诸家，亦以清代为胜，红友订词，实开橐钥。顺卿论韵，亦推输墨，而其所作，率皆颓唐，不称其才，岂知者未必工，工者未必尽知之欤？于是综核一代之言，复为论次之。

（1）曹溶　字洁躬，嘉兴人。崇祯十年进士，清官至户部侍郎。有《静惕堂集》，词附。

满江红　钱唐观潮

浪涌蓬莱，高飞撼宋家宫阙。谁荡激灵胥一怒，惹冠冲发。点点征帆都卸了，海门急鼓声初发。似万群风马骤银鞍，争超越。　　江妃笑，堆成雪，鲛人舞，圆如月。正危楼湍转，晚来愁绝。城上吴山遮不住，乱涛穿到严滩歇。是英雄未死报仇心，秋时节。

先生为浙词之最先者，故竹垞最为心折。其言曰："余壮日从先生南游岭表，西北至云中。酒阑灯炧，往往以小令慢词，更迭唱和。念倚声虽小道，当其为之，必崇尔雅，斥淫哇，极其能事，亦足宣昭六义，鼓吹元音。往者明三百祀，词学失传，先生搜辑遗传，余曾表而出之。数十年来，浙西填词者，家白石而户玉田。春容大雅，风气之变，实由于此。”观竹垞此言，亦犹惜抱之与海峰也。其词虽不尽工，然颇得空灵之趣。如“题静志居琴趣后”《凤凰台上忆吹箫》云：“无限柔肠，宛转秋雨，夜想朱唇。”又：“真真者番瘦也，酒醒后，新词只索休频。”雅有玉田遗意。

（2）王士祯　字贻上，号阮亭，新城人。顺治十八年进士，官至刑部尚书。有《衍波词》。

浣溪沙　红桥

北郭清溪一带流，红桥风物眼中秋。绿杨城郭是扬州。　　西望雷塘何处是？香魂零落使人愁。澹烟芳草旧迷楼。

渔洋小令，能以风韵胜，仍是做七绝惯技耳。然自是大雅，但少沉郁顿挫之致。昔人谓渔洋词为诗掩，非笃论也。词固以含蓄为主，惟能含蓄，而不能深厚，亦是无益。若谓北宋皆如是，为文过之地，正清初诸子之失，不独渔洋也。长调殊不见佳。《词综》所录，《拜星月·踏青》一首，亦非《衍波》集中妙文。惟《凤凰台上忆吹箫》一首，和漱玉韵者，可云集中之冠，因并录之：“镜影圆冰，钗痕却月，日光又上楼头。正罗帏梦觉，红褪绷钩。睡眼初睄未起，梦里事寻忆难休。人不见、便须含泪，强对残秋。　　悠悠，断鸿南去，便潇湘千里，好为依留。又斜阳声远，过尽西楼。颠倒相思难写，空望断南浦双眸。伤心处、青山红树，万点新愁。”思深意苦，几欲驾易安而上之。《衍波》集中，仅见此篇。

（3）曹贞吉　字升六，安邱人。顺治十七年举人，官礼部员外郎。有《珂雪词》二卷。

水龙吟　白莲

平湖烟水微茫，个人仿佛横塘住。碧云乍起，羽衣初试，靓妆楚楚。露下三更，月明千里，悄无寻处。想芦花蘋叶，空濛一色，迷玉井，峰头路。　　莫是芷萝未嫁，曳明珰若耶归去。游仙梦杳，瑶天笙鹤，凌波微步。宿鹭飞来，依稀难认，风吹一缕。泛木兰舟小，轻绡掩映，问谁家女？

浙派词喜咏物，征故实，为后人操戈之地在此，升六固不居此例。然如《龙涎香》《白莲》《莼》《蝉》等篇，嘉道以后，词家率喜学步，而所作未必工也。余故谓律不可不细，咏物题可不作。至于借守律之严，恕临文之拙，吾不愿士夫效之。清初诸老，惟《珂雪》最为大雅。才力虽不逮朱、陈，而取径则正大也。其词大抵风华掩映，寄托遥深，古调之中，纬以新意，盖其天分于此事独近耳。至咏物诸作，为陈迦陵推挹者，吾甚无取也。

（4）吴绮　字薗次，江都人。由选贡生官湖州知府。有《艺香词》。

钗头凤　冬闺

灯花滴，炉香熄，屏风静掩遥山碧。箫难弄，衾长空，五更帘幕，月和霜重。冻，冻，冻。　　闲寻觅，无消息，泪痕冰惹红绵湿。愁难送，情还种，巫云昨夜，同骑双凤。梦，梦，梦。

小令学《花间》，长调学苏辛，清初词家通例也。然能情语者，未必工壮语，薗次则两者皆工。故竹垞论其词，谓选调寓声，各有旨趣。其和平雅丽处，绝似西麓，亦非溢美。余读其《满江红·醉吟》，有"髀肉晚销燕市马，乡心秋冷扬州鹤"，又云"海上文章苏玉局，人间游戏东方朔"，出语又近迦陵，盖薗次与迦陵为异姓昆季，是以词境有相同处。

（5）顾贞观　字华峰，号梁汾，无锡人。康熙五年举人，官国史院典籍。有《弹指词》。

双双燕 用史邦卿韵

单衣小立，正秋雨槐花，鬶丝吹冷。屏山几曲，犹忆画眉人并。残叶暗飘金井，问燕子归期未定。伤心社日辞巢，不是隔年双影。 碧甃生怜苔润，伴欲折垂条，越加轻俊。为他萦系，絮语一帘烟暝。容易雕梁占稳，待二十四番风信。重来唤取疏狂，半刻玉肩偷凭。

梁汾词，以《金缕曲》二首寄汉槎为最著。词云："季子平安否？便归来、生平万事，那堪回首？行路悠悠谁慰藉，母老家贫子幼。记不起、从前杯酒。魑魅择人应见惯，料输他、覆雨翻云手。冰与雪，周旋久。 泪痕莫滴牛衣透。数天涯、依然骨肉，几家能彀？比似红颜多薄命，更不如今还有。只绝塞、苦寒难受。廿载包胥承一诺，盼乌头马角终相救。置此札，君怀袖。"次章云："我亦飘零久。十年来，深恩负尽，死生师友。宿昔齐名非忝窃，试看杜陵消瘦，曾不减、夜郎僝僽。薄命长辞知己别，问人生、到此凄凉否？千万恨，为兄剖。 兄生辛未吾丁丑。共些时、冰霜摧折，早衰蒲柳。词赋从今须少作，留取

〔清〕高岑《万山苍翠图》

此图笔墨秀峭，气势雄伟，自题："万山苍翠逼寒空，细路纡回古木中。澹澹夕阳堪倚杖，霜枫几点上衣红。"

313

心魂相守。但愿得，河清人寿。归日急翻行戍稿，把空名料理传身后。言不尽，观顿首。"二词纯以性情结撰而成，悲之深，慰之至，丁宁告语，无一字不从肺腑流出，此华峰之胜处也。惟不悟沉郁之致，终非上乘。

（6）彭孙遹　字骏孙，号羡门，海盐人。康熙十八年鸿博第一，历官至吏部侍郎。有《延露词》三卷。

绮罗香　*春尽日有寄*

> 翠远浮空，红残欲滴，帘掩青山无数。旧事难寻，春色半归尘土。扑蝶会如梦光阴，研花笺相思图谱。怪东风不为吹愁，凝眸又见碧云暮。　　年来沦落已惯，任一身长是，飘零吴楚。珠泪缄题，恨字分明寄与。想南楼柳絮飞时，是玉人夜来凭处。应望断远水归帆，濛濛江上雨。

清初诸家，羡门较为深厚。严绳孙云："羡门惊才绝艳，长调数十阕，固堪独步江左。至其小词啼香怨粉，怯月凄花，不减南唐风格。"此朋友标榜之语，原非定论。余谓羡门长调小令，咸有可观，惟不能沉着，故仍以聪明见长。盖力量未足，不得不以巧胜也。《忆王孙·寒食》《苏幕遮·娄江寄家信》等篇，颇得北宋人遗韵。

（7）陈维崧　字其年，宜兴人。康熙十八年举鸿博，授检讨。有《迦陵词》三十卷。

江南春　*和倪云林韵*

> 风光三月连樱笋，美人蹰躇白日静。小楼空翠飐东风，不见其余见衫影。无端料峭春闺冷，忽忆青骢别乡井。长将妾泪颣红巾，愿作征夫车畔尘。　　人归迟，春去急，雨丝满院流光湿。锦书远道嗟莫及，坐守吴山一春碧。何日功成还马邑，双倚琵琶花树立。夕阳飞絮化为萍，揽之不得徒营营。

清初词家，断以迦陵为巨擘。曹秋岳云："其年与锡鬯，并负轶世

给青少年的人文素养课

才。同举博学鸿词，交又最深。其为词，亦工力悉敌。乌帽载酒，一时未易轩轾也。"后人每好扬朱而抑陈，以为竹垞独得南宋真脉，盖亦偏激之论。世之所以抑陈者，不过诋其粗豪耳。而迦陵不独工于壮语也，《丁香》"竹菇"，《齐天乐》"辽后妆楼"、"过秦楼疏香阁"、"愁春未醒春晓"，《月华清》诸阕，婉丽娴雅，何亚竹垞乎？即以壮语论之，其气魄之壮，古今殆无敌手。《满江红》《金缕曲》多至百余首，自来词家有此雄伟否？虽其间不无粗率处，而波澜壮阔，气象万千，即苏辛复生，犹将视为畏友也。短调《点绛唇》云："悲风吼，临洺驿口，黄叶中原走。"《醉太平》云："估船运租，江楼醉呼。西风流落丹徒，想刘家寄奴。"《好事近》云："别来世事一番新，只吾徒犹昨。话到英雄末路，忽凉风索索。"平叙中峰峦叠起，力量最雄，非余子所能及也。长调《满江红》诸曲，纵笔所之，无不雄大。如"生子何须李亚子，少年当学王昙首"为陈九之字题扇。又"被酒我思张子布，临江不见甘兴霸"。"汴京怀古樊楼"一章下半云："风月不须愁，变换江山，到处堪歌舞。恰西湖甲第又连天，申王府。"此类皆极苍凉，又极雄丽，而老辣处几驾稼轩而上之，其年真人杰哉！至如《月华清》后半云："如今光景难寻，似晴丝偏脆，水烟终化。碧浪朱阑，愁杀隔江如画。将半帙南国香词，做一夕西窗闲话。吟写，被泪痕占满，银笺桃帕。"《沁园春·题徐渭文钟山梅花图》后半云："如今潮打孤城，只商女船头月自明。叹一夜啼乌，落花有恨。五陵石马，流水无声。寻去疑无，看来似梦。一幅生绡泪写成。携此卷，伴水天闲话，江海余生。"情词兼胜，骨韵都高，几合苏、辛、周、姜为一手矣。

（8）性德　原名成德，字容若，满洲正白旗人。康熙十二年进士。有《饮水词》三卷。

一丛花　咏并蒂莲

阑珊玉珮罢霓裳，相对绾红妆。藕丝风送凌波去，又低头软语商量。一种情深，十分心苦，脉脉背斜阳。　　色香空尽转生香，明月小银塘。桃根桃叶终相守，伴殷勤双宿鸳鸯。菇米漂残，沉云乍黑，同梦寄潇湘。

容若小令，凄惋不可卒读，顾梁汾、陈其年皆低首交称之。究其所诣，洵足追美南唐二主。清初小令之工，无有过于容若者矣。同时佟世南有《东白堂词》，较容若略逊。而意境之深厚，措词之显豁，亦可与容若相勒。然如《临江仙·寒柳》《天仙子·渌水亭秋夜》《酒泉子·茶蘼谢后作》，非容若不能作也。又《菩萨蛮》云："杨柳乍如丝，故园春尽时。"凄惋闲丽，较驿桥春雨，更进一层。或谓容若是李煜转生，殆专论其词也。承平宿卫，又得通儒为师，搜辑旧籍，刊布艺林，其志尚自足千古，岂独琢词之工已哉。

（9）朱彝尊　字锡鬯，号竹垞，秀水人。康熙十八年以布衣召试鸿博，授检讨。有《江湖载酒集》三卷，《静志居琴趣》一卷，《茶烟阁体物集》二卷，《蕃锦集》一卷。

解珮令　自题词集

十年磨剑，五陵结客，把平生涕泪都飘尽。老去填词，一半是空中传恨，几曾围燕钗蝉鬓。　不师秦七，不师黄九，倚新声玉田差近。落拓江湖，且分付歌筵红粉，料封侯白头无分。

竹垞诸作，《载酒集》洒落有致，《茶烟阁》组织甚工，《蕃锦集》运用成语，别具匠心，皆无甚大过人处。惟《静志居琴趣》一卷，尽扫陈言，独出机杼。艳词有此，不独晏欧所不能，即李后主、牛松卿，亦未易过之。生香真色，得未曾有，其前后次序，略可意会，不必穿凿求之也。余尝谓竹垞自比玉田，故词多浏亮。惟秦七与黄九，不可相提并论。秦之工处，北宋殆无与抗，非黄九所能望其肩背。竹垞不学秦，而学玉田，盖独标南宋之帜耳。然而竹垞词托体之不能高，即坐此病。知音者当以余言为然也。近人慑于陈、朱之名，以为国朝冠冕。不知陈、朱虽足弁冕一朝，究其所诣，尚未绝伦。有志于古者，当宜取法乎上也。

（10）李良年　字符曾，秀水人，康熙十八年举鸿博。有《秋锦山房词》二卷。

疏影　黄梅

岁阑记否？著浅檀宫样，初染庭树。懒趁群芳，雪后春前，年年点缀寒圃。横斜月淡蜂黄影，长只傍短垣低护。倚茜裙欲撚苔枝，冻鸟一双飞去。　　依约荷圆磐小，翦来越镜里，先映眉妩。蓓蕾匀拈，细绞银丝，钗冷玉鱼偏处。还愁羯鼓催无力，沸蟹眼胆瓶新注。正暖香梦惹江南，忘了陇头人苦。

秋锦论词，必尽扫蹊径。尝谓南宋词人，梦窗之密，玉田之疏，必兼之乃工。斯言最确。然秋锦自作诸词，不能践此言也。梦窗固密，惟有灵气往来；玉田固疏，而其沉着处，虽白石亦且不及。浙词专学玉田之疏，于是打油腔格，摇笔即来。如"别有一般天气""禁得天涯羁旅"等语，一时词稿中，几几触目皆是。又好运用书卷，秋锦催雪之红梅，用《比红儿》诗，必注明罗虬。《解连环·送孙以恺使朝鲜》，用雌图别叙，又须注明《孝经纬》。不知词之佳处，不必以书卷见长。搬运类书，最无益于词境也。符曾所作，纯疵互见。如《好事近》云："五十五船旧事，听白头人语。"《高阳台》云："一笛东风，斜阳淡压荒烟。"《踏莎行》云："游人休吊六朝春，百年中有伤心处。"胜国之感，妙于淡处描写，味隽意长，似非竹垞所能到者。

（11）李符　字分虎，一字耕客，嘉兴人。布衣。有《耒边词》二卷。

齐天乐　苕南道中

野塘水漫孤城路，晓来载诗移槛。柳悴汀荒，邱迟宅坏，急雨鸣蓑千点。绿芜如染，映翠藻参差，鹈鹕能占。沽酒何村？花明独树小桥店。　　昔游如昨日耳，记深深院宇，罗绮春艳。妆阁悬蛛，舞衫化蝶，满目繁华都减。湿云乍敛，露浮玉遥峰，相看无厌。渔唱沧浪，荻根灯又闪。

给青少年的人文素养课

竹垞论分虎词云："分虎游屐所向，南朔万里，词帙繁富，殆善学北宋者。顷复示我近稿，益精研于南宋诸名家词，乃变而愈上矣。"斯言也，盖即为自己张旗鼓也。是时长调词学南宋者不多，分虎与竹垞同旨，宜其水乳交融矣。案：南宋词，格律居音先。而《齐天乐》四处去上，分虎竟未遵守，是词律亦有舛误也。惟集中佳句颇多，赋物体亦有弦外意，较秋锦诚不愧弟兄耳。如《何满子·经阮司马故宅》云："惨澹君王去国，风流司马无家。歌扇舞衣行乐地，只余衰柳栖鸦。赢得名传乐部，春灯燕子桃花。"《疏影·帆影》云："忽遮红日江楼暗，只认是凉云飞度。待翠蛾帘底凭看，已过几重烟浦。"《钓船笛》云："曾去钓江湖，腥浪黏天无际。浅岸平沙自好，算无如乡里。从今只住鸭儿边，远或泛苔水。三十六陂秋到，宿万荷花里。"此等随手挥洒，别具天然风骨。

　　（12）厉鹗　字太鸿，钱塘人。康熙五十九年举人，乾隆元年荐举鸿博。有《樊榭山房词》二卷，续集二卷。

齐天乐　秋声馆赋秋声

　　簟凄灯暗眠还起，清商几处催发？碎竹虚廊，枯莲浅渚，不辨声来何叶。桐飙又接，尽吹入潘郎，一簪愁发。已是难听，中宵无用怨离别。　　阴虫还更切切，玉窗挑锦倦，惊响檐铁。漏断高城，钟疏野寺，遥送凉潮呜咽。微吟渐怯，讶篱豆花才，雨筛时节。独自开门，满庭都是月。

　　清朝词人，樊榭可谓超然独绝者矣。论者谓其沐浴白石、梅溪，洵是至言。大抵其年、锡鬯、太鸿三人，负其才力，皆欲于宋贤外，别树一帜。而窈曲幽深，当以樊榭为最。学者循是以求深厚，则去姜、史不远矣。集中佳处，指不胜偻。如《国香慢·素兰》云："月中何限怨，念王孙草绿，孤负空香。冰丝初弄清夜，应诉悲凉。玉斫相思一点，算除是连理唐昌。闲阶澹成梦，白凤梳翎，写影云窗。"声调清越，是其本色，亦是其所长。又《百字令》云："万籁生山，一星在水，鹤梦疑重续。挐音遥去，西岩渔父初宿。"无一字不清俊。下云："林净藏烟，峰危限月，帆影摇空绿。随风飘荡，白云还卧深谷。"炼字炼句，归于纯雅，此境亦未易到。至于造句之工，亦雅近乐笑翁。世有陆辅之，定录入词眼也。如《齐天乐》云："将花插帽，向第一峰头，倚空长啸。"《高阳台》云："秘翠分峰，凝花出土。"《忆旧游》云："溯溪流云去，树约风来，山蹙秋眉。"又云："又送萧萧响，尽平沙霜信，吹上僧衣。凭高一声弹指，天地入斜晖。"诸如此类，是樊榭独到处。

（13）江炳炎　字研南，钱塘人，有《琢春词》。江昱、江昉附。

垂杨　柳影

　　轻寒乍暖，算碧阴占地，昼闲庭院。欲折偏难，巧莺空送声千啭。休嫌云暗章台畔，怕纤雨楚腰吹断。正依稀低映江潭，共夕阳飘乱。　　辛苦长亭夜半，是摇漾瘦魂，兔华初满。误了闺人，也曾描出春前怨。还教学缀修蛾浅，但漠漠如烟一片。秋来待写疏痕，愁又远。

研南在清代不甚显，然学南宋处，颇有一二神解。与宾谷音趣相同。宾谷得南宋之意趣，研南得南宋之神理。若橙里则句琢字炼，归于纯雅，惟不能深厚。此三江词之工力，皆不能到沉郁地步也。清朝词家多犯此病，故骤览之，居然姜、史复生；深求之，皆姜、史之糟粕而已。

（14）王策　字汉舒，太仓人。诸生。有《香雪词钞》二卷。时翔附。

薄　幸

　　秋槎题余香雪词，似有宋玉之疑，赋此奉答。

　　心花落艳，似寂寞枯禅退院。便吟出晓风残月，那是兰陵真面。只钧天一梦消魂，颜凭泪洗肠轮转。叹雨絮前缘，霜兰现业，负尽三生恩眷。　　却是诗因墨果，休猜做世间情恋。况天荒地老，名闻影隔，东风不认楼中燕。秋坟露溅，倘知音怜我，客嘲肯制招魂换。装来玞瑠，留抵返生香片。

太仓诸王，皆工词翰，汉舒尤为杰出。惜其享年不永，未尽所长，其笔分固甚高也。作词贵在悲郁中见忠厚，若悲怨而激烈，则其人非穷则夭。汉舒《念奴娇·秋思》一首，颇有衰飒气象。如"浮生皆梦，可怜此梦偏恶"，又云"看取西去斜阳，也如客意，不肯多耽搁"，皆悲惨语耳。卒至早夭，言为心声，便成词谶矣。汉舒外惟小山为佳。小山工为绮语，才不高而情胜，措语亦自婉雅，无绮罗恶态，如"病容扶起淡黄时"，又云"燕子寻人巷口，斜阳记不真"，又云"一双红豆寄相思，远帆点点春江路"，又云"灯微屏背影，泪暗枕留痕"，皆情词凄惋，晏、欧之流亚也。

（15）史承谦　字位存，宜兴人。诸生。有《小眠斋词》四卷。

双双燕　过红桥怀立甫

春愁易满，记红到樱桃，乍逢欢侣。几番携手，醉里听残杜宇。曾向花源问渡，是水国风光多处。可应酒滞香留，不记江南春雨。　　南浦，清阴如故，谁料得重来，暗添凄楚。月蓬烟棹，载了冷吟人去。可惜千条弱柳，更难系轻帆频住。如今绿遍桥头，尽作情丝恨缕。

清词中其年雄丽，竹垞清丽，樊榭幽丽，位存则雅丽，皆一代艳才。位存稍得其正而已。如"《团扇》先秋生薄怨，小池风不断"，神似温、韦语，然非心中真有怨情，亦不能如此沉挚。他词如《采桑子》云："泪滴寒花，渐渐逢人说鬓华。"《满江红》云："更不推辞花下酒，最难消受黄昏雨。"非天才学力兼到者不能。同时如朱云翔、吴荀叔、朱秋潭、汪对琴诸君，皆以词名东南，然概不如位存也。

（16）任曾贻　字淡存，荆溪人。诸生。有《矜秋阁词》一卷。

百 字 令

立春前一日，寄怀储文漏津。

短篷听雨，共江干秋晚，几番潮汐。不道烟帆分别浦，一水迢迢长隔。贳酒当垆，敲诗午夜，弹指成今昔。双鱼何处？飘摇尺素难觅。　　又是雪霁明窗，炉温小阁，残腊余今夕。想到南枝初破蕊，一点新春消息。稳卧湖林，鬓丝无恙，肯便闲吟笔。甚时花底，玉尊同醉春碧。

储长源云：“淡存词删削靡曼，独抒性灵，于宋人不沾沾袭其面貌，而能吸其神髓。一语之工，令人寻味无穷。”余按：淡存与位存、遂佺朱云翔，字遂佺，元和人，有《蝶梦词》，工力相等。《矜秋》一集，卓有声誉，而律以沉着两字，尚未能到，一览便知清人之词，然其用力亦勤矣。宜兴多彦，二史储任，皆负清才。承红友之律，而能以研丽语出之。至周介存，遂得独辟奥窍，自抒伟论，其于阳湖，洵可揖让坛坫，不得以附庸目之也。淡存他作如《临江仙》云：“砧声今夜月，灯影昔年情。”《高阳台》云：“何因得似红襟燕？认朱楼飞入伊家。”《西子妆》云：“相思一点落谁家，叹匆匆欲留难住。”皆佳。惟《买陂塘》云：“花开常怕春归早，那更几经烟雨。”《祝英台》云：“眼看红紫飘残，蔷薇开也，尚留得春光几许。”则摹仿稼轩，太觉形似矣。

（17）过春山　字葆中，吴县人。诸生。有《湘云遗稿》二卷。

倦寻芳　过废园见牡丹盛开有感

絮迷蝶径，苔上莺帘，庭院愁满。寂寞春光，还到玉阑干畔。怨绿空余清露泣，倦红欲倩东风浣。听枝头，有哀音凄楚，旧巢双燕。　　漫伫立，瑶台路杳，月珮云裳，已成消散。独客天涯，心共粉香零乱。且共花前今夕酒，洛阳春色匆匆换。待重来，只有断魂千片。

湘云笔意骚雅，为吾乡词家之秀。论其品格，雅近樊榭。吴竹屿称其词“如雪藕冰桃，沁人醉梦”，此言是也。余谓湘云词，聪秀在骨，咀嚼无厌。其人独立不惧，当时坛坫，皆未尝附和，所谓不随风气者是也。吾乡词人至多，论不附声气，独行其是者，仅葆中一人而已。他如潘氏诸子，问梅七子，贵胄标榜，皆不如湘云矣。葆中词如《明月生南

321

浦》云："几点萍香鸥梦稳，柳绵吹尽春波冷。"又："回首桃源仙路迥，一声欸乃川光暝。"《瑞鹤仙》云："凄恻，西泠春晚，天竺云深，空怀孤洁。荷衣未茸，天涯愁倚岩石。念幽人去后，峰南峰北，多少啼猿唤客。暗伤心欲荐江蓠，夜凉露白。"皆不事雕琢，以气度胜者，是之谓大雅。

（18）张惠言　字皋文，武进人。有《茗柯词》。琦附。

木兰花慢　杨花

尽飘零尽了，谁人解当花看。正风避重帘，雨回深幕，云护轻幡。寻他一春伴侣，只断红相识夕阳间。未忍无声坠地，将低重又飞还。　　疏狂情性，算凄凉耐得到春阑。但月地和梅，花天伴雪，合称清寒。收将十分春恨，做一天愁影绕云山。看取青青池畔，泪痕点点凝斑。

皋文《词选》一编，扫靡曼之浮音，接风骚之真脉，直具冠古之识力者也。词亡于明，至清初诸老，具复古之才，惜未能穷究源流。乾嘉以还，日就衰颓。皋文与翰风出，而溯源竟委，辨别真伪，于是常州词派成，与浙词分镳争先矣。皋文《水调歌头》五章，既沉郁，又疏快，最是高境。论者辄以为疏于律度，洵然，然不得以此少之。如首章云："难道春花开落，又是春风来去，便了却繁华。花外春来路，芳草不曾遮。"次章云："招手海边鸥鸟，看我胸中云梦，蒂芥近如何。楚越等闲耳，肝胆有风波。"三章云："珠帘卷春晓，胡蝶忽飞来。游丝飞絮无绪，乱点碧云钗。肠断江南春思，黏着天涯残梦，剩有首重回。银蒜且深押，疏影任徘徊。"五章云："晓来风，夜来雨，晚来烟。是他酿就春色，又断送流年。"热肠郁思，全自风骚中来，所以不可及也。《茗柯》存词，止四十六首，可谓简而又简。仁和谭仲修，拟为评注，而迄未能就，甚可惜也。弟琦，字翰风，与皋文同撰《宛邻词选》，虽町畦未尽，而奥窔始开。其所作诸词，亦深美闳约，振北宋名家之绪。如《南浦》云："惊回残梦，又起来、清夜正三更。花影一枝枝瘦，明月满中庭。道是江南绮陌，却依然小阁倚银屏。怅海棠已老，心期难问，何处望高城？　　忍记当时欢聚，到花时、长此托春醒。别恨而今谁诉？梁燕不曾醒。帘外依依香絮，算东风吹到几时停。向鸳衾无奈，啼鹃又作断肠声。”妍丽流转，雅近少游，宜其负盛名于江南也。其子仲远，序《同声集》有云：“嘉庆以来名家，皆从此出。”信非虚语。周止斋益穷正变，潘四农又持异论，要之倚声之学，至二张而始尊，此可为定论耳。

（19）周济　字保绪，荆溪人。有《止庵词》。

渡江云　杨花

春风真解事，等闲吹遍，无数短长亭。一星星是恨，直送春归，替了落花声。凭阑极目，荡春波万种春情。应笑人春粮几许，便要数征程。　　冥冥，车轮落日，散绮余霞，渐都迷幻景。问收向红窗画篋，可算飘零？相逢只有浮萍好，奈蓬莱东指，弱水盈盈。休更惜、秋风吹老莼羹。

茗柯《词选》出，倚声之学日趋正鹄。张氏甥董晋卿，亦能踵美。止庵又切磋于晋卿，而持论益精。其言曰：“慎重而后出之，驰骋而变化之，胸襟酝酿，乃有所寄。”又曰：“词非寄托不入，专寄托不出。一物一事，引伸触类，意感偶生，假类必达，斯入矣。万感横集，五中无主，赤子随母，笑啼歠人，缘剧悲喜，能出矣。”至其所撰《词辨》及《宋四家词选》，推明张氏之旨而广大之。此道遂与于著作之林，与诗赋文笔，同其正变也。止庵自作诸词，亦有寄旨，惟能入而不能出耳。如《夜飞鹊》之“海棠”、《金明池》之“荷花”，虽各有寓意，而词涉隐晦，如索枯谜，亦是一蔽。余谓词本于诗，当知比兴，固已。究之尊前花外，岂无即景之篇，必欲深求，殆将穿凿。皋文与止庵，虽所造之诣不同，而大要在有寄托，尚蕴藉，然而不能无蔽。故二家之说，可信而不可泥也。

（20）项鸿祚　字莲生，钱塘人。有《忆云词》四卷。

兰陵王　春晚

晚阴薄，人在酴醾院落。秋千罢，还倚琐窗，花雨和烟

给青少年的人文素养课

冷银索。近来情绪恶，遮莫青春过却。单衣减，沉水自熏，酒病经年怯孤酌。　低低燕穿幕，任笺绿绡红，心事难托。柳丝系梦轻飘泊。叹衾凤羞展，镜鸾空掩，思量睡也怎睡着。恨依旧寂寞。　妆阁，闭鱼钥。怕唱到阳关，箫谱慵学。夜占蛛喜朝灵鹊。只目断千里，锦帆天角。玲珑帘月，照见我，又瘦削。

莲生词甲乙丙丁稿，意学梦窗。集中拟体至多，其才力固高人一等，持律亦细，惟其措辞终伤滑易。余始喜读之，与郭频伽等。继知频伽不可学，遂屏不复观，独爱忆云矣。又见同时词家推崇甚至。谭仲修云："有白石之幽涩，而去其俗；有玉田之秀折，而无其率；有梦窗之深细，而化其滞，殆欲前无古人。"黄韵甫曰："忆云词古艳哀怨，如不胜情。猿啼断肠，鹃泪成血，不知其所以然也。"初不知一人其彀，必至懗薄也。盖莲生天资聪俊，故出语能沁人心脾。且律度谐和，涩体诸词，一经炉锤，无不谐妥。于是论频伽则严，论忆云则宽。实则词律之细，固郭不如项，而词品之差，则相去无几也。集中如《河传》云："梧桐叶儿风打窗。"《南浦·咏柳》云："且去西泠桥畔等。"《卜算子》云："也似相思也似愁。"《减兰》云："只有垂杨，不放秋千影过墙。"《百字令》云："归期自问，也应芍药开矣。"诸如此类，皆徒作聪明语，与南北曲几不能辨。其丁稿自序云："不为无益之事，何以遣有涯之生？"亦可哀其志矣。以成容若之贵，项莲生之富，而词皆悲艳哀怨，所谓伤心人别有怀抱也。

（21）蒋春霖　字鹿潭，江阴人。有《水云楼词》二卷。

扬 州 慢

癸丑十一月二十七日，赋趋京口，报官军收扬州。

野幕巢乌，旗门噪鹊，谯楼吹断笳声。过沧桑一霎，又旧日芜城。怕双燕归来恨晚，斜阳颓阁，不忍重登。但红桥风雨，梅花开落空营。　劫灰到处，便遗民见惯都惊。问障扇遮尘，围棋赌墅，可奈苍生。月黑流萤何处？西风黯鬼火星星。更伤心南望，隔江无限峰青。

嘉庆以前，词家大抵为其年、竹垞所牢笼。皋文、保绪，标寄托为帜，不仅仅摹南宋之垒，隐隐与樊榭相敌，此清朝词派之大概也。至鹿潭而尽扫葛藤，不傍门户，独以风雅为宗，盖托体更较皋文、保绪高雅矣。词中有鹿潭，可谓止境。谭仲修虽尊庄中白，陈亦峰亦崇扬之，究其所诣，尚不足与鹿潭相抗也。词有律有文，律不细非词，文不工亦非词。有律有文矣，而不从沉郁顿挫上着力，或以一二聪明语见长，如忆云词类，尤非绝尘之技也。鹿潭律度之细，既无与伦，文笔之佳，更为出类，而又雍容大雅，无搔头弄姿之态。有清一代，以水云为冠，亦无愧色焉。复堂论水云曰："文字无大小，必有正变，必有家数。水云词固清商变徵之声，而流别甚正，家数颇大。与成容若、项莲生，二百年中，分鼎三足。咸丰兵事，天挺此才，为倚声家老杜。而晚唐两宋，一唱三叹之意，则已微矣。"《箧中词》五　余谓复堂以鹿潭得流别之正，此言极是。惟以成、项二君并论，则鄙意殊不谓然。成、项皆以聪明胜人，乌能与水云比拟？且复堂既以杜老比水云，试问成、项可当青莲、东川欤？此盖偏宕之论也。鹿潭不专尚比兴，《木兰花》《台城路》，固全是赋体。即一二小词，如《浪淘沙》《虞美人》，亦直言本事，绝不寄意帷闼，是真实力量。他人极力为之，不能工也。至全集警策处，则又指不胜偻。如《木兰花慢》云："云埋蒋山自碧，打空城只有夜潮来。"又云："看莽莽南徐，苍苍北固，如此山川。钩连，更无铁锁，任排空樯橹自回旋。寂寞鱼龙睡稳，伤心付与秋烟。"又《甘州》云："避地依然沧海，随梦逐潮还。一样貂裘冷，不似长安。"又云："引吴钩不语，酒罢玉犀寒。总休问杜鹃桥上，有梅花且向醉中看。南云暗，任征鸿去，莫倚阑干。"《凄凉犯》云："疏灯晕结，觉霜逼帘衣自裂。"《唐多令》云："哀角起重关，霜深楚塞寒。背西风归雁声酸。一片石头城上月，浑怕照旧江山。"皆精警雄秀，决非局促姜、张范围者，可能出此也。

（22）周之琦　字稚圭，祥符人。嘉庆十三年进士，官广西巡抚。有《金梁梦月词》。*应在鹿潭前*

三姝媚　海淀集贤院

　　交枝红在眼。荡帘波香深，镜澜痕浅。费尽春工，占胜游惟许，等闲莺燕。步屟廊回，盈裾粉、蛛丝偷胃。小影玲珑，冷到梨云，便成秋苑。　　容易题襟吹散。又酒逐花迷，梦将天远。系马垂杨，但翠眉还识，旧时人面。暗数韶华，空笑我、樱桃三见。剩有盈盈胡蝶，西窗弄晚。

　　《梦月词》浑融深厚，语语藏锋，北宋瓣香，于斯未坠黄韵甫语。余谓稚圭词，托体至高，诚有如韵甫之言者。近时论者与鹿潭并称，似尚非确当。鹿潭集中，无酬应之作，梦月则社课特多。即此而论，已不如水云矣。且悼亡诸作，专录一卷，虽元相才多，未免士衡辞费。至《心日斋十六家词选》，截断众流，金针暗度，纵不如皋文、保绪之高，要亦倚声家疏凿手也。

　　（23）戈载　字顺卿，吴县人。诸生，官国子监典簿。有《翠薇花馆词》三十九卷。

兰陵王　和周清真韵

　　画桥直，明镜波纹绉碧。轻烟绕，歌榭舞楼，一派迷离黯春色。东风遍故国，吹老关津怨客。长堤畔千缕翠条，时见流莺度金尺。　　萍踪半陈迹。记侧帽题襟，香蔼瑶席。天涯今又逢寒食。叹携手人远，俊游难再，飞花飞絮散旧驿，送潮过江北。　　悲恻，乱愁积。对孤馆残灯，无限凄寂。青门望断情何极。乍倚枕寻梦，怕闻邻笛。那堪窗外，更细雨，夜半滴。

　　清代词集之富，莫如迦陵，顺卿《翠薇词》，乃更过之。而泥沙不除，亦与迦陵相等。集中佳构，如《山亭宴》"秋晚游天平山"，《霜叶飞》"落叶"，《垂杨》"题吴伊人白门杨柳图"，《春霁》"柳影"，《露华》"苔痕"，《南浦》"春水""秋水"二首，《步月》"春夜闲步"，《惜红衣》"皇甫墩观荷"，《琐寒窗》"秋晚"，《秋宵吟》"题莘石老人秋叶图"等作，精心结撰，文字音律，两臻绝顶，宜其独步江东，一时无与抗衡也。顺卿论词律极精，于旋宫八十四调之旨，研讨至深，故其自称，在能辨阴阳，能分宫调。又白石旁谱，当时词家，不甚明了，顺卿能一一按管。数百年聚讼纷如，望而却步者，一旦大畅其理，此诚绝顶聪明也。惟集中平庸芜浅诸作，触目皆是。读者亦以其守律之严，反恕其行文之劣，无怪为谢枚如所讥也。顺卿词开卷即有"龙涎香""白莲""莼""蝉"等题，此当日学南宋者几成例作习气，愈觉可厌。且顺卿一贡士耳，太学典簿，未尝一履任也。而自十三卷后，交游渐广，攀援渐高。中丞、方伯、观察、太守、司马、明府历碌满纸，所作无非应酬。虚声愈大，心灵愈短，岂芝麓之于迦陵乎，抑何其不惮烦也？至为麟见亭河帅题《鸿雪因缘图》前后合一百六十阕，多至四卷。观其自述，知配合雕镂，费尽苦心。然以花间兰畹之手笔，加以引商刻羽之工夫，乃为巨公谱荣华之录，摹德政之碑也。言之不足，又长言之，若以为有厚幸焉。此真极词场之变矣。

（24）庄棫　字中白，丹徒人。有《蒿庵词》。

高阳台　长乐渡

长乐溪边，秦淮水畔，莫愁艇子曾携。一曲西河，尊前往事依稀。浮萍绿涨前溪遍，问六朝遗迹都迷。映颓黎，白下城南，武定桥西。　　行人共说风光好，爱沙边鸥梦，雨后莺啼。投老方回，练裙十幅谁题？相思子夜春还夏，到欢闻、先已凄凄。更休提，柳外斜阳，烟外长堤。

中白与谭复堂并称，其词穷极高妙，为道咸间第一作手。平生论词宗旨，见于《复堂词序》。其言云："夫义可相附，义即不深，喻可专指，喻即不广。托志房帷，眷怀身世，温韦以下，有迹可寻。然而自宋及今，几九百载，少游、美成而外，合者鲜矣。又或用意太深，义为辞掩，虽多比兴之旨，未发缥缈之音。近世作者，竹垞撷其华，而未芟其芜；茗柯溯其源，而未竟其委。"又曰："自古词章，皆关比兴。斯义不明，体制遂舛，狂呼叫嚣，以为慷慨。矫其弊者，流为平庸。风诗之义，亦云渺矣。"《谭复堂词序》先生此论，实具冠古之识，非大言欺人也。其词深得比兴之致，如《蝶恋花》四章，即所谓托志房帷，眷怀身世也。首章云："城上斜阳依绿树，门外斑骓，过了偏相顾。玉勒珠鞭何处住，回头不觉天将暮。"回头七字，感慨无限。下云："风里余花都散去，不省分开，何日能重遇？凝睇窥君君莫误，几多心事从君诉。"声情酸楚，却又哀而不伤。次章云："百丈游丝牵别院，行到门前，忽见韦郎面。欲待回身钗乍颤，近前却喜无人见。"心事曲曲传出，钗颤身回，见得非常周折。下云："握手匆匆难久恋，还怕人知，但弄团团扇。强得分开心暗战，归时莫把朱颜变。"韬光匿彩，忧谗畏讥，可为三叹。三章云："绿树阴阴晴昼午，过了残春，红萼谁为主？宛转花幡勤拥护，帘前错唤金鹦鹉。"词殊怨慕，所遇不合也。故下云：

〔清〕查士标《空山结屋图》

此图布局工整，树石刻画精微，设色极淡雅；空旷山峰的起伏中，一屋舍悄立于中，意境清幽明净。

"回首行云迷洞户，不道今朝，还比前朝苦。"悲怨已极。结云："百草千花羞看取，相思只有侬和汝。"怨慕之深，却又深信不疑，非深于风骚者，不能如此忠厚。四章云："残梦初回新睡足，忽被东风，吹上横江曲。寄语归期休暗卜，归来梦亦难重续。"决然舍去，中有怨情。下云："隐约遥峰窗外绿，不许临行，私语频相属。过眼芳华真太促，从今望断横江目。"天长地久之情，海枯石烂之恨，不难得其缠绵沉着，而难得温厚和平耳。故先生之词，确自皋文、保绪中出，而更发挥光大之也。

（25）谭廷献　字仲修，仁和人。有《复堂类稿》。词附，

金缕曲　唐郢月夜，怀劳平甫

木叶飞如雨。绕空舟、惟闻暗浪，悄无人语。蓬背新霜侵衣袂，冷压釭花不吐。料此际微吟闭户。三径萧萧蓬蒿满，记往前裙屐欢谁补？春去也，惜迟暮。　　飘零我亦泥中絮。叹明明入怀月色，夜深还去。芳草变衰浮云改，况复美人黄土。算生作有情原误。莫倚平生丹青手，看寻常颜面皆行路。哀与乐，等闲度。

仲修词取径甚高，源委深达。窥其胸中眼中，非独不屑为陈、朱，抑且上溯唐五代，此浙词之变也。仲修之言曰："南宋词敝，琐屑馂饤。朱、厉二家，学之者流为寒乞。枚庵高朗，频伽清疏，浙词为之一变。"余谓吴、郭二子，不足当此语。变浙词者，复堂也。其《蝶恋花》六章，美人香草，寓意甚远。余最爱"玉枕醒来追梦语，中门便是长亭路"，又"惨绿衣裳年几许，争禁风日争禁雨"，又"语在修眉成在目，无端红泪双双落"，又"一握鬖云梳复裹，半庭残日匆匆过"，又"连理枝头侬与汝，千花百草从渠许"，又"遮断行人西去道，轻躯愿化车前草"，此等词直是温、韦，决非专学南宋者可拟，而又非迦陵、西堂辈轻率伎俩也。所录《箧中词》二集，搜罗富有，议论正大，其论浙词之病，尤为中肯。余故谓变浙词者复堂也。

（26）王鹏运　字幼遐，临桂人。有《半塘词稿》。

齐天乐　秋光

新霜一夜秋魂醒，凉痕沁人如醉。叶染新黄，林凋暗绿，野色犹堪描绘。危楼倦倚，对一抹斜阳，冷鸦翻背。怅触愁心，暮烟明灭断霞尾。　　遥山青到甚处，淡云低蘸影，都化秋水。蟹簖灯疏，雁汀月小，滴尽鲛人清泪。孤檠绽蕊，算夜读秋窗，尚饶滋味。秋落江湖，曙光摇万苇。

幼遐早岁官中书，与上元端木埰，吴县许玉瑑，临桂况周颐，更叠唱和，有《薇省同声集》之刻。其时子畴、鹤巢，年齿已高，夔笙最年少。继而子畴、鹤巢，相继殂谢。幼遐又以直谏去官，客死吴下。独夔笙屑涕新亭，栖迟海滢，而身亦垂垂老矣。广西词境之高，实王、况二公之力也。《四印斋词刻》尚在京师，时仅有《东坡乐府》至戈顺卿《词林正韵》耳。其后日益增刊，遂成巨制。晚年又自订《半塘定稿》，体备众制，无一不工。近三十年中，南则小坡，北则幼遐，当时作者，未能或之先也。朱丈沤尹从半塘游，而专力梦窗，其所诣尤出夔笙之上。粤使归后，即息影吴门，尝与小坡往返酬和，极一时盍簪之乐。迨辛壬以后，身经丧乱，词不轻作。朱丈尝谓理屈词穷，此虽戏言，亦寓感喟焉。又值小坡作古，吟侣益稀，适夔笙寓沪，数过从谈艺。春江花月，间及倚声，无非汐社遗民之泪矣。因论幼遐，并及朱、况，藉见三十年来词学之消息焉。

（27）郑文焯　字叔问，汉军。有《瘦碧》《冷红》《比竹余音》《苕雅》诸集。晚订《樵风乐府》。

寿楼春　秋感次冯梦华同年韵

听吴讴消魂。正江城角冷，雨驿灯昏。记得残鹃啼遍，乱山红春。明镜老，如花人，寄故裙遥遥乌孙。念浊酒谁呼？零烟自语，愁满一筝尘。　　沧波苑，空林曛。渐题香秀笔，不点歌尊。最忆烟沉荒戍，月孤长门。砧杵急，悲从军，赋楚萍飘飘无根。怎说与黄华，西风泪痕吹满巾。

叔问于声律之学，研讨最深。所著《词源斠律》，取旧刻图表，一一厘正。又就八十四调住字，各注工尺，皆精审可从。至其所作词，炼字选声，处处稳洽，而语语缠绵宕动。清末论词笔之清，无逾叔问者矣。道咸以来，六十年中，南国才人，雅词日出，审音订律，独有翠薇。而孙月坡掉鞅词坛，分题唱和，不欲为筝琶俗响。叔问以承平贵胄，接继其武，虎山、邓尉间，时见吟屐，较枚庵、频伽，相去不可道里计也。先是，湘中王壬秋以文字雄一世，自负词笔不亚时彦。及见叔问作，遂敛手谢不及，始壹意于选诗。故湘社词人，知程子大、易实甫弟兄、陈伯弢辈，咸颃首请益，而叔问临文感发，不少假借，宦隐吴皋，声溢四宇，晚近词人之福，未有如叔问者也。小城葺宇，老鹤寄音，握手笑言，一如昨日。人琴俱杳，能无慨然。